U0694048

贺传圣 ◎ 著

江西人民出版社
Jiangxi People's Publishing House
全国百佳出版社

图书在版编目（CIP）数据

严嵩 / 贺传圣著 . -- 南昌 : 江西人民出版社，2018.11
ISBN 978-7-210-10920-4（2019.11 重印）

Ⅰ . ①严… Ⅱ . ①贺… Ⅲ . ①长篇历史小说 – 中国 – 当代 Ⅳ . ① I247.5

中国版本图书馆 CIP 数据核字（2018）第 251469 号

严嵩

贺传圣　著

责任编辑 : 王一木
封面设计 : 同异文化传媒
出　　版 : 江西人民出版社
发　　行 : 各地新华书店
地　　址 : 江西省南昌市三经路 47 号附 1 号
重点图书出版中心电话 : 0791-88612505
发行部电话 : 0791-86898893
邮　　编 : 330006
网　　址 : www.jxpph.com
E-mail : 942867919@qq.com　web@jxpph.com
2018 年 11 月第 1 版　2019 年 11 月第 2 次印刷
开　　本 : 787 × 1092 毫米　1/16
印　　张 : 22.5
字　　数 : 320 千字
ISBN 978-7-210-10920-4
赣版权登字—01—2018—886

定　　价 : 58.00 元
承 印 厂 : 南昌市红星印刷有限公司

目录

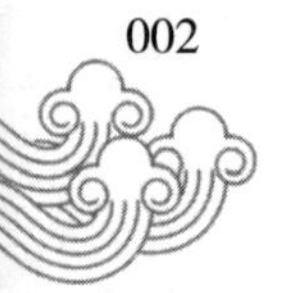

第一章

奉天

这天，严嵩在值庐当夜班的时候，儿子严世蕃却到青楼寻欢作乐去了。

所谓值庐，就是内阁大臣轮流值班的地方，原来是在皇城里面。嘉靖皇帝朱厚熜信奉道教，他不愿意每日吵吵嚷嚷地临朝，想找个清静的地方仙隐起来。于是就在西苑即现在的北海中南海一带，建了一座永寿宫，即无逸殿，他住的房子称为尧斋。如果仅因为他不去上朝就认为他是个不理朝政的昏君，那就大错特错了。他虽然不上朝，但他必要时在这里接见廷臣，而且对每一本奏章都认真仔细地审阅，日不留牍。他虽说是崇奉道教，潜心修祥，却是英断果察，威柄不移。

值庐就在无逸殿左侧。值班的辅臣主要有三大事项：一是处理日常政务；二是侍奉嘉靖皇帝玄修；三是充当朱厚熜的学术顾问。前二项都还好说，他们入仕后都有几十年的从政经验，即使一时难以决断，还可以商量，可以请示；侍奉玄修也就是为皇上祷告道君的青词，他们每个人都是多年为嘉靖奉献青词的高手。唯有这第三项，即为朱厚熜解答疑难问题，最是头痛的事情。朱厚熜不知是因为吃了为求长生而熬炼的丹药，还是因为忧念国家，经常失眠。睡不着觉就看书。看书时遇到疑难问题，就写张条子，要值班阁臣回答。向皇上提出处理意见称为票拟，这回答皇帝的疑难问题可就比票拟难多了。可不，今天朱厚熜让小太监张淮传出的条子是：

奉天二字，作何解释?

严嵩接过字条看了两眼，起初浅浅地笑了笑，因为这奉天二字是常常撞入眼帘的。但是，该做何解释呢？如果是对常人而言，这还不容易吗？皇帝从小就熟读四书五经，满腹经纶，这字面上的意思，还需问人吗。严嵩皱眉思索了一阵，心中有了答案，但他还是谦和地问礼部尚书徐阶与次辅李本，你们说，这奉天二字，该做何解？两位副手不知是出于尊重抑或是别的原因，都摇头说不知该做何解释。于是，严嵩便将自己理解的意思写下，递与张淮。过了一阵，张淮出来说，皇上看了不满意，请几位阁老再做解答。严嵩摇了摇了头，又赶紧点头说，请转告皇上，我等一定诠解。

张淮走后，三个人忙又翻开经卷，查寻适合题解的答案。三个人各自都做了答案，但意见都不统一。正在争议间，张淮又出来了，说皇上等得好急了，答案出来了没有。问得严嵩等三人默默地你看我我看你，不敢吭声。

严嵩隐隐觉得背心里流汗了。他端起茶杯抿了一口，笑着对张淮说，请回去禀告皇上，就说我们在查找经典，一定尽快票拟上报。

张淮说，请快点，皇上等急了。

张淮走后，徐阶讪笑着问道，严阁老找到答案了？

严嵩哂笑说，我写张纸条，派人快马到我家去，找世蕃问问看。

徐阶在心里说，他……能解答出来？但他只隐微地笑了笑，这微笑中半是猜疑，半是嘲弄。

严嵩看出了他的笑意，自慰道，试试看吧。他了解自己的儿子，相信他能解答得比自己的好。

严嵩的官邸位于长安街。

值庐送信的人飞马赶到严府，却找不到严世蕃，一家人急得团团转。

严世蕃有五个妻妾。

严嵩夫人欧阳淑端知道不是紧急事，丈夫不会派人传急信。她起初怕儿子贪恋温柔之乡沉溺在女人怀中，叫丫鬟一个一个上门去问讯，五个儿媳那找遍了，都说今晚不见世蕃的踪影。

老夫人急得大骂儿子，这个浑蛋，今晚躲哪儿去了！？

这时，刚从外面回府的家人严东赶到她面前说，老夫人，找公子有什么紧要事吗？

老爷派人来找他，还会没紧要事？

严东便问送信的人，到底是什么事？

送信的内侍便将皇上写的纸条交给了严东。严东转身要走，那信使叮嘱说，请严公子赶快回信，皇上等着要呢。

严东在位于曲中的校书楼找到了严世蕃。其时，他正和一个名叫媚儿的妓女喝花酒。

所谓曲中，前门对武定桥，后门在钞库街。这里的青楼鳞次栉比，屋宇精洁，门户铜环半启，珠箔低垂，堂馆曲折华丽，亭榭园池，迥非尘境。这校书楼开业不到一年。严世蕃是三个月前认识媚儿的。

媚儿是校书楼的头牌妓女，祖籍是扬州，十岁那年，因家乡遭了大水，陪都南京的一家妓院的老鸨将她买进了妓院。买的时候，只说是当童养媳，可实际上是看到媚儿模样好，看起来又聪明伶俐，便打算从小就养着她教习琴棋书画，等她长大了当摇钱树。

严世蕃遗传基因上承袭了母亲。严嵩身材很高，严世蕃却长得比较粗矮，皮肤倒是也像母亲，比较润白。严世蕃小时生病，没及时治疗，有一只眼睛因发烧而坏损，落下青光眼一类的毛病，两个眼珠看起人来东歪西斜的不协调。

媚儿一来长得貌若天仙，二来又才艺出众，一般的客人她是看不上的。严世蕃第一次会她时，是一个盐商花重金请的客。媚儿经不住鸨母再三劝说，才答应接待。那天，严世蕃一进门，媚儿只瞟了他一眼，便嘲讽说：门口客人，为何东张西望？

严世蕃一愣，脸上闪过一丝嗔容，但是他只眨了眨眼，这一丝不悦的情纹旋即变成春风拂面，转而回道：房中秀娥，只需一目了然。

媚儿忍不住心中微微荡起涟漪。心想，原以为他只是个鄙俗的粗人，没想到肚里还墨水荡漾呢。于是又说，十里长街市井，可知奴身何屋？

严世蕃接道，芙蕖开花馨远，正是荷塘深处。

媚儿又说，荷塘花好水污浊，小心脏了赏花君。

严世蕃续接道：只要捧得奇葩归，甘愿舍身醉花荫。

媚儿忍不住盯着严世蕃，脸上浮起浅浅的苦笑：莫攀我，攀我太心偏。我是曲江临池柳，这人折去那人攀，恩爱一时间。

她念诵的是敦煌曲子词中无名氏的一首《望江南》。严世蕃稍一思索，接上另一首：天上月，遥望一团银。夜久更阑风渐紧，为姐吹散月边云，照见痴心人。

他这一首中的“姐”字原为“奴”字，“痴”字原为“负”字。他这一改，让媚儿听得愣了好一阵，随即发笑了，说，你乱改。

严世蕃用那只好眼盯着她问：改得不好吗？

媚儿说，我是你姐吗？我不叫你叔也该叫你大哥。

严世蕃痞着脸笑道，你就是我姐，你一定比我要大。

我比你大？

当然了。

大多少？

最少大一圈。

大一圈？哈哈！你要比我小十二岁？

严世蕃先是哧哧地笑，这时忍不住哈哈大笑起来。媚儿在他的笑声中憬悟了，你真……那个骂他的字眼尚未出口，就被他一把抓住她的手，将她揽入怀中。

严世蕃来找媚儿已经多次了，严东来找他的时候，两个人正在一边喝酒一边玩诗词接龙的游戏。

严世蕃从严东手里接过字条，闭上眼睛凝想起来。这是他遇到紧要事情时的习惯。也许他是想两眼都闭上，可结果是那只坏了的眼睛总也闭不拢，虽然是半开半合，可在外人看起来就像是睁一只眼闭一只眼，颇似猫头鹰在寻找猎物。稍倾，他睁开双眼，向媚儿讨要文房四宝。媚儿为他找出笔墨，又从抽屉中取出一本薛涛笺，撕下一页递与他。他便搦管写道：

孔子曰：天子至尊无上，人君其尊如天，曰奉天。

送走严东之后，严世蕃无心再与媚儿缠绵，说，今天不能在这儿过夜了，得赶紧回家。

严嵩从值庐往家里送出纸条后，心里还是像十五只吊桶打水，七上八下。徐阶和李本的心情估计也和他差不多，虽然都还在翻阅四书五经一类的经卷，也只是翻翻写写的在虚应故事。

几个人心里正悬着，张淮又来了，问严嵩他们写好了没有，说皇上等得很不耐烦，早就不高兴了，这会儿正在甩笔撕纸地发脾气呢。

严嵩、徐阶、李本三个人你看我我看你，不知如何是好。

徐阶说，严阁老，我觉得你呈上去的解释应该说没错，不知皇上为什么不满意。

李本也附和说，是呀，如果你这解释都通不过，我们就更不知该怎样回答才好。

严嵩在票拟上写的是：

我祖高皇帝当年取奉天二字为殿名，是出于“天命有德，天讨有罪”之意，告诫人君赏罚要顺应天理，奉天命行事。

严嵩、徐阶、李本三个人都是进士出身，都是饱读诗书的人。特别是严嵩，二十六岁时以二甲第二名的成绩考上进士后，便选入翰林院，后因父母先后别逝而守制在家。当时正值正德初年，太监刘瑾专权，武宗却置若罔闻，只沉迷女色，致使朝纲日坏。严嵩深为不满，便隐居乡间，潜心苦读，属意诗文，不少官场和文化名人都称颂他有奇伟之才，博雅之学，为天下之望。号称嘉靖十才子第一名，前七子之首的李梦阳夸他说，如今词章之学，翰林诸公，严惟中为最。

徐阶这人城府很深，心想，你回答的皇上都不满意，你儿子还能怎样？可是嘴上却说，但愿世蕃能找到让皇上满意的答案。

几个人正在焦虑无措的时候，送信的回来了。严嵩从他手里接过严世蕃写在薛涛笺上的解答仔细读完，脸上露出了笑容。随即递给徐阶说，二位看看，这样解答行不行。

就在徐阶默读的时候，李本也探过身子来阅看。

徐阶看完，一言不发。

严嵩心里不觉沉了一下，说，有什么问题吗？

徐阶的心里很复杂，起初像是炸了一声惊雷，接着便是乱云翻滚。严世蕃的解答让他大吃一惊，心想这小子如此聪明饱学，将来定然前途无量。联想到自己两个儿子徐璠和徐琨，心中五味杂陈。那年徐璠因科场作弊被南京御史杨顺告发，要不是他暗中斡旋，自己头上的乌纱帽都怕摘除了……

严嵩见他一直没吭声，问道：徐大人，世蕃这样解释可以票拟给皇上吗？

徐阶醒过神来，连连点头说，可以，可以。

李本也附和说，严公子如此解答，很精妙。佩服、佩服！

严嵩于是将严世蕃传来的那张写在薛涛笺上的解答让张淮呈献给朱厚熜。

没过多久，张淮就又出来了。从他那笑吟吟的脸上可以看出，朱厚熜认可了严世蕃的解答。

张淮说，皇上很高兴。

严嵩正准备收拾东西走，只听张淮又说请三位稍等一下，皇上要御赐酒宴呢。

严嵩心里像吞了蜜，不由自主地捋了捋胡须。

李本笑道，哎呀，今天跟着严阁老沾世蕃的光了。

徐阶似笑非笑地连连点头，是呀，严阁老生了这么聪明的儿子，前途无量呀。

严世蕃待严东走后，对媚儿说出要走的话，媚儿心里很是怅惘。这是她自从接客以来从来没有过的。她虽然和严世蕃接触了多次，但她并不是很了解他。有一次，媚儿跟他谈论了一阵与青楼有关的趣事之后，很想跟他聊些市井家常话，但他却像是跳傩舞，让你看不清他的真面目。

媚儿问：客官来了几次，可我一直还不知你叫什么名字，请问您高姓？

严世蕃笑道，我的姓不高，很低。

赵钱孙李，姓氏哪有什么高啊低的呀。

我姓盐，井盐出在井里，海盐产在海滩上，你说我这姓能高吗？

媚儿就他的话调侃道，原来你是姓盐啊，我可是姓油呢。

严世蕃击掌道，怪不得我们碰到一起总是有滋有味。这烧菜呀，怕就怕有盐没油或者有油没盐，看来我们谁也离不开谁了。

通过今天的事，媚儿终于明白了，眼前这人很可能就是当朝首辅严嵩的儿子——严公子。天哪！如果真是他……

多数妓女都希望跳出妓院这个火海，媚儿也一样。不过，许多色艺双全的妓女都想在当红的时候多赚点钱，然后再赎身离去。也有的想找个财大气粗又中意于自己的主儿为自己赎身，可这样的人实在难找。媚儿自从认识严世蕃之后，她也想过这事。她看得出，他已喜欢上她，可她并不是很喜欢他。她很钦佩他的才学，可他那样子实在不称心。但是他如果是当朝内阁首辅的儿子，那他可就是一颗有点瑕斑的夜明珠了。只要能够捧上他，就可以照亮前程。

媚儿是个很聪明的人，她知道今天不能说这事，但她很想探探他的心境。她扒在他肩头，嘴唇贴着他耳朵用气声说，盐（严）公子，盐（严）大哥……

严世蕃见她欲言又止，忍不住问道，你想说啥呀，吞吞吐吐的。

你会离开我这油妹子吗？

不会。我早就说了，这盐和油是不能分开的，分开就什么菜都做不成了。

那就好，那我就能永远跟着你。媚儿说着就从背后抱住了他。

因为她从来没有如此卖萌，他便反转身来抱她，见她一副泪汪汪的样子，问道：你今天怎么了？

这还用问吗？

难道今天和往常不一样？

当然不一样。

有什么不同？

以往我问你话，你总是遮遮掩掩的，今天我可是看清你的真面目了。

今天……我不还是东张西望的？

她忍不住噗嗤一声笑出声来，随即拉下脸说，严公子，你就别在我面前演戏了。

两人都不说话了。沉寂了一阵后，严世蕃说，你有什么话，就照直说吧。

媚儿心里掠过一串琶音。心想，原以为要等聚拢云团方能打雷，想不到没等打雷就下雨了。她顿了顿又问：你真的喜欢我吗？

哎呀！你这人怎么搞的，我不喜欢你，我为什么总是来这儿找你。

好！我实话实说，我想跟你走。

去哪儿？

去哪儿？……去你家呀。

不行！严世蕃不假思索地拒绝了她。

媚儿愣愣地望着他，眼泪扑扑地淌下。

严世蕃以为她与其他女人一样，会大声叫喊以致咒骂他，便拥着她宽慰道，你这话问得太突然了。说着，便为她揩眼泪。她没拒绝，反而像安慰他似的，又念了那首曲子词。

我早说了，别攀我，攀我心太偏，我是曲江池边柳……

她原以为待她念完了，他会照他改的那两个字将另一首续上来，但他没有。于是默默地叹息一声，接道：

天上月，遥望一团银。夜久更阑风渐紧，为奴吹散月边云，照见……

她没有将负心人三个字念来，只悄无声息地盯着他。

严世蕃讪笑道，你别这样看我，我不是那个负心人。说着，走到小圆桌边，倒了两杯酒，端了一杯递给媚儿，自己边喝边念出一首杜牧的诗：

多情却似总无情，唯觉樽前笑不成。蜡烛有心还惜别，替人垂泪到天明……

这天，严世蕃回到家里的时候，严嵩还没有回来。他想等父亲回来问个明白，嘉靖皇帝对他的解释是否满意。他正想找一本书来看，没想到欧阳淑端也来到了厅堂。

娘，您老还没睡？

我正想睡的时候，你爹送了信来找你，你却又不在，我能睡得着吗？

我不是已经回了信吗。

你到哪里去了？

跟几个朋友喝酒去了。

跟谁去的？

严世蕃一时答不上话。

欧阳淑端半嗔半恼地追问：该不是到那些乱七八糟的地方去了吧？

她比严嵩大一岁，十九岁出嫁，婚后第二年生了大女儿，二十多岁的时候生了第二个女儿，直到她三十五岁时才生了世蕃这个儿子，后来虽然又生了一个小女儿，但小女儿很小就在南京夭折了。严嵩隐居在家里的十年，生活是贫困的，正如严嵩的诗句所言，一官系籍逢多病，数口携家食旧贫。江上日日吹北风，房屋拥被卧如弓。在那十余年的漫长日子里，欧阳氏一面勤勤恳恳地操持家务，一面鼓励丈夫勤勉学业。也许只有世蕃这么一个宝贝儿子吧，管教他时，要说是严厉，只是在嘴上。严世蕃虽然生性狡黠，但他聪明好学，且又博闻强记，既通晓天文地理、经史子集，又熟知典章制度、经济时务。故而晚年的严嵩把他当作活字典来使用。他不像父亲那样循规蹈矩，而是我行我素。但他凡有出轨的事，从不让父母知道。因此，当母亲问他有没有去不该去的地方时，他故意装聋卖傻，说，什么叫不该去的地方呀？

老夫人一语道破：就是那些勾栏卖笑的地方。

嗨，我去那些地方干啥呀，我家里这好几个老婆都应付不过来呢。

你别哄我，你真敢去那些地方，看我不打断你的腿。老夫人说着，在儿子的脸上拧了一把。既像是惩戒，又仿佛是溺爱。

母子俩正说着，严嵩回来了，没进厅堂，便说，你们都还没睡呀。

欧阳淑端说，等你哪。

严嵩打趣说，和尚做功课，天天如此，有什么好等的。

欧阳淑端说，今天可不同往日吧，要不，你怎么还派人送信来呢。

严世蕃赶紧接上话茬：爹，我这样作答圣上满意吗？

严嵩不知是过于兴奋还是怎么了，没有急于回答儿子的话，对侍立一旁的丫鬟摆了摆手说，给我倒杯茶。待丫鬟端来了茶，他先抿了两口，才边放杯子边点头。接着，将今天为解答朱厚熜疑问的前后经过一一叙说给儿子和妻子。

严世蕃说，爹，你怎能将德与罪联系起来呢。人都喜欢别人吹捧，皇帝也一样的呀。

严嵩连连点头。是呀，你解释的天子至尊无上，人君其尊如天，和我解释的天命有德，天讨有罪确有天壤之别。看来，还是你会揣摩皇上的心思。我是越来越……他摇了摇头，叹息着没有说下去。

欧阳淑端见丈夫夸赞儿子，心里暗暗高兴。为了这个宝贝儿子，她倾注了太多的心血。按封建习俗，女子婚后只有生了儿子方可挺胸做人。她是婚后第十六年才生下严世蕃，天冷了怕冻着，天暖了怕热着，一年四季三百六十天没有哪天不牵挂着。正德十一年（1516）春季，丈夫准备带全家赴京。启程前的那些日子里，丈夫的亲朋故旧纷纷为他饯行，今天在县城，明天在新余，后天在宜春，无暇顾及家里，她自己又忙于整装，忙得双脚打后脑。就在那几天，儿子生病发烧。起初她以为只是通常的着了凉而伤风感冒，没放在心上，只烧了点姜汤让他喝下。但是，儿子却烧得越来越厉害，她急得抱去请郎中看，郎中责怪她说，你来晚了。为她开了个方子，说：照这方子去检五副药煎了吃，治好了是你的造化，治不好也别怪我。等儿子吃完那几副药，烧是退了，可是有一只眼睛却坏了。为此，她后悔了一辈子。现在，眼看着丈夫在称赞儿子强于他自己，心里比吞了蜜还甜。这时，院里传来报三更的梆子声，她便催促说，天不早了，都去睡觉吧。

徐阶回到家里的时候，他的家人大多都睡了。但是，他的第三个老婆却还在和一个丫鬟在大厅里说话。徐阶有一妻二妾。这第二个小妾比他要小二十来岁，也是江苏人，不仅年轻，而且长相俊俏。她很乖巧，表面上从不与其他两个夫人争风吃醋，但枕头上一口吴侬软语，哄得徐阶骨酥心跳。因此，徐阶将家中的事情，都托付她掌管。这会儿，徐阶一从大门口进来，这三夫人便迎出了大厅，笑吟吟问道，今天怎么这么晚才回来？

徐阶没回答，反而问道，这么晚了怎么还没睡？

三夫人娇滴滴道，等你呗。待徐阶走近，闻到他身上的酒气，晃着手绢

道，到哪里喝酒去了？

徐阶说，没到哪里，就在值庐。

在值庐当班的阁臣，白天会由光禄寺送膳食，算是工作餐吧。徐阶常常以口味不合而由家里自备，吃的喝的直到餐具都比那工作餐要精致得多。

三夫人凑近徐阶闻了几下，说道，这酒味不像是家里的。

徐阶笑道，你真厉害。今天这酒确实不是家里的。

是严家的还是李家的？

都不是。

那是谁家的？

你猜猜。

那肯定是光禄寺的了。

哈哈，猜不到吧。这是皇上赐的。

皇上今天怎么给你们赐酒宴呢？

徐阶叹息一声，将今晚的事情一一告诉了三夫人。说完，沉寂了好了一阵。这一阵，像是有人在池塘里扔块石头，呱呱叫的蛤蟆都不吭声了。

过了一阵，三夫人既像自言自语，又像是叩问：这严世蕃就这么厉害？

徐阶忍不住又叹息道，我三个儿子加起来都比不上他一个。

老爷您言过了，咱们家老大，璠子不也蛮机灵乖巧吗？

他那点乖巧全用在耍滑头上。那年乡试，他竟找人代考，被监考官杨顺发现，告到皇上那里，闹得朝野都知道了，说新上任的礼部尚书的儿子作弊。要不是那时我一来身在京师，日夜值勤，二来皇上还欣赏我写的青词，我头上这顶官帽怕早就摘掉了。

哎呀，皇上万岁，万岁万岁万万岁。

话说回来，这事还多亏了严嵩，他没有就这事票拟，所以皇上才顺水推舟不了了之。

哎哟，这严阁老心还蛮和善的呢。咱们得好好感谢他。

怎么感谢？送礼？金银财宝他家里多的是。

那……三夫人浅笑着用手指搁在粉腮的酒窝上沉思了一阵，说，我有个好办法。

什么办法？

结亲。

结亲？怎么结亲。

把老大的女儿小贞嫁给他们严家。

徐阶沉思了一阵，缓缓说道，这倒是一个好办法。

三夫人乐滋滋地击掌道，这一结了亲家，以后许多事情他都会帮衬咱们。不过，这事还要问问贞儿，不知道她乐意不乐意。

问不问都无所谓，能嫁到严家去，这是她的福分，还有什么不乐意。父母之命，媒妁之言，跟璠儿说说倒是应该。哎，璠儿他什么时候回来？

一个月前，徐阶叫他大儿子回老家打探土地买卖的行情去了。

三夫人回道，再快也得一个来月吧。这事只要你定下了，他还会反对吗？

话是这么说，但他毕竟是她的父亲。

严嵩一躺到床上，很快就睡着了。这一天来，白日倒是不忙，晚上为回答嘉靖皇帝的问题，先是焦虑，后是兴奋，所以一歇下来，便酣然睡着了。睡到快天亮时，隐隐觉得儿子来到床前，伏地而泣。

严嵩问他，东楼，你哭什么呀？

严世蕃回道，有人要杀我。

谁敢杀你呀！

徐阶。

他怎能杀你。

他是首辅……

胡说！我才是首辅……

严嵩被他自己的吆喊声吓醒了。一醒来，便再也睡不着了，心里却在嘀咕，我怎么会做一个这样的梦呢？他先是默默自问，接着，与儿子牵连的一些往事，像从河水中扯起了网，一目一目展现出来。

第二章

两淮盐税案

严世蕃其貌不扬，人却机敏狡黠，博闻强记。他读书不拘一格，学识广博。严嵩还在礼部任职时，有一年，世蕃曾说要报名考进士，但严嵩没让他报名。其间原因，一来要占江西的名额，二是眼看自己即将三年考满，儿子可以荫升。再有一点，自己是阅卷官，要避嫌。就在嘉靖十年，严嵩因礼部侍郎三年考满，世蕃恩荫进国子监读书，毕业后选授为左军都督府都事、后军都督府经历，后又升为顺天府治中。嘉靖二十二年时，年方三十一岁，再次荫官升任尚司少卿，支正五品的俸禄。这小子，却身在福中不知福，在父母面前还时有怨言。有一次，他当着几个客商的面，说他不当这官，去做生意，会活得更好。严嵩气得想狠狠地斥骂他，却一时找不到合适的言语，骂重了不好，一来有客人在，二来要给他面子，只好苦笑道，那你就辞了这公差，去混你的生意好了。

严世蕃嬉皮笑脸道，老爹，当真吗？

严嵩嗔道，你成心要气死我是吧？！

您老人家千万别生气，我当然是开个玩笑而已。您从小就教导我，男人要修身、齐家、治国、平天下。我这些年不一直跟着您辅佐皇上嘛。

那一天的客人多是商人，待到送走他们后，严嵩虎着脸说，你成天跟这些人混在一起，有什么好处？

严世蕃说，您老放心好了，他们一不打抢，二不做贼，都是正儿八经的生意人。

生意人也有五花八门，有儒商，也有奸商……

你放心，我交的都是儒商。

但愿如此。

俗话说，怕什么，来什么。就在那一次父子交谈不久，严嵩的前任首辅夏言将一本弹劾奏折扔在严嵩的案头，似笑非笑地说，你看看吧。

在值庐值班的阁臣，在办理公文需要票拟的时候，一般由首辅提出意见，但次辅也要签字。夏言在首辅的位置上几起几落，他在第一次罢黜复位后，处事独断专行，根本不理严嵩，自己写好了就往嘉靖皇帝那里送。严嵩为人处事中庸，不与他论争。心里说，只要你能把事情办好就行。

夏言，字公谨，号桂州，江西贵溪人。他出生于官宦家庭，从小跟随父亲在北方长大，乡音日渐蜕失，能讲一口标准的北京话。他体魄魁伟，面目朗秀，仪表堂堂，蓄一脸长须，人称美髯公。他比严嵩小两岁，但比严嵩晚十二年中进士。开始只是个行人司的小吏，嘉靖初年升新兵科给事中。

嘉靖刚当上皇帝的那几年，闹了个大礼仪之争。嘉靖之前的正德（武宗）皇帝朱厚照虽是三十一岁驾崩，但也当了十六年皇帝，不知是荒淫无度还是别的原因，尽管他阅尽人间春色，临幸的女子无数，却没有子嗣。皇太后与当朝首辅杨廷和依据旧礼制，找到了堂兄弟朱厚熜。朱厚照的父亲朱祐樘是弘治皇帝，而朱厚熜的父亲是献王朱祐杬。既然按礼制，朱厚熜继承了皇位就不错了，但他却还要以小宗换大宗，将他的父亲朱祐杬尊称为兴献皇帝，母亲蒋氏尊称为兴献皇后，由此在朝廷引发了一场大争论。这本来是宗法伦理之争，但很快转变成一场党派政治之争。

首先反对这样做的是被后人称为救时宰相的杨廷和，他的主张得到朝廷多数官员的赞同，一百九十余人先后上疏抗旨。眼见得十五岁就当上皇帝的朱厚熜很孤立，但是官僚集团中的几个小官却站出来说话。为首的是观政进士张璁和南京刑部主事桂萼，他们扬言说，继统与继嗣是两码事，不能混为一谈，不能强求此父子之亲，而建彼父子之号，若以伯为父，以父为叔，则败父子之伦，伤君臣之义，主张只继统，不继嗣。这位新皇帝只需继承武宗的帝统，毋需同时继承武宗的宗统，而且要对兴献王追封尊号。这正合新皇帝的心意，他隐痛的心窝被这几个人当成痒痒挠得舒舒服服。

南北两京二百五十余名官员上了八十余道奏章抨击张璁、桂萼，抵制圣谕。杨廷和先后四次封还御批、执奏近三十疏。年少的天子反感他，又开始从事斋醮，信奉道教，杨廷和又劝他摈弃，但朱厚熜我行我素。杨廷和很是失望。但皇权在上，难以抗争，忧烦之下，便申请退休。朱厚熜正好顺水推舟，批准他致仕还乡。

由此，多数派失去领袖，逐渐失势。朱厚熜以议礼态度为标准，顺者昌，逆者亡。张璁、桂萼扶摇直上，晋升为翰林学士，跟随他们的许多人都升了官。

嘉靖三年（1524）七月二十日，朱厚熜命令礼部为他的父母上尊号。这在朝廷多数官员看来，违背了古制，因而群情激愤。七月十五日散朝时，吏部侍郎何梦春、修撰杨慎（杨廷和之子）愤而倡议：使节死义，正在今日；万世瞻仰，在此一举。引领群臣伏阙请愿。二百一十多人跪在左顺门下，齐声哭喊：高皇帝！……话虽然没有全说出来，那意思却很清楚，即吁请在天之灵的明太祖睁眼看看当今的子孙如何不顾祖宗礼法，一意孤行。呼天抢地的哭喊声震朝廷。自从大明皇朝立国以来这是绝无仅有的事。朱厚熜是第十个皇帝，以前九个都没有遇见过这种事。这事要落在别的皇帝头上，也许就忍了，让了。

但这位少年天子却发威了，他密令锦衣卫将参与请愿的官员逐个登记，然后按名册逮捕，先捉拿为首的八人，接着将一百三十四名五品以上的官员全部关押，其余的待罪遣散。几天后便有了裁决，为首者戍边，四品以上夺俸，五品以下一百八十余人廷杖，其中有编修王相等十七人当场被打死。从此，明世宗嘉靖皇帝朱厚熜威震天下，再大的官员，再老的资格，在这位年轻气盛的少年天子面前，也是战战兢兢，如履薄冰，谁也不敢再说半个不字。

这场议礼之争，还牵涉到许多方面，如更定祀典，建天坛、地坛、日坛、月坛，祭天地，朝日月，修建太庙，祭祀死去的列朝皇帝；祭至圣先师孔夫子；又建土谷坛、先农坛，以祈求五谷丰登……这前前后后有十余年。经过这场沸沸扬扬的议礼动荡，张璁被提拔为首辅，附和他的人都得到升迁，成为议礼新贵。夏言眼看着张璁、桂萼等人利用议礼和赞玄成为议礼新贵，他也没闲着。筹建真人府是夏言担任监修官，因为道人邵元节是从位处贵溪的龙虎山来的，夏言以同乡拉上了关系。斋醮时邵元节盛赞夏言，给朱厚熜留下了好印象。他先是在三年内，由一个七品吏科给事中升为二品礼部尚书，再过了五年，便入阁任首辅了。

夏言还在任给事中的时候，严嵩就认识他。其时严嵩就是礼部侍郎，官位比夏言高。当时，夏言想当詹事府詹事，曾托严嵩为他进言，但被张璁挡住了。后来严嵩调往南京，夏言却成了议礼新贵，连升五级，待严嵩再调回北京时，夏言已成为当朝首辅。

夏言这人生性桀骜，他入阁之后，不仅傲视所有的属下，而且常常不把嘉靖放在眼里。在朱厚熜的心目中，夏言一向是恭谨的，而且精于笔札。不知什么时候,夏言开始疏狂了,在一份奏疏中,写到皇太后时竟然不另行抬头,而且有几处涂改,不誊清就上奏,太无礼了。到值庐上班,内阁大臣们都骑马进宫,他夏言却自己特制了一顶小轿,坐着轿子悠然而入。严嵩、朱希忠几个值班大臣都戴御赐的道帽、香叶冠,他夏言竟敢不戴。惹恼了皇上是没有好果子吃的。嘉靖二十一年,朱厚熜免去了他的首辅,遣送回家,住江西广信府,成了一介平民。

接替夏言的是次辅翟銮,严嵩则从礼部尚书的座椅上挪到了次辅的位置。翟銮字仲鸣,祖先是山东诸城人,祖父是锦衣校尉,弘治十八年与严嵩同榜中进士,两人是老相识。还在费宏当首辅时,翟銮就以礼部侍郎的资格超擢入阁任次辅,第二年升任礼部尚书,张璁、方献夫任首辅时,他都任次辅。后来,他奉命巡边数年,回来又任次辅。夏言罢官,他理所当然轮着当首辅了。翟銮比严嵩大两岁,六十七岁的人一来精力稍衰,二来不争权,大小事情让与严嵩票拟,他画个圈就是,两人从未发生过争执。两人相处的三年,是嘉靖朝内阁最为平定安静的岁月。

翟銮因为心境旷达,他本来有向皇上密封言事的资格,但他却从不以此进言。嘉靖二十三年,他两个儿子翟汝俭和翟汝孝会试时都名列前茅,却有人心生疑忌,说是科场作弊,请人代考。翟銮奏辨,惹恼了朱厚熜,因而罢了翟銮,削职为民。翟銮回家三年后便去世了,七十岁。

严嵩接替翟銮担任了首辅,许赞、张壁任次辅。这两人有点像翟銮,不争权也不太管事,政务都堆在严嵩身上,于是有人告他专横。这使朱厚熜有些不放心。

八月初十日,是朱厚熜的生日,普天之下,欢呼万岁,称为万寿节。远在江西的夏言也送上了贺表,谦称草土臣。大年初一,夏言又进贺表向朱厚熜拜年,这使嘉靖皇帝很是高兴,于是,又把夏言召回内阁任首辅。严嵩在首辅的宝座上待了一年零三个月,再次回到原来的位置,成为夏言的下僚。

夏言不仅刚愎自用,而且常怀疑忌之心。他认为这次遭黜,是严嵩想当首辅,在嘉靖面前做了手脚。因而复位回来后,要给点颜色让严嵩瞧瞧。

吏部文选郎中高简刮改奏疏,这可是欺君的事。吏部尚书唐龙被牵连进去。但是唐龙与此事无涉,请求辅臣议断。唐龙为官清正,有口皆碑,严嵩在他任江西巡按时就认识,且有交谊,心知其冤,便为他辩白。但是夏言要杀鸡给猴看,根本不与严嵩商议,密奏嘉靖皇帝罢了唐龙的官。当时唐龙正

在病中，加上被黜，没出京城就含恨而死。夏言又乘机削去吏科给事中杨上林、徐良辅，排斥了一大批人。严嵩噤于他的权势，不与他争执。

今天，夏言忽然丢下一本奏疏要严嵩看，这使他感到很意外。

不看不知道，看了吓一跳。奏折中说，有一件行贿案牵涉到严世蕃。事情起因是两淮地区的盐税特别重。这些税重了，受害的当然是老百姓，千家万户哪家不要吃盐呢。这事引起了强烈的民愤。于是，礼科给事中马锡便弹劾了掌管库存事务的员外郎余善继。为了找出后台，锦衣卫拷讯了户科给事中厉汝进、查秉彝、徐养正、刘起宗、刘禄。结果，他们供认说，署盐运副使张禄贿通了太常寺少卿严世蕃，顺天府丞胡奎，总督尚书王暐也接受了贿请……奏疏中还影射到严嵩。

看完奏疏，严嵩一时感到惊悚迷茫，愣愣地端坐着骇然无措。

夏言见状，眉眼飞扬，问道：介溪兄，这个奏本该如何处置呀？

严嵩从怅惘中回过神来，谦卑而自矜地回答说，这事牵涉到犬子，好像还影射于我，请您做主吧。

夏言本想将一个千钧重锤搁到严嵩头上，让他跪跌在自己面前乞哀告怜，没想到严嵩四两拨千斤撩回到自己肩上。心想，给你脸不要脸！于是，正色说道，好吧，那我马上就票拟呈送皇上。

这时，有人敲门。夏言朗声说：进来。

随着值庐门扇的开启，光禄寺送膳食的厨师进来了，从装食品的笼屉中取出两份饭菜，每一份，也就是两菜一汤。光禄寺的厨师刚走，夏言的家人也送饭来了。夏言家里送来的膳食比光禄寺的要精细些，而且多一道荤菜。他说光禄寺的饭菜不合他的口味。严嵩是吃粗茶淡饭长大的，对光禄寺送来的饭菜几乎从来不挑剔。这也可以说是严嵩祖上传下的遗风。严嵩的高祖严孟衡（1385—1446）是明永乐九年中举，永乐十三年中进士，曾做到四川右布政使（从二品），他一身正气，公正廉明，一生勤奋俭朴，入仕三十余年，几乎每餐只食一蔬，人称他为严青菜。严嵩祖父和父亲常以他为榜样，教育勉励后代。

夏言在以前吃自家送来的饭食时，都是一声不吭地大快朵颐，今日不知为什么，竟然客气地对严嵩说，介溪兄，来，吃一个红烧狮子头，这是我家杏儿的手艺。

杏儿是夏言前不久娶的小妾，严嵩听人说过，才二十余岁，不仅人长得漂亮，而且会烧菜。他在向我炫耀他春风得意呢，严嵩心里这样想着，便逢场作戏地笑着回道：桂州兄真是既有艳福又有口福啊。

夏言一面往一只小银杯里斟酒，一面朗笑道：人生在世，就算是百年，也是一晃而过。还是李太白说得好，君不见高堂明镜悲白发，朝如青丝暮成雪；人生得意须尽欢，莫使金樽空对月……

这天下午，严嵩说要早点回家。夏言知道他心中懊恼难熬，严嵩一开口，他便大大方方地说，介溪兄心胸放宽点，你且先回去歇着吧。

严嵩到家的时候，严世蕃在自己书房中欣赏徐渭的一幅墨葡萄，严嵩已走到他门口了,他还只顾盯着书案上的画作,没有起身。严嵩有意咳嗽了一声，他仍旧端坐着没动。

爹，快来看。这是一个叫徐渭的落魄文人画的一张墨葡萄。哎呀，他的笔墨狂放洒脱，真是少见，难得，难得……

严嵩平常也是喜好鉴赏收藏书画的，而且苦练了书法。要在平常，一定忘却父子礼道，赶到书案前欣赏。他本想呵斥他，但他只从鼻孔中重重地哼了一声。

严世蕃感觉异常，忙从座椅上站起，见父亲拉长了脸，急忙堆起脸讪笑。

爹，您老……请坐。

呵！你还有心思赏画呀？

出什么事了？

你自己心里清楚。

爹，有什么事你就直说。

我问你，两淮一带的盐税收得特别恶，这是怎么回事？严嵩说罢，气狠狠地坐到身旁的安乐椅上。

严世蕃嘴角撇过一丝浅笑说，这……我哪里知道。

你有没有插手？

不关我的事，我没插手。

你别装糊涂，人家已经告到皇上那里去了。你插了手我也管不了你。

两淮地区盐税忒重的事，严世蕃早有耳闻，其间枝枝蔓蔓相互缠绕的情况他尚且不清楚。现在见父亲郑重其事地责问他，知道定有诉讼墨汁溅到了自己。于是正襟危坐着探问严嵩：爹，这事我听到过一些风声，但确实跟我无关。请您老人家把这事的详细情况告诉我。

严嵩于是将奏本中的情由叙说了一遍。

严世蕃听完父亲讲述的情形，便睁只眼闭只眼仰头寻思起来。严嵩也没打扰他，转头高声叫了声：香梅，给我端杯茶来。

稍倾，香梅款款地走进书房，将一杯庐山云雾茶递到严嵩手上，又问了声：老爷还要什么吗？严嵩说，你先去吧。香梅便缓缓地转身退出门去。

爹，你先别急。严世蕃有板有眼地说，您也不用怕，这是忌妒咱们的人故意搅浑水。

你的意思是说，还是有人故意要诬陷我们？

正是。

你让我想想。严嵩抿了口茶，凝思悬想起来。过了一阵，放下茶杯，微微颔首问道：两淮盐税的事你真的没有染指？

我向我们严家老祖宗发誓，确实没有。

那好，我说，你写，以我的名义向皇上上一个奏本。

严嵩这个奏本的主旨，是为自己辩白。说言官在两淮盐税的奏疏中诬陷了自己，以致牵连儿子严世蕃。第二天，他便让小太监张淮呈送给嘉靖皇帝。朱厚熜看了这个奏本，对厉如进等人更加气恨，责怪他们早没有劾奏，下诏对厉汝进廷杖八十，其余几个人各廷杖六十；而且将厉汝进贬谪到云南当典史，查秉彝贬谪到定远当典史，徐养正贬谪到通海当典史，刘起宗贬谪到荔浦当典史，刘禄贬谪到荔波当典史。典史是知县的属官，主要掌管缉捕一类的事情。这事最后牵连到户部尚书王杲与巡仓监察御史艾朴。朱厚熜对他们也很恼火，结果王杲和艾朴也发配戍边去了。

严嵩满以为既然有嘉靖皇帝的御批，这事也就过去了。但是树欲静而风不止，朝野上下仍旧议论纷纷。因为厉汝进等人的奏本中有称黄大正、赵兰至京广贿打点，不止于王杲、艾朴，而嘱求少卿严世蕃等、马锡奏本中有黄大正有托权贵嘱杲等语，因此，他像在旷野中赶路，突然遭到雷阵雨的袭击，周身被风雨吹打得阴冷迷茫。

就在发下御批处置厉汝进等人奏本的那天中午吃饭时，夏言边吃边说了半句话：介溪兄……

严嵩见他欲言又止，忙接茬说，桂州兄有什么话，尽管照直说。

夏言便接着吐出一块骨头，说，我听到有人议论，说王杲是李代桃僵。

严嵩吁了口气接道：我没听到，有人这样说，我能理解。孔子说，六十而耳顺，我都快七十了。

好，好，你能耳顺就好。夏言脸上隐隐显出一种失落感。

严嵩有些话很想说给他听，但是，话不投机半句多。万一夏言把水仙当大蒜到处张扬，甚至有意曲解到皇上那里，那就倒霉呢。所以，他在夏言面前尽量谨言慎行。

这天傍晚，严嵩从值庐回到家里，把严世蕃叫进他的书房，问道：你三教九流的朋友多，这几天听到些什么传言？

严世蕃说，好像对王杲、艾朴、厉汝进他们一伙人的处分，有些絮絮叨叨。

说实点，到底议论些什么？

哎呀！现在正是九月天，秋时的芦花，满天飞，还怕它飞到天上去呀。严世蕃想让父亲心里清静些，所以不愿说实。

不，如果仅仅是些闲言碎语当然不怕，但是如果关系到做官为人的大事，可不能小看。

爹，你到底听到什么了？

说王杲戍边是李代桃僵，你没听到？

有些人喜欢嚼舌根，让他咬得满嘴淌血去。

你就不怕他血口喷人？

他想喷，让他喷去。

胡说！喷到我们身上怎么办？

严世蕃见父亲认真了，忙正襟危坐，小小心心地探问：俗话说，封得住坛口，封不住人嘴，咱们还能叫他不要说？

我还要给皇上上疏，为自己辩白。

老爹，你千万别再上疏。在这种时候，你越辨皇上他越恼火。

那要看是什么人什么事。

难道皇上对你老人家……格外看重几个字没有说出口，拐了个弯换了句话说，万一皇上不高兴批你致仕还乡怎么办？！

那正好！

严世蕃心里像被锥子扎了一下，惊慌失措地望着父亲。顿时，房里沉寂得尘落有声。好一阵，接上话茬说：致仕二字说起来容易，真要回去，可就难了。

有什么难的。咱家高祖致仕前，积劳成疾，病逝任上。他两袖清风，以致灵柩运上船都飘飘摇摇，后来抬上一块大石头放入船舱，才镇住风浪。后人称这块石头为布政石、清官石。我们现在比起他老人家来，不知好多少倍……

严世蕃怕父亲说下去，自己恐怕要羞得钻裤裆，忙打断他说，老爹，这些往事您跟我不知讲过多少回了。这块石头至今还在老家江西分宜呢。

严嵩话犹未尽，接着说，后人为纪念他，在石上刻字题诗：扁舟羽使，是作满赢，沛淮仗信，庸蜀着清……

老爹，子在川上曰，逝者如斯夫。过去上百年的事了，还老念着它干啥。

不，我们这位老祖宗享誉神州，我们不论是为官还是做人，都要以他为榜样，可不能在他脸上抹黑。

严世蕃眼看父亲将呻吟变成高歌，越来越不对他的心思，便将了他一军，说，你老人家是不是打算今晚上疏抗辩，明天等御批，后天就回老家呀？！

皇上要能体谅我，这样算是最好了。

严世蕃赌气说，好好好，那你就上疏吧。

父子俩正说得不咸不淡的时候，香梅来叫他们吃饭了。严嵩坐了好一阵没有挪动腿脚，关节有些发麻，起身时颠踬了两步，香梅赶紧抢上前扶住他。

严嵩在香梅的搀扶下走了几步，便要将手臂从香梅的手掌里抽出来，香梅却抓住没放，大大方方地扶着他边走边说，老爷，不要紧嘞。你就把我当孙女呗。孙女扶爷爷，还不应当吗？

严嵩也就由着她搀扶一直走进了膳厅里。

这香梅是去年过年的时候，严嵩的侄子严世芳赴京看望他们时，从老家带来的。香梅是应欧阳淑端的嘱咐从十几个刚成年的女孩子中挑选出来的。这本来是欧阳淑端的一番好意。去年，她听严嵩说起夏言娶了小妾后，自己私下里定下这主意。过完年，严嵩送走侄子走的那天晚上，欧阳淑端突然问丈夫，老爷子，你看这香梅姑娘怎样？

严嵩回道，挺不错的，身段好，脸相也不错，长得挺大方的。

老夫人喜滋滋地笑了，你这样说，我就放心了。

你这话……是什么意思？

什么意思，还要我说呀。

我不明白你的意思。

给你添个二房呀。

不行不行，你开什么玩笑。

我不是开玩笑，我是说正经的。

你这是在辱骂我。严嵩拉长了脸。

欧阳淑端的脸色由红变黄了，强笑道：你可别把我一颗好心当作驴肝肺呀。

我知道你的意思。嗨！说着，举起手掌想抽自己嘴巴却又没打下去。都怪我这张嘴，真不该把夏言娶二房的事告诉你。你以为我把他娶小的事跟你说了，就是打点子让你去为我也找一个是吧？

你别误会我，我可没这意思。我早就想为你物色一个。不过，夏阁老讨小的事提醒了我，这事再不能拖了。

不行！不行！这姑娘，我都可以当她爷爷了。你还不如直接打我两耳光呢。

欧阳淑端双眼噙满了泪水。这泪水，有一些是委屈，更多的是感动。因为她以前曾对丈夫说这事，严嵩总是以糟糠之妻不下堂为由回绝了她，她以为他只是嘴上说说而已。今天看来，他真是这样了。她还想圆就此事，便开导说，老家俗话说，讨小讨小，老牛吃嫩草，哪个有钱有势的人娶小老婆不是找年轻的？谁还会去娶老妈子呀，你不是说，那夏阁老新娶的二房又年轻又漂亮？

他是他，我是我，再说，他也比我小几岁。

不就是小两岁？

上了年纪的人，一年不如一年，差这两岁就不一样。

我知道你的意思，就算房事上不尽如人意，让她给你暖暖脚总是好的吧？

这不是害了人家吗，请你赶紧把她送回去。

这……她人来都来了，世芳也走了。算了吧，就让她留下来，放在身边当丫头使好了。衣食住行，你好多生活习惯总喜欢照老家的习惯做。

严嵩说，这是权宜之计。

吃过晚饭后，严嵩回到书房，亲自搦管上疏，拟其题为《请乞严究有无干托以明诬害》。疏文开头，免不了恭奉一番：今日优蒙发下户科都给事中厉汝进等一本，论列户部秤收插和银两事情，奉有御批，钦蒙圣断已正汝进等之罪矣……接着便直言诉说有污自己的冤情。因为那个奏本的劾词中说，黄大正、赵澜到京城广贿打点，不只是找王杲、艾朴，而且嘱书少卿严世蕃等，请托王杲吩咐甚而逼令余善继收纳之前所说的银子，又说马锡的奏内有黄大正有托权贵嘱咐王杲如何如何。马锡所说的权贵者必实指，只是没有直书其名而已，我读到这里，不胜惊骇。我认为厉汝进等人的意思不在我儿子严世蕃，他们所说的权贵者实际上是指我，他们真正的意思是说这个罪责不在王杲，王杲是为这个权贵嘱托而已。然而，这件事情很容易查明，王杲而今还在，一问就清楚，拜请皇上赐敕追究查问，如果王杲确实是受我的嘱托而遭连累下狱，他会隐忍不说吗？再请严查深究黄大正是否同赵澜到我家面见我儿子严世蕃，贿送了什么礼物，有无逼会余善继收纳人所贿银子等事情，这些事情的真假自然分晓。我想，言官论事，贵在不隐讳，不欺瞒，如果我确实有私弊，自当明白指出来弹劾，何必如此暗藏词语，借以摇撼于我，其目的无非是想叫我下台离位而已。最后，坦言直陈：臣于近年来释去一切事务，并不干预，门可罗雀，士夫执礼，寸丝疋帛不收受，守己安分，唯恐有负圣明，而中忌者之计……赐臣放归田里以谢人言。

第二天，严嵩早早地来到值庐，将昨夜写好的疏本交给了张淮。他怕受到夏言的干扰，叮嘱张淮，如果皇上有批示，请直接交给他。当天下午，张淮果然将一份御批交给了他。朱厚熜批示说：卿辅弼重臣忠诚素著，朕所眷知，这事情处分了，岂可用以介意，安心赞政，勿负朕怀……嘉靖二十六年九月初六日。

严嵩看完这御批，轻轻地长吁了一口气，心里暗暗说，既然皇上如此看重我，我只好继续当牛做马，死而后已。

这天傍晚，严嵩从值庐回到家里的时候，严世蕃早早地等在庭院中迎候他。自从昨日严嵩执意要上疏，他就忐忑不安。在这次两淮盐税事件中，他是得了一大笔银子的。不过，这笔钱不是从广赂打点中捞的，而是与盐商们合伙经营中分成的。他与多名商家合伙做生意，不只是盐商，还有茶商、木商、丝绸商……他不出头，但帮他们运筹帷幄。这些股份，有的是实的，有的是虚的。严世蕃自己心里明白，这些商家之所以巴结他入股，是想借他父亲这把伞遮风避雨。

严世蕃走近严嵩，刚伸手想搀扶他，严嵩一手扫开了，说，不用。

严世蕃见他脸上气色平和如常，心里松了口气，知道父亲迟早会把上疏的结果告诉他，就没有问他，只在他背上轻轻拍打几下，以弹去官袍上的灰尘。然后，跟在他身后，问他是先吃饭还是先换衣裳，听严嵩说先换衣裳，便对膳厅方向招呼香梅来扶父亲去内室。

严嵩换了便服走进膳厅，严世蕃已在饭桌上倒了两盅家酿的用桂花窨制的花雕酒，他将一盅端给了父亲，自己喝了另一盅。但是，眼看自己那盅酒快喝完了，还不见父亲开口，心里有些发急了。心想老人家今天卖什么关子呢，便小心地问他，爹，您老今天身体不舒服还是怎的？

严嵩说，我这不是在喝酒吗，身子不适还能喝酒？

可你看起来好像闷闷不乐的。

严嵩这才问他：我再问你，这次两淮盐税的事，你真的没从中拿钱？

我拿谁的钱了？那奏本里点了那么多人的名，谁给我行贿送钱了？

那年前你进的那笔银子从何而来？

我做生意呀。

哼！做生意……

第三章

收复河套之争

就在两淮盐税案一个月后，严嵩以少师兼太子太师吏部尚书谨身殿大学士一品九年考满，嘉靖遣中官责赐银币羊酒钞贯，命兼华盖殿大学士赐敕奖励，设宴于礼部。按照惯例，严嵩谦词上疏，请求隐退。在皇帝面前你即使有再大的功劳，你也必须谦恭礼让，否则便要倒霉。这种奏疏叫辞免，有时辞去一次不行，还要再辞、三辞。皇上就在这辞的过程中考察你的忠谨。如准许你辞任，这官便当不成了。有一年，应天巡抚吴廷举，新任南京工部尚书。这迂呆的老夫子，本想在辞呈中引用一些典故和诗句，为辞文增辉，以招揽皇上青睐。他先是引用了白香山的“月俸百千官二品,朝廷雇我作闲人”;接着又引用张詠的“可幸太平无一事，江南闲杀老尚书”。这四句诗，已经让朱厚熜看了很不高兴了，我提升你做二品官是要你为朝廷做事呢，哪是要你当闲人？可这老夫人在末尾还加上“呜呼”两个字，是发牢骚呢还是为自己欢庆？嘉靖皇帝将桌子一拍，既然是如此轻狂的闲人，那就致仕回家吃老米去吧。严嵩行文一向谦恭谨慎。这一次自己也是博得嘉靖皇帝的称赞：卿辅政年多，著绩伟懋，酬劳彝典……

欧阳淑端对丈夫的九年考满，自然是欢喜异常。严嵩从礼部宴罢归来的当天晚上，她就说，明天再设家宴欢庆。严嵩说，皇上已让礼部宴庆就行了，省得家里再麻烦。但她执意要做，说朝廷是朝廷，家庭是家庭，意义既相同又不一样。家宴开始后，她亲自执壶斟酒，与严嵩对饮三杯。就寝的时候，严嵩说，他这次上疏，确实有想让皇上批准他归隐田园的意思。这一来是按明朝令典，凡官员七十，便该引年求退。再过一两年他就七十岁了，早两年有早两年的好处，心境轻松疏朗。他见夫人用猜疑的眼睛盯着他，便接着直抒胸臆，说自从夏言复位以来，他心里总像是被人用绳索勒着。夫人问他，是否因为他回来夺回了首辅的位置？他诠释说，这只是表面上的，主要是夏言好强自负，不把他放在眼里，只当个穿衣裳的稻草人，随风舞袖赶一赶鸟雀而已，该管的事不让他插手。夫人便解劝他说，你就乐得做个闲人，只要在那个位置就好，主要是儿孙还要你荫护帮衬。说到为儿孙，严嵩立即兴奋起来，连连点头，称赞夫人想得周到。

那天，就在欧阳淑端为严嵩把壶斟酒时，夏言在自己家里让杏儿为他洗胡子。美髯公的胡须长及胸际,以前是洗澡的时候才梳洗,自从娶了杏儿以后,隔三岔五的便要洗。杏儿老说他的胡须上有股腥膻味。因为,他喜欢搂着她睡,她也像猫一样喜欢钻进他怀里。

正洗着，有客人来了。来的不是别人，是杏儿的父亲苏纲。他说起来是夏言的丈人，却比夏言小十来岁，不到花甲年纪，身穿青色长袍，头戴四方平定巾，一身儒士打扮。但他不是儒士，整日周旋于官场，实际上是个政治掮客。他有两个女儿嫁于当朝高官，一个女婿是首辅夏言，另一个是陕西三边总督曾铣。杏儿见父亲来了，忙叫女侍去通知厨房准备酒饭。但苏纲说，已吃过晚饭。杏儿问他为何不到家里吃，苏纲说，这次进京，实为公务。杏儿这才发现院门口还侍立着两个身着戎装的武士。

苏纲这次到京城来，是要促成两个女婿联手办一件惊天动天的大事，这就是收复河套。

宁夏一带的河套地域，明朝初期还在朝廷管辖之下。后来逐年沦失，已经有一百来年，宪宗、孝宗、武宗几代皇帝，都想收复，但一直没能实现。世宗朱厚熜在位二十多年，曾铣是第一次提出这个建议。

苏纲从行囊中取出一叠文牍，其中一件是给皇上的奏疏，另一件是曾铣写给夏言的信。苏纲说，如果我两个女婿能联手做成这件事，这可是青史留名的大好事。

夏言先看了信，接着看了奏疏，完了说，北边的俺答又开始大举南侵了，曾铣妹夫这时候提出收复河套，当是好时机。我们两个连襟要是能为皇上办成这件大事，那是……话犹未尽，脸上早已灿烂辉煌。

第二天，夏言早早地赶到值庐，在太监张淮的引领下，来到尧斋，将曾铣建议收复河套的奏疏亲自呈送给朱厚熜。嘉靖一向处事果断，批示快捷。但是，收复河套的事情可是关系到国家安危的大事，牵扯到方方面面。他没有立即表态。他阅完奏疏后，眯起双眼悬想了好一阵。夏言知道他在掂量这

事的分量，不敢贸然探问，只好侍立一旁耸肩察看他的脸色。过了好一阵，嘉靖爷脸上闪过一丝晨曦似的微笑问：夏爱卿，你觉得这事可行吗？

夏言赶紧回道：只要皇上能下决心，我看这事能行。

朱厚熜说，有这样的好事，我还不下决心吗？

就是嘛，我浩浩大明王朝，岂能让区区匈奴来欺负。

大话好说，大事难做。这事可是牵一发动全身，你让我下决心，我下了，这事就成了？我看，还是召集众臣廷议一下再说。于是，他要夏言让兵部会同九卿詹翰科道等衙门，一起讨论这事。

夏言从尧斋出来，回到值庐时，严嵩也早已来了。他扬起手中的奏疏说，这是陕西三边总督曾铣写的收复河套的上疏，我刚才奏请了皇上，皇上看了好不高兴，他让我再召集大家议一议。这是一件利国利民的大事，应当群策群力。还说要将这份奏疏刊印个百余份，让兵部先发给大家看。

兵部和许多廷臣对河套问题并不陌生，这是个老大难的事情。但是，在讨论的时候，出现了两派。主战派自然是曾铣。他在叙说自己的主张时，豪情满怀，声震殿宇。他请求让他率六万精锐部队，添给他二千山东枪手，在每年春夏交替的季节，水陆并进，直捣敌巢。在我方材官验发、炮火雷激的攻势下，敌寇一定抵挡不住。这是一劳永逸、万世社稷所赖的大好事。末了，他请求发给他帑金数十万，预计三年毕其勋业。

但是，曲高和寡，赞同曾铣意见的人不多。

反对曾铣提议的人算是主和派，这部分人其实比较多。但是，听说嘉靖皇帝已经看过曾铣的奏疏，并表示赞赏，便都不敢公开反对。心想，既然皇上已经同意，还是默认算了。公开提出反对意见的代表人物是唐顺之和翁万达。

内阁的两个辅臣对于收复河套的问题也是两派，夏言自然是支持曾铣的提议，严嵩虽然主张议和，但心中没底。因此，会后，他私下里分别约见了唐顺之与翁万达，想仔细听听他们对收复河套一事的看法，再拿出自己的意见上奏嘉靖皇帝。

严嵩在西长安街的四合院家中首先约见的是唐顺之。这唐顺之字应德，号荆川先生，是江苏武进人，因嘉靖八年会试第一而才名远播。任编修时曾为迁旨罢归，因而读书于山中十余年，天文、地理、乐律、兵法，无不涉猎，学识广博，著述多种，为当时文坛上唐宋派首领，称得上文武双全。严嵩在南京时曾与他有过交往。严嵩将他迎进大厅，坦诚直言，说在河套边患上想求教于他。两人惺惺相惜，因而谈得很投机。

唐顺之说，我和曾铣是同年进士，常有书信往来。这个人的脾性我了解，好大喜功，说得好听，是有实志而无实学，说得不好听，是志大才疏。在收复河套的问题上，我曾三次去信劝止他。我说只要好好坚守，便无大碍。但他不听，我便将敌我势态详细分析了一番。我说，你带领几万队伍，浩浩荡荡深入千里之野，他跑掉了，你到哪里去找？那里一片荒漠，没有城堡，如何住宿？你地形不熟，他们哨聚即来，可达十万之众，将你包围起来，你怎么办？而且，大军远征，千里之遥，粮草难济，加上士兵水土不服，这诸多问题，你考虑过吗？……

严嵩听了，附和道，如此看来，河套一带的敌我态势，主要是那里的地理状貌决定的，我方如大军突进，敌虏便作惊鸟散，而孤军深入，敌虏则又蜂拥而来，是不好对付。

送走唐顺之之后，严嵩便琢磨着给朱厚熜上疏的事。听夏言的口气，嘉靖皇帝似乎是赞同曾铣的提议，自己如果贸然提出反对意见，闹不好便要吃不了兜着走。这奏疏不好写。他先是躺在安乐椅上静静地思忖。后来竟迷迷糊糊地睡着了。刚打了个盹，便听见香梅的声音。他睁开眼一看，屋里已经点灯了，香梅在叫他吃饭。迷蒙间，尚无食欲，便信口说，你们先吃吧。

爹，你不来，谁敢先吃呀。说话间，严世蕃来到他身前。

严嵩说，没关系，不用等我。

严世蕃说，收复河套的事把你的心搅乱了吧？

谈不上乱，不过这事挺揪心就是。

这事咱不用操心，天塌下来有皇上顶着。

亏你说的，咱都是拿皇家俸禄的人，再说，我还是个内阁次辅，能不为皇上分忧吗？

那你就为皇上献计献策好了。

我正为上疏的事忧烦着呢。

严世蕃听了父亲进退两艰的倾诉之后，睁只眼闭只眼地稍一凝思，为严嵩出了个主意说，老爹，我劝你先不要向皇上写奏疏，既然唐顺之跟曾铣是同科进士，两人又有一定的交往，不如请唐顺之跑一趟，到陕西边关去找找曾铣，游说一番，劝曾铣收回提案。

严嵩疑虑再三，说，曾铣会这么做吗？

严世蕃说，嗨！谋事在人，成事在天。收复河套这事可不是闹着玩的，让唐顺之给他提个醒，也许他就害怕了呢。扬汤止沸不如釜底抽薪，唐顺之如能游说成功，比你写什么都好。

严嵩目笑不语，过了好一阵才说，试试看吧。

唐顺之遵照严嵩的嘱托，从京城出发，千里迢迢来到边关，踏进了三边总督曾铣的营帐。曾铣似乎知道他的来意，他在接见风尘仆仆的唐顺之时，面前的矮榻上，摆放着他的《三边战守图》《营阵八图》和那份颇费心思的《收复河套方略十八策》。两人其实都心知肚明，都想说服对方。曾铣摆出这些，只是想表明自己的决心而已，因为他的方略早已告诉了唐顺之。

结果是谁也没能说服对方。

临别时，唐顺之说，子重兄，看在我们是同年进士的份上，我最后劝告你，收复河套的奏疏最好收回。你的方略，只看到自己的优势，虏敌方面还有那里的地理态势欠考虑。现在，还只是纸上谈兵，说赢也好，说输也好，都不打紧；而真要打起来，打赢了当然是流芳千古，但如果打输了呢？你考虑过吗？

曾铣的眉角惊跳了几下，嘴角闪过一丝不快，苦笑道，荆川兄，你就不能预祝我凯旋吗？

唐顺之说，问题是依据河套一带的地形地貌和敌我各方条件，很难收回来，很多人都是这么说的。

曾铣说，夏首辅已经把我的奏疏呈送给皇上了，开弓没有回头箭，你就别再说了。

唐顺之微笑说，既然如此，我告辞了，祝你好运。

严嵩得到唐顺之反馈的消息，一时间感到茫然无措。他想来想去，觉得还是自己给朱厚熜上疏，叙述自己对收复河套的看法。为了使自己的意见更具说服力，他又在自己家中约见了翁万达。

翁万达字仁夫，广东揭阳人，嘉靖五年中的进士，授户部主事。严嵩那时在礼部，与他有过交往。后来，翁万达随同毛伯温征安南，功绩显著，升任广西副使，后又任四川按察使，陕西布政使，又担任过陕西巡抚，做过宣大总督，现在是兵部侍郎，阅历丰富，是个文韬武略兼具的帅才。

翁万达也准备了一份奏疏，严嵩从他的奏疏中得到很多启发。翁万达认为河套问题由来之久，现在的局面要想一下就改变，是很难很难的。就地貌而言，我方对那里的山川水草皆未可知。如果我军数万之众深入，缓行持重则备益固，疾行趋利则辎重在后，一旦失去方向，便有全军覆没的危险。就敌情而言，敌方或保聚，或洋遁，笳角时动，壁垒相持，很难找到打击他的时机。即使打赢了，他们也不渡河。这样的局面，要想筑城固守都很难。就如今这个局面，敌方控弦十余万，他肯空手让出吗。真要守住那一带地域，须筑城垣二千余里，城堡得有上百个，守卫城堡的军士没有上千人是很难把守的，而要巡查守望这一带地界，三十万人马也不一定拿得下。如若要增兵，一年的军粮达亿万，从内地运输到边界，再由边地运到河套，能飞送都难，这些情况，不能不深思熟虑。目前，塞下喘息未定，边卒疮痍未平，何必要去横挑强冠惹是生非呢？……

严嵩看完翁万达的奏疏，心中有数了，连声称赞说，写得真好，他要转呈给皇上。

送走翁万达之后，严嵩立即起草了一份奏疏 :《论复套事，不可为》。

严嵩在奏疏中说，以河套为患的虏寇由来已久，祖宗倾力而不能收取回来，其根源很深。如今，我们的军事力量远远不及祖宗时强盛，而且内外府藏殚竭，一旦要派出这无名之师，横挑强虏，恐怕正好应了皇上的忧虑。按照曾铣所奏，征讨必用三年，每年必用兵十二万，银为百五十万两。他还说这是大约的开支，其临时要申请的不只这个数目，那结果是师未兴费已不能支撑了，民将何以堪之？说来说去，这都是因为曾铣以好大喜功之心，而为穷民黩武之举。这些，朝廷许多人都知道。但是因为有所畏而不敢明言，以致该部和同附会上奏。幸亏皇上圣明远览，特隆明谕，让全陕百万生灵幸活，这是祖宗社稷的无疆之福……

严嵩写好之后，便交给儿子誊抄。因为这是密疏，不便让中书舍人抄。严世蕃抄到有所畏而不敢明言一句时，问他说，你这一句的含义是什么？害怕谁？是皇上，还是首辅夏言？

严嵩一时竟回答不出。仔细一琢磨，是呀，究竟怕谁？对这二人都有所畏。但是，主要是怕皇上。但是，怕皇上这话只能藏在心中，不能说在嘴上，更不能现于笔端展现在皇上眼底下。面对握有雷霆万钧之力的皇帝，即使残暴也只能说他是仁爱贤明的圣主。看来，严世蕃的确精于揣摩皇帝的心思，严嵩不得不佩服。便笑着说，这一句确实有些不妥，你删去它吧。

严世蕃抄完了，略显犹疑地说，爹，我劝你这奏疏还是别交给皇上。

为什么？

皇上的脾气你不是不知道，他想要做的事别人要反对……是什么后果？

你怎么知道皇上就一定想做这件事？

朝廷里许多人都这么议论，说夏言把曾铣的奏疏交给皇上，皇上看了很高兴，非常赞赏。

严嵩诠解说，收复河套这事说起来是件大好事不假，但真要做起来，哪有那么容易？皇上哪里不知道。曾铣现在信誓旦旦说能办好这事，皇上当然不会不高兴，但我相信，他肯定也看到了它的难处，所以才让大家来讨论，看看是不是真的可行。

严世蕃说，现在夏公和曾铣正在联手撺掇皇上做这事，你却来大泼冷水，成心和他们做对，有些不妥。

严嵩说，这可是关系到国家安危的大事呀，真要打起来，要劳损多少财物，死多少人？

严世蕃笑了笑，不再争辩。

严嵩默想了一阵说，这样吧，先放一放，看看再送也可以。不过，你先盖好密封印章，以便随时禀奏皇上。

就在严嵩写奏疏的时候，曾铣通过岳丈苏纲将新写的奏疏及绘制的营阵图送到夏言手中。次日夏言到值庐的时候，严嵩也来了，但他不想让严嵩知道，经直赶到尧斋，将这奏疏和营阵图送到朱厚熜手上。

朱厚熜首先看的是十八议。这十八议分别是：一、恢复河套；二、修筑边墙；三、选择将才；四、选练士卒；五、买补马骡；六、进兵机宜；七、转运粮饷；八、申明赏罚；九、兼备舟车；十、多置火器；十一、招降用间；十二、审度时势；十三、防守河套；十四、营田储蓄；十五、明职守；十六、息讹言；十七、宽文法；十八、处孽畜。

这十八议，其实是兵家之常务，曾铣只不过综合罗列了一下。朱厚熜看完后，笑了笑说，这个曾铣，考虑得倒是很周全。

夏言接过话茬说，他身临边地，位处前线，知己知彼，对收复河套事，考虑多年，皇上完全可以委以重任。

朱厚熜没有答话，却默默地点点头。接着又拿起了那几张营阵图。

第一张是立营总图。夏言侍立一旁指着图纸讲解。虽然图纸画面有限，但经夏言一讲，那数万兵马仿佛都立现于眼前。朱厚熜第一次觉得自己手下竟有如此多的精兵强将，不觉游目骋怀了。第二张是遇敌驻战图，朱厚熜眼前立即闪现出三边将士奋勇杀敌的身影，一片叮叮当当的兵器相击声不绝于耳，接着是先锋车战图、骑兵逐战图、步兵搏战图、行营进攻图、渡营长驱图……朱厚熜眼前尽现一片金戈铁马的幻象，仿佛自己正临阵指挥，奋勇杀敌。

夏言在一旁见朱厚熜越看越上心，自己也跟着喜气洋洋，说，这都是曾铣经过实地演习描绘下来的，很切实际，不比那些空空洞洞的纸上谈兵。

最后一张，是获功收兵图。

夏言见朱厚熜双目闪亮，自己立即眉飞色舞说，托皇上神威，河套之役，已大获全胜！

哈哈哈哈！朱厚熜不觉笑出声来。当了二十多年的皇帝，年年边关报警，朝廷上下只会惊诧张皇，虽然有众多的廷臣舞文弄墨，却没有谁写出绘出如此让朕舒心释怀的奏文和图像来。

夏言从他脸上读出了他的心声，说朝廷里没有人比曾铣更忠于皇上，只有他，才想到要收复河套，辅佐皇上创一番千秋勋业。

在夏言的鼓动下，随即下诏令，要户部发拨白银二十万两，以做修边费用。

夏言见嘉靖皇帝准备征战的车轮开始滚动，又乘势进言说，复套大事，得有尚方宝剑，方可调兵。

朱厚熜正在兴头上，说，好吧，就交给你。阁臣可以干预军事，这是大明五朝开国以来从没有过的事。这样一来，夏言的权势更大了，在廷臣面前更加盛气凌人。

夏言回到家里，将这些信息告诉了岳丈苏纲，苏纲恨不得立即飞回三边，向曾铣报喜。毕竟夏言在朝廷担纲多年，知道收复河套这等大事的分量，反复叮嘱岳丈，要曾铣先打一两个胜仗向朝廷报捷，以后要拨款调兵才好继续。

作为三边总督的曾铣，自然知道功赏过罚的分量。他也很想打几个大胜仗，尽快剿灭南犯的北虏，向朝廷报喜。他之所以提出恢复河套，也是因为自以为掌控了三边的兵权，可他手下的几个总兵，如甘肃总兵仇鸾、巡抚杨博，虽均属他的下属，却并不支持他的计划。

仇鸾是勋爵后代，原籍江都，祖爷仇钺战功卓著，被封为咸宁侯，因而仇鸾也世袭为侯爵，一向桀骜不驯，且军纪松懈。他接到曾铣要他出兵的命

令后，以自己兵力不足为名，无力出兵为由，拒不执行曾铣的命令。杨博见仇鸾没有出兵，自己兵力更小，便以他们要修筑边墙无力支援的理由，也没有出兵。曾铣便叫自己的幕僚执笔罗列了仇鸾十条罪状，告他欺怠朝廷，擅作威福，残虐故杀，贪婪枉法，朘削卒伍，侵牟边饷，私役戍丁，骚动地方，育养奸回，圮败寮服。这十条中，含有克扣军饷、谎报军情、冒功请赏的罪过，也最为严重。嘉靖皇帝大怒，下令逮捕仇鸾予以惩治。

杨博也受到夺俸的处分。

由此，曾铣只能孤军作战了。在兵力不足，粮饷不济的情势下，曾铣立功心切，仍旧向敌方突进。此时敌方是鞑靼王吉囊的旧部，南犯多次，经验丰富。此时的曾铣兵力分散，初次交锋便打了败仗。曾铣颇为沮丧，有幕僚知道他报功心切，建议他寻找北虏小股部队，聚而围歼。曾铣依计而行，他亲自布阵督战，果然打了个小胜仗，斩敌二十六首级，生擒一个小头目脱脱虎，缴获马、牛、骆驼九百五十四，器械八百五十三件。曾铣很是高兴，在向朝廷报功时,将斩敌二十六首级夸大了十倍,报为二百六十。他自以为得意，却没料想他所做的这些，全看在一名装扮成战乱中流浪的女锦衣卫的眼中。

曾铣向朝廷报捷,夏言将这半真半假的喜讯报告给嘉靖皇帝。龙颜大悦，下诏给曾铣加一级俸禄，并赏赐白金和纻丝。

曾铣已经开战了，兵部却迟迟没有动静。兵部尚书陈经上任不久，对此事不知该如何处置，属下的侍郎、郎中等官员则表示反对。陈经便综合大家的意见上报，称筑边、复套两俱不易，二者相较，复套尤难……深入险远必争之穴，驱逐数十年盘踞之虏，谈何容易！

户部尚书刘储秀原为吏部左侍郎，到户部也不久。朝廷一年收入不过二百余万，现在开支早已超过，哪有经费增拨给曾铣，因此也叫苦不迭。

夏言非常恼怒，没和严嵩商量，就密奏陈经、刘储秀渎职。嘉靖准奏，罢了这两人的官，兵部由王以旗接任尚书，户部由夏邦漠接任尚书。由此，朝中大臣无不惧怕夏言，夏言也更加趾高气扬，盛气凌人。对于复套问题，廷臣都不敢再持反对意见。言官们看到皇上已拨款支持曾铣，也就随风转舵。一时间，纷纷传言：不见费宏，不知相大，不见夏言，不知相尊。此话传到夏言耳里，他好不得意。其实物极必反，他也许不知这个道理，否则，他就可能有所收敛了。

世事无常。人世间的事瞬息万变，这在宫廷中更是如此。宫廷里最怕的是皇帝这把龙椅被别人抢占。朱厚熜十五岁登基以来，他通过议礼风波等事件，树立了绝对权威。他厌弃大殿中的喧烦，躲进西苑的尧斋，一面理政，一面修玄，却能威柄不移。朱元璋废弃宰相，但朱厚熜倚重阁臣，这首辅似相非相，像木偶一样被他操控着。他认真阅看每一个奏章，以取精用弘。摆到他面前的奏疏有几个渠道：通政司是朝廷的收发室，是转送朝臣奏疏的主要渠道。另外还有两条，一条是各中官、内部太监也可上奏皇上，从后门递送，也叫后廷。此外，内阁大臣和近幸宠臣可以密封呈奏，密封呈奏的人须有御赐的印章，这是一种特权。像所有的皇帝一样，朱厚熜耳目众多，庞大的宦官机构有二十四个衙门，这些被阉割过的宦官遍布皇宫，从皇帝身边直到皇后嫔妃居住的内宫，他们出出进进，皆为皇帝走卒。二十四监有的管府库，掌管钱财;有的管营缮，负责宫殿屋宇的修缮和管理;还有管衣物、家具、膳食……其中皇帝最倚重的是秉笔太监和司礼太监，这些人有一定的缮写能力，可以替皇帝写文书，皇帝念一句，他写一句，写完用朱笔圈点，这叫朱批。上了朱批，再盖上玉玺，就成为诏令。因此，有些年幼的天子或荒唐的昏君，往往被那些邪佞的秉笔太监愚弄和蒙蔽而丧失权力。朱厚熜既逍遥自在，又权柄不移，从不允许他们干预政事。他最宠信的太监叫黄锦，是从安陆带来的贴身宦官，有关朝廷大事，他常会垂问于黄锦。

满招损，谦受益。有一种装水的不满杯，你如若将水高于那条警戒线，则会招致满杯的水流失，形象地诠释了这一人生道理。夏言表面上很威严，但在背后有不少人说他的不是，如司礼监黄锦，如锦衣卫都督陆柄，他们都是贴近嘉靖的人，但都因为他对他们不恭，因而他们在嘉靖面前也就不愿说他的好话。如不见夏言不知相大，夏言和曾铣是连襟……这些朝廷议论的话语便是通过他们的嘴吹进嘉靖的耳朵里。

朱厚熜开始对夏言猜疑了。

就在这时，一位身腰欣秀的锦衣卫走进了尧斋。当其脱去衣帽，显现在朱厚熜面前的是一个灵秀异常的道姑。这道姑名叫玉清，她是随同法师陶仲文从龙虎山过来的。这次，她是从陕西三边赶回来的。两个多月前，她混杂在被战火掠扰的难民中，游弋在曾铣的营帐附近，目睹了明军与虏敌交战的点点滴滴。她告诉朱厚熜，曾铣不仅虚报了战果，而且还打过败仗。

这玉清道姑不仅容貌秀美，而且有一身好武功。起初，本来是陪伴朱厚熜玄修的。朱厚熜热衷于道教，那漫长的玄修日子，毕竟是孤寂清冷的，让

一位娇娆的道姑陪伴，那孤寂清虚的时光添了滋味，增了色彩，漫漫苦渡便变成了白驹过隙。人世间不管是至尊的君主还是玄虚的道姑，毕竟都是饮食男女，更何况皇帝可以临幸天下女色，道徒也有婚嫁自由。因而，不知何时，究竟是朱厚熜先甩了袍袖呢，还是玉清先抛了媚眼，两人就相拥一团，有了男欢女爱的亲热。

玉清这次赴三边探察曾铣军情，离开京城数月，刚投入朱厚熜怀抱，屋顶上却发出一阵阵窸窸沙沙的声响，不知是何动静，搅了朱厚熜的兴致。叫来黄锦询问，黄锦回答说，这是沙尘暴，从北虏那边刮来。

从北虏方向刮来？朱厚熜感到不安，吩咐黄锦召法师陶仲文来占卦探询天意。

陶仲文当着朱厚熜连卜三卦，卦象相同。法师脸色暗晦。

朱厚熜惊问，怎么样？

陶仲文回答，主兵火，有边警。

边警从何而来？

西北方。

西北方，河套不就在那一带吗。

朱厚熜惊慌之余，对黄锦说，下诏书，我说，你记：

上天示警，儆戒昭然，须防备消弭，当尽人事。朕居君位，总理于上，无视事之理，本兵等皆各有专责，俾皆悉心经画。朕乃仰叩玄兹，冀转穴为福。令部曹百司之官，反躬自省，修好政事，以消弥灾祸，务必督促边务，加强警戒防守，以答谢上天仁爱之意。

黄锦依次传达嘉靖皇帝的这道谕旨。

首先得到的是夏言。不知他对这道谕旨是没读懂还是故意要曲解其含义，说皇上英明，复套之事，正是上应天命。有些人口头上赞成而行动消极，确实该反躬自省。

黄锦见他如此说道，连声说，是该反躬自省，是该反躬自省。不知他是讥讽他还是别的意思。

严嵩从黄锦嘴里听了谕旨，还特意从他手上接过认真默诵了一遍。就在这时，黄锦在一旁悄声说，老先生，你可要好好领悟皇上的旨意啊。

严嵩说，谢谢提示，我一定按皇上的旨意行事。

第二天，严嵩从家里带了那份早已写好的奏疏，走进尧斋呈交给朱厚熜。

朱厚熜看了那份奏疏，觉得严嵩说的有道理，对复套问题分析得很全面、深刻。于是，又下了一道手谕：

套虏之患久矣！今以征逐为名，不知师出果有名否？兵果有余力，食果有余积，预见成功可必否？……

嘉靖提出的这一系列问题，要兵部召集廷臣讨论。

能混进到朝廷的官员哪个不是见风使舵的好手？兵部的人对复套问题大都持反对意见，只是听夏言说此事已得到嘉靖皇帝的认可而噤若寒蝉。这会儿见皇上态度变了，便像田垅里开春的青蛙一样呱呱而鸣。兵部尚书王以旗上疏说，我们遵照皇上的诏示，会同府部九卿詹翰科道等衙门，讨论了有关复套的事情。大家认为，北虏恃强据险，为我大明王朝计，应当练兵积粟，如有来犯者坚决拒击。不要跟他较曲直，争尺寸。应责令曾铣严督各镇蓄兵养锐，加紧防御。以前关于出师搜套等等事宜，应当停止……

夏言见兵部的态度如此转变，对自己是很不利的。但他不甘罢休，仍就上疏抗争：北虏久据河套，扰我疆场。臣愚窃以为匈奴虽多，不过汉一大县。况当国家全盛之时，皇上中兴之余，薄采威武，旋可成功……

雨水是因为云气聚拢才形成的。云气没有积聚，打雷也没用，哪怕是晴天霹雳，也只是吓唬人而已。云气一旦厚积了，不打雷也下雨，打了雷便更剧烈。这时候，不想做落汤鸡的人最好是躲起来，否则，不仅全身湿透，还会有被雷霆打死的可能。不观天象的夏言，就正好落得如此下场。

这时的朱厚熜已经采信了严嵩和兵部等多数人的意见，而严嵩的观点是虚心咨询了几位文武兼备官员才归纳的。因此，朱厚熜对夏言的盲目自信很反感。但他没有直接指责他，而是下手谕责问阁臣：

尔等朝廷倚政之本，百尔自宜，先以邦民为心，如何专徇私情，强君胁众？昔密奏未免，乃诈称上意，必行兹所奏，又无引罪词。吏、礼二部会都察院参看以闻。

严嵩看了这一手谕，觉得虽然是针对多人的，但是专徇私情、强君胁众、诈称上意等词语还是针对夏言的。但是他还是深刻地反省了自己，上疏检讨：

……臣备员辅职，如此举措，关系国家安危大计，不能先事匡正，至廑圣虑。同官夏言于他政务为多，臣独分毫无补，有负委任，请从显黜。

然而，夏言见了朱厚熜手谕，不但不检讨自己，而且将责任推给朱厚熜，他上疏说：

……夫拟议虽自臣下，一经御览，即系圣断，非臣下所敢轻予者……

这夏言也太自负了，不仅在朝廷众臣面前耀武扬威，竟然还敢对皇上犟嘴。何况你确有独断专行、强君胁众之嫌。

朱厚熜一怒之下，将夏言与严嵩同时召进尧斋对质。

夏言走在前面，朱厚熜便首先问他：关于复套一事，朝中大臣已集中复议，都认为不可行。你还有何高见？

夏言知道大势已去，但他不想担负责任，辩解道：这事的提起虽然是我票拟的，但是陛下您是看过了的，这应该就是皇上您的意见，臣下我岂敢承担！

朱厚熜听了，很是生气，诘问他，你说的如今朝廷上下没有人比曾铣更忠这样的话，我总没有教你说吧？

夏言被问得哑口无言。朱厚熜连连责问：你和曾铣三番五次上疏复套，朕本无意，你们却危言耸听，说不这样做则中国之害日积，就对不起列祖列宗，胁迫朕采纳这一方略。其他朝臣提出不同意见，你便打击报复，今天说要撤这个，明天说要查办那个。这不是强君胁众是什么？

夏言这才感到自己罪愆推脱不了，虽然跪伏于地，却不认罪，只想推卸于严嵩，说辅臣严嵩也知道这事，不是他一个人的责任。

这话正好被刚进来的严嵩听到。于是，朱厚熜责问严嵩说，你既然也知道这事，为什么不早说？

严嵩忙拜伏于地，解释说，请陛下容我解释，我虽然说起来是次辅，但一切票拟都是夏公亲自秉笔拟就，并不与我商量，都是他说了算，我只有签字的份。我没有签字，他也照样上报。我这辅臣，如同摆设。关于复套的事情，我知道不行，但是不敢讲……

夏言气得跺脚骂严嵩巧言令色，诬陷中伤他。

严嵩早憋了一肚子气无处发泄，现在当着朱厚熜的面，无所畏惧了，直言正色说，夏公你也该检点些，我说的话可以叫敕房、诰房、中书舍人做证，哪一句不是真的？

夏言气得捋起袍袖大声叱骂，朱厚熜呵斥他：夏言不得无礼！

夏言这才软声敛气说，臣深受中伤，请皇上明鉴！

朱厚熜冷冷地一笑说，你当初劾罢郭勋，劾罢唐龙，现如今又劾罢陈经，劾罢刘储秀，今天要劾罢这个，明天又要劾罢那个，你就不中伤别人？……

夏言被噎得哑口无言，末了，嗫嗫嚅嚅地说，臣所以赞同曾铣提出的复套事，也是出于报国心切。

朱厚熜说，如真是出于报国之心，倒还情有可原，只怕是挂羊头卖狗肉。

被朱厚熜训斥的两个辅臣，恹恹地走出了尧斋。在回值庐的路上，夏言气咻咻地责问严嵩，介溪兄，你为何要这样和我过不去？我究竟在什么事情上得罪你了？

严嵩说，我哪里跟你过不去了？

夏言说，你给皇上上疏，名为自劾，实际上是将责任全推给我。

严嵩说，不是我把责任推给你，是你把责任推给我。

夏言反问：我推卸什么责任？

严嵩说，复套的事，你什么时候跟我商量过？

夏言讷讷无语。

第四章

修边城

那天，夏言从尧斋出来，怏怏不乐，一直到回家，心里还堵得慌，像卡了一块骨头，想吞吞不下，想吐吐不出，很觉憋气。

杏儿和她的父亲早等在大厅里，他一进府门，父女俩便迎了上去。杏儿见他郁郁不乐的样子，情知不好，还是上前拥着他往屋里去，边走边悄声问，怎么样？

夏言冷冷地回道，什么怎么样，就这样呗。

苏纲跟进屋说，你没有跟皇上再说说复套的事？这可是难得的大好事呀。

还大好事呢，也许就要大祸临头了。夏言气鼓鼓地将朱厚熜召见他和严嵩的事叙说了一遍。

杏儿说，这严老头，干吗要和咱们过不去？

苏纲说，看来这严嵩还挺难对付呢？早知道他这样，咱们早该打点打点他。

夏言说，打点个屁，他算什么东西，我还打点他！

苏纲说，可现如今，复套的事被他搅黄了。

夏言说，他一个人还没那么大的能耐。

杏儿在一边帮腔说，咱们是不是给他补个礼……

补个屁！夏言声色俱厉地吼了起来。

杏儿嗫嗫嚅嚅地说，可这事总不能就这样罢了呀。她说着，走到夏言坐着的椅背后，为丈夫捏肩捶背忙乎起来。

苏纲探试着问，这事还能补救吗？

夏言顿了好一阵回道，好难说。他随即又问，哎，刑部尚书喻茂坚那里，你去了吗？

苏纲回应道，还没有。

夏言说，你赶快去。

好，我明天就去。

不，你今天晚上就要去。

这天，严嵩也是闷闷不乐地回到家里。严世蕃一看，就猜着了他的心思。但他还是试探着问，爹，今天又遇到什么不高兴的事了？

嗐！气死我了。严嵩吁叹了一声，便把朱厚熜召见他和夏言，以及他与夏言争吵的事一一叙说给儿子听。

严世蕃安慰他，爹，你用不着生气，皇上主要是怪罪夏言。

严嵩说，这我知道，可夏言蛮不讲理，他想把责任推到我头上来。他说每次入阁入值，派人叫我去，我不肯去，哪有这样的事？每次票拟都出于他的手，而且总是夸赞曾铣如何如何，我和大家都以为是皇上的意思。后来承蒙皇上让兵部叫大家开会讨论，议案交到内阁，他留下看了三日，最后他从袖中拿出一个密疏叫我看了一下，随即叫人誊抄上报，根本就没有跟我商量……嗨！跟这样的人实在难共事，我真想早点致仕回乡去算了。

严世蕃听了父亲的倾诉，心里暗暗高兴。他知道，这时候，朱厚熜才不会让他老爷子致仕呢。他宽慰说，爹，你压根儿就用不着生气，应该高兴才是。

严嵩说，你又在打乱话，有什么可高兴的？

哈！还不高兴，皇上骂他强君胁众，他死定了。

严嵩愣了一下，随即沉默不语。他也在掂量强君胁众这句话的分量。此前因为愠怒在胸，还没有认真琢磨这话，现在想来，这可是雷霆万钧呢。

父子俩正交谈着，香梅来叫他们吃饭了。严世蕃兴致勃勃地说，上一壶家酿，今天要和老爹好好喝几杯。

严嵩在饮食上很节制，特别是喝酒，从不过量，每餐只饮两小杯。今天严世蕃很高兴，但他知道父亲的脾性，只在开始举杯时与严嵩碰了一下，以后就自斟自饮，喝完了一壶，又叫香梅去打来一壶。

欧阳淑端说，你可别喝醉了。

严世蕃说，人生难得一醉。

欧阳淑端心疼地劝道，醉酒伤体。

严世蕃说，我即使喝醉了，也只需睡一觉酒就醒散了。

严嵩劝诫说，人要懂得节制。

严世蕃知道父亲话里有话，仗着酒兴借题发挥：爹，我知道你这话的意思。可是这人呀，食色性也。你老人家太苦了你自己了，你都快七十了，这一辈子就只娶我娘一个老婆，佩服，佩服！

老夫人半笑半嗔地骂儿子，拿起早已放下的筷子在他头上敲了一下说，就你会享福！

严世蕃说，你也有福呀，对于女人来说，你是最有福的人。我爹做这么大个官，前几年还当了一年多的首辅，他一辈子就守着你一个女人，真是难得呀！

老夫人说，这不用你说。你今天是遇了什么好事呀，这么高兴？

严世蕃说，我爹马上就要时来运转了。

严嵩用方言嗔道，你又来打什么乱话！

欧阳淑端听儿子说丈夫将有好事，便鼓励儿子，老头子，你就让他说下去嘛。

严世蕃听了母亲的鼓动，便乘着酒兴，哇喇哇喇说开了：夏家这老倔头，串通他的连襟曾铣搞什么恢复河套，皇上还没有决断是否就一定要办，他就哄骗大家说皇上同意了，搞得朝廷上下都信以为真，不同意的也只好说同意。现在皇上态度明朗了，说复套的事不搞了，他竟敢对皇上说，一经御览，即系圣断……呃，这话说起来也是有点道理……

胡说！有什么道理？严嵩打断了话茬。

皇上他要是真不同意，为什么还要给曾铣拨二十万两银子？

严嵩注解道，那是叫他修边墙的。

旁人哪知道得那么清楚。严世蕃接过话茬：我猜想，皇上对复套的事肯定有点意思，要不然，他夏言没那么大的胆子就说皇上同意了……

住口！

爹，您老放心，这话我绝对不跟外人说。

老夫人瞟了丈夫一眼，叮嘱儿子说，这话确实不能跟外人说。

娘你尽管放心，我也就是对你们才信口开河，对外人，我可是封了口的酒罈子，一点气都不透。

几天后，朱厚熜下了诏书，说曾铣不顾国家安危，百姓生死，妄议复套，以致天怒人怨。内阁大臣夏言，强君胁众，诈称上意，以纵其好大喜功之私欲。末了，命令锦衣卫将曾铣押进京师问罪，对夏言削官以尚书致仕。

甘肃总兵仇鸾得知这一消息，非常高兴，他因记恨曾铣对他的弹劾，因而一报还一报，也弹劾曾铣。他上疏历诉曾铣过失，说曾铣谋国不忠，驭军无法。往年北虏侵犯延安、庆阳，杀人盈野，曾铣隐匿不报，还收取诸多将领金钱上万，派遣儿子曾淳交付其岳丈苏纲，关通贵近，图免于罪。又说在嘉靖二十六年二月率其部队出定边，奔袭虏帷，因为没有计划好，有一部分反被敌人覆没，他又隐匿不报，还克扣军粮数万。他自知罪孽深重，因而倡议复套，妄图以此为功赏来蒙蔽其罪过，不忠甚大。

朱厚熜看了仇鸾的奏疏，对曾铣更加气恨。这个曾铣原来犯有败军、侵饷诸罪，为逃避追责而提议复套，谋图自解，这是欺君之罪。便下令刑部、都察院、大理寺这三法司追查其覆军匿报及科索、克扣事实。此前曾铣进京只是传讯，现在则升格为廷审，关进诏狱。同时，又下令逮捕苏纲和曾淳，追查请托贿赂的事情。

经过审讯，确认了曾铣令其儿子曾淳先后持金数万，托其岳父苏纲交给夏言的事实，因而证实了仇鸾劾其阴谋为奸、妄议复套，掩覆失事、冒报功捷的罪过。

于是，嘉靖皇帝下诏：曾铣妄议开边，隐匿败丧，殃虐百姓，欺蔽朕躬，罪在不宥。而且要三法司拟议从重处罚。

苏纲根据其罪行发配充军。

朱厚熜要三法司对曾铣从重处罚，最重当然是杀头了。但是根据曾铣所犯的罪过，要找出杀他的法律依据一时还难找到，只好比照守边将帅失陷城寨这一条，可以处斩。报到朱厚熜那里，他很生气，说，曾铣明明没犯这一条，却以此罪名处斩，这不是让天下人耻笑吗。驳回再议。

三法司官员们认真查阅大明律，从中找到了一条：凡诸衙门官吏，若与内官及近侍人员互相交流，漏泄事情，夤缘作敝，而符同奏启者，当斩。据此律条，曾铣在嘉靖二十七年三月十八日，被斩于西市。其妻、子流放两千里。

曾铣被杀时，夏言正在致仕还乡途中。这消息风传到他耳里，他吓得跌坐在地上。苏杏儿忙上前搀扶，他仰天长叹说，我的末日也快到了。

果然，没过几天，一支锦衣卫缇骑追来，将他捉拿返京，被放到镇抚司拷讯，朱厚熜命法司拟罪。

夏言上疏说，臣之罪衅，起自仇家……他要求最后见嘉靖皇帝一面。这时的朱厚熜哪里还想见他呢，对他的印象已经糟透了：

自高自大，威福自由，无所忌惮。张璁三进三出，罢官后脾气好多了，可这夏言却越罢越气盛。他本想通过罢官来儆戒他一下，没想到他还不如张璁，不听劝告，不畏人言：

无视太后，蔑视东宫；

拒绝戴道帽，而且还竟敢说这有违朝制，五个值班大臣其他四个都戴了，就他一人不戴；

串通曾铣提出的复套事上，不但强君胁众，竟然还说一经御览便是圣断……

其时，正是北京西北面闹地震的时候。朱厚熜最怕老天爷示警。他要黄锦找来法师陶仲文真人到廷前作法。当初夏言作为议礼新贵时，陶仲文是助了他一臂之力的，到后来位居首辅之后，不仅忘了陶的恩德，而且时有轻蔑之语，说陶是无功受禄，只因皇上信道，他才稳居道坛逍遥在真人府，而且享受二品俸禄……于是，他要替天行道，灭除这忘恩负义的人。

陶仲文三卜，代上天传言说，山崩地裂，陛下有难。朱厚熜吓坏了，忙问他有何化解之法，他便举了汉朝的故事，说汉成帝那年上天示警，杀了丞相翟方进，便禳解无事了。

于是，朱厚熜传谕三法司，要定夏言死罪，以谢天地。

这消息，很快就传开了。

严嵩是较早知道这信息的人。当时，是上午，他正在值庐当值，准备起草乞准赐杨一清谥（杨一清先年在礼部因事革职，现准备改吏部题准复职）。尽管夏言和他过不去，但他仍然认为，夏言有罪过，但还不至于处死。他很想救他，但一时不知该怎么说。嘉靖皇帝肯定对夏言恼恨至极才要诛毙他的，这时候要进言，可不是易事。

下午，严嵩还在为请求赦免夏言的事犯难时，刑部尚书喻茂坚、都察左都御史屠侨、大理寺卿朱廷立几个人来到值庐，报请为夏言定罪的事。严嵩谦和地问他们有何高见。喻茂坚说，夏言罪尤当死，但念其在内阁当值多年，效有劳勋，据律宜在议能议贵之条，免其一死……

严嵩茅塞顿开，说，好好，依傍议能议贵这一条，皇上或许能免其一死。我也准备上疏，求请皇上赦免他。

这天晚上，严嵩将草拟的《请乞宥免夏言提问》的奏疏，让严世蕃誊抄一份，严世蕃说，你被夏言气糊涂了吧？这时候您还向皇上求情救他！

严嵩平静地说，常言道，救人一命，胜造七级浮屠。

严世蕃说，那也要看是救谁。

夏公谨主要是太好强，太自负，多得罪了几个人。

何止是几个？朝廷上下的人都被他得罪完了。许多人都说，夏言这人才有余而识不足。他有时何止是识不足，可以说是蠢到家了。他什么人都不放在眼里，他不仅把位次于他的人不放在眼里，还连皇帝老子也敢轻慢。这下可好啦，皇上朱笔一圈，咔嚓，掉他的脑袋。

严嵩拉下脸斥责儿子，你幸灾乐祸是不是？

严世蕃嘿嘿嘿傻笑起来。我不过是随便说说而已，哪里是我要杀他呀。

别贫嘴了，快帮我抄出来。

你放心，我有半个时辰就可以抄出来。我担心的是，他已经几起几落，皇上这一次不会再轻易放过他了。

那是皇上的事。

皇上要是不赦免他，咱们这奏疏不是白劳神了。

你要是觉得劳乏了你，我自己来。

好好好，我抄，我抄。严世蕃见父亲生气了，赶紧搦管沾墨，抄写起来。他一面抄还在一面唠叨：爹，你太老实了。这事要是换了别人，不落井下石就好了，还向皇上求情救他？见严嵩没搭理，又说，您就是把他捞出来了，他也不会相信是您帮了他。

为什么？

他一直认为是您害他的。

由他去吧，皇上心里清楚。

出于同乡之谊，严嵩帮扶夏言已不是第一次了。嘉靖十八年，朱厚熜驾幸承府，其主要目的是拜谒显陵，视察陵园规模设施，看看能否将其生母蒋氏南迁合葬。回京后不久，嘉靖皇帝又去京郊天寿山视察，选择葬母之地，命令夏言草拟一份居守敕，一直到回京后，夏言还没有写好。朱厚熜大发雷霆，亲自起草一份责骂夏言的诏书，称他起自微官，其所倚任，皆朝廷恩眷，自当益励公勤，尽忠事主，乃每每怠慢不恭。并列诉其不恭事例：所拟官僚多不称用，密疏既不遵式，却借封皮以便私情。阁臣可以直接进呈，而夏言有时连章子也不盖就送上。朱厚熜斥他不递格式，便下令将原赐印记并历年御贴等物收缴，无得隐匿取罪。夏言吓坏了，忙上疏请罪：臣一介凡夫，蒙陛

下显拔，不次进用……盖印记之文，乃特赐嘉奖;圣谕诸贴，皆亲洒宸翰……是为家藏，为子孙百世之宝。今一旦追取，臣怎忍舍之……

夏言没有将所赐之物交回。于是，朱厚熜便以为他将赐印、御贴等宝物丢失，更加生气，并令他致仕。这是夏言第一次罢官。

夏言因为一向颐指气使，得罪的人多。礼部几个受过夏言训责的官员，便向严嵩建议，找几个言官弹劾夏言，彻底整垮他。但严嵩没有落井下石，而是向夏言进言,劝他将所有的御赐印记、诏文全部交回嘉靖。夏言犹豫难舍，严嵩开导他说,皇上追问此事,并不是在乎这些东西,而是考量你对他的态度。夏言听信了严嵩的劝告，将历年受赐的手敕、谕贴四百余件和一颗银印，装成十二匣，一并上交。朱厚熜见所赐之物完好无损，怒气稍解，又念及在大礼议的第二阶段有赞礼之功，就恢复了他的职务，要他益励初忠，尽心匡辅，秉公持正，不惟副朕简任，亦免众怨……但是，夏言恶习难改，继而又导致被黜并招来杀身之祸。

严世蕃料准了，朱厚熜看了严嵩为夏言求情的奏折，搁在一边没搭理。于是，严嵩又上了一道奏疏,《论救夏言》：臣昨昧死具奏，请乞天恩，量以末减……

朱厚熜仍旧没批准严嵩，再次上疏 :《再论救夏言》。这一次，他持奏疏亲自找朱厚熜求情。严世蕃劝他别去，但他坚持要去，说凡事二不过三，皇上同意也罢了，不同意也罢了。于是，严世蕃便叮嘱他，千万别和皇上争辩。严嵩说，这你放心，我从来不和皇上犟嘴。

严嵩手持《再论救夏言》的奏疏，来到尧斋面见朱厚熜。行过君臣之礼后,严嵩以奏疏中的语句说,臣敢昧万死,恳请皇上开天地之慈,霁雷霆之威,曲赐矜怜，免其一死!

朱厚熜似笑非笑地回道 : 严爱卿，你是不是有兔死狐悲之感啊?

严嵩苦笑道，皇上圣明，世间万事万物，皆洞若观火。我和他是同乡，尽点同乡之谊吧。再说,外面已有传言,说他今日落到如此境地,是我害了他。

朱厚熜说，这和你没有关系。随即历数夏言的过失，特别是关于复套问题上强君胁众的言行。末了,从案侧堆积的文牍中找出一纸青词甩在地上说,他当初为取悦于我，那青词写得多好。到后来，为了糊弄我，竟把以前用过的重抄了送来。还有那奏折,多处涂改也不重抄一下就送上来。这还像话吗?朕视言为腹心，言则视君为何?

严嵩见朱厚熜生恨至极，赶紧告辞退出尧斋。

在为夏言说情问题上，朱厚熜对严嵩算是客气了，而喻茂坚等人却是倒了霉。三法司呈送的奏疏，称夏言法固当斩，但直侍多年，效有劳绩，符合法典中议能议贵的规定，似宜宽宥。

所谓议能系指有大业者；议贵是指一品官爵，这几种情况的犯人，可减轻刑罚。但是朱厚熜仍旧用朱笔挥就个斩字。喻茂坚等人因为夏言求情而被夺俸一月，以示惩戒。

事后，严世蕃在家里对严嵩大放厥词。他说什么议能议贵，全在皇上的嘴里，他说你能，你就是能，不能也能;他说你贵，你就是贵，不贵也贵……

严嵩呵斥他：放肆！胡说八道。

嘉靖二十七年十月，夏言被斩。

嘉靖二十八年二月，严嵩再为首辅。

嘉靖二十八年的正月二十二日，是严嵩七十寿诞。

还在正月初七的这天，他就写了《引年乞休疏》。这天，他起得较晚。昨夜三更时就醒了，为写疏的事思虑好一阵，到快天亮时便又睡着了。

这天，家里比较清静。从年三十到昨天，热闹了好些日子。

严嵩一共生育了一男三女。他在十九岁时与欧阳淑端结婚，第二年生了长女严咸宜，几年后又生第二个女儿，三十四岁时才生了儿子严世蕃，后来还生了一个小女儿，但在他四十五岁即嘉靖三年三月时，小女儿不幸死于南京城的瘟疫。当时，他在南京做翰林院侍读。严嵩虽然只有一个儿子，却有八个孙子和一个孙女，八个孙子中有两个是恩养的，孙女在排行中最大，当时，还只有孙女和恩养的孙子严鸿、严鹄以及嫡孙严绍庆、严绍庭。前几天，女儿女婿领着外孙来拜年，家里好不热闹，打牌的打牌，唱曲的唱曲，说说笑笑，打打闹闹，屋里热气腾腾。严嵩很享受这子孙满堂的天伦之乐。

严嵩还在吃早饭时，就叫香梅到他书房研墨。吃完饭，漱了口，就坐到了书案前。疏文内容因在昨夜就想好了，因此写下标题后，接着直书：臣闻礼曰，大夫七十而致仕。本朝今典，凡官员七十，例该引年书退。接着，他表述自己弘治十八年举进士任编修到现在，出仕四十五年。到今年春，犬马之齿已有七十。虽然顾虑重重，但该说的还是要说，缘于自己质薄才微，力小任重，本非所堪，因此遵照典章，请求退休。请求皇上曲轸洪慈，批准他致仕。今天写这份疏文，很是心平气和。他写完后，又逐字逐句地审视了一遍，

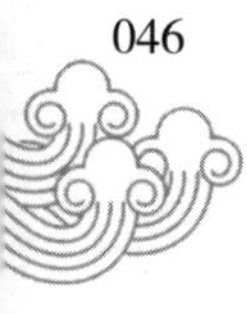

感觉没有一点不妥之处，这才轻缓地长舒了一口气。当他搁下毛笔时，竟有一种从未有过的轻松，仿佛一个挑着重担的农夫，长途跋涉后终于到家放下扁担似的，感到分外的爽快。

严世蕃昨天也睡得晚，他刚吃了早饭，打着饱嗝来到严嵩面前，严嵩便要他将疏文钤封，准备过完年便呈报给皇上。严世蕃看了一遍，说，爹，您这么急急忙忙地上这疏本干什么？

严嵩反诘道，什么叫急急忙忙？

您马上就是七十大寿了，不能待做完寿典再说吗？

反正要送，迟送不如早送。

那不一样。您早早地呈送给他，万一他心血来潮，椽笔一挥，批个同意您致仕，怎么办？

我致仕回乡是迟早的事呀。

那可不一样。如果他现在就批了，您这七十大寿都做不成了。

我做寿跟致仕是两码事。

说起来是两码事，可这两件事连在一起却又大不一样，就像晴天和雨天放鞭炮一样。

严嵩许久不吭声，只默默地品茶。待他放下茶杯，才说，这世态炎凉，人情冷暖，我活了七十个年头，难道还不知道？我身为首辅，既要看皇上的眼色，又须顾及世人心数的日子，实在是太累了，我只想自自在在地了却余生。

严世蕃见父亲的倔劲上来了，只好哀求道，爹，您就为我们全家想想，先放一放吧。等过了您的七十寿诞呈送又妨碍不了什么。

严嵩见儿子半哭半笑的样子，叹了口气说，东楼，我知道你的意思，一旦皇上批准我致仕，我过七十大寿的时候，来给我拜寿的人就少了，来的人少，收到的礼品也就少。他顿息了一阵才又说，我们家是少了吃还是少了穿？你要那么多钱财干吗？……

严世蕃见父亲又要数落他了，赌气道，好好好，你要送就送好了，也许皇上正等着你上疏呢。

过完年，严嵩一到值庐，便将《引年乞休疏》让太监张淮呈送给朱厚熜。

朱厚熜看完这份奏疏，稍一思忖，便批复：卿忠勤端慎，才敏识优，辅政有年，勋劳茂著。正须老成，以付朕眷倚，岂可引年求退？所辞不允！

他批复完了，觉得意犹未尽，起身离座在尧斋慢慢踱步，随后坐回御案前，搦管又写了一纸手谕：

咨尔卿嵩，颖姿渊识。博学鸿词，性赋忠勤。才兼敏达，爰自秩宗。擢居辅弼，朕方秩典礼，以和神人。尊祖宗而隆孝治，册泰号，议明堂，展陵寝，巡方岳，事体至重，咸以嘱之。乃克秉勤诚，随事赞佐。清蔽政以肃官常，陈边计以遏丑虏。重赈恤以惠黎元，嘉猷入告，裨益为多。曩者一品九年，既敷乃绩。兹又历三年，厥功益著。然犹兢惕，自持敬慎之心，久而弥笃。虽群忌累至，而特立弗渝，正直不回，夙夜匪懈。遇事有沉几之断，发谋陈远虑之图。若卿者，其可谓忠贞之臣矣！属今奏绩，良用嘉悦。兹特写敕褒谕，以称朕优眷至意。

朱厚熜在这一手谕中，对严嵩的秉性、才华、品德以及祖传家风和他从政以来的所作所为给予充分的肯定和高度的评价。他写完后，要太监黄锦传鸿胪寺卿吴祖乾亲自送给严嵩。

吴祖乾一走进值庐，便对严嵩说，阁老，恭喜您呀！

严嵩说，老夫何喜之有？

吴祖乾说，您看了便知道了。

严嵩接过手谕，没等看完，便热泪盈眶了。待阅尽最末一句，本想说几句感恩的话竟咽着不能出声了。

傍晚，严嵩回到家里，夫人欧阳淑端和儿子严世蕃等家人听说皇上有赞扬他的手谕，高兴异常。特别是严世蕃，他要过手谕一口气默诵了三遍。严嵩问他，怎么看那么久，是有字不认识还是怎的？

严世蕃笑道，我要一字不漏地记在心里。

严嵩说，没这必要。

严世蕃说，我有用处。

你要做啥子？

以后谁要再喷粪污损您，我要用皇上这手谕当尚方宝剑割他的舌头。

不行不行。

有什么不行？

满招损！

过了元宵节，严世蕃便统领家人准备寿诞的各项事宜，他主要是负责写请柬。布置寿堂及张灯结彩的事由严东张罗，严年等家人准备寿宴，香梅和其他女佣忙着做寿桃、寿面。

寿诞的前两天，就有人送来礼品和礼金。二十三日，老家袁州府和分宜县的官员和乡亲都赶来了，州县官员送的是礼金，乡亲们送的是自己熏制的火腿、干笋、甜茶等山货。袁州府的官员还送来了情意真切的祝辞：愿公寿，宜春之民相与祝于其乡曰：昔者岁大饥，环秀江而居相枕藉者无限。公命发仓粟赈之，粟不足继之以金，民赖以全活者甚众。有博施之仁焉……末了，袁州府的官员私下对严嵩说，阁老大人，林一新大人托我带个口信，说去年他管治您老家人的事，还望海涵……严嵩急忙拱手说，哎呀哎呀，别这样说。请您转告林大人，我对家人管教不严，心中有愧，我感谢他还来不及呢。

这事发生在去年十月，替严嵩老家管田产的是一个刚出五服的侄子，为田租的事与几家佃户发生口角，其侄子倚强霸势打伤多人。江西按察佥事林一新正好路过，查询了事件经过，断定严嵩那侄子无礼，便抓起鞭来打了他一顿，以示处罚。后来，严世蕃回分宜修建万年桥时，严嵩嘱咐他，一定要管束和劝导有关亲戚，千万不可仗势欺人。

到了二十一日，严府里里外外，张灯结彩，一片灿烂辉煌。寿堂设在日鉴堂大厅，正中是著名学者欧阳德书写的五尺高的一个大寿字，两边是徐阶手书的“德望高北斗，福寿齐南山”十字红联。就在严世蕃里里外外巡视了一番，刚回自己房里斜躺在靠椅上小憩时，香梅急慌慌地跑来说，公子，皇上派人来了。他起身整了整衣袍，走出房去。

来人是大太监黄锦，严世蕃来到庭院时，见父亲已从他手上接过了送来的物件，忙说，黄公公，请到屋里坐。黄锦说，还有事，要赶回宫里去。严世蕃便让严东拿了一包银子塞给他。

黄锦送来的是朱厚熜送给严嵩的寿联，严世蕃从父亲手上接过，走进大厅放在桌上展开一看，只见寿联上写道：

寿诞恭逢二月天，寿星高挂斗牛边。
寿香馥郁金炉内，寿烛辉煌宝殿前。
寿似南山千载秀，寿如东海万年涓。
寿诗八句为卿祝，寿比蓬莱不老仙。

父子俩一面品味一面叹赏，都点头说好。

严嵩说，将它挂到中堂吧。

严世蕃说，那是一定的。

第二天，祝寿的官员陆陆续续地来了，六部尚书、侍郎、郎中，以及翰林院的修撰、编修……严嵩和严世蕃父子俩应接不暇。

接受恭贺的严嵩既疲乏又兴奋，快三更了，尚无睡意。

第二天，严世番一起来，便收集所有的寿联和诗文。前来祝寿的官员都有功名，都会舞文弄墨，所有的诗、文、赋、序、颂等有数百篇，他汇总刻印成书，题名为《寿春堂集》。

三月的北京，天气乍暖还寒。这天，严嵩早早地上了床。就寝前，服了朱厚熜御赐的丹药，加上有点倦意，很快就睡着了。两个时辰后，不知是丹药在肚里药性发作还是别的原因，身上竟躁热不安，就醒了。这一苏醒，便久久地难以入眠。

年前，朱厚熜没有为严嵩的三次上疏而放过夏言。这也使严嵩深深地体会到位高势危的风险。所以，他接任首辅后，每日里无不诚惶诚恐，生怕出什么差错。

作为首辅，必然要为皇帝担起朝政要务。而他面临的政务，千头万绪，杂乱纷繁，他既要管，又不能什么都管，他必须提纲挈领，总其要目。自担任首辅以来，他常常失眠，正是这个原因。当前，财政匮乏，边防吃紧，是使他最为揪心的两件大事。为解决财政问题，他多次上疏，请停江南织造，请停江西造贡方盘，暂缓营建殿阁，为尽量减少开支，甚至对光禄寺为当值的廷臣提供膳食一年要报几十万银两，他认为其中有浪费，也核查得紧紧的。为此而招来怨言。

最难办的，是将才的欠缺。为寻觅文武双全的将才，他很费了心思。他习惯于从诗文奏章中发现人才。还在他任礼部尚书时，有一首题为紫荆关的边塞诗引起了他的注意：

汉家锁钥惟玄塞，隘地旌旗见紫荆。
斥堠直逼沙碛外，戍楼高并朔云平。
峰峦自转真无路，草木千盘尽作兵。
谁识庙堂柔远意，戟门烟雨试春耕。

这首诗的作者名叫尹耕，是山西蔚州人，字子莘，曾经做过州官，后被人奏劾而废免回家。作者在这首诗中，不仅将紫荆关的雄奇风貌描写得淋漓尽致，而且抒发了一腔热爱国土家园的柔远情怀，迥然优异于一般的风景诗。接着，严嵩又发现尹耕还有名为塞语的十一篇文论。对边塞的山川地貌做了详细的调研，对兵家如何依托边塞之险要来训练士兵，防守敌军，一一论述。

其爱国之情，勇毅之气，溢于言表。严嵩觉得这样的人应当起用。于是便派人去找尹耕。蔚州离京师不远，很快就找到了尹耕。据寻觅尹耕的人说，找到他时，他正在家中练武，一副武生打扮，看他那腾跃挥斥的气势，真不敢相信他还是一个舞文弄墨的人。

严嵩和尹耕经过一番较为深入的交谈，觉得尹耕确是一个颇具文韬武略的将才，便向朱厚熜举荐，起用为河间太守。河间为畿辅重地，下辖两个州、十六个县。

尹耕上任后，添置兵器，募集士勇，整军习武，日夕操练，严防北虏侵犯。他治军严谨，军队面貌焕然一新，在任数年，敌人不敢侵犯，有力地捍卫了京师一侧。这是后话。

为了有效地抗击北虏，严嵩认真地研究了它的由来。所谓北虏、套虏，要追溯到百余年前。其时是蒙古族元朝统治中国。朱元璋推翻元朝，建立大明帝国，蒙古皇族被迫退出中原，在长城外建立北元，后来改称鞑靼。永乐年间，鞑靼又分裂为瓦剌、兀良哈两个部落，鞑靼居中，在今蒙古一带；瓦剌居西，在今西北宁夏、新疆一带；兀良哈居东，在今东北一带，后又称为朵颜。他们一方面接受明朝封号，称臣纳贡，互市贸易；一方面又不断兴兵南下，侵入内地，掠夺人口、粮食、纺织品和其他财物，梦想复辟元朝。明朝的洪武、永乐时期，对漠北的蒙古人实行武力征讨与招抚相结合的政策，这有利于多民族国家的统一，为社会经济的恢复发展创造了一个和平安定的环境。到了明朝中叶后，蒙古割据势力日益壮大，而明朝的政治则日趋腐败，北部边患也就日益严重。到明朝正统十四年，名叫也先的瓦剌酋长大举南犯，太监王振怂恿英宗皇帝仓促亲征，大败于土木堡（今河北怀来县境），官兵死伤数十万，英宗被俘，史称土木之变。从此之后，明朝由强转弱。蒙古酋长便更加肆无忌惮，常常率部南侵，而京师又距北虏不远，朝廷要应付的头等大事，便是如何对付他们。

时至嘉靖朝，鞑靼吞并了邻近诸部落，拥有骑兵近二十万，势力更大，侵扰也就更猖獗。酋长俺答经常带兵入侵内地，京师多次戒严，祸患无穷。

对付鞑靼，朝廷内意见纷纷，有的主张武力征讨，有的主张招抚亲善，也有的主张征讨与招抚相结合。作为首辅，严嵩搜集了多方意见，特别是边关将帅翁万达、胡世宁、李承勋等人的建议，写了一份极为详尽的奏疏，题为《陈备边事宜》，今天已经写完，睡前交由严世蕃誊抄去了。

严嵩睡醒后，感到身上先是躁躁的，后来又觉小腹胀胀的想小解，于是干咳了几声，刚坐起身子，睡在隔壁房的香梅便掌了灯过来了，她是和夫人欧阳淑端同住的。

严嵩就着灯光拉了一泡尿，对香梅说，你去睡吧，把灯留下。

香梅说，已经好晚了，老爷还要看书吗？还是睡吧。

什么时辰了？

那边打更的早就报过三更了。

我反正睡不着，想就着灯光想些事儿。

香梅留下灯盏退回隔壁房里去了。

香梅走后，严嵩抿了两口茶，披上一件棉袍，躺进被窝靠着床头梳理心中的思绪。也不知过了多久，身子不觉又躁动起来，渐渐地不知为何有一种想与女性相拥的冲动。他忍不住在腿上掐了一下，自嘲说，真没出息，人家柳下惠坐怀不乱。继而又想，往日都没有这种感觉，为何今天会这样呢？是不是吃了这丹药引起的？……想着想着，不知不觉地又睡着了。

严嵩醒来的时候，家人都吃过早饭了，只有严世蕃也才刚刚起床。父子俩洗漱后，相对而坐，共进早餐，拉开了话匣。

严世蕃说，爹，昨晚抄完了那本奏折。

严嵩说，抄完了就好。

严世蕃又问，要钤封吗？

严嵩说，你等会拿给我，今天宣大总督翁万达会来，我想请他再看看。

严世蕃说，你不是早就征询过他吗？

严嵩说，聊是聊过，当时主要是谈他的一些个人见解，我这是综合了朝廷上下和边关诸多将帅各方面的意见。

那何必还要再叫他看？

不，此人当年曾随毛伯温平定安南（今越南边境一带），既有临阵经验，又谙熟兵法，见解不同凡响。

父子俩聊着聊着，不知怎的就说到昨晚睡眠的事上。严世蕃说他是因为抄完那本奏疏后又看了一阵书才睡的，严嵩便说是因为吃了御赐的丹药躁动不安而难以入眠。

严世蕃怪怪地笑道，爹，这药你以后就别吃了。

严嵩说，不是我要吃，是皇上叫我吃。

严世蕃愤愤不平道，皇上也真是，既想吃它求长生不老，又怕吃了伤身子，于是就拿下面的人来试验。

严嵩不无得意地笑道，你以为什么人都吃得到？

严世蕃眯起一只眼怪怪地笑着反问道，你以为这真是什么长生不老的灵丹妙药？

那你说是什么？

跟春药差不多的东西。

你胡说！

你不相信就算了。

你吃过吗？

想吃这东西还不容易。

你可别到外面去打乱话。这话要传到皇上耳朵里，你吃不了兜着走。

我不说就是了。严世蕃说着，埋下头呼啦呼啦地喝完了他那碗肉汤。

刚过辰时，翁万达便来到严嵩家。

严嵩府第的正厅悬匾为日鉴堂，取君义在上，恒若无日不鉴于此之意，东面有个小厅是专为接待客人的，名为爱贤堂。

翁万达今日没着戎装，一身便服。他中等身体，棱角分明的脸上滚动着一双炯炯有神的秀目。两人揖让后，香梅早端来了两盅香茗，严嵩示意先品茶。

半个月前，在翁万达的指挥下，打了一个较大的胜仗。在这之前，闻悉北虏将大举南侵。翁万达便向朝廷奏请，将山西的内边兵撤出，一并防守大同外边。山西巡抚孙继鲁不同意，上疏反对。几位阁臣对两种意见看法不统一，但严嵩力挺翁万达的意见。幸好如此，敌人数万侵犯大同，但我方因集中了兵力，击退了敌军。不日，俺答亲率骑兵数万南犯，翁万达命令游击指挥官王钥、袁正从正面阻击吸引敌人，又命令大同总兵周尚文，宣府总兵赵国忠从两面夹击，大战于曹家庄。这一仗从早晨打到中午，不分胜负。在后方督镇的翁万达眼看南风突起，沙尘蔽天，双方军士都睁不开眼，翁万达抓住这时机下令大声擂鼓，拼力齐呼。顿时，我方顺风乘势，杀声震天，向敌方冲锋。敌军见此阵势一面溃退，一面惊呼：不好啦，翁大帅来了。此前，他们已多次领教过翁万达的厉害。俺答本人也大吃一惊，急忙命令退兵。翁万达挥师陷阵，乘胜追击，直杀得敌军尸横遍野。这一仗缴获马匹和铠甲等战利品无数，是数十年来最大的一次胜仗。嘉靖皇帝派出的中官亲自看了这一场恶战，回到朝廷向朱厚熜禀奏，颂扬翁万达忠能善战。朱厚熜高兴异常，诏令奖赐。

严嵩放下茶杯，对翁万达拱手道，翁将军，祝贺你，这次大胜仗为我大明王朝长了志气，增了威风呀。

翁万达谦和地还礼说，这是皇上的威福，也全靠了阁老相助。

双方客套一番后，严嵩便从袖中取出《陈备边事宜》，说是要请翁万达指正，看看还有无舛误或其他不妥之处。

翁万达接过奏本，谦逊说，阁老鸿文，我用心拜读就是了。

严嵩为了让他看得专心静意，有意蹓出敬贤堂，来到自己书房看了会书才返回去。

严嵩在《陈边事宜》的奏疏中，陈述了十个问题：一、选大将。二、募壮勇。三、悬赏格以招才勇。四、设伏以邀其归。五、留京军以固京师。六、防守东北。七、树兵以卫临清。八、严赏罚。九、增给军士马匹。十、增外城以固关厢。

翁万达待严嵩坐下后，才缓缓合上奏本说，阁老对当今边关问题看得很清楚明晰，论述得很全面，也切中要害，当今边患正如你说的，主要是积弊太久，要纠正过来，一定要严法令，信赏罚，而最关键的问题就是用人得当。

在用人这一问题上，两人很是共鸣，不约而同地又谈起了曾铣。

翁万达说，他闹的复套事好在没有做下去，要真的闹下去，真不知会闹出什么灾祸来。

严嵩说，曾铣提出复套事，其用心是为了掩其罪过，并不是为国家安危，好在皇上圣明，及时中止了此事。看来，这守边卫国的事，这用人确属第一要务。他顿了顿，问道：翁将军，我听说平阳知府聂豹颇懂军事，此人如何？

翁万达说，我也有所耳闻，但没见过面。听说他能练兵据险，虏不敢入侵。

严嵩击掌赞叹，他有如此威望，我要派人去考察，如果属实，一定上报皇上，向其他边郡推介。如列郡都像他这样，北虏岂能长驱南侵？！

翁万达见严嵩如此动情，便相揖道，大人，我这次来，正是为防北虏筑边墙事，请阁老转呈皇上，增拨银两，修补大同西路，宣府东路边墙。

严嵩连连点头，好，老夫一定禀奏。

两人谈兴正浓，不知不觉已到正午，香梅进来问严嵩，可否开饭？

翁万达忙起身告辞，严嵩恳切挽留说，翁将军难得光临，一道吃吧，没什么好菜相待。香梅，把窖藏的百花仙家酿拿出来，今天我要和翁将军好好喝两杯。

席间，两人不知不觉地又谈起了边防之事。

严嵩说，翁将军，当今最困扰皇上的事，当然也是我们大家的事，便是北虏南侵。将军多年戍边，看问题非同一般，你觉得从要略上看，该怎么办才好？

翁万达回道，从大要上说，无非是上、中、下三策。应对北虏，也是如此。

严嵩立即想起了征事，说，记得当年你在南边时，就曾向毛伯温建议：对付安南，揖让而告成功为上策，慑之以不敢不从为中策，芟夷灭绝为下策。如今这北虏与安南相比，一来部落更强悍，二来地域更广阔，这上中下三策又该怎样走呢？

翁万达嘴里正在吃一块带骨的肉，他吃完这块肉才回答说，大道理是相通的。止戈为武，古人造这武字已演绎了这个道理。所以不战而屈人之兵为上策。

严嵩点头应道，有道理。所以老子说，佳兵，不祥之器，也是这意思。但是，对付这北虏，不动用武力，他们会屈从吗？

翁万达回道，制止武力，也有刚柔之分。鞑靼入侵，无非是要从中原得到他们所没有的物品，如米麦粮食和茶叶丝绸等物，因为他们不生产这些。如果我们和他们友善通商，我们也可以从他们那边得到大批的牛、马、骆驼。

严嵩应道，能和他们友邻亲善，互通有无，这当然是上策。不知他们有没有这种意愿？

翁万达续道：前年我在镇远，俺答部落阿不孩派汉人石天爵叫关求贡，声称小王子等九个部落在大青山一带，羡慕中国的绸缎布匹，愿意进贡互市，不再入侵。但是，巡抚龙大有将石天爵杀掉了。俺答大怒，亲自带兵南侵，大肆掳掠。后来，阿不孩又派汉人杨威到大同镇求贡，又被边帅董宣给杀了。于是，我便上疏皇上，请求惩办董宣，出榜塞上，允许通贡。我记得那份奏疏是这样开头的：此敌弘治前岁入贡，疆场稍宁。自虞台岭之战覆我师，渐轻中国，侵犯由十余年。石天爵之事，臣常痛边臣失计。今复通款，即不许，当善相谕遣。诱而杀之，此何理也……不知阁老见过此奏疏没有？

严嵩点头应道，我见过。说罢，皱眉沉吟了一阵说，看来，这边关将帅光会打仗还不行，真要担当大任，非文韬武略兼备不可。

翁万达又说，后来阿不孩亲自前来陈款，我见他确有诚意，便再次上疏：敌恳求贡，去而复来。今宣大版筑，正当羁縻，使无扰，请限以地、以人、以时。

悉听，即许之贡；不听，则曲在彼，即拒绝之……我说的还在理吧？

严嵩应道，这份奏疏我也看到了，那时，夏公正与曾铣在张罗复套的事情，他哪里会同意呢，于是票拟不妥，皇上也就留中不用。

翁万达闷闷地喝了口酒，哑然失笑。

严嵩不知是想宽慰翁万达，还是为表露心迹，放下手中的筷子赧然笑道：你的主张，我很佩服，也很赞成。我朝自从正统年间以来，积弊甚多，灾荒连年，国库空虚，兵备松弛，最好是不要打仗，让老百姓休养生息，和顺康宁。当前，要打，也只能是防守，拒敌于长城之外，不要轻言出塞。

翁万达朗声应道，对，这正是我要说的中策。易曰：王公设险以守其国。所谓设险，就是巧用山形，妙用地势来修筑边隘。目前，我们的边墙东起蓟辽，西至玉门，长达万里，许多地段都倾塌了，要加固修缮，还要增筑些礅台和城堡。长驱驰击为北虏所长而据险固守则是我便。我们据险防范，一百个人守一碉堡，他们一千个人也难攻下；如能添置些火器，便会固若金汤。

严嵩意会其意，点头说，你要增拨筑墙经费的奏疏，我一定票拟呈报皇上。

翁万达拱手相谢。

在严嵩票拟支持下，朱厚熜一次就批准拨银六十万两，修筑宣大边墙。

不久，严嵩又票拟拨款支持杨博继续筑墙御敌。其后，还申报支拨银百万两，任命何栋在蓟辽督数万民工，加筑边墙，一直到辽东江畔。在严嵩担任首辅的前四年，共新筑和加固边墙一千一百一十五里，增修城堡墩台五千一百二十座；在山西、河北交界处，沿太行山又新修了一条内长城，形成内三关，外三关，有了两条防线。他又亲自督修京师外城，督修卢沟桥和琉璃河桥，大大增强了防御能力。

一天，严世蕃忽然问严嵩，爹，那个翁大将军给你送过什么没有？严嵩生气地呵斥他：闭起你这张臭嘴！翁将军是这种人吗？我又何时向人家伸过手？严世蕃说，那你们真是君子之交了。严嵩说，都是为国家办事，用得着做那蝇营狗苟的勾当吗？严世蕃说，为国家办事，有多少人打着为国家办事的幌子为自己塞腰包。严嵩说，你千万别和那些人一样。严世蕃便痞着脸笑道，好，我从小就记住了你的教诲，男子汉要齐家治国平天下。不过，我想提醒你，如果这翁将军翁万达是个正人君子，你应该派人去他那里悄悄地监察他。严嵩沉吟道，你这是什么意思？用者不疑，疑者不用。严世蕃说，这么多的银子像河水似的白花花地淌出去，你不怀疑，别人可是会怀疑。你暗中督察他，对他只有好处。

翁万达得到朝廷拨的饷银后，招募士卒，优抚边民，以工代赈。在他的指挥下，军民齐上阵，劈岩斩坡，搬运土石，一百天的工程，五十天就完成了。他精心设计，使墙堞远近，壕堑深浅，与山体架构，尽得其宜。在施工过程中，始终注意工程质量，组织边民烧炼石灰，用石灰泥砌墙塞缝，改变历代只是叠石叠墙的旧弊，新筑的边墙墙体坚固，迄今五百余年，犹完整无损。

由于有了坚固的边墙，老百姓放心地在墙内耕耘。翁万达又组织士兵垦荒、屯田，自己生产军粮，使军费开支节省了一半。往岁三镇客兵，每岁费帑银一百四十万两，现在一共只用七十七万三千两，节省了一大半。于是，他欣喜地向严嵩报喜，在《上介溪阁老书》中说，……三镇边墙长千余里，美完足恃，前此所无……

还真应了严世蕃的话，有人不看翁万达所做的事，只看为他拨去了那许多白花花的银子，捕风捉影，劾告他修边墙银粮不明。好在严嵩最终听信了儿子的话，派人前往督察。经查实，他不仅修筑了一千里长的边墙，而且原计划防秋主客官军五万一千四百一员名，马二万六千二百八十四匹，因临时边警告急，增益官军一万七十四员名，马一万四千九百二十七匹……严嵩最终为他辩白斡旋，才平安无事。因此他两次致信严嵩，称为父兄之于子弟，宜不是过。表示要鞠躬尽瘁，死而后已，要在我翁培造之下，冀树尺寸以自附依。

严嵩以其功绩奏明嘉靖皇帝，予以奖励，荫其子以官爵。因翁万达其子尚幼小，便荫封了他的弟弟翁万程。

翁万达在严嵩的举荐下，提升为兵部尚书兼右都御史，入京掌管兵部事务。但是，不到半年，父亲去世，他回家守制治丧，丁汝夔接任了他的职务。合该丁汝夔倒霉，他上任没多久，就遇上了庚戌事变。

第五章

庚戌之变

觊觎大明王朝的俺答部落，无日不关注着朝廷和边关的动向。嘉靖二十九年，俺答侦知翁万达因守制而回了南方老家，而继任总督郭宗皋懦弱无能，便亲自率领数万骑兵，以宣大为突破口，闯入大同境内。

闯入关内的俺答骑在马上先是哈哈大笑，继而咬牙冷语，本想跟你们互通有无，却一再翻脸不认人。好！我让你敬酒不吃吃罚酒。

在草原上发展起来的俺答部落，因粮食和日用品匮乏而经常四处抢掠，也在掠抢中壮大了实力，俺答本人也增长了军事才干，成为鞑靼诸部落的最高统帅和酋长。自嘉靖八年起，几乎是年年入侵，边境时时报警。北方边患闹得京师不时戒严，不得安宁。尽管朱厚熜一再严令防守，边关将士还是难免有闪失。其原因很多，有政治的、经济的，更有指挥官之间的不协调、不统一，粮草接济不上，饷银不能及时发给，朱厚熜对失守的将士轻则撤职，重则杀头。该杀的杀了，不该杀的也杀了。

闯进关内的鞑靼大军，像躲进草丛的蝗虫一样不见了，他们先是分兵埋伏在沟里，让少数游兵散勇游走在山梁。守边的总兵张达一向勇猛豪强，岂容敌人在眼前恣意游走？立即带兵前去捉拿。没想到一声炮响，万千鞑靼从山沟里涌出，将张达重重围住。张达左冲右突，与敌军奋战两日，也没能突出重围。后因战马受伤，跌于马下，被敌军斩杀。副总兵林椿闻讯赶去增援，半路上被敌军截住，也被杀害。

俺答接连斩杀了两员明军猛将，枭首示威，四处张扬，贬斥明军。他纠集更多兵力，包括河套的狼吉台，共有十余万，围攻大同。

就在俺答率大军浩浩荡荡杀向大同的途中，有一天晚上，一支上百余人的小队伍抬着七八个箱子来到俺答的营帐前。他们虽然身着戎装，却没打旗

号，扬言一定要见俺答本人。守门将士向俺答禀报后，将其中的一头领时义和侯荣带到俺答面前。两个时辰后，他们留下那些箱子，悄悄地退出营帐，乘着夜色急急地赶回大同。

原来，时义、侯荣等人的这次秘密行动，是秉承大同总兵仇鸾的旨意而去的。仇鸾在复套事件中阻挠军务，被曾铣所劾，革职逮问。后弹劾曾铣出狱，厚贿严世蕃，投靠严嵩，复官总兵镇守大同。

仇鸾，仗着是勋爵之后荫袭侯爵，恣肆骄横。他见俺答来势汹汹，忙派部下时义、侯荣送去几大箱黄金白银和绸缎，请俺答去攻打别的边关，不要进攻他防守的大同；双方暗地结盟，以箭纛为誓。因此，俺答便率军绕过大同，向东进军，一路扬言，要打宣府，打辽东。兵部尚书丁汝夔闻报，发边兵一万二千骑，京营兵二万四千骑，以驰援宣府和蓟镇，扼守关隘。然而，边兵虽然接到兵部的命令，按规定还得有皇帝的兵符才算数，这样就耽搁了时间，援兵没有及时赶到。不过，也有人嘲笑说，京兵大多是市井无赖，没经过什么训练，赶到了也定会吃败仗。

八月十四日，俺答率数千骑兵打古北口，蓟辽巡抚都御史王汝孝亲自率兵，凭关坚守，火炮矢石齐下，俺答便假装退兵，却派出一支精锐骑兵从黄榆沟拆毁边墙，绕到背后，再攻古北口。京兵大惊，一个个丢盔弃甲，钻进山沟逃命。古北口失守后，鞑靼大军大肆掠夺怀柔、顺义等县，长驱而进，直入内地，沿白河而下，逼近通洲，京师岌岌可危。从第二天开始，京师形势便日渐紧张，七十余岁的首辅严嵩，为化解危局，日夜操劳奔忙，度过了隐忍难熬的十天。其实，还在俺答大军兵临古北口前三天的八月十一日，严嵩就为朱厚熜想要派兵出塞的事陈述对策，他根据敌我双方的实力，在《论边事》一疏中说，目今虏患，但令边臣努力防御，为之计，令不能深入，即为得策。若与驱虏远遁，恐兵力非昔时比也。

八月十五日，眼看敌军逼近通州，局势更为危急。这时候，严嵩和朱厚熜都想到了一个人，那就是翁万达。朱厚熜一时忘了翁万达的去向，急火火地问，翁万达呢，他干什么去了。严嵩无奈地告诉他说，他因父亲去世，回家守制去了。朱厚熜这才记起来，感叹说，哦！难怪，难怪……难怪什么，严嵩自然明白。如果翁万达在，相信他定能力挽狂澜。

快叫他回来。朱厚熜断然说道，叫他赶回来戴孝领军！

严嵩应道，好，自古忠孝不能两全，叫他日夜兼程赶回。朱厚熜以密谕征询严嵩，该如何应对这局面。严嵩回奏他说，承蒙皇上密谕所教诲，我大明王朝累次遭受蛮夷的侵略，确实应当振作起来，重重地反击他们。当今抱忠怀赤的臣子，都有这种想法。但是，现如今的局势确实不同于以往：兵不素练，将未得人，应给的军饷常常得不到保障，实在没有可以依靠的资本。他在回奏中又引用了庄子关于佳兵不祥之器的说法后，接着阐述说，自古圣主治世，夷狄之患也不是没有。现如今各有关臣子都要担负其应负的责任，严守其封疆，不能让敌人的侵略得逞。这是我的管窥之见，臣不胜恐惧，伏乞皇上圣裁。

当时，俺答的部队距京畿还较远，朱厚熜一时想不到更好的退敌之策，照旧在两苑过他那惯常日子，只是斋醮时增添了请求天尊天神保佑自己江山永固的青词。

驻守通州的是顺天御史王忬，这个人颇有胆识和谋略，他在敌军到达白河东面时，就立即命令部下将河上所有的船只撑到了西岸。敌暂时不能过河，便在河东大肆掠抢，火烧了皇室的御马监的马房，俘虏了太监杨增等人。

八月十六日，俺答部队的前锋已经抵达密云。严嵩感到事态严重，急忙向朱厚熜禀奏，要他调集各路人马往京畿赶来，与敌人拼杀，以解京师之危。朱厚熜这才惊恐不安，下令各路人马，紧急赶往京城，护驾勤王。

且说，这大同总兵仇鸾见俺答收下他送去的金银绸缎之后，果然引兵东去，喜不自禁，与时义等几个亲信饮酒欢庆，他举杯大笑说，这年月，无过便是功。

时义像他肚里的蛔虫，摸透了他的心思。酒过三巡后，时义献计说，侯爷真要建功立业，眼下正是好时机。

仇鸾追问，你这话是什么意思？

时义说，俺答原想来打通州，其目的也是为了扫清东侵的障碍，现在绕过我们通州一路东进，目的一定是想侵犯京师。现在京城附近没有什么大部队……

对对对！仇鸾立即领悟了时义的意思，我正好率军东进，赶到京城去，为皇上护驾。

时义将他心里的话和盘托出：侯爷就是有功之臣。

仇鸾的另一个心腹侯荣赶紧附和说，这份功劳，天下无人可比，皇上一定重赏大人。

仇鸾哈哈大笑，你们也都是有功之臣。

刹那间，营帐内觥筹交错，笑声冲天。

仇鸾为了争得勤王护驾的头功，连夜拔营启寨，日夜兼程率领他所统管的两万三千人马，第一个抵达京郊。其时，朱厚熜正急得团团转，见仇鸾有两万多人的军队赶来，欣喜异常，命令他驻扎在安定门外，拱卫京师。

这天晚上，严嵩在从值庐回家的路上，晃晃悠悠感到眼花缭乱，差点从马上摔下来，大大小小的事情几乎都压在他身上。这时候，他觉得作为皇帝的朱厚熜应该和廷臣们多有面议的机会。俺答都快到城门脚下了，皇帝应该和大家群策群力，共同来应对这危急的局面。于是，他赶拟恭请圣驾还大内的奏疏，因为赶得急，字有些草，且有两处涂改，所以准备先带回家，让儿子誊抄后，明日一早再呈送朱厚熜。

一回到家里，严嵩为了解乏，匆匆喝了两杯酒，吃了一碗饭，便到书房休息去了。一躺到安乐椅上，很快便睡着了。快到三更时分，隐约听到儿子的呼唤声，睁眼一看，严世蕃果然站在面前。

严嵩回到家的时候，严世蕃出去了。他去书房前，将奏疏的拟稿交给了香梅，叮嘱她等严世蕃回来就交给他誊抄。

爹，我给你抄好了。严世蕃见父亲已经醒了，双手递上奏疏的誊抄稿。

严嵩对儿子文牍上的事是很放心的，所以接过手翻了翻便放在案头。

爹，您……

严嵩见儿子欲言又止，忍不住追问，你又有什么高见？

严世蕃讪笑道，我觉得……嘿嘿，当然，您这奏疏写是应该写。

有话直说，不要吞吞吐吐。

您想让皇上回大内临朝，他不一定会听您的。

不是要他听我的，而是当前这局面需要他这样做。

需要是一回事，他肯不肯这样做又是一回事。咱们这皇上的脾气又不是不知道。

嗐！他肯不肯回去是他的事，但是我要这么做。

老爹真是忠心耿耿。

严嵩从儿子的赞扬声中听出了嘲讽味。

果然如严世蕃所料，朱厚熜看完严嵩的奏疏，嘴里哼了一声，冷笑着扔在了一边。

朱厚熜对回大内心有余悸，嘉靖二十一年，他差点被宫女们勒死。

朱厚熜为了祈求长生不老，听信方士之言，一次就下令从民间征集了三百名童女进宫，用她们第一次来潮的经血熬炼所谓的金丹，说是吃了就可以永葆青春。而且，又逼迫她们每日清晨早起来，采集花草上的露水，一点一滴地积储起来，供他饮用。

这露水在一年四季中，不是天天有的。但是采不到，便要遭到太监们的鞭打，有一次，接连打伤了十几个。

皇宫里数千名宫女中，这几百名童女是最受欺凌的一部分。她们刚到皇宫中还有一种好奇，日长月久了，她们渐渐地知道了自己的地位。说起来三宫六院，美女云集，但能被皇帝宠幸的，没有多少，多数是在漫长的虐待中苦守清灯，孤老而死。人在绝望时，便常常生发出仇恨。这些采集甘露的少女，先是仇恨逼迫她们的太监，继而恨皇帝。她们明白，逼迫她们的太监是受皇帝指使的。

即使受皇帝临幸的嫔妃，也有恼恨皇帝的，九嫔之一的王氏宁嫔就是一个。她仇恨朱厚熜的原因也许是失宠，抑或是其他原因，但她是颇有血性的，她鼓动这些受欺凌的宫女起来造反，她把朱厚熜的穷奢极欲和宫女们遭受的种种凌辱一对比，宫廷中顿时便烈焰飞腾，这被压迫者愤怒的烈焰虽然看不到，但仍可以将压迫她们的人焚为灰烬。

采甘露的宫女中，也有一批刚烈女性，她们是杨金英、王槐香、苏芍药……

朱厚熜最喜爱的是端妃。嘉靖二十一年十一月的一天，他来到端妃的寝宫。这天，他不知是很高兴还是很郁闷，竟然喝得醉醺醺的。醉醺醺的嘉靖皇帝像一大坨面团，端妃便没惊动他。她为他盖好被子后，自己到别处去了。

杨金英等十六名宫女，探得端妃的寝宫里只躺着朱厚熜一个人，便悄悄地走进去，用丝带套住了他的脖子，要勒死他。不知是祖宗保佑还是嘉靖皇帝龙威盈天，他在睡梦中翻了个身，杨金英吓得双手发抖，眼看勒他的丝带就要滑脱了，王槐香急忙上前去打结，没想到慌乱中将结头打死了，勒不动。这时，朱厚熜醒过来了，一面挣扎一面嗷嗷呼叫。宫女们捂嘴的捂嘴，捉手的捉手，压脚的压脚，一时间竟没能将他弄死。苏芍药便拔下头上的发簪往他脖上扎，却又没有扎到要害处，只溅出一些血迹。一个落在后面名叫张金莲的被这阵势吓得逃了出去。不知是她报了信，还是这房里的混乱惊动了内宫，方皇后率领一群太监和卫士赶到了。

朱厚熜很久说不出话，不知是被吓坏了还是受伤所致。

方皇后急慌慌地呼喊：太医！快叫太医……

端妃在为朱厚熜盖了被子后，跑到别的嫔妃那里聊天去了。这时她才急慌慌地赶了回来。这方皇后本来就妒忌她，就将伙同宫女杀害皇上的帽子戴在她头上。端妃还想辩白，方皇后哪容她申辩，喝令卫士将她拿下，连同杨金英等人一同捆了，凌迟处死。

事后追查后台，王宁嫔被供出，连同她一共杀了几十个人。朱厚熜听说端妃也牵连至死，他不相信，问了些宫女，都说这事与端妃无关，是冤枉致死，于是就怨恨方皇后。后来西宫失火，宫人请求派人去营救，他沉默不语。方皇后烧伤后被救出，朱厚熜也不理睬，方皇后又气又伤心，伤势日重，不久就死了……

往事历历在目。朱厚熜实在不愿回大内。严嵩对他的心境隐隐地猜到一些，却又不好说什么。

严嵩疏请朱厚熜回大内的目的是临朝议事，以便及时应对大军压境的危局。他竟然不愿回大内，严嵩为了稳住大局，只好又提议，诏令兵部侍郎王邦瑞、定西侯蒋傅巡视九门，都御史商大节召募城内力壮居民，协助京兵守城。

一想到京兵，严嵩又很不放心。因为就在前几天，统领京兵的英国公张溶、定西侯蒋傅、抚宁侯朱岳三位勋贵出城督察京营操练。正操练间，一名叫郑玺的锦衣卫同知急匆匆地赶来禀报，说是鞑虏侵犯蓟镇，其前锋已经打到沙河了。这几位勋贵听了，大惊失色，仿佛这些鞑虏就在眼前，张溶转身就跑。他这一跑，另外两位也慌了手脚跟着逃，蒋傅慌乱间丢了乌纱帽也顾不得捡起，朱岳吓得两脚瘫软，跌坐在地上，被两个家丁架起双臂，边拖边跑，一路喊叫着：快，快，快回城里去！

事后，严嵩听人叙说当时的情景，感叹说，古人说得好，宰相必起于州郡，猛将必发于行伍，这班人，生于深宅大院，养于声色犬马之中，怎能领兵打仗呢！

可是，京兵既是由他们统管，现在又该换谁去，只好外甥打灯笼照舅（旧）罢了。但他又很不放心，与值班阁臣徐阶等人商量，准备一道去巡视九门防务，临行前，严嵩又叫上了锦衣卫总督陆炳，叫他带一班人跟着。

陆炳是朱厚熜带出来的最贴心的警卫。他身材高大，腿脚长而健实。他的母亲曾是朱厚熜的奶娘。嘉靖十八年，朱厚熜带领夏言、严嵩以及六部尚书和众位勋臣前往承天府，准备拜谒显陵。一万余人浩浩荡荡行至河南卫辉时，晚上行宫突起大火，内侍烧死好几个。陆炳冲进行宫将朱厚熜背起来救出火海。以后，陆炳的权势也日渐隆起，成为锦衣卫的头领，执掌皇帝的警卫、天下的侦探、缉捕等要务。

严嵩、徐阶等人来到城门口，几个守门的军士本来是懒懒散散的，见有官员领着锦衣卫向他们走来，赶忙打起精神迎候。严嵩与他们打了下招呼，便朝门洞里里外外张望起来，眼见得城门破破烂烂的样子，情不自禁地皱起了眉头。他走近门扇，用手推了推，见甲板摇摇晃晃的像要掉落的样子，呵问道，你们管事的呢？这样的城门能御防敌人吗？

领头的守门军官嗫嗫嚅嚅地回应说，我……我们是轮流当班的，我也不知该怎么办。

陆炳在一边说，这是内廷掌管的事情。

严嵩对守门军官说，各城门的甲板必须迅速检查修复，务必坚实耐牢。

守门军官回应说，下官明白。

陆炳在一旁补充道，这是首辅的命令，你一定要转告内廷官长，尽快落实。

守门赶紧挺立回应：是！

严嵩一行人又登上了城楼，然而城楼上竟然空空荡荡的不见一个守卫人员。他们的到来，惊起了一群麻雀。严嵩不由又皱起了眉头。

陆炳大声呵问：守城楼的人呢？死哪里去了？

一个紧缩在角落的乞丐爬起身子讪笑说，我还没死，但我不是守城的人。

徐阶调笑说，乞丐在这里娶妻生子，倒是好去处。

一随从武官愤然说，这本来是京营统管的地方，可那帮京营提督都是公侯勋贵，位高势大，谁管得了！

严嵩想起张溶、蒋傅、朱岳一伙的狼狈相，也很气愤，嘴上不说，心里骂道，这伙阔少，事情就是败在他们手里。

一行人下了城楼，转向武库走去。

就在这时，兵部尚书丁汝夔亲自带领一队随从，赶着多辆马车来到了武库门前，他们是来提取兵器的。没想到管武库的太监接过提单看了看说，要先到账房交了银票再来提取武器。

作为兵部尚书的丁汝夔是第一次亲自来提取武器，这也是目前紧急的情势下被逼的，便向管库太监解释，请公公担当一下，本官来得匆忙，未带银票。

太监便交回提单说，丁大人，从洪武帝开始，军伍和兵器就是分开管理，小臣只能照章办事。

鞑靼都打到城门口来啦！丁汝夔发急了，央求说，请公公通融通融，我先可以立字据，事后再来交钱。

太监仍旧坚持要先交银票。

这时，兵部随员将丁汝夔拉到一边，悄声告诉他，如能塞一把散银给他，就可以通融。

丁汝夔叹息，此时我身上哪还有银子呀？他心中好不懊恼，却又无可奈何，情势危急，不容拖延，只好走近太监以绵里含针的话语说，公公，若是贻误军机，你可吃罪不起！

这太监一向目中无人，听了丁汝夔的话，心中发怵，嘴上却还像淬火的铁，硬得很：呵！你还威胁我？我可是按规矩办事，你有本事，先改规矩再来找我……

严嵩、徐阶、陆炳等人来到武库前，将此幕看得清清楚楚。严嵩对陆炳说，陆将军，你去看看，想办法先把兵器发了再说。

陆炳走到武库门前，大声喝道，打开！严阁老要察看武库。

皇宫里的人，都不敢惹锦衣卫。这太监见陆炳气汹汹的样子，忙打拱作揖：小臣遵命，阁老请，都督请。

太监叫人打开武库大门，严嵩、徐阶、陆炳、丁汝夔等一行人走进去一看，到处布满了蛛丝网。库存的兵器看似不少，但都是锈迹斑斑。火炮上落满了灰尘，刀矛上锈迹封口。陆炳操起一把弓箭，刚刚发力，弓弦便断了。

哎呀！严嵩在一旁忍不住惊叫起来，这如何上战场？

丁汝夔冷笑说，这样的家伙，发到将士们手中会把我骂死，我可不敢领。

严嵩便问他，那……该怎么办？守城的将士总是要有兵器呀。

徐阶急中生智，建议说，赶快禀告皇上，令山东、河南的枪手带兵器进来。

丁汝夔说，远水难救近火。他摊开双手向严嵩诉苦，我现在是无兵可调，京兵不管用，边兵只剩仇鸾一支人马，到处吃紧告急，怎么办呢？

严嵩沉吟了片刻，对丁汝夔说，我想是想到了一伙人，不知可否管用？

丁汝夔追问道，阁老请讲。

严嵩说，前不久各地的武生不是到京城来比武吗，还没有比完吧？

丁汝夔应道，对，停下来了。

严嵩说，这些人还不少吧？

对，有一千多。丁汝夔补充道，因为比武的具体事宜就是兵部主管。

严嵩笑道，这些人应该说都武艺不差。

丁汝夔茅塞顿开，击掌说，有的还身怀绝技。对，将这些人召集起来，比京营强多了。

明代的京营，在初期的洪武和永乐年间，比较强大，劲兵不少于七八十万。到了中叶以后，也许是过了较长久的和平日子的缘故，武备日渐废弛。到嘉靖年间，在册人数说起来还有十四万人，但实际上在兵营操练的只有五六万人，而且素质非常低下，将领不了解士兵，兵士素不习战。提督团营的最高官吏是成国公朱希忠，这是个尸位素餐的大官僚，只掌权不管事。眼看俺答兵临城下了，他首先想到的不是如何保卫京师，而是如可守护自己的家产及其京郊的庄园。其他勋贵也一样，这些王公勋戚是明朝历代的既得利益者。他们凭借祖荫，世代享乐，在京郊都有庄园和别墅。这些皇亲国戚本来都有家丁的，但一听说敌军数万到来，怕家丁敌不过入侵的敌寇，都纷纷到朱希忠的国公府来，要求支派军队保护自己的领地，这个要两百，那个要三百。朱希忠起初支派了一部分士卒，但这些勋贵一个个都嫌少。朱希忠终于恼怒道：已经交代了，不能再给了。

谁说不能再给了？成国公张溶质问，是兵部还是严嵩？

抚宁侯朱岳附和说，一定是严嵩，他一向看不惯咱们，妒忌咱们。

不是！不是！

朱希忠往天上指了指。他知道，不抬出嘉靖皇帝来镇不住这帮人的纠缠。朱厚熜确实有诏令，因此他怀疑有人告了状，他正为这事衔恨呢。

京营军士不能分散到各勋贵家去的事确实是丁汝夔告了御状，经严嵩票拟禀报朱厚熜的。严嵩连日来到各地巡视，发现了许多问题。十七日傍晚，奔走了一天，又累又饿，回到值庐，顾不得吃饭，只抿了几口茶，就又摊开纸笺，赶写一份奏疏。他在奏疏中，又禀告了丁汝夔反映的一个情况，说现在没有人愿意担起责任办事，必须要各衙门官协同守城，以便调用。蒋傅、王邦瑞巡视九门，必须明白自己的重大职权。他拟了几份传帖，请求朱厚熜批准，发下去执行。

拟传帖一：说与丁汝夔、王邦瑞、各衙门官员，素有才能的，悉听委用，分布守城，如有推避，指名参来重治。

蒋傅、王邦瑞差遣参将麻宗所领官军，听其调度，严缉奸细，守固京城，仍给予旗牌，以军法行事。

丁汝夔接到传帖，好不高兴，以为这下可以收回勋臣占用的兵丁。于是，他亲自来到京营帅府，要朱希忠追回派给私人的兵丁。

朱希忠摇头冷笑：这时候要收回他们要去的兵，这不是要他们命吗？

身为兵部尚书，却无权力指挥禁军，丁汝夔好不懊恼，但他还是央求道，这事还得请国公出面才好。

朱希忠连连摇头。

丁汝夔见软的不行，只好来硬的，从腰里掏出了旗牌，说，我这是奉皇上之命来办的。

没想到朱希忠也拿出了一张旗牌，说，我也是奉皇上之命的。他拒不执行。

原来，朱希忠也是值班大臣，他听说严嵩给了丁汝夔旗牌，他也忙进西苑无逸殿，向朱厚熜禀报：臣总督京营，需旗牌以号令三军。朱厚熜竟然点头同意了。这真是嘉靖打世宗，皇帝自己打自己。

丁汝夔通过严嵩要到的旗牌，却不是号令三军的，没有朱希忠要到的硬。这真是生铁碰到钢，硬也硬不过，软也软不过。他仰天骋目，很久没有说话，不知是为自己沮丧，还是为国家悲哀。临走时，近似乞求说，朱国公，还望大人以国事为重，我这也实在是没办法呀。

朱希忠虽然没有答应丁汝夔归还分散的京兵，但丁汝夔临走前的两句话还是像钉子一样扎在他心上，真要误了国家大事，谁也担当不起。他为了做出已经担起国事大任的样子，令家将带领几十个兵士，在街上来回奔跑。表示他们也在巡逻，没有放弃守城的责任。

八月十八日，都御史杨守谦率保定兵五千，游击将军徐仁率延绥军三千，分别来到京郊。接着，宣府、山西、辽阳、河间的兵马也先后到来，共七镇五万余人。但是，这些援军都是仓促奉命，没有带粮食，吃饭便成了大问题。

严嵩急忙起草传帖要户部赶快供应粮食，户部尚书夏邦谟回话说，无钱买粮。严嵩便赶到户部，找夏邦谟商量，要他先开仓发粮，经费问题他一定禀告皇上，请求拨款。夏邦谟说，这些援军一路赶来，有的在路上就没吃饭，现在得花钱买现成的大饼让他们填肚子。严嵩要他设法先垫出来，先买大饼充饥。结果，京城里的面食店全买空了，一个人也摊不到一块饼。

勤王兵一进京就挨饿，哪还有力气打仗。因此，怨声载道。

在严嵩的周旋下，户部打开了仓库门，粮食发到军营，勤王兵赶得慌急，没有做饭的锅，吃饭的碗，折腾一天，每人只领到半碗夹生饭，许多兵士饿晕了。严嵩知道后，又心疼又无奈。

为了犒劳这些勤王将士，八月十八日这天，严嵩急忙上奏《请赏将士》。结果，城外敌军压境，城里一时找不到犒赏的牛猪。这犒赏终难兑现。

各路人马聚集京师，面临着统一指挥与调度的问题。本来，兵部可以统领，但朱厚熜认定仇鸾兵多，又最先赶到，对他最为忠心，就下令仇鸾为平虏大将军，统率诸镇各边兵，并且赠给密启封记，准许其密奏言事。为了笼络他，朱厚熜亲自接见说，朕所看重的，唯卿一人。随后，又下令，提升杨守谦为兵部右侍郎，协助仇鸾提督里里外外诸军事要务。

这几天，朱厚熜也是寝食不安。十八日这天，他很想看看这敌军压境的情势，便要严嵩陪同。登上北海白塔的最高处眺望。只见城外火光冲天，烟尘滚滚，隐隐地听见一片哀嚎，便问严嵩，是何缘由。

严嵩告诉他，是城外的难民想要进城，成国公不让进。

朱厚熜说，难民进城须开城门，这城门开得吗?

严嵩回答说，九门紧闭，军民出入都不便，而且成千难民被拒之门外，终为北虏耻笑，且有向他们示弱之嫌。

朱厚熜说，我担心奸细混入城内。

严嵩说，督令守城官兵，严加盘查，可防无事。

朱厚熜终于答应，令朱希忠打开城门，让城外难民入城。严嵩为了安抚这些难民，又要户部开设了粥棚。

九月十九日，俺答前锋进抵安定门外，与仇鸾对阵。两军对垒，双方都没有动静，也许是双方遵守前些日子互不攻击的盟约。如果真是这样，俺答就不该如此布阵。而作为平虏大将军的仇鸾，既然敌军就在眼前，为何要按兵不动?

这天晚上，几十个应试的武生出于义愤，偷袭敌营，杀死了十几个敌人。不料刚进去，便被发现，他们只好退出，几十个俺答兵紧追不放。这十几个武生武艺强，有十几个俺答兵死于他们刀下。但这些武生不愿返回京城，各自回家去了。仇鸾就派人割下首级，向皇上报功，诏令兵部催促各路将领，率兵出战。

丁汝夔接到诏令，慌忙来见严嵩，问该怎么办。

严嵩叹息一声，揶揄道，既有诏令，何必问我？

丁汝夔说，各路人马都按兵不动，我怕国人笑话，所以我想亲自领兵上阵。

严嵩心想，仇鸾有那么多人马，又久在边境御敌，他都不出阵，你充什么能？但还是平声静气地劝导他：你经过战阵吗？在京城门口与敌军交战可不比在边境，一旦败阵，必然会引起满朝恐慌，你如何交待？

丁汝夔无话可说，辩解说，可是各路人马都畏敌如虎，这如何是好？

严嵩宽慰道，咱们的京兵、边兵都不敢应战，太不像话，是该好好整顿了。不过，兵法上说，避其锋芒，击其惰归，鞑虏目前气焰嚣张，暂且避避也无妨。他们这次来，主要是想胁迫朝廷与他们通贡，再抢些东西。只要我们严阵以待，他们抢够东西会往回走。到那时，我们出兵，敌人也疲惫了，多路截杀，定会取胜。

丁汝夔觉得严嵩说的有一定的道理，也就告辞了。送走了丁汝夔，严嵩赶写了三份奏疏，一份是《论总督将臣》，一份是《论调驻各守地方兵》，还有一份是《请给守门将士行粮》，另外又写了给户部和工部的传帖。

八月二十日，严嵩觉得当前各部之间一遇事情便互相推诿，必须皇上亲临大殿，面谕群臣，于是起草奏疏《请乞面对》。他说，目前敌人逼临城下，情势危迫，当事之臣束手无策。近日一有事情，我们都赶紧拟写奏疏来施行办理，但是外面迟迟未动，这使我们非常担心，有些事不是笔墨上说得清楚，乞请皇上特赐一见，当面授计议妥为好。

严嵩的奏疏送到朱厚熜手上时，他的面前正围着一群勋戚、王公、内臣，他们一个个在哭诉近日来家里遭受的灾难。这个说庄园被占了，那个说别墅被毁了；谁谁谁家的儿子被杀了，谁谁谁家的女儿被掳走了……

他们一个个恨得咬牙切齿，嚷来嚷去，有人骂起了兵部。

朱岳说，这兵部大人，怎么还不出战呢！

张溶说，这贼寇不退，官军又不出战，繁华京畿，将会被抢掠殆尽。

朱希忠因为丁汝夔向他讨回分散的京兵而记恨在心，先是咬牙根，继而瞪白眼说，陛下，丁汝夔如此无能，臣乞请罢免了他，另选贤能。

朱厚熜揶揄道，这时候罢免他，另选谁？你去，行吗？

尽管朱希忠不再吭声，但其他人又嚷嚷开了。

仇鸾兵多，虽不敢出战，但他的大军在外围，城里的人看不到；杨守谦的兵少却紧挨着城墙，一举一动城里的人看得清清楚楚。

仇鸾派人割死人头，冒领军功，朱厚熜不核实就予以奖励；杨守谦安分守己不做假，却成了按兵不动的典型。

仇鸾大军的粮饷也不够用，奴才学主子，他的部下有些人化装成鞑子参加抢劫，有些没化装的也抢了平民的东西，谎称自己是辽阳来的兵，将罪责推到蓟辽巡抚头上。

通州守将王仪，捉到了十几个打家劫舍的大同兵，结果是被仇鸾以密封言事罢了官。

杨守谦也捉到几个不法的大同军，请示处理，朱厚熜却说，大同军首批赴京，情急之下抢点东西定有缘由，叫仇鸾自行处理。

丁汝夔没有办法，只好下令，以后不要随便捕捉大同军。大同军更加肆无忌惮，平民百姓不知底里，不骂仇鸾，反而骂丁汝夔，说他占着茅坑不拉屎。

八月二十一日，局势更加危急，朱厚熜仍无意进大殿上朝，严嵩再次上疏《再请乞面对》：即会乱兵四出，消息不通……请乞面对，无甚仰候。

安定门外的俺答营帐内，堆满了抢来的金银、珠宝等各种东西。俺答和儿子脱脱、辛爱以及侄子狼吉台等人，在一片喧闹的嬉笑声中饮酒欢庆。两个儿子乘着酒兴，钻进后帐抱住抢来的民女强行交欢去了。俺答和狼吉台还在边喝酒边说话。

狼吉台洋洋得意地说，叔父。我们这次打到北京城下，肯定把那皇帝吓坏了。

俺答捋着胡子含笑不语。

狼吉台又说，我们不如乘势打进城去，把他捉起来，你来当皇帝。

俺答心里明白，他和嘉靖朝廷开战十余年，双方互有胜负，他的优势是骑兵机动，驰骋飞奔，勿东勿西，灵活应变，打赢了就跑。如果真要深入内地，长期对垒作战，不一定打得过汉人。汉族人多势众，地域广阔，他这点兵马，能成什么气候？他仰脖喝完一杯酒，咂着嘴说，你没看到他们从各地赶来了上十万兵马？过几天还会有更多的军队赶来。我们这次来的主要目的，是要这朱明皇帝同意通贡。

狼吉台说，他们不是不同意嘛。

俺答说，不同意就抢。我们不是已经抢了许多东西吗？抢够了，我们就回去。

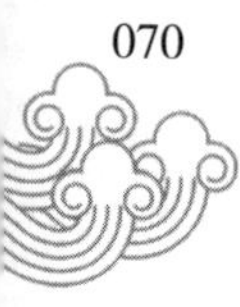

就在这时，守门的鞑靼兵押了一个太监进来。狼吉台看了一眼，便说，推出去斩了！

俺答急忙喝住，慢！并让士兵为太监松绑，和缓地问道，你叫什么名字？

太监应道，杨增，是御马太监，在这里管马匹，马都已经被你们牵走了。

俺答又问，杨增，你肯为我办件事吗？

酋长请讲。

为我向你们朝廷传书，我们要与你们通贡开马市，你能办到吗？

传书可以，是否允许，这有待皇上圣裁。

朱厚熜接到俺答的信，拿不定主意，连夜召集首辅严嵩、次辅李本以及礼部尚书徐阶进宫商议。待三人传看完信件，他急慌慌地问道，事情走到这一步，该怎么办？

严嵩为了稳住朱厚熜，镇定地说，陛下不必惊慌，鞑虏是来抢东西的，这是一伙抢食贼。看来，不要怕他。

哦！朱厚熜长吁了一口气，他最怕的是抢他的皇帝宝座，如果仅仅是抢食，那就不要紧。

徐阶不理解严嵩的用意，冒出一句颇让人猜度的话：他们还杀人放火呢，怎么能说只是抢食贼？

严嵩情不自禁地白了他一眼，想了想，也许他是不理解自己的用心，于是还是和婉地反问他，那你说是什么样的贼？

徐阶不知该如何回答，干笑着瞠目难言。

朱厚熜心里发急，说，不要争了，看看这事该怎样应对才好。

严嵩说，通贡求和与番使往来都是礼部的事情，应当由礼部召集会议，先提出意见来。

徐阶知道眼下这事难办，急忙推脱说：此事重大，礼部怕定不了，还是请皇上决定。

朱厚熜生气了，说，为何一有事就推与朕？

徐阶解释说，陛下，通贡之事可为权宜之计答应，但臣担心俺答贪得无厌。

朱厚熜说，只要有利于社稷，金银财宝不足惜。

徐阶说，如果只是财物上的事当然好说，就怕是提一些我们不能答应的事，那该怎么办？

这问题一提出，大家一时都不好说什么。徐阶想了想说，臣有一计，俺答来信是用汉文写的，朝廷可以疑而不信，我们可要他们另派使者带番文求贡书送朝廷，这样来回又得几天，我们就争取了时间。

李本立即表态附和，说这缓兵之计好，这样来回几天，四方各路援兵可以到齐，即使俺答再提无理要求，我们也不怕他。

朱厚熜征询严嵩的意见，严嵩也说这办法好，说，可就此事召集群臣会议。

几个人退出永寿宫后，便回了值庐。严嵩一路上不再吭声，徐阶猜想也许一直在生他的气。于是，一回到值庐，便道歉说，阁老大人，我一时欠考虑，请您老人家原谅。

严嵩笑道，华亭呀，老夫岂不知道鞑虏在杀人放火？我每日到处奔走，难道还不知晓？眼下最要紧的是稳定局面，君心安则众心安。

是的是的，徐阶歉疚地说，阁老殚心竭虑，辛苦了。

严嵩说，老夫身为首辅，为皇上操劳是应该的。他心里却嘀咕，皇上说话很随性，不高兴时乱发指示，说错了话又不会承认，倒霉的是臣子。他肝火太旺，容易发脾气，这脾气一来，什么事都做得出。当前这局势，他要是乱了方寸，可就不得了，闹不好……严嵩不敢往下想，喟叹一声说，只有入阁参赞机务，才会明白！

徐阶从严嵩的话里听出了弦外之音，觉得严嵩有举荐他入阁的意思，便谦卑地说，华亭不才，今后还望阁老多多指教。

商讨通贡的会议是在午门内召开的。辰时通知，快午时了，与会官员还没有到齐。徐阶首先介绍了俺答致书要求通贡的情况，接着说，俺答要求派三千人进来，言语非常傲慢，皇上令我部召开群臣会议，商讨对策，请大家各陈己见。

沉寂了很久，百官无语。此时，玉清道姑扮成内侍，装作扫地边挥动扫帚边竖耳聆听。

徐阶耐不住了，说，既然大家都不说话，那就发下笔札，请诸位大人写在纸上，我再上报。

这时，吏部尚书夏邦谟才说，俺答一下就进来三千人，使不得，使不得！

国子监司业赵贞吉慷慨陈词：我泱泱中华，岂可任其恐吓？俺答强行要通贡，无异于逼迫我们订城下之盟！

检讨毛起出了个主意：现在情势紧急，暂时答应，先骗他们出境，然后再拒绝。

赵贞吉驳斥说，这样懦弱，国之耻辱，像什么话！

徐阶见他言语激昂，认为他定有什么高招，便问道：大人有何良策？

赵贞吉仍旧语调激越：释放沈束以平冤狱，追恤周尚文以激士气。勉励文武百官，努力守城，鞑靼有什么可怕的！

一个小官随即朗声附和：言之有理，今天这大堂上只有赵大人出语不俗，落地有声，教那些苟且偷安的无地自容！

这沈束和周尚文是两个被责罚的仕人，他们的惩处与吏部有所牵连。作为吏部尚书的夏邦谟听了赵贞吉的话，本来就不高兴，见这小官又口出狂言，便厉声斥问：你是什么人？

那小官立即应道：锦衣卫经历沈炼。

原来这沈炼官不大，脾气却不小，一向玩世不恭。

夏邦谟怒斥道：一个小小的经历，竟敢狂言。

沈炼并没有将他放在眼里，骄矜自大，说，既然大官不说话，小官难道也只能沉默不言？

你一言我一语，讨论了半天，没有一个统一的意见。朱厚熜听到这结果，很不高兴。他又召来了道姑玉清，玉清告诉他说，满朝文武，只有赵贞吉一人敢于说话。朱厚熜便要太监黄锦，召见赵贞吉问话。

这赵贞吉受宠若惊，虽然诚惶诚恐，却又信口开河。他向朱厚熜进言的第一句话竟是：臣以为陛下宜先下诏罪己……此话没说完，已见到朱厚熜对他怒目而视。他这才知道自己说错了话，忙改口说，臣主张派遣大臣赴诸营帐中劳军，激励士气。斩贼一首，可赏银百两，观望不战者，杀无赦。这样大家就会奋勇杀敌，还怕贼寇不能消灭吗？

朱厚熜竟然觉得他说的有理，回答说，好！认为他壮志可嘉。升他为左春坊左渝德兼监察御史，带五万两银子去赏军，去宣传鼓动众将士。

赵贞吉立功心切，从永寿宫出来，便急着赶往值庐，找严嵩办理赏军手续。其时，严嵩正在忙着写奏章，传话让他稍候。赵贞吉心里发急，竟和门卫吵起来了。通政司赵文华正好从值庐送完文件出来，向他解释说，相公这会儿真的很忙，天下大事也要分步而行，何必这么着急。赵贞吉仿佛他已大功告成，不可一世，又和赵文华吵了起来，出口狂言，骂赵文华是权门之犬。赵文华也不相让，回奉他如丧家之犬。

赵贞吉办完赏军手续，便让人跟着他推着那五万两白银到各军营宣扬，杀一敌寇赏银百两，竟没有一个人肯买他的账。回报他的只有冷嘲热讽。

赵贞吉转了一大圈，到处碰壁，只好退回银两，复命请罪。朱厚熜非常恼怒，说他沽名诳君，还为沈束、周尚文游说，廷杖九十，贬官去广西荔波县当典史。

国子监是封建王朝的教育管理机构和最高学府，作为国子监司业的赵贞吉，应是较有学养的。严嵩历来看重人才，在赵贞吉临行前特意为他饯行，语重心长地劝导他说，大家都知道你忠诚爱国，你一时冲动，想凭几车银两就能激励士气，打败鞑虏，我当时就认为不大可能。本想劝阻你，无奈皇上已经应允，只好遵命。

赵贞吉已经有所醒悟了，说，谢谢阁老教诲，在下以后做事，一定注意。

严嵩便宽慰地，你放心，只要我还在位，一定设法让你回来。

果然，在严嵩的疏通下，赵贞吉不久就回到徽州任通判，接着又迁任南京吏部主事、工部右侍郎。后来，严嵩的《嘉靖疏奏》付印时，赵贞吉感谢这位首辅的知遇之恩，满怀激情为之作序，称颂严嵩惟公以道，辅世佐圣……

就在八月二十一日这天，严嵩第三次上疏《请乞面对》，说今日人心涣散，中外臣民咸望皇上一出朝廷，拨乱反正。朱厚熜虽然不太高兴，但还是答应了。

八月二十二日，朱厚熜直到这天午后才驾临奉天殿，升殿上朝。他离开这金碧辉煌的宝殿已经十多年了，当他坐上那高大宽敞的龙椅时，感到既熟悉又陌生。他望着这一大片伏地叩首的朝臣，感到好不晃眼心烦。他已经习惯了在西苑既当道士又当皇上的清静生活，在那里有法师为他祈福，有阁臣为他总领朝纲，办理朝廷各种大小事务，有金海玉山让他散心悦目，也有宫娥美女让他朝欢夕乐，比起在大内来，真是逍遥神仙。

有些老臣很久没有见到这位嘉靖皇帝了，一些新臣还是第一次晋见。他其实还是那么面容清癯，颧骨高耸，两眼深陷却炯炯有神。等到满朝文武五拜三叩礼毕。准备聆听他开启金口玉牙谕示时，却听到太监在宣读诏书。

朱厚熜在诏书中说，今虏酋背我朝廷，入侵畿地，诸当事之臣，全不委身任事……

赵贞吉对他说的下诏罪己的话，也许使他意识到，朝廷上下已对他怨声载道。再说，锦衣卫也早就向他汇报了这些情况，然而，他在诏书中将虏酋入侵畿地的责任，全推给所有的朝臣；他罗列了一些人的怪话，什么君逸臣劳……那是期怀不忠。他方方面面地数落了一番后，又说朝臣们要他回到大内视朝，有什么好处？那是沽名市美，不是结党营私也是强君威胁。对各误事诸臣，要一一登记参劾定罪。最后，也号召大家要同心协力，关心国事，凡是有见闻，可以击败虏敌的，人人尽言；如果再像以前那样坐视不管，要以军法行刑。

有不少人本来还想乘这难得一见的机会，向他进言，听完这诏书，都不敢说话了。

八月二十三日，俺答得到朝廷不同意通贡的消息，很是气愤，儿子脱脱与辛爱以及侄子狼吉台等人都哇哇吼叫，说要打进城去。俺答知道，内地支援的军队越来越多了，真要打进城去，也许有全军覆没的危险。对峙下去不是办法，于是，下令撤军。

俺答的撤军路线是留一部分骑兵在京郊殿后，大部分骑兵向西开拔，打算夺取白羊口出关。但是，白羊口的将士据险抵抗，俺答部队不能出关。于是，就丢掉一些掳来的牛羊和民妇，折回转向东南。行至易平，与仇鸾的军队相遇，仇鸾大惊，以为俺答是特意来攻打他，仓促间来不及布阵，硬着头皮上马应战。俺答的两个儿子辛爱与脱脱横刀拍马，直取仇鸾，幸亏裨将戴纶和徐仁奋勇搭救，仇鸾才没有当俘虏。这一仗，大同兵死伤千余名，仇鸾仍旧不报，反而割下一些被虏寇杀害的平民首级，谎报说在昌平打了一个大胜仗，向朝廷报功。

俺答转入天寿山，想践踏皇帝陵寝，幸有总兵赵国忠严阵以待，才不敢冒犯。于是，夺路循潮河北上，仍从古北口出去。京师这才解除戒严。于是，京城到处欢呼！

鞑子走了！鞑子走了！

严嵩一回到家里，倒头便睡，连衣裳也来不及脱。

严嵩正酣睡时，严世蕃兴冲冲从外面回来，一进大门便高声喊叫：娘，鞑子走了！……

欧阳淑端忙出屋向他摆手，细声细气说，知道了。你爹一回来就倒在床上睡着了。他有十天十夜没合眼呢……

俺答自八月十六日入边到二十五日出边，纵横京畿十天，围困京城五日，抢掠杂畜数百万，焚毁庐舍万间，被杀害和被掳走的男人妇女达六十万，被抢夺的金银财物不可胜数。这次灾难发生在嘉靖二十九年，这年是庚戌年，故称庚戌之变。

在庚戌事变的十天中，严嵩可谓身心疲惫。为挽救这大军压境的危局，他首先担心的是怕朱厚熜被吓坏，他熟谙这位皇上的脾性，皇上一旦被吓倒，那可是要出大乱子。这十天来，他布置城防，检查战备，安置边兵，关照难民，协调各部事务，讨论应敌事宜……忙得晕头转向，仅起草奏疏和传帖，就达二十五份。

在庚戌事变的十天中，朱厚熜确实很惊慌，俺答一旦打进城内，他的下场定然可悲。他先是憋气，郁愤；这郁愤是俺答入侵造成的，待俺答一走，这郁愤便爆发了。他拿俺管没办法，可他的朝臣的命运全在他的掌握之中。他首先惩处失陷古北口的王汝孝及丢失城池的参将总兵刘锦、王仪、罗希韩等武将；接着责罚了一批文官：户部尚书李士翱、兵部侍郎谢兰撤职；工部尚书胡松停薪，户部侍郎骆颖、二部侍郎孙袷夺俸五个月。

受了虏寇侵害的勋贵们觉得还不解恨，一个个哇哇乱叫。蒋傅等人一再倾诉说，杨守谦不战，至鞑子肆无忌惮，毁我庄园。朱希忠一直怀恨丁汝夔，一再向朱厚熜进言，说丁汝夔不职，罪该斩首。

于是，朱厚熜下令逮捕丁汝夔、杨守谦，要三法司会审、拟罪。

陆炳觉得罪罚这二人不当，特意赶到直庐向严嵩报信。严嵩听了，大吃一惊，拉了陆炳去找朱厚熜。

严嵩跪禀求情，说丁汝夔固然有罪，还望皇上从轻发落。

朱厚熜斥责他说，这断误事，身为司马，不令一战，竟让贼寇大摇大摆出境，若不立斩，难息神人之愤！

陆炳也跪奏说，贼寇饱掠而去，乃仇鸾怯敌，尾随不战……

朱厚熜一听到有人数落仇鸾的不是，便火冒三丈：仇鸾勤王有功，尔等是何居心！

严嵩见朱厚熜正在气头上，再劝也没用。他想绕个弯子延缓一下，待过了些日子，也许好说话。便说，历来决囚都在秋后，臣乞请秋后会审再做决断。

但是，朱厚熜不容宽恕，下令立即处斩。

很多人都为这两人被杀而鸣不平。杨守谦只有五千人马，只因驻守在城边，没有出战，其一举一动都看到了就说他不战，仇鸾拥兵数万都不去打而未受责罚，这不公平。杨守谦仰天喊冤，悔不该带兵勤王。

丁汝夔更感到憋屈冤枉，身为兵部尚书，却有职无权，京营调不动，边兵不听指挥，仇鸾身为最高平虏大将军都不出战，谁奈其何？他想来想去，

后来觉得不该听严嵩不要轻易出战的劝告，临刑前大喊：我没有罪，是严嵩误了我！……

丁汝夔就刑的前后几天，严嵩托病告假在家，他非常懊丧。欧阳淑端见他寝食不安的样子很是心疼，怕他惹出大病来，坐到床前，问他哪里不舒服，可他却又说，不要紧。再问，便只摇手，不吭声了。严世蕃知道，父亲患的是心病，站在床前抚慰说，爹，丁汝夔的死与你无关，你别难过。

严嵩说，说无关，也有关。要不，他就不会临刑前说是我害了他。

放他的狗屁！你好心劝他，是怕他打不赢。他要是败下阵来，他自己做刀下鬼还是小事，可这影响多大呀。在城门口厮杀，闹不好俺答就乘机杀进城来。

我当初正是这样想，他当初也是理解了的。……哎，人到了要死的时候，就不是这样想了，反正是个死，当初要是上阵杀敌而死，不成功，也成仁。

当初如果真是这样想，就不该接了皇上的诏令还来问你。哼！活该他倒霉。

东楼，你不该这样咒他。

第六章

马市风波

秋后的北京，爽朗清凉。

寒露节前的这天，严嵩早早地从值庐回了家。他一进院门，就看到有客人在靠墙的几个花盆前赏菊。客人听到院门口有响声，便转过了身子，朝严嵩拱手施礼。此人正是翁万达。严嵩走上前，与他执手坐到一侧的石凳上，这才发现他的腿脚不灵便。翁万达告诉他，自从接到要他返京的诏令，便日夜兼程往京城赶，几天前才返回北京城。

严嵩问他，你这脚怎么啦?

翁万达苦笑说，长了个痈疽。

是赶路引发的?

早就隐隐作痛，这一路兼程，就生发得更厉害了。

噢! ……

这时，香梅端来了两杯香茗。严嵩一面喝茶，一面思忖着怎样往下说话。

翁万达奔父丧回老家守制，丁汝夔被杀，严嵩便又提议要翁万达赶回来仍担任兵部尚书，但是，因为没有按朱厚熜要求的时限赶到，兵部尚书一职已改为原兵部侍郎王邦瑞来接任。

俺答大军一撤走，严嵩便找到王邦瑞等兵部官员，商讨整顿京营，修筑边墙，招募民兵以及访举将才等事宜。他综合大家的意见，给朱厚熜上疏。在奏疏中建议，国家团营的设置，应当居重驭轻。但是，近年来戎伍日虚，教习无素，仍然用没有经过战阵锻炼的将领来带兵，需要大加整顿选刷，才可继续使用。要求敕令兵部，尽快选出武臣中素有谋略，曾经在边镇任过职的人充实提督坐营的重任。吏部选出大臣一员，专理营务，让他训练在营人马。

北直隶、山东、河南、庐州府、凤阳府、徐州府、邳州等地方，民风勇悍，可派遣官员到各地去召募，充实京营的二万整数。而蓟州一镇，军力单弱，所以不能抵御虏贼的入侵，请差大员前去督理军务，增兵筑台，作为屏蔽。仍令本兵预先拟定京城内外守护的事情，订出条例。这样，一旦遇到紧急情况，就不会仓皇失措了。

严嵩还附上兵部所拟的《京营兴革六事》，朱厚熜都批准了，下诏改组京营，革除现在的十二团营和两官厅，恢复永乐年间三大营旧制，即五军营，三千营和神机营。五军营专备征战戍守，神机营使用火器神枪；三千营更名为神枢营，技执宝纛、令旗。三大营由文武大臣各一人主持，武臣称总督京营戎政。在京城设立戎政府，铸印章，成为独立于兵部之外的又一个最高军事指挥机构。以前，朝廷的最高军事机关是五军都督府，虽然开府铸印，总掌军籍、军政，却不能直接统率军队，也不得训练军营。京营提督虽有训练统领京军之权，却又不予颁印。朱元璋开国时就是这样的，在地方，实行行政、司法、财政三分立；军队又是都督、提督两权分立，互相牵制。下面分权而皇帝则集权于一身，其结果是避免了臣子的权力过大，威胁君权的弊病，但是又出现了互相扯皮、指挥不灵的弊端，庚戌之变充分暴露了这些缺陷。现在，成立了戎政府，有了总督大将之印，既掌管军政，又有统军出征之权，兼有五军都督府和京营提督的双重权力。

对翁万达的职务安排，严嵩一时不知该怎么说，所以就将军营整顿的情况先说给他听。没想到这时翁万达插话说，听说戎政府的大权是仇鸾执掌，如此一来，仇鸾不仅一人总督三大营，还统领边镇劲旅，实际上成了京军和边军的最高统帅。

严嵩听了心里波动了一下，心想，他是不是打点子要问他的职务变更之事呢，便笑着问，翁将军觉得这样安排妥当吗？

翁万达说，这都是经过你和兵部的商议，由皇上钦定的，该是错不了吧。

严嵩默默点头，心想，即使他认为不妥当，人家怎好说呢。想了想，认为他今天来，必定是为职务安排的事，便说，翁将军，关于兵部尚书一职的安排……

翁万达没等他说完，便拱手说，阁老大人，兵部尚书一职变更的事，我已经知道了。

严嵩说，皇上他是太心急了，我说了这事可暂缓一下，可他发了脾气，说你是怠慢公务，我就不好坚持了。

翁万达说，谢谢阁老，我知道您老人家为我担待了很多。今日造访，主要是想聆听教诲。

严嵩说，翁将军过谦了。你治军有方，你今日来了，我正好就边防之事向你请教呢。

翁万达连连摇手说，不敢不敢。

严嵩还是把边关防务的设想和盘托出。修筑蓟州边墙，加强京东京北防务；设置蓟辽总督，统领蓟州、保定、辽东三镇兵马，与宣大总督并列，为京师之左右屏障；选派得力将领为这两个要害之地的总督官。这是外延的防务，还有靠近京城的昌平、通州、易州各设经略使，称为内三辅，鼎足而立，以拱卫京城。末了，严嵩问，翁将军，如此设防，妥当吗?

翁万达凝神思虑了一会，点头说，很好。不过，长城如有两道防线就更好，设内长城、外长城、内三关、外三关，均派得力将士加固戍守。在北直隶、山东、山西、河南等省招募民兵，每年入京秋防，秋后散归。

严嵩又首肯道，这样是很好，可同时着手修建京师外城，先建南面的关厢城墙和永定、左安、右安、广渠、东便、西便、广安七座城门。

两人不知不觉聊到很晚了，翁万达要告辞回家，严嵩为挽留他夜宿，先置酒对饮。翁万达见他如此盛情，也就依顺了。严嵩举杯笑道，酒逢知己千杯少……

严嵩在家里与翁万达对饮的时候，严世蕃正在校书楼喝花酒。

他有一年没到校书楼了，刚进门时，接应客人的鸨儿是新面孔，严世蕃没见过她。她向他介绍了好多个妓女，都被他回绝了，他点名要媚儿。鸨儿笑道，她一般的客人是不接的。

严世蕃问，她要接什么样的客人?

鸨儿说，要么是学富五车，要么是财高八斗。

严世蕃说，这学富五车和才高八斗有啥区别?

鸨儿知道他听岔了，却还卖关子说，此财非彼才也。

严世蕃自然是听懂了，却还想捉弄她，哈哈大笑说，你说的是那个材吧?好说，好说，我家是做木材生意的，别说是材高八斗，你要我材高百斗都有。

老爷你搞错了，鸨儿也嘻嘻笑了。我说的是金银财宝的财。

哦！原来是这财呀。

你出得起吗，学富五车还是财高八斗？鸨儿的笑里藏了个促狭鬼。

严世蕃本想说，不管是学富五车还是财高八斗我都出得起，但这话到喉头又咽下了，也学鸨儿的笑模样：你去跟她说，比她小一圈的严公子来了。

鸨儿又哈哈大笑了。客官你是喝醉了说胡话吧。

你这话什么意思？

什么意思，你会比她小一圈吗，大两轮还差不多。

我说的是小两轮吗？

这两轮和两圈不一样吗？

严世蕃在心里骂了一声蠢货，但嘴上还是说，一样就一样吧。少废话，你去通报她就是了。

媚儿听说严世蕃要来会她，眼里情不自禁地沁出了泪花，她想哭哭不出，想笑笑不起来。她清楚地记得，他有整整一年没来找她了，今天不知为何要见她。心想，还是先见了面再慢慢问他吧：为何这许久不见人影？……

严世蕃跨进媚儿房门时，见媚儿正背对着他坐在梳妆台前，便轻轻地咳了一声。媚儿没有转身，却问他，今天是何月何日？

严世蕃想了想说，十月十七日。

媚儿便吟诵了一首词：

十月十七，正是去年今日。别君时，忍泪佯低面，含羞半敛眉。　　不知魂已断，空有梦相随。除却天边月，没人知。

严世蕃听了，一种曾经拥有而又陌生了的情愫涌入心怀。他凝神想了想，记起她背诵的是五代时期的词人韦庄的小令，调寄《女冠子》，而且她将开头的四字改成了十字。他笑了笑，随即唱和了另一首：

昨夜夜半，枕上分明梦见。语多时，依旧桃花面，频低柳叶眉。　　半羞还半喜，欲去又依依。觉来知是梦，不胜悲。

这时，媚儿才转过身来，却还是不说话，只望着严世蕃默默落泪。

严世蕃将她拥入怀中，一面为她揩泪，一面抚慰她说，别哭了别哭了，我不是来了吗。

媚儿问，这整整一年，你到哪儿去了？

严世蕃说，我是一只满天飞的鸟，哪儿有食就往哪儿飞。

满天飞的鸟也要落窠呀，为什么那么久不到我这里来？是怕我缠住你不放？

不是不是，是我太忙。

这一年，你都忙了些什么呀?

他半真半假地回应她：回了一趟老家……

你回老家去做什么呀，要那么久吗?

做了几件大事。第一，给老家的县学送了一千四百四十部书……

哦哟！送那么多，都有些什么书呀?

你让我想想。严世蕃仰头朝天翻动着一双东张西望的眼睛一一列数着：四书五经全一套；史记、前汉书、后汉书、三国志、魏晋隋唐、宋、元史；礼书、乐书；二程全书，程氏遗书；西山读书记；资治通鉴纲目。皇明制书、御制文集、明堂或问、大狩飞龙录；理性大全，明伦大典；晦翁文集，杜氏通典；文选，唐文粹，宋文鉴；元文类，明文衡；左传，国语，六子书；名臣奏议，苏文忠公文集，义勇武安王集，古文类选；文章正宗，崇古文诀，临川文集，玉海；刘向说苑……还有文献通考一百部，嗐！这一千四百四十部书都要一一说出来，还真难。

你的记性真好，能说出这么多书名，就很不错了。媚儿说着，走到小圆桌旁，斟了两小杯酒，递了一杯给严世蕃，恭贺你，造福桑梓，为老家的莘莘学子送去那么多的好书。她抿了一口酒，又问，哎，送书来回大不了几个月呀，哪消得了花一年的时间呀?

严世蕃遵照父母的意愿，除了为县里送了一千多部书，还修了一条路，建了三座桥。路是从分宜县通往母亲老家安福县，全长有一百二十里，在泥泞的山路上铺上卵石和石板；桥是宜春城郊的广泽桥、广润桥和广济桥，桥名都是嘉靖皇帝赐予。他没有一一叙说，只概略地讲：此外修了一条路和三座桥。你说，要不要一年。

你老家风光秀美吗?

你想去看看?

我要有这福气就好了。

那可是千里迢迢好辛苦呢。

桃红能伴春风醉，零落成泥终不悔。媚儿吟罢瘫倒在他怀里。

就在这时，严东在妓院女侍引领下来到门口，媚儿听到敲门声后，诘问有何事，严东接话说，我家老爷要公子赶回去。

严世蕃苦笑着对媚儿说，家父没有急事不会派人找我，今天只好先告辞了。

媚儿还有许多话想说，恋恋不舍地问，您何时再来？

严世蕃爽朗地回道，明天没事就来。

严世蕃回到家里的时候，严嵩已经入睡了。香梅交给他一份奏疏草稿说，老爷吩咐，要你今晚就抄好，明天一上班他就要呈送皇上。他从她手上接过奏疏稿就到自己书房去了。

庚戌事变让堂堂大明王朝遭受耻辱，作为嘉靖皇帝的朱厚熜既蒙羞又愤恨。杀兵部尚书丁汝夔与原保定巡抚后为兵部右侍郎的杨守谦只能说是出了出气，真要解恨，除非抓住俺答枭首示众。这一仇恨郁积心头，让他寝食不安。因此，他下诏要北伐。兵部便厉兵秣马，工部则打造器械，户部搜括各省积贮及历年逋赋。严嵩反复思考后，准备劝阻，因此，他草拟了奏本：大伐一节，未宜轻动，须另议行。他说，如大张旗鼓地出兵，恐怕不行。大凡举国出动的大事，虏敌都知道。一旦兴师，他们便迁营远遁，等我们兵马到了那里，早就找不到踪影，只能是徒劳无益。

严世蕃抄完奏疏，远远地传来了五更的钟声。他仔细校对了一遍，盖上封钤，便去睡了。

严嵩的上疏，并没有完全打消朱厚熜北伐的念头，只是为他洗了个冷水脸，头脑稍稍清醒了一下。他原来是准备亲自率大军出关的，后改为由宣大总督苏佑、巡抚侯铖、总兵吴瑛出师北伐。侯铖率数万人马出塞袭击俺答帐幕，结果大败而返。巡按御使蔡朴弹劾苏佑与侯铖，朱厚熜没有追究苏佑、侯铖的刑事责任，因为是他下的诏令让他们去的，不好责怪别人。

朱厚熜十五岁登基，少年天子通过议礼手段君临天下，全凭一股天下之大舍我其谁的强势。他认为这是他信奉道教，是道君在上天护佑了他。既然不能通过武力北伐来击垮俺答，如能将虏贼的魂魄褫除也好。于是，在陶仲文等道士的指点下，在京师又建造了一座镇虏法坛，以符箓法术褫除虏魂。没有了魂灵的虏寇还能南侵吗？

作为首辅的严嵩，对嘉靖皇帝既要亦步亦趋地跟随他，又还得东张西望地守护着他，不能让他和君临的大明王朝出差错。

庚戌事变前，仇鸾还是大同的总兵官，两个月后，成了军事上的最高统帅，坐镇戎政府。这样的人，既可以护国惠民，也可祸国殃民。

仇鸾出身于官宦世家，这使他从小就养成了对权力的追逐。他的祖父仇钺，因平定安化王置鐇反有功，封咸宁伯。后来又因镇压农民军刘七有功，晋封为咸宁侯，准予世袭。但他的儿子有病，没能继承爵位就死掉了，就让其孙子仇鸾继承了。仇鸾在嘉靖初年就承袭了侯爵之位，带兵赴广西，参与平定安南事件。后来，调西北，在曾铣手下任总兵，因不听调令，被曾铣劾他十大罪，被关进监狱；曾铣倒台，他才复出。仇鸾刚出狱时，像落水的人褪尽了衣裳一样，只剩下光溜溜的身子，没有了官职。他便托人结交了严世蕃。严世蕃得了他的好处，向严嵩荐言，说仇鸾因被曾铣指控而入狱，他带兵多年，现在还没有恢复官职，正好大同缺一个总兵，可否叫他去？严嵩对仇鸾有所了解，考虑到他久在军旅，又是世代武将，边关正需要人，就同意呈报皇上，赴大同上任。临行前，严嵩找他谈话，先是称赞他带兵多年，治军有一套办法；最后又叮嘱他，军纪不可松懈，因为有多处反映，他对部下不严。仇鸾当时不敢分辩，一来这是事实，二来他东山再起也是全靠严嵩的提携，他只能稽首拜谢，说感谢阁老栽培，不负阁老厚望。

庚戌之变，仇鸾领兵勤王第一个赶到京师，皇帝赞赏世人瞩目，严嵩自然也高兴。嘉靖皇帝要仇鸾总督京营戎政，严嵩奉命起草敕谕，凭他对他的了解，特意加上几句话：

……如有缺员，具奏，会同兵部选用。……如有科扰役占军士等项……其私占马匹及拨马与人骑坐者，悉照律例降级。

尔为勋臣，受兹特寄，当戎政更新，宜竭忠殚力，持公秉法……如或仍前因循，致误军机，责有所规，尔其钦承之！毋怠勿忽，故谕。

但是，仇鸾并没有把严嵩的话放在心上，他要的是权力，因此所追逐的也是权力。他在奏疏上享有特权，他的上疏皆内批执行，既不经过兵部，也无须经过严嵩，直接密奏皇上。因而，他掌权后的第一个月，巡视京营兵部的主事申燧便有所察觉，揭露他恃宠弄权。结果，仇鸾通过密疏，反诬申燧侵官揽权，束缚了他，使他不得行事，如果让这样的巡视官来限制他、威胁他，哪里还有谋事的勇气呢？朱厚熜觉得他说的有理，下令责打申燧，并将他关进监狱。而且用这件事取消由兵部主事给事中御史等人充任的京营巡视官。在攫取权力的步骤上，仇鸾可谓旗开得胜，摆脱了兵部和言官的监察，他可以放胆地行使权力，一意孤行了。

这天，严嵩一到值庐，便收到通政司送来的奏疏，这奏疏名为《安攘大计》，是兵部尚书王邦瑞对仇鸾想节制边将，罢筑蓟镇边墙而写的。这安攘大计分为五策，其中免不了要提及仇鸾，说他举措不当。他看完后，沉思了许久。

他一面觉得王邦瑞对仇鸾举措不当的批评有道理，另一方面又隐隐地为王邦瑞担心。因为在两个月前，王邦瑞已经因为指责仇鸾而受到朱厚熜的斥责。

按照武将选任制度，各镇正副总兵的任命，应先由兵部会同府部科道推举二人，然后由皇帝从中裁定一人担任。严嵩在给仇鸾的敕谕中也特别强调了这一点。但是，仇鸾却独自拟定，根本不与王邦瑞等兵部官员商议，而朱厚熜却每每听从其意，按仇鸾的意愿下圣旨。王邦瑞为抗议仇鸾的做法而上疏皇上。他在奏疏中说，朝廷更换将帅，必须根据公卿的意见，由皇上选定。之所以这样做，是为了防微杜渐，防止臣下专断。京营大将与各边总兵，原来是相互之间不统辖的，因此，从来没出现过京营主帅来拟定各镇职位的先例。现在独由仇鸾做主拟任，擅自更换，我担心天下九边的将帅都这样去奔走托附，对国家是很不利的。王邦瑞的这份奏疏，其目的是维护朝廷原有的规制，但朱厚熜却极力庇护仇鸾，训斥王邦瑞：戎政初修，忠贤是倚，朕有密语，非彼独擅。而且指责兵部不但一筹莫展，而且对仇鸾先行攻毁，是不是你王邦瑞因未受赏而故为怨讪之语？

正如严嵩所担心的，仇鸾听说王邦瑞为他欲节制边镇罢筑蓟镇边墙之事而上疏《安攘大计》，很是吃惊，又急急通过密疏辩解。朱厚熜竟又责备王邦瑞，说他虚文塞责，竟下令免去了他的兵部尚书一职，另派赵锦来接任。

王邦瑞任兵部尚书不到四个月，就栽倒在仇鸾手上，仇鸾在短期内扳倒了几名朝臣，便更加有恃无恐。不久，仇鸾又向朱厚熜提出：臣授大将，用兵贵专。他说，由各边调集的四万及京营的一万兵马，隶属于他来统辖，分布到各路，其他官员不得擅自调遣。朱厚熜竟然也照准了。仇鸾在统揽了这些专隶于他的部队之外，还到处伸手，揽取兵权；而在兵权到手之后，又把最紧要的防卫任务推给别人，从而使自己成为不临战阵的统帅。

经略京城内外的都御史商大节所募四千丁壮乃京城巡逻兵，本不隶属于京营，仇鸾却强征于自己麾下，却又将本属于京营防卫京郊的重务分派给商大节，自带五万精锐离去。商大节位列九卿，本不受其节制，于是抗疏力争，尖锐地指出他包藏祸心，请求皇上加以抑制，以根除祸本。仇鸾反讦，极尽诬陷之能事。朱厚熜再一次偏袒仇鸾，并以推奸避难为由，将商大节逮捕入狱，令法司拟罪。

法司拟罪当斩。

严嵩是在值庐当班时知道这事的，心中暗暗为商大节鸣不平。他亲眼看到，在俺答围困京师时，京营畏缩不敢出战，而商大节所招募的民兵，经过训练，军容雄壮，挺立城头，威武迎敌。这样的有功之臣，不能随意斩杀。于是，他毅然上疏，为商大节求情：皇上少霁天威，赦其一死，而且指出法司所根据的临阵失机之比不相合……最后叹息说，我不敢申救一个应该怨恨的人，只想求得法律的公正而已。

朱厚熜没有听取严嵩的意见。严嵩又再次上疏，商大节这才暂未行刑。但是，商大节怅恨不已，竟瘐死狱中。严嵩不敢怪怨朱厚熜，只记恨于仇鸾，骂他心太狠毒。

庚戌事变后，鞑靼酋长俺答看到明朝加强防御，而自己在经济上、军事上也有很多困难，便再次派儿子脱脱和有关使者到边关进表，要求入贡和互市。游牧部落的社会经济和生活状况决定了必须向内地寻求畜牧业以外的生活必需品，战争或贡赐是获得这些物质的最简便的方法。打仗可以任意掠夺，而贡赐也可以获得加倍的赏赐。明朝自朱元璋开国时就对周边民族的入贡采取厚往薄来、厚赐薄贡的方针。既然少数民族愿意入贡称臣，大明皇帝也就摆出泱泱大国的架势，你进贡价值一万的物品，我可以给你两万，三万甚至更多的物品予以回报，以示中华之富有的皇恩浩荡。实际上，贡赐是其名，贸易才是实。

朱厚熜对于俺答的这次遣使求贡，依然摆出一副天朝不肯俯就的架势，大言朕意亦不许贡，亦不许答话，一意集兵措财，必一加伐之为正……以泄神人之愤。

严嵩对这事有自己的看法。庚戌之辱当然不能忘，但是真要打仗，这代价比起贡赐来要大得多。说透了，这贡赐，不就像拿钱买人来叫你爷吗？俺答愿意称臣来求贡，花点钱打发他就是了。但他想听听其他阁臣的意见。因此就问李本，你的意见怎样？

李本一向本分、顺从惯了，便说，皇上不是说不许通贡吗？那就照皇上的旨意办吧。

严嵩一心想说服他。便开导说，如果能通贡互市，不再打仗，这对双方都是好事。现在，就要看他们是不是有诚意。

李本也认可说，他们真要有诚意，当然是好。

于是，严嵩就起草奏疏，阐述了自己的主张。他说，虏寇逆天犯顺，本来是不能允许通贡。但是，将他们拒之关外不好好处置，他们会找各种借口来肆意侵扰。如今，我们各地方兵调募未集，京军训练不久，粮饷也不充盈，仓促间难以应战。最好是要两镇边臣先不要行动，只向对方晓以我天朝威命，以探测其内情。待我方兵强马壮粮食足实，再相机而动，或战或守，我皆有备无患。

不久，俺答又好几次派使者来求贡、互市。为了表示诚意，还特别派儿子脱脱到宣府宁远堡，叫出通事（翻译），攒刀为誓，赠送好马二匹，留下随从四人做人质，并送还逃往塞外的叛卒。宣大总督苏佑见俺答确有诚意，便上报《接报夷情疏》。在奏疏中，他分析了俺答急于求贡的四个原因：

其一，是听说皇上赫然整肃六师，畏我军威；

其二，是其人畜死了很多，怨声盈耳，他要悔罪；

其三，他们嗜好我中国货物，靠掠夺好处散归部落，而求贡其利益尽归于酋长，贪图利益；

其四，小王子是俺答侄子，俺答性情桀骜，久不听其约束，耻为其下，为了使他归顺，想借朝廷所变官爵与他侄子争雄，为了名誉。

严嵩接到苏佑这个奏疏后，觉得很有道理，便票拟同意。朱厚熜在严嵩等人的一再劝说下，对许贡一事有些心动，却还拿不定主意，就批示，要兵部召集群臣会议，听听大家的意见。

在兵部召开的会议上，大将军仇鸾第一个表态同意。他其实是一个色厉内荏外强中干的统帅。如果开放了马市，有了和平环境，他就可以不要冒着生命危险，领兵去打仗了。

兵部尚书赵锦，吏部侍郎李默等人也都表态同意。赵锦还综合部议，提出了具体方案，建议每年开市四次，约限马数，要各镇派兵警戒，防止发生意外事故。

朱厚熜还在犹豫，就询问严嵩，这事该怎么办。

严嵩回奏认为，这事边臣已经考虑得很周详，可以用来缓和他们而修整完备我们。当然，并不是就以此为依恃而忘了防御。既然兵部会议统一了意见，就先按照这意见开行。

但是，一年四次，每次用马价十万两，似乎密了些，费用也大。而且，来来往往到处是沟沟壑壑，将来难以防患，不如一年只许二次。

再说，马市与通贡不同，礼部属官，原来不管这事，伏请皇上裁断施行。

朱厚熜终于同意开放马市，先在大同镇开放，每次马价银十万两。起用致仕兵部侍郎史道以原职赴大同督理，京营参将徐洪协理。

就在内阁已经议定开放马市，兵部也在着手施行的时候，兵部员外郎杨继盛却上了一份《请罢马市疏》。他在这份奏疏中为反对开启马市而列举了十不可：忘天下之大仇，一不可；失天下之信义，二不可；损天下之重威，三不可；开边方通虏之门，四不可……最后，他提议，收回成命，罢开马市，锐意戎兵，决志征讨。务欲擒俺答于马前，驱丑类于海外，使虏之畏乎我，亦犹我防乎彼。

严嵩看到这份奏疏，好不懊恼，好像半路上碰到雷阵雨，躲也不是，不躲也不是，只好等皇上来裁定。没想到朱厚熜见奏，竟有些动心，但还是拿不定主意，敕令严嵩召集有关此事的八个大臣开会。于是，次辅李本、成国公朱希忠、大将军仇鸾、礼部尚书徐阶、兵部尚书赵锦、兵部侍郎聂豹及张时彻应召参加了会议。

会上，聂豹、张时彻很是埋怨杨继盛，嘲讽他说大话，不顾实际，有好高骛远之嫌。

仇鸾首先表明自己的态度：开放马市、我首先倡议，我不能又说不行！话语如斩钉截铁。

赵锦说，本部已经讨论过了，皇上也已经允许，派遣的大臣，昨日已经出关。如果中断，俺答会借口挑起事端。

徐阶附和说，开放马市，并非忘却武备。既然已经派出人去了，不应该再议。

严嵩见大家的意见比较一致，便向朱厚熜禀报：臣等议得，朝廷举措，关系匪轻。目今虏使质留在堡，大臣已去在途，委难中止。

朱厚熜也觉得只有这样办才好。这杨继盛既有所见，何不早言？今差官已行，却乃肆意渎奏，好生阻挠边机，摇撼人心！又发现他的奏疏中漏脱一个字，这皇帝的脾气就上来了，下令逮捕杨继盛，打着问了来说！杨继盛不但挨了板子，还被贬为狄道县（今甘肃临洮）典史。

杨继盛上奏的《请罢马市疏》，虽然没有成功，却也把朱厚熜搅得心烦意乱，他下令打了一顿杨继盛还余恨未逍，竟将本已钦定的每年开二次改为一次，而且还说，若十年后如无侵犯，再开一次。

严嵩感到很是为难，堂堂大明王朝，岂能言而无信？俺答已经拉下架子求互市，业已应答的事应该说到做到，闹不好又是刀光剑影，血流成河，生灵涂炭。慑于皇权天威，严嵩只好婉言相劝，写奏疏时特别字斟句酌，注意措辞：

圣谕词义严正，恩威并著，臣等不胜钦服。他详细解释说，兵部原来议定马市每年开四次，遵奉皇上旨意只许二次，已经派出总督等官员，传谕到虏营，要他们管束好部落等待命令。如果现在突然截止，恐无以示信外夷。而且，他们派来的人已留下作为人质，情词诚恳。伏望皇上仍按前次旨意，容许二次……

经过严嵩等人再三陈情请求，朱厚熜才批准照行。

嘉靖三十年四月二十五日，大同马市开张。俺答率儿子脱脱等头目亲临马市，计值取价，秩序井然。三天后，蒙古方面等待交易的马还有很多，而官府所准备的布匹、绸缎等货物已全部交易完了，一共换马二千七百余匹。马市结束后，放回刺记等四名人质出境。俺答很是高兴，上蒙文表章，并向朝廷进贡了谢恩马九匹，请求再开市。

不久，宣府、宁夏、延绥等镇也相继开市。烽火狼烟停息了，边城上空，闪现一片和平艳丽的彩霞。

仇鸾首先表功，奏请对俺答破格厚赏。朱厚熜准奏，赏俺答大红纻丝膝襴花样衣一件，金顶大帽一顶，金带一条，彩帛四表里；赏脱脱大红纻丝一表里；赏使者丫头智、人质虎刺记等各青绿纻丝一表里。

马市交易，蒙古族得益者只是少数拥有马匹的富裕牧民和酋长贵族，而大多数贫困牧民则只有牛羊，他们迫切需要的是米豆等粮食物品。为笼络这个大多数，俺答进一步请以牛羊换米豆。

经管马市的大臣史道将俺答的这一要求上奏，以致朝廷上下又引起了轩然大波。

宣大总督苏佑与巡抚何忠见朝议汹汹，怕日后会蒙上首事之祸，便上疏提出，边外牛羊众多，而塞下粟麦米豆有限，恐不敷交易，因而引起挑衅，便提议最好不要答应。

主张开市最卖力的大将军仇鸾见许多人反对，也惶恐不安，没了主意，改变原来的主张，向皇上密奏请求关停马市。

兵部召集会议，认为苏佑等人说得有道理，牛羊米豆的交易不可行。

大家都等待朱厚熜圣裁。但他每次做重大决议前，都会征询老成持重的首辅。严嵩咨询过多人的意见，经过仔细调查与计算，认为苏佑等人的奏疏有道理。去年内地大旱，米价腾贵，一两银子买不到五斗米，而北边的一头牛羊就可换米八斗。他们有几万头羊，得拿多少银两来对付。即使户部能拨给七十万两，也难买到几万石啊！

看来，战争的烟云又要飘来了。不过，经过一年的准备，防守力量强多了，嘉靖皇帝也几次说要出征，真要打起来也不怕。

严嵩经过反复斟酌，考虑成熟了，便回奏朱厚熜说，我们认为，今年春天的开市之举，很可能是他们因为兵粮尚未筹集，借此以延缓其入侵。等到开市结束，便又来掠抢。现在提出的以羊易米，很明显地现出其无厌之求，以后还不知要怎样贪婪之极呢。目前，我们要调集兵力，做好决战准备，一定能挫败此虏，以振国威，岂能任其要挟而示弱！

朝廷意见统一后，大帅仇鸾更是摩拳擦掌，加紧训练，准备随时出征。后来才知道，他这是真真假假给朱厚熜看的。出兵就要银子哪，兵马未动，粮草先行，这谁不知道啊。

大将军仇鸾要出征，上报边饷不足，要求增拨银子二十六万两。

户部尚书孙应奎哭丧着脸找严嵩诉苦，他摊开户部的家底，说一年的收入才二百万，现在边费就要六百万，军费都给了帅府了，怎么还增拨？

严嵩觉得孙应奎说得有理，穷家难当啊。于是他根据户部提供的情况向朱厚熜上疏呈报说，用兵以粮饷为先，既不可缺失，也不可浪费。自从虏患以来，户部清查各项费用，发现有不少是任意乱用，全无节省。去年春季尚未用兵，就已经炒过煤炒七千余石，熟料数千石后来都坏损不可食用；又收集车辆在宫守候三月余，车户失业而埋怨，而官给的工钱和伙食费又不给。现如今又奏，挑选了宣大精锐一万，准备去剿杀敌人，还没出境，就说要发银两二十六万。臣等觉得，非到紧急时候，这批银两不可以发。

朱厚熜看了严嵩的奏疏，觉得入情入理，批准不拨这项银两，而且降旨，要边臣视国如家，讲求节省之策，不可任意支费！

既然嘉靖皇帝也同意不发这笔银两，严嵩以为这事就这样过去了。

一天，严嵩与朱希忠、李本、仇鸾等人准备往西华门入西苑当值，没想到禁卫竟拦住严嵩不让进，禁卫的话语尽管很客气、温婉，但不让进就是不让进。他惊疑异常，问禁卫，为何不让老夫入内？

禁卫说，陛下有宣召，朱国公、仇将军、李大人三位有请，没有宣请相公。

人在有准备时，往往可以经受百斤甚至上千斤的重压，但在毫无防备时难以承受一两小石的击打。这事其实没什么了不得，但因为来得太突然，严嵩很是羞愤，竟大声嚷叫着要面见皇上问个清楚。门卫不卑不亢拦阻说，卑职只是遵旨行事，请勿让卑职行渎职之事。

朱希忠、李本在这场景下感到很是尴尬，不知该说什么才好。仇鸾的眼里飞闪出得意的神采，嘴上却说出一句貌似劝慰其实是揶揄的话来：阁老以你的身份就不要和一个门卫斗嘴了。

严嵩听了，直气得眼冒金花。

他郁郁不乐地回到家里，嘴里直像咽了卤水，苦涩难忍，走进大厅，躺到安乐椅上，半睁着眼痴呆呆地愣着。香梅见了，以为他病了，问他，老爷，您是不是哪儿不舒服？

他默默地摇了摇头。

香梅又问，是不是遇上不高兴的事了？

他默默地苦笑了一下，没吭声。

香梅便悄悄地离开了。过了一阵，欧阳淑端来到了跟前，关切地问，今天怎么啦？

……

是不是皇上……

他摇摇手，不让夫人说下去。

那……你怎么会这副样子？

他长长地吸了口气，嗞嗞有声地吐了出来。

什么不顺心的事让你气成这样？

你不懂。

我当然是不懂，可你能不能说出来，我也许能为你分解点什么呢。

严嵩隐隐地晃了晃脑袋。

夫人叹息一声，问道，你想吃点什么吗？

随便。

夫人便对侍立一侧的香梅说，去厨房叫芦师傅做碗鸭蛋辣子汤。

我又没伤风感冒，做辣子汤干什么？

鸭蛋性发，辣一辣，这心中的污浊晦气不就发散了？

严嵩这才吃吃地笑出两声。

傍晚，严世蕃回来了。没等严嵩招呼，他就径直来到父亲跟前。从嘉靖二十四年起，他就是太常寺的少卿，主持尚宝司的工作，会和朝廷各种官员打交道。他挪过一把椅子坐下说，爹，您好生气吧？

听儿子的口气，他已经知道了。严嵩瞥了他一眼，不轻不重地哼出一声，算是回答。

严世蕃接着说，我已经打听了，仇鸾这忘恩负义的狗东西，他跑到皇上面前告了您的黑状。他一面厚颜无耻地吹他如何忠君报国，又一面一把鼻涕一把眼泪地捏造事实，说您嫉妒他，压制他，诬陷他拥兵自重，野心勃勃……

这是人家劾奏他，哪是我诬陷他。严嵩气哼哼地打断了儿子的话。

在他看来，只有您才敢说他。

这人狼心狗肺，一点也不通人情。当初我起草敕谕的时候，就提醒他，有些事要注意。后来人家劾奏他，他就认为是我在做手脚。

他肯定要这样想。现在问题是，皇上也许听信了他。

严嵩嗯了一声，很久不再说话。

父子俩沉寂了好一阵，严世蕃才说，现在最讨厌的，就是皇上很相信他。这小子，他带兵勤王抢先了一步，可以红一辈子了。

严嵩喟叹说，我真想奏请皇上，致仕回老家去，省得烦心。

别别别！老爹您千万别这么想。您要真辞了职，他才高兴呢。

这我知道，我之所以还没写，正是担心这种人再糊弄下去，会坏了国家大事。

那……怎么办，能想办法找个取代他的人吗？

严嵩眯着眼思虑了一阵，说，前不久，你好像跟我说过，徐阶想把他的孙女许配给我们家鸿儿？

是有这事，是徐璠亲自跟我说的。

你答应了吗？

还没呢。当时也是随便说说。

可以考虑。

爹，您是怎么想的？

徐阶这人现在看来还不错；我想引荐他先入阁，他要入了阁，我这把椅子迟早是他来坐。

那就赶紧把这亲事结了。

暂时缓一缓。一旦两家结了儿女亲家，我来引荐他，人家会嚼舌根说长道短。再说，眼下皇上还把我摆在一边凉着呢。

您老人家放心，皇上那里，我自有办法。

你有何办法？

严世蕃笑了笑，以后您就知道了。

过了几天，严世蕃下班一回到家里，便兴冲冲地来到严嵩面前说，爹，我今天见到皇上，他让我由太常寺少卿升为太常寺卿，说您年纪大了，让我随任侍亲。他还让我转告您，您明天就回值庐当班去。

严嵩冷冷地说，你该不是这天冷了，受了风寒发烧说胡话吧。

爹，您就放心吧，我不是糊弄您。

严嵩本来是懒洋洋地躺在椅上的，这时忽然就坐直了身子讷讷地说，这，这，这是怎么搞的，本来还是阴沉沉的天，怎么忽然就云开雾散出太阳了。

是哟，皇帝老子就是天。他不高兴了，就满天乌云，雷霆大作，狂风暴雨；他一高兴就霞光万丈，光天耀地。

这时，严嵩露出了笑容，仿佛阳光照到脸上似的，红光满面，自言自语道，我还是有点不明白，皇上这次会如此冷落我。

严世蕃解释说，这有什么奇怪，他这是在考察您。您想，以前的那几个，张璁啊，夏言啊，哪个不是忽冷忽热地处置？他还让他们致仕回老家呢。

严嵩默默点头。随即又问，东楼，您是怎么去见皇上的？

严世蕃默默地笑了笑。

严嵩追问道，我在问你呢。

您还是不要问的好。

你难道做了什么见不得人的事？

没有没有。您如果一定要知道，我可以告诉您，我向皇上献了祥瑞。

献什么祥瑞？

一只五彩神龟。为了这事，我想了好久。起初也不知道献什么好，我在花鸟珍玩市场上整整转了两天，后来，好不容易发现了一只五彩龟，很是漂亮。于是，我就买了它，献给了皇上，说它是在我们老家附近的武功山里发现的。为了颂扬皇上，我说陛下承天宝眷，励精图治，乃当今尧舜再世，纶音阐发，马市开行，边境安宁，百姓乐业，戎政更新，威武奋扬，我大明中兴之象，这五彩灵龟正是此祥瑞显现。

皇上就相信了？

当然相信啦！不过，还多亏了玉清道姑为我帮腔，她说，她也听龙虎山那边的师父说，几次在更深人静时发现武功山方向有神光异彩显现。

严嵩很是好奇，说，五彩龟什么样儿？你为何不先让我看看。

严世蕃直白地说，这世界上有些事就是编出来的，你若相信了，它就有；你若是不相信呢，就没有。他说着说着，便信口开河，嘴无遮拦了。就说这皇上是真龙天子吧，你要是相信了，他就是天之骄子，若是不信呢，他也许就是傻子……

放肆！严嵩拉下脸呵斥儿子，你打算不要脑袋了？

鉴于北虏时有挑衅，在舆论的压力下，仇鸾不得不假惺惺地奏请出师。兵力部署一反常规，以软弱无力的京兵、民兵为主力，正面迎敌，而以装备较强的经历过战阵的边兵为偏师。同时提出允许军马啃食百姓庄稼，并征用民间车辆参战。

严嵩得知这一情况，很是吃惊，急忙向朱厚熜上疏，说，军马所经过的地方，都有督饷都御史准备了粮草。纵马吃老百姓庄稼，绝对不是好事。古之名将的行军纪律，有擅自掠取老百姓一点财物的，便要依法严厉惩处。即使被虏敌侵犯时掠食殆尽，也不能下此命令。

最后，对其用兵方略提出了不同看法。

徐阶紧跟严嵩，也上疏对仇鸾用兵之乖谬提出质疑。朱厚熜见怀疑仇鸾的意见多了，自己也开始猜疑他心怀叵测，就敕令仇鸾要边兵去御击大敌，并且质问他：去岁已造战车，专事御敌，如何又尽取民车，益增驿扰？不成行。

嘉靖三十一年春，俺答领兵入侵大同。朱厚熜命令仇鸾率诸将血战立功，有顾望不前者治之。

俺答来势凶猛，大同前线指挥官力战殉职。仇鸾只好亲率大军出塞迎敌，与俺答对阵，结果，一触即溃，败还京师。朱厚熜这才感到仇鸾不可恃。

严嵩出对策，论及虏患入侵与大将出边问题，认为今日之计，欲兴兵出讨，唯恐难行，建议设计暗伏，掩其不意方得成功。

这年五月，兵部上疏报告说，诸边告急。还说，仇鸾主政戎政二年来没有见到什么效果，表示深可愤惜。朱厚熜批复说，内外各官徒事虚言，谁能谋国如家者。不知是对仇鸾的偏袒还是对众多廷臣的指责。

六月间，仇鸾请求调发京军一万八千人分赴宣府、大同、蓟州防秋。严嵩认为，这样调军队齐集于宣大两镇，比往常防秋早四个月，要多费钱两百万，国家财力承受不起，于是两次上疏，不同意遣调边兵。

七月，俺答兵临喜峰口、古北口，每天都有告急文书，朱厚熜急需仇鸾带兵出战，但是，仇鸾说背上生疮了，不能出战。朱厚熜起初不相信，派人侦视，确属实情。朱厚熜便问严嵩，说仇鸾生病了，可不可以带兵出征？严嵩认为，既然他生病了，怎么能征战呢，便建议收回他的帅印，另外派人领兵上前线。

兵部尚书赵锦请求暂挂大将之印，代替仇鸾出征。但朱厚熜认为兵部尚书应居中调度，不可离开，没有同意。

严嵩便再次上疏，说根据赵锦所了解的情况，仇鸾的病情越来越严重了，不能再拖延了，要赶派一员武将代替。于是，朱厚熜在八月九日下令收回仇鸾的帅印，任命兵部侍郎蒋应奎接管戎政府。严嵩怕仇鸾从大同带来的五百个亲兵闹事，建议把他们调出京师。

权臣荣辱，变幻无常；宠幸时如星耀中天，失势时恰似大厦倾圮。仇鸾在失去帅印又调走亲兵后，病情加重了，没过几天就一命归西。

仇鸾的亲信侯荣、时义、姚江三人，还在仇鸾帅印被收走时，便感到情势不妙。三人商议，想潜逃出塞，投奔俺答。但是，他们的一举一动，全在陆炳的锦衣卫掌握中，三人行至居庸关便被抓获，关入大牢，严加审讯。这三个人为了保住自己性命，揭发了仇鸾在大同时，就与虏私通要约贿之货币诸物，虏亦遗鸾箭櫜，持此为他日不犯大同信契。并且交出俺答的箭櫜。时义也承认自己与虏敌有往来。三个人都承认，准备出逃后再勾引虏敌南侵。

人证、物证俱在，仇鸾通敌谋叛之事昭然若揭。朱厚熜又气又恨，下令开棺戮尸，割下首级，传九边示众。

仇鸾一向纵敌殃民，败坏军政，贪戾险狠，天下共恨。现在开棺戮尸，人人拍手称快。

第七章

沈炼被诛

严嵩自从当了礼部尚书后，便有言官盯上他，并陆续有人弹劾他。按照惯例，他都写了辞职书，但都被嘉靖皇帝朱厚熜挽留，而状告他的人都未捞到什么好处，有的还受到责罚，甚至还掉了脑袋。

首先弹劾严嵩的是御史叶经，接着是谢瑜。这两人与后来弹劾严嵩的陈绍、徐学诗都是浙江上虞人，他们并称为上虞四谏。四个同是上虞的人先后都去弹劾严嵩，个中缘由，颇令人猜疑。当时严嵩是礼部尚书，首辅是夏言。夏言是江西贵溪人，与严嵩是同乡。严嵩比夏言大两岁，十九岁时便考上了举人，六年后，即在弘治十八年（1505）便考取进士，而且是第二甲第二名（即第五名）。夏言是正德六年（1510）中举。

他的父亲夏鼎有一个兄弟在京城任军职，因而得以在京攻读，才得以中进士去当了地方官。夏言因以军籍而入国子监读书，到正德十二年才考上进士，因为成绩不太好，取在三甲里，所以一出来只能当上行人司行人，后来才转到兵科给事中的职位。而严嵩因为成绩优异，被选作庶吉士，不久便进了翰林院做编修。但是，夏言在官场上崭露头角比严嵩早。严嵩当礼部尚书时，夏言已是内阁首辅。

牙齿和舌头也有打架的时候。严嵩与夏言因为政见不一，开始有了隔膜。夏言便示意叶经找岔子弹劾严嵩。当时，有两个王府在争爵位。一个是交城王府辅国将军表柚谋袭王爵，另一个是秦王府的庶子惟熄与嫡孙怀墡争做继承人。他们都派人到礼部仪制司送礼。仪制司郎中涂旭得了好处，就将这事办了，但没有报告严嵩。叶经就上疏弹劾严嵩，说他接受了贿赂，还说他自掌部以来，凡天下王府请封请名等项，无不索货受贿。这个罪名不小，夏言接到奏章后，票拟要惩办严嵩。严嵩知道后，很是懊恼。想来想去，还是写了个辨释的疏奏，说天下宗室繁多，奏牍日至堆积如山，事关重大的自己亲自审定裁决，那些请封请名的事项，便让该司按贯例照办。下属们都在，可以找他们对质。像表柚承袭王爵的事情，案卷都在，沿袭的旧例也很明晰。他要求下部九卿十三道，将前项缘由从公会议，并且表态，如是不该承袭，臣甘受戮罚。朱厚熜觉得严嵩所奏的有道理，便交付部议。经九卿并科道会议，证实礼部尚书没有问题，朱厚熜便下了手谕，这事情已有行勘，卿宜安心供职，不准辞。

过了两年，朱厚熜审阅山东上报的《手呈录》，第五册里面有一段话让他看了很不高兴：北虏内侵，御应失策，爵赏亢滥，征求四出，财竭民困……他便批示礼部参议。这时，严嵩已升任次辅，张壁为礼部尚书。张壁召集礼部官员会议后，回奏说：今岁虏慑于天威，仍不归上劝，而以饱虏为词，宜罪……朱厚熜便问是谁编纂这个《手呈录》，回奏说是叶经。这个叶经已经从江西调到山东，上回没有追究他，这呈录触怒了朱厚熜，他命令逮捕叶经，廷杖八十。哪料这叶经也只是铁嘴肉身子，八十大板下去，魂魄出窍了，还没定罪就一命呜呼，成为上虞四谏死于谏争的第一人。

严嵩知道后，找到张壁埋怨说，你怎么说他宜罪呢？

张壁哂笑道，我的本意是想治治他这故意诽谤的罪过，没想到他会廷杖致死啊。

严嵩无可奈何地长叹一声说，我又要背罪名了。

叶经与谢瑜既是同乡又同为言官，他认为叶经被廷杖致死与严嵩有关，他以更为激愤的口气上奏，借古讽今说：昔舜诛四凶，万世称圣。而陛下数月之间四凶已诛其二，如郭勋、胡宇中，而其二则张瓒、严嵩是也，请陛下奋乾断，亟遣之，以快人心。

这叶经将严嵩列为郭勋同党喻为四凶，建议皇上诛之逐之，可谓用心叵测。

夏言曾与诩国公郭勋争宠。有一个叫段朝用的方士，吹嘘说能点石成金。郭勋很是相信他，将他养在家中。在嘉靖皇帝生日那天，郭勋为了讨好朱厚熜，先是将段朝用子虚乌有的方术夸赞了一番，然后说要将他推荐给皇上，自诩说等于向陛下敬献一大批金银财宝。严嵩不相信，上疏直言，劝皇上派人监视，看看他是否真有如此神奇的能耐。后来当场试验，揭穿了他的谎言。严嵩再次上疏，揭露其人悖诈，必非得道者。伏乞圣明勿再系念……朱厚熜终于省悟,下令将段朝用处斩。嘉靖皇帝的信任天平此前是向郭勋倾斜的,这事之后,夏言抓住这一把柄乘机反击;导致了郭勋下台,郭勋后来瘐死在狱中。

谢瑜弹劾严嵩,将他与郭勋并列比作四凶,朱厚熜心里明白,严嵩虽有多人弹劾,但都够不上罪名,怎能将他诛逐?于是将这奏疏搁置一边没有搭理。严嵩也没有放在心上,未予疏辨。

没过多久,福建御史何维柏将严嵩比为唐朝的奸相李林甫和卢杞。罪由是诉他引进顾可学、盛端明修合方药,邪媚邀宠。这事因为牵涉到嘉靖皇帝朱厚熜,所以严嵩不得不上疏说清事情的缘由。

严嵩辩解说,何维柏劾我嫉贤害正,罔上怀奸,亟当罢黜云云,但在这件事情上有皇上知道而我不知道的,有其他臣僚知道而远于此事的人不知道的,可维柏说,都御史盛端明年考勤衰庸,已不堪用,而我极力推荐他。但实际上对他的使用,是皇上听说他通晓芭石而调用。为了调护圣躬,那天召见希思等四臣时,皇上亲发玉音,询其姓名,并不是我推荐的。何维柏又说,顾可学潜投京师,是我接纳和豢养了他。这是因为顾可学献出秋石的药方,皇上亲赏银币,他来京谢恩,皇上有旨免其朝见,让他暂住我家。当初我奉旨不敢于违,后来我曾密奏,请他移居别处,公开会同太医院官制造秋石进用。其实这顾可学所制的秋石,乃是医家常用的药饵。但那时外人多有谤议,我曾多次密奏皇上请乞放他还乡,这事皇上是知道的,不知其他较远的臣僚是不是知道,何维柏去年在京城难道会不知道?

最后,严嵩自谦地表示:臣才德浅薄,有惭辅政,无补国事,是臣之罪。若谓嫉贤害正,臣则无之,臣屡尝密奏,请乞皇上广求贤才自辅,兼采众见,未宜专任一臣……将臣罢黜。

朱厚熜祈求长生,方士争献所谓的仙丹,盛端明与顾可学两人所献的芭石和秋石,只是其中之一。

这顾可学是江苏无锡人,与严嵩是同年进士,曾任浙江参议,因遭劾罢官,在家里已经二十多年了。他到北京来献秋石,因为没有别的熟人,就找到了严嵩,暂住在他家中。所谓秋石,是取童男女尿液的中间那一截,加石膏烧炼,形状像解盐,因而取名为秋石。这是一种脏活,为时人所耻笑。但是,朱厚熜听信方士的蛊惑,为求长生,愿意吃它,还给他封了官,老百姓便骂顾可学、严嵩曾几次奏请要他搬走,与太医院的医官合作,一道炼这秋石。没想到顾可学住他家这事情传到何维柏耳朵里,就以此为题来弹劾他。朱厚熜对此事的始末自然明白，认为是冲他而来。而且他把秋石当仙丹吃这事是秘不告人的，可恨这何维柏却把这隐秘公开了，因此非常恼怒，传令将他逮捕，先责打几十大板，再论罚惩处。

严嵩待人向来敦厚、宽容。他自从当了首辅后，常常对家人说，宰相肚里能撑船，我的肚里不一定撑得下船，但凡事都要想开一点。这次，眼看着何维柏受了廷杖之罚，如再要论罪，觉得过火了。于是很想上疏为他开脱，但见朱厚熜正在气头上，便缓了段时日。过了三个月，正值太庙竣工，朱厚熜随着鼓乐与欢呼露出了笑脸。严嵩早已把握了嘉靖皇帝的秉性，高兴的时候好说话，于是专题上疏：乞霁天威，宥言官以宏听纳。他在奏疏中为何维柏开释，说自己身为襄助皇上的首辅，言官认为他做得不对而说出自己的看法，这是他的职责。他说的与实际不符，是因为他相信了道听途说。现在何维柏已经受到责罚，作为辅臣的我感到惶惧不安。万一他责罚过重，这便是我的罪过了。还望陛下看在言官进谏纳忠的苦心，成就我闻过思惧的衷愿，将何维柏还有给事中林廷棉、张尧年、尹相以及御史桂荣，通赐矜宥……朱厚熜见他如此实诚待人，颇为感动，特别是闻过思惧这句话，拨动了他君临天下的心弦。于是，他传令锦衣卫，对何维柏不再审讯。

由于严嵩伺机进言，放出了好几个谏官。

后来，严世蕃整理严嵩的奏疏，准备刊刻《嘉靖疏议》时，看到了那几份救人的奏章，颇有怨言，说他以德报怨，尽做好人。严嵩像哲人似的开导儿子说，有些事与其说是宽容别人，不如说是宽容自己。儿子犟嘴说，我才不相信呢。

言官说起来弹劾他认为有过错的官员是他的职责，其实连朱厚熜自己也知道，有不少奏章是别人指使的，或者是出于报复或嫉妒的。

庚戌事变不久，朱厚熜欲报俺答侵内深入之仇，要严嵩筹措征伐大计。刑部郎中徐学诗趁机上疏，说造成庚戌之变的根本原因是大奸柄国，把罪责套在严嵩头上：大学士嵩辅政十载，奸贪异甚，内结权贵，外比群小，文武迎除，率邀厚贿。致此辈掊克军民，酿成寇患……其实，庚戌之变发生的时候，严嵩接任首辅只有一年半。要追究事变的根源，主要是京营腐败，边备松弛，财政枯竭等长期积累下来的弊端。徐学诗的劾词中还说：近因都城有警，密输财贿南还，大车数十乘，楼船十余艘，水陆载道，骇人耳目。又纳夺职总兵李凤鸣二千金，使镇蓟州……诸如此比，难可悉数。举朝莫不叹愤，而无有一人敢抵牾者，诚以内外盘结，上下比周，积久势成。而其子世蕃又凶狡成性，擅执父权，心诸司奏必先关白其父子，然后敢闻于陛下，陛下亦安得尽悉之乎……陛下诚罢嵩父子，别拣忠良代之，外患自无不宁矣！

对于这种劾奏，严嵩既烦心又无奈。他只好以写辞呈来回答。他自嘲说：

我知道我比较愚钝，承蒙皇上恩眷，让我久窃辅弼之任，无补于圣明之朝，当此衰暮之年不能引去，早已不满于士大夫之议近；最近又有虏寇之患，我身为辅臣，事前不能消弭这一灾患，临事又不能筹划退敌策略，这是我的罪责。我自思帛力寡才，难胜重任。之所以不敢说退的原因，是不敢三心二意，唯有背负起主恩随事效劳，尽自己的才力去做力所能及的事情……说到推用节凤鸣为蓟州总兵一事，是罗希韩牵引的，当时虏寇尚未出境，兵部仓猝间推用，我确实不知情。再说，当时正处危难之际，何暇通情受贿？何况该镇被掳残破，人情莫不畏难避舍，在如此危难险境还顾得上贪求银两吗？学诗依据的是道听途说，我无容置辩，但我确实年力衰老，智识日不如前，有误国事，所宜引咎乞休，伏乞天恩赦臣万死，将臣并臣男世蕃俱赐罢放归田里……

严嵩知道，自己当了首辅，儿子也做到了正三品的太常寺卿，而且随任侍亲，父子同朝就任，能不遭人妒忌吗？这人一旦有了妒恨，便什么样的话都有，什么样的事也可能发生。妒恨的多了，便是一张无形而又悬着利刃的网……还不如早日全身而退好。这次，他是真希望皇上批准他致仕。

徐学诗的奏疏中说：密输财贿南还，大车数十乘，楼船十余艘。朱厚熜很是猜疑。他派人查实的结果是，只有大车十余辆，木船两艘，那是严世蕃按严嵩的嘱咐，回老家去建桥修路，还送了四五千册书，并不是将贪污受贿了许多财物偷运回老家。朱厚熜很是气恼，下令逮捕徐学诗，打了一顿屁股，削职为民。并且安慰严嵩说，这是小人乘机挑拨离间，不要堕入他的奸计。你要竭诚辅朕，现在是多事之秋，不允辞。

朱厚熜一面对徐学诗严厉责罚，一面对严嵩又恳切挽留，使严嵩更加诚惶诚恐，只能一如既往，夙夜在公，鞠躬尽瘁。

明代的朝堂上，一方面人主似乎有侮辱臣下的兴致，以致不少人臣被杖杀；另一方面，却又有不少士人好攻讦，后进晚生好妄评前辈诋毁先贤。其中有的或许是为舍生取义，也有人是想以此制造一个彰显自己以飙升的机会。

嘉请三十一年十月，南京广东道监察御史王宗茂向朱厚熜上疏弹劾严嵩。他在奏疏中，先是以侈言恶语诟骂了一番，随即列诉了严嵩的八大罪状。其中，有的似天际流云似有若无，有的则纯是空穴来风，还有的则纯属编造诬陷。如国际民瘼，一不措怀；蓄家妇五百余人，往来京邸……陛下所食大宫之馔不过数品，而嵩则穷极珍错。殊方异立，莫不毕致，是九州万国之待嵩有甚于陛下……不才之文吏，以赂而出其门……不才之武将以赂而出其门……陛下之帑藏不足支诸边一年之费，而嵩所蓄积可赡诸数年……他建议：盍去此蠹国害民之贼，籍其家以纾患也。末了，他为自己的上疏做了最坏的打算和表白：臣见数年以来凡论嵩不死于廷杖，则役于边塞，臣亦有身家，宁不致惜，而敢犯九重之怒，撄权相之锋哉？诚念世受国恩，不愿祖宗天下坏于贼嵩之手也。

王宗茂的奏疏中，说谎的痕迹太显露，说严嵩比嘉靖皇帝吃得还好，严嵩养有五百家妇，严嵩家产数倍于大明皇室……有谁会相信？

朱厚熜收到王宗茂的奏疏，怒其恣肆诳言，诬底辅臣，令降二级，贬到平阳去当县丞。

严嵩对王宗茂的辱骂既郁愤又无奈，自然又是上疏乞罢黜：该南京御史王宗茂论臣误国不堪重任等，夫人臣之罪莫大于误国，臣蒙皇上眷任之重，若果误国，罪不容诛矣。然臣奉皇上已十有余年，夙夜在公，不敢毫发欺肆，此莫逃圣明洞察者也，其所论诸事，臣不敢置辩，但臣委的叨任日久，此人情事理所忌，凡一政事之未平，一人才之未用，咎责悉归于臣。臣年已衰，久当求退，况人言若此，忌可复居于位，伏拜皇上开天地父母之慈，曲赐保全，罢归田里，臣无任陨越祈恳之至。朱厚熜看了他的奏疏，又是安抚道：卿之忠谨朕所素知，岂能因人言辄求休致，宜益竟忠赞辅，以副眷倚，不允所辞，吏部知道。

就在王宗茂弹劾严嵩的时候，严嵩为翁万达写了一篇诔文。

庚戌事变前后，在广东揭阳老家守制的翁万达，日夜兼程赶赴京城，准备戴孝治军，但还是误了日期，朱厚熜没有让他当兵部尚书，贬为侍郎，他并无怨言，仍旧墨缞治军，经略紫荆关屏障京师，却又积劳成疾，脚上的痈疽忽然发作，这才上疏恳求回家完成三年守制。也许是心境沮丧吧，一不小心写错了字，嘉靖皇帝便误认为他有怨气，将他罢免，削职为民。他回到老家，竟能怡然自得，怡情山水。直到兵部尚书赵锦罢了官，朱厚熜才又想起了他，经严嵩上奏，又要他回京主持兵部。边患未了，朝廷正需要他。这是他第三次受命为兵部尚书，可没想到，他尚未接旨，就与世长辞了。他的弟弟翁万程千里迢迢赶赴京城向严嵩禀报，请严嵩为哥哥写一篇神道铭。

严嵩为很多人写过神道铭，但从未像为翁万达写的这篇那样悲痛欲绝。

往事历历在目。

还在平定安南时，翁万达就已经崭露头角。调到北方后，筑墙御寇，数年虏不敢睨，谋虑精审，沉毅善断，号称王佐才。

仇鸾在广东时，是翁万达的部下，他的士卒扰乱百姓，翁万达派人捉住笞责；得知那时仇鸾就受过安南莫登庸的贿赂，被翁万达揭发，所以结下怨恨，以致向皇上诬告，免去了翁万达的兵部尚书一职。如今，仇鸾的愆尤大白了，翁万达的忠诚彰显了，正当为国鼎力之时，却不在了……

他写着写着，忽然又笑了。因为他想起王宗茂弹劾他的奏疏中说：不才之武将以赂而出其门……他忍不住嗤笑道：

小子！你知道我和翁将军的交情吗？你不懂，我们是知己，是君子之交，莫逆之交！

仿佛王宗茂就站在他面前。

严嵩的文学修养很高深，明人何良俊曾称颂他说，严介老之诗，秀丽清警，近代名家，鲜有能出其右者，作文亦典雅庄重……他激情满怀地为翁万达写了两千字的神道碑铭，最后又以一首四言体《铭曰》，高度概括了他的一生：

海山奥区，舵江之涘。炳灵萃英，生此国士。
才宏气硕，允武允文。服勤中外，以建茂勋。
督师于南，南土底定。专调朔方，恒以谋胜。
乃膺宸眷，本兵是司。国有柱石，士有察著。
馋忌累婴，忠诚弥厉，进不辞难，退则勇逝。
帝曰念哉，起公于家。云胡渚入，而享不遐。
千里囊粮，曰探名迹。一往弗还，公则何适。
公神不死，公志未酬。或在沃垠，与之气游。
或驱风霆，挥斥八极。以殪强胡，以殿王室。
勒文树石，永昭德馨。我词弗怍，以告于冥！

就在严嵩为翁万达写神道碑铭的时候，严世蕃在西长安街的一家酒楼里与朋友喝酒。因为是他做东，大伙轮番向他敬酒，他来者不拒，喝着喝着就醉了。散席后，严东和张逊业便 架着他下了酒楼，找了辆马车送回了家。

严嵩写完翁万达的神道碑铭，心湖翻涌，久久不能平静，过了好一阵才缓过神来。正要收拾笔墨，却听到大门口传来嗡嗡的说话声。他借着门廊灯笼的彩光一看，见儿子在严东等人的搀扶下进了院子。他便走出书房，对儿子揶揄道，又有哪位老板请你哪？

嘿嘿，今天不是别人请，是我做的东。严世蕃流着口涎干笑着回答了他。

你又请客，遇上什么好事了？

还不是皇上让我升太常寺卿的事？他们早就嚷嚷着要我请客，可总是今天少这个明天缺那个，直到今天才奏齐了人。

请了哪些人？

严世蕃指着张逊业说，他，还有赵文华、鄢懋卿、万文案、沈炼……

通政司的赵文华早就经常到家里来，亲亲热热地叫严嵩夫妇为干爹干娘，张逊业是接替严世蕃的尚宝司丞，也经常出入严府，可身为锦衣卫的沈炼是会稽人，嘉靖十七年的进士，任知县时因贪墨事遭劾，幸结好锦衣卫头领陆炳，将他引荐到锦衣卫任职，但他性情狂放自傲，咆哮过公堂，很不检点。严嵩曾叮嘱过严世蕃，少与他打交道。今天听说又和他饮酒，便斥责儿子：我说过多次，不要和沈炼这种人来往，怎么又和他一起喝酒？

这话不知怎么的就传到了沈炼的耳朵里，也许是张逊业跟别人当闲话说起，七弯八拐地让沈炼知道了。这为严嵩埋下了一条祸根。

有人说严嵩为人中庸，也有人说严嵩做人圆滑。就这件事而言，只能说他不圆滑。

沈炼与严世蕃交往，其目的是想通过严世蕃来背靠严嵩这棵大树，以达到仕途上的通达擢升。现在一听说严嵩对他的印象如此恶劣，先是心凉，接着是害怕。然而，他又是个心高气傲的人，想来想去，总咽不下这口气。过了些日子，他又和严世蕃等人聚会了，几番觥筹交错后，他借着酒劲，斟满一杯酒，要敬严世蕃。

我先干为敬。沈炼一气喝完杯中酒，似笑非笑道，世蕃兄，听说阁老大人要你不要和我交往，不知道我何处得罪了他老人家？

严世蕃说，你问我，我哪里知道。

你肯定知道。他还跟你说了什么？当着这些弟兄的面，说来听听。

严世蕃被他纠缠得心烦了，说，我有什么好说的，要说你自己说。

我自己说？我自己说什么？

你自己是啥样的人，你不清楚吗？

你话中有话，沈炼冷笑着说，好，我再敬你一杯，看你说不说。说着，又倒满了一杯酒，一口饮尽。见严世蕃拉着脸不吭声，又倒满了一杯，凑到严世蕃脸前，俗话说，凡事二不过三，我再敬你一杯……严世蕃实在被他弄烦了，忍不住用手扫了一下，啪的一声，沈炼手中的酒杯被碰到了地下。

好啊！你撒泼。沈炼借题发挥。

你才撒泼！严世蕃实在忍不住 了，你这个泼皮！

众人见他们吵起来了，赶忙上前来劝架。

沈炼回到家里后，身上的酒劲消减了，心中对严嵩父子的嫉恨却更强烈了，便以上奏《早决征虏大策》的名义，劾告严嵩十大罪：

纳贿将，开边衅，一也；

受诸王馈遗，二也；

揽吏部之权，奸脏狼藉，三也；

索抚常例，奔走盈门，四也；

箝制科道官，五也；

妒贤嫉能，中伤善类，六也；

纵子敛怨，七也；

日运财货，骚动道路，八也；

内阁九载，无一善状，九也；

不能谋天讨，纾忧君父，十也。

庚戌事变期间，兵部奏诏在午门内召集群臣商讨对策时，沈炼曾因大声喊叫，受到吏部尚书夏邦谟的斥责，因而对夏邦谟也怀恨在心，顺带将夏邦谟也一齐告了，说夏邦谟大事面咨嵩而后行，小事书通世蕃而发，始因贿得官，继因官纳贿……请求将夏邦谟与严氏父子一齐罢黜。

严嵩是看到沈炼的奏疏之后，才知道严世蕃又去和沈炼喝酒并惹出了这一祸事。气得七窍生烟，直骂儿子混蛋，只是因在值庐当班，不敢胡乱声张，骂也是在心里骂。其实，严世蕃也揣摸到他的心思。所以，这天严嵩回家时，一从大门走进庭院，他便涎着脸皮走过来搀扶父亲。

爹……

严嵩不等他话说完，便摔开他的手，从牙缝咬出一句话，我不是你爹。

嘿嘿，您老别生气……

我生什么气？我高兴还来不及呢。

严世蕃只好以骂沈炼来缓和气氛，沈炼这东西，也就是一只想跟在咱们屁股后面抢屎吃的狗，现在没吃到，便乱咬人……

你现在才知道他是一只乱咬人的狗呀？我说了你多少次，你肯听吗？

他这样无凭无据地诬陷咱们，咱们完全可以驳斥他。

严嵩不再吭声，只从鼻孔里重重地哼了一声。

朱厚熜收到沈炼的奏疏后，便命令锦衣卫查问此事。这使陆炳很厌弃沈炼。当初，沈炼在县里贪赃而坏了名声时，陆炳将他引荐到锦衣卫，现在他又因咆哮公堂而搞得影响不好，且又因为与严世蕃斗酒事而怀恨严嵩父子，无中生有地状告他们，而严嵩父子一向与他交好，这使他很难堪，因此对沈炼很恼火。负责审问沈炼的人请示陆炳，该怎样追究沈炼才好，陆炳说，这厮诬奏大臣，奸欺不法，先打他五十棍再如实上奏皇上。朱厚熜照批，将沈炼押到午门前打了五十棍，并按照告讦条例发配到保安州为民。

严嵩也上疏，他在奏疏中陈述了沈炼这次劾告他的缘由和经过，指出其目的，是为了逃避考察而沽取敢言之名。继而感叹说，近来因虏患惹事，一些小人怀蓄私忿，乘时而起，都来幸灾乐祸，这种风气实在不可长。承蒙皇上洞烛其奸，已经奉旨发落了，我也就不敢再置辩，但我衰老无为，本当求退，但昨天已奉圣谕，命我勿避，我想在此有事之时，应当竟诚尽职，以赞助修攘，不敢再提辞职之事……

沈炼在塞外依然不知收敛，似以詈骂严嵩父子为乐，严嵩得知后大怒。嘉靖三十六年，严世蕃在严嵩不知情的情况下，利用白莲教教徒阎浩等人被捕招供多名嫌犯的机会，窜通巡按御史路楷和宣大总督杨顺在嫌犯名单上添加沈炼，沈炼因此被害。

第八章

杨继盛被害

嘉靖三十二年新年伊始，一艘由南往北的客船行驶在运河上。尽管寒风凛冽，一位身着青衫头戴儒巾的士人却时而走出船舱，眺望两岸的景色，并向掌舵的船夫打听，船行到了何处。船夫后来被问烦了，说，客官，你放心，到了京城，自然会告诉你。这士人不是别人，正是以燕赵慷慨悲歌之士自居的杨继盛。

杨继盛字仲芳，号椒山，河北容城人，二十五岁中举，入国子监，其时徐阶任祭酒，发现他很有文才，便专门为他讲授经义。嘉靖二十六年，与王世贞同榜中进士，授南京吏部主事。嘉靖三十年，升兵部车驾司员外郎。后因马市之议，他上了《请罢马市疏》，认为开马市有十不可五谬，因而被逮捕入狱，后来被贬到狄道县当典史。一年之后，因诸种原因，朝廷将马市关停了，朱厚熜又想起了杨继盛，觉得他当时所奏的颇有道理，向严嵩打听他的情况。严嵩觉得杨继盛是个人才，放在下面可惜了，建议将他从偏僻的甘肃狄道（今临洮）调到靠近京畿的山东诸城任县令。不久，升任南京户部主事、刑部员外郎。觉得距京都还是远了点，严嵩再建议将他调回京师，到兵部任武选司员外郎，官复原职。

杨继盛在一年之中四次升迁，他很感谢皇上的恩德。其实，这其中也有严嵩的荐举之力。但是，杨继盛并不知情。他的复职，使他忘乎所以。此刻，一股即将化成暴风骤雨的意绪正在他的心中翻腾。他的妻子张贞见他心神不定的样子，关切在问他，相公，你有什么事要急着赶到京城去办吗？

杨继盛下意识地点点头，也算是吧。

张氏又问，是什么事？

杨继盛应道，一言难尽。

你还没有上任呢，不会是公事吧。

杨继盛点点头，又摇摇头，不再吭声。

张贞虽然出身微寒，但从小刻苦自学，粗通文墨。嫁给杨继盛以后，更是勤奋，以丈夫为师，研习诗文，才艺日益精进，因而常为丈夫分忧解愁。她敬重丈夫，却又常常为丈夫那股傲然士气而担忧，生怕他惹出是非来。她试探着问，夫君，你不会是又在念想你那十不可五谬的奏疏事吧？

杨继盛淡然一笑说，是，却又不是。

何谓是又不是呢？

杨继盛不想深谈，说，过些日子你就知道了。

那份《请罢马市疏》，对杨继盛个人来说，既给他带来了灾难，也带来了荣耀，而对张氏来说，既不想要这荣光，更惧怕这灾难，她只想与丈夫平平安安地过日子。于是说，但愿你再也别惹出什么事来才好。

杨继盛到京后，把家小安置在宣武门外达志桥胡同的一个小院落里。过了两天，他便访亲会友去了。他拜访的第一个人，便是徐阶。

杨继盛的《请罢马市疏》当时便震惊朝野，如今在一年内连续晋升，使他更是荣耀倍增。徐阶很客气地将他引进客厅，分宾主入座，品茗交谈。一番寒暄过后，徐阶问道，仲芳，你最近将有何打算？他与杨继盛因有师生关系，所以直呼其字号。

回禀老师，我想……

徐阶见他欲言又止的样子，便说，如不便直言，就不为难你了。

杨继盛笑了笑，断然回道，不！这事我正要请教您呢，只是不知该从何说起。

这事好为难？

嗯。

家事还是国事？

应该说是国事。

既是国事，那就随便说吧，有疑难处咱们可以一起商讨。

好！杨继盛随即肃然作色道，我想弹劾严嵩。

啊？徐阶脸上的笑容显得很尴尬。

杨继盛看出了徐阶的疑窦，补充说，我这一路走来，水患连天，民不聊生。国家灾难重重，朝政腐败，天怒人怨，主要责任在严嵩。此奸贼不除，国家难以强盛。

徐阶说，朝政腐败，由来已久，当慢慢图治，再说，朝廷诸多弊端，严嵩一个人也无力回天。他话里有话,但只能点到为止。这些年,他也看明白了，严嵩这首辅，只是秉承嘉靖皇帝的旨意行事而已。

他严嵩做了什么？

国家大事，他无不操心。就说这次徐、邳一带的水灾，除了派人赈济，还每日打探灾民求助实情。

这点小事，何足挂齿，这与他做的坏事比起来，哼！……

不能这么说。

我已经想好了，一定要弹劾严嵩。

徐阶的心里惊跳起来。眼下他还是希望严嵩平安无事。因为，他目前尚未入阁，严嵩正为他张罗。于是，温言软语劝道，仲芳，你可能不知道，你这一年四迁，全是严阁老从中提携的结果。

杨继盛的双眉颤抖了一下，沉吟了一阵，说，即使如此，我也不改内衷本意。为国除奸是大事，我不能因我个人受惠而违背报国宏愿。

徐阶听了又敬服又惊诧，仍旧讪笑着劝他说，我钦佩你的报国心志，但是我还是要劝你，千万别干傻事，真的，千万别干傻事。

杨继盛仍旧慷慨陈词，说，感谢恩师的好意。我知道，在我之前，已经有多人弹劾严嵩，但都没有好结果。我要说的还是那句老俗话，文谏死，武战死。我已经做好了充分的准备。

徐阶拱手道，仲芳，既然你的话说到这份上了，我还有何可说的呢，但愿你前程光明！

杨继盛回到家里，便着手写弹劾严嵩的奏疏，题目是《请诛贼臣疏》，内容分为十罪五奸，这使他的文本有一种模式化之嫌。他首先给严嵩戴上一顶盗权窃柄，误国殃民，是天下之第一大贼的帽子。

一大罪，坏祖宗之成法。虽无丞相之名，而有丞相之权……挟皇上之权，侵百司之事……

二大罪，窃皇上之大权。一有票本（即票拟）之任，遂窃威福之权……窃皇上之恩，以市已之惠，假皇上之罚，以彰已之威……大小臣工尽附于嵩。嵩之心胆，将不日大且肆乎？

三大罪，掩皇上之治功。陛下苟有一善，嵩必令其子世蕃传于人曰：上

故无此意，我议而成之。将圣谕及嵩的进揭贴，刻板刊行为书，名曰《嘉靖疏议》……

四大罪，纵奸子之僭窃……令子世蕃代票，题疏方下，满朝纷然。嵩既以臣而弄君之权，世蕃复以子而弄父之柄，故京师有大丞相、小丞相之谣。

五大罪，冒朝廷之军功。令孙冒功于两广，故置其表侄欧阳必进为总督……

六大罪，引背逆之奸臣，仇鸾总兵甘肃，以贪虐论革，世蕃乃受鸾重贿，荐为大将。

七大罪，误国家之军机，俺答犯内深入，兵法击其惰归，嵩乃曰这不同势，败于边可掩，败于京不掩，且俺答饱且自退耳。故丁汝夔传令不战……

八大罪，专黜陟之大柄……夫考察，巨典也，陛下持之以激蔼天下之人心。贼嵩窃之，以中伤天下之善类……

为了印证此条，他举了徐学诗、厉汝进的例子。

九大罪，失天下之人心，府部二权，皆挠于嵩，两吏、兵二部，尤大利所在……

十大罪，坏天下之风俗……至嵩为辅臣……风俗之坏，未有甚于此者。

继而分析说，严嵩既有此十大罪，皇上为什么固若不知者？这是他有五种奸术，致使皇上堕于术中而不觉也。这五奸是：

一奸，皇上之左右皆贼嵩之间谍。

二奸，皇上之纳言乃贼嵩之拦路犬。这其中点了通政司赵文华的名。

三奸，皇上之爪牙乃贼嵩之瓜葛……令世蕃笼络厂、卫、缔结姻亲。

四奸，皇上之耳目皆贼嵩之奴仆。

五奸，皇上之臣工多贼嵩之心腹。

最后，他根据以上所叙阐述说，夫嵩之十罪，赖此五奸以济之，五奸一破，则十罪立见。陛下何不忍割一贼臣，顾忍百万苍生之涂炭乎？陛下听臣之言，察嵩之奸；或召问二王，令其面陈嵩恶；或询诸客臣，论以勿畏嵩威。重则置之宪典，以正国法，轻则谕令致仕，以全国体。内贼走，而后外贼可去也。

这一弹劾奏疏洋洋洒洒写了五千多字，其言词之愤激，气势之张大，在嘉靖朝以至有史以来的弹劾奏章中，可谓首屈一指。杨继盛是从下午写起的，吃过晚饭后，稍歇了一阵，便又接着写，直到天亮时才写完草稿，没等誊抄，倒头便睡了。实际上，近几天，他一直在凝想这奏疏的内容，所以一搁笔便感到困乏，仿佛浑身上下都粘满了瞌睡虫。

妻子张贞不仅能写出辞彩飞扬的诗文，而且精于女工，勤于纺织。明朝时期的官员俸禄不高，杨继盛被贬到狄道县任典史时，九品的官员每月只有五石多米，一家人开门七件事，油盐柴米酱醋茶，五石米只够一家人吃饭，其他一应开销全靠张氏织布来应付。杨继盛常常读书到深夜，张氏便坐在织机前陪伴到三更。现在，丈夫已升任兵部车驾司员外郎，属从五品的官员，月俸有十五石米，粗茶淡饭还略有积余，便不再辛苦于织事了。所以，丈夫上床时，她尚在睡梦中。

张贞既聪慧又勤快，家里打扫整理得又干净又整洁。这天，她在整理丈夫书案时，看到了他的奏疏。她一看那题目，便仿佛一声晴天霹雳炸响在耳边。天哪，弹劾当朝首辅严嵩，你吃了豹子胆，还是……她一口气默诵完了，便拿着疏稿来到床前。她本想质问他，但看到丈夫那困乏而熟睡的样子，又忍住了。她将奏疏放回案头，回到灶间准备午间的饭菜，却又心神不定，在切萝卜时，一不留神，伤了手指。好在伤口不深，很快就止住了血，缠了点布条了事。

该吃午饭了，杨继盛还在呼呼大睡。张贞本想让丈夫再睡一会，但她心里惴惴不安，便还是叫醒了他。

为了提醒丈夫，张贞有意盛了一碗饭，翘起受伤的手指捧给他。

你的手……怎么啦。杨继盛盯着她那受伤的手指关切地问。

张贞苦笑了一下，回道，今天切菜时心不在焉，一不小心便切到手上去了。

想什事去了？

也没想什么，就是看到你写的那个奏疏，心里好害怕。

杨继盛随即不吭声，默默地往嘴里扒饭，夹菜，咀嚼。沉寂了好一会，才说，没什么好怕的。

张贞说，你当初上《请罢马市疏》，虽说是针对仇鸾的，可毕竟没点名。你这次是专门冲着严嵩的，他可是本朝首辅，三个仇鸾五个仇鸾也比不上他吧。

他就是当十个仇鸾我也不怕。

你可别把这当赌注，好像下得越重就赢得也越大……

没等她说完，杨继盛将饭碗顿在桌上，发出嘭的一声巨响，把全家人吓了一跳。他随即吼了一声，我这是下赌注吗？我是为国除奸，为民除害！

张贞见他发了怒，坐到一边默默垂泪。

杨继盛与妻子一向恩爱，他很少对妻子发脾气，这会儿见她为他上疏而忧虑成这模样，心里有些内疚。于是，匆匆吃完那碗饭，心平气和地开导了她一番。张贞呆坐着不吭声，待他说得没话说了，才问了一句，严嵩与你有什么仇吗？他是不是损害过你呀？

没有。杨继盛爽朗应道，要说个人恩怨的话，他也许对我还有点恩。

还有恩？张贞盯着他追问。

我听徐尚书说，我这一年四迁，严嵩他还在其中出了力。

这么说，那你就更不要去弹劾他，否则，人家会骂我们忘恩负义。

我不怕。大丈夫岂能见小利而忘大义！

你既然说到这个份上，我都不好意思再劝你了。

嘉靖三十二年，杨继盛复职不到一个月。这天下午，他就认认真真地抄好了这份《请诛贼臣疏》。当天晚上，他焚香，淋浴，斋戒三日，才将奏疏送到通政司。

通政使赵文华最先看到这份奏疏，他看完后，急慌慌地赶到值庐，报告严嵩。严嵩起初还是很镇定，看着看着，还是激动起来，先是摇头，继而冷笑，最后自言自语道，如依他所奏我真是罪该万死了。

赵文华一直侍立在一旁，宽慰道，恩师不要生气，他杨继盛自诩忠直，其实憨蠢透顶。

严嵩仰天叹道，朝廷这一大摊子，我一直在苦苦撑持，他为何这样怨恨我？说罢，抿了两口茶，却不想心急图快，被茶水呛了，直咳了好一阵。赵文华急忙用手在他的背上又抚又拍，好一阵才喘息下来。

沉寂了好一阵，赵文华问道，这份奏疏，是不是就上呈？

严嵩断然应道，送吧，请李大人票拟，一切听皇上处置。

这天，严嵩从值庐回到家里时，严世蕃早早地在大门口等候，将他扶进大厅时，父子俩都没有说话，步履沉滞迟缓。严嵩坐下后，才缓缓地长吁了一口气，但仍旧不作声。香梅端来了两杯热茶，严世蕃捧起一杯递到严嵩手上，说，爹，你不要跟这种小人计较。顿了一会，又狠狠地从牙缝里咬出一句话：这忘恩负义的狗东西！

严嵩摇了摇手，抿了一口茶，将茶盅放下后，和声细气说，不可这样骂他。

我就要骂，忘恩负义的东西。

我有何恩于他？

不是你一再票拟举荐他，他能一年四次晋升到这位置？

在他的眼里，可不是这样看的。

这就说明这狗东西是个分不清屎臭尿臊的小人。

不，他不是小人。

他就是小人，比沈炼还可恶的小人。

严嵩凄苦地笑道，沈炼怎能跟他相比？沈炼是地地道道的小人，杨继盛可是光明磊落的君子。

爹，你这么说，就甘心情愿地挨他骂了？

那是另一回事。从他的奏疏看来，朝廷许多事他并不知内情，再加上道听途说，所以才写出这种奏疏。

那你还向皇上上疏吗？

严嵩很淡定地回道：我当然要上疏了。

驳斥他？

不，以戴罪之身请求致仕吧。

你！……

严嵩不等儿子话完，就向他摆手了。

严嵩执意上疏，仰请皇上圣慈体恤，特降敕旨，赐他致仕。朱厚熜下手敕，却是要留用。他又上疏谢恩，同时，对杨继盛所劾的内容做了阐释。说皇上卓越千古，至明之圣，日揽奏章，臣等票拟上请，凡所予夺，必由圣断，虽一字未当，必经钦改，外人岂得知者，臣之有无欺弊，莫逃圣览……继而又说，他之所以累遭攻讦，是由于久据政地，罪过为多，久妨贤路，人情所忌。传曰：四时之序，将来者进，成功者退，今士大夫每持此语责臣之不求退，责之诚是也。所以，他再次提出要求退出内阁，免得妨碍贤者晋升。

杨继盛弹劾严嵩的影响，波及徐阶家里。在朱厚熜尚未批示前的一天晚上，徐璠夫妇与徐阶的三夫人不温不火地顶起了嘴。徐璠的妻子，也就是贞儿的母亲想与严家悔婚，因为就在杨继盛奏劾严嵩后的三月十一日，巡按云贵御史赵锦也弹劾严嵩权奸乱政，上疏嘉靖皇帝，要求罢免严嵩。赵锦劾奏严嵩的起因是这年的元旦，出现了日食，他以为这是权奸乱政之应。他所劾奏的内容，与他人所奏大同小异，有罪名无实据，似是而非。

徐阶先是不吭声，他的三妇人替代了他的口舌，说贞儿与严世蕃儿子严鸿既已订婚，就不能反悔。徐璠虽然没有说话，但妻子边哭边诉，说严嵩马上要倒台了，女儿小贞嫁到严家去只会活受罪。徐阶被儿媳的哭声吵得心烦了，忽然呵问道：你们听谁说严阁老要倒台了？一时间，几个人你望着我我看着你，谁也不再吭声了。

沉寂了好一阵，徐璠妻子才像喝高汤吹冷气似的问，爹你是说，严嵩……哦，严阁老他没事？

徐阶既不肯定，也不否定，反诘道，以前那多么人弹劾他，谁动了他一根毫毛？

徐璠说，这次不一样。

徐阶问，有什么不一样？

徐璠说，这次劾奏他的是杨继盛，当初他上《请罢马市疏》，皇上贬他去了甘肃狄道，现在又一年四迁将他请回来了，声震朝野。

徐阶说，这也多亏了严阁老在皇上面前为他说了好话。

三夫人应声接道，这就是说，严阁老在皇上面前是很有面子的。如此看来，塑起菩萨的人也可把菩萨拆倒……

徐阶呵斥道，不要胡说八道。

杨继盛万万想不到，他殚精竭虑斋戒三日呈上的《请诛贼臣疏》，在朱厚熜眼里会成为一派胡言乱语。他劾严嵩的第一大罪名为坏祖宗之成法，这不是诅咒朕吗？设内阁任命首辅乃朕所为，这是借骂严嵩来咒朕。第二大罪名曰窃皇上之大权。如果国家大权被首辅窃去，这皇上岂不是昏君？他在暗喻朕；三大罪，掩皇上之治功……朕的功劳，他谁也不能遮挡，严嵩也不敢遮挡；第四大罪，是指责严世蕃带俸侍奉严嵩，此乃朕所钦准；第五大罪，可以查查；第六大罪……关于引进仇鸾和任用仇鸾这事，也是朕所决断的，看清一个人也是要有过程的；第七、第八、第九、第十，这都是指桑骂槐冲着朕来的。还有这所谓的五奸，照你杨继盛的说法，朕的周围全是小人，这些人全听严嵩的不听朕的，朕岂不是昏君一个？朕虽然信奉道教，但决非宋徽宗、梁武帝，不理朝政，朕决不耽搁国家大事。你杨继盛为何还要像那几个谏官一样，喋喋不休……最后，当他看到或召问二王这句话时，更引起了怀疑。

原来，嘉靖皇帝先后生有八个儿子，有五个夭逝，只有次子、三子、四子三个长大成人，嘉靖十八年，立次子朱载壡为皇太子，但在嘉靖三十一年时也薨逝了，时年只有十七岁。按照次序，第三个儿子裕王朱载垕为皇太子，但是第四个儿子景王朱载圳，年龄与禀赋都差不多，要再立新的皇太子一时难以确定。为争夺嫡位，这二王明争暗斗。道士陶仲文提出二龙不能相见之说，朱厚熜相信了，要这二王都迁出宫外。这种父子隔绝的状况，增加了嘉靖皇帝对两个皇子的猜疑，很怕二王背着他有不轨之举。

现在，杨继盛在奏疏中说什么召问二王，这事是不是与二王有什么关系呢？朕可没有让他们过问朝政啊。要朕召问二王，这事岂不是与他们有关联？那便是勾结亲王干预朝政，那还了得！按我大明法律，该定斩罪。如果无关，那就是诈传亲王令旨，也是大逆不道。这后面，你杨继盛居然还敢嘲讽朕甘受嵩欺，人言既不见信，虽上天示警，亦不省悟。朕哪次上天示警没有下诏修省？朕是堕于其术中而不觉的昏君吗？好啊！在你杨继盛的眼里，朕已是一个宁愿让百万生灵涂炭，也不忍心割一贼臣的昏庸透顶的君王了。你杨继盛口口声声忠于陛下，哪有如此放肆的忠臣？于是，朱厚熜搦管御批：

这厮因谪官怀怨，摭拾浮言，沓肆渎奏，本内引二王为词，是何主意？着锦衣卫送镇抚司，好生打着，先问明白来说！

因为严嵩在奏疏中恳切地再次要求致仕，朱厚熜回手谕好言抚慰：览卿陈谢已悉，但求去，未可。群邪党比，明说逆贼勾虏，盖指卿玄修不力沮朕。显然可见，朕非内色禽者，崇事上玄，又与宋徽（宗）、梁武（帝）大不同。言者皆邀誉卖直。卿以此乞休，是堕邪计。宜安心供职，奉顺天修，何可去耶？

在南京御史赵锦的劾奏后，严嵩随即上疏求退……今两月之间，论者三至，胜播中外，骇人听闻，盖臣之职系最重，而人之责臣最备。臣才识浅薄，平时既不能赞襄政治，况今衰老，更何裨补，皇上不亟罢臣，更用俊贤，以慰人望，则求胜之类，攻击不已；国体亏损，人心蛊惑，臣纵不才，岂无人心，而能甘心靦颜，颀然自处百僚之上乎，此臣所以不避斧钺而昧死哀鸣只求一去，为上下俱安也……

朱厚熜批复说，卿忠诚为主，朕所倚毗，岂可因言求归，中彼邪计，宜益竭赞辅，以副怀眷，不允所辞。吏部知道。

而对于赵锦，朱厚熜下诏狱拷讯，打了四十板后，贬斥为民。

杨继盛在斋戒三日送出《请诛贼臣疏》后，就做了入狱受刑的准备。

锦衣卫都督陆炳奉命审讯杨继盛。陆炳质问他为何要在奏疏中用召问二王的话？杨继盛回道，除了二王，哪个不怕严嵩？除了二王，别人都不敢讲严嵩的过错。

陆炳又追问，你与二王有什么勾结？

杨继盛解释说，我是想，至亲莫如父子，皇上若问二王，二王必定会讲他的过错。

二龙不能相见，朱厚熜是很相信这话的，杨继盛却叫他去找两个皇子，犯大忌了。

陆炳又问，谁指使你这样做的？

杨继盛坦然回道，尽忠报国，是尽自己的本分，用得着别人指使吗？如果这人敢这样来指使我，就说明这人有胆量，会自己去上奏，用不着再去指使别人。

陆炳觉得杨继盛说得有理，便如实回禀给朱厚熜，说根据审讯和侦察，杨继盛与二王无有往来。他之所以说要陛下召问二王，皆因二王殿下身份崇高，想以此来蛊惑人心，以售其志。

朱厚熜很怕两个皇子受别人利用来干预朝政的，便对陆炳说，杨继盛即使与二王无有来往，那无端引证二王是隐语骂君，一不可忍；离间亲王与大臣的关系，二不可忍；若引二王为证便可以达到某些目的，往后诸臣弹劾大臣都这样效法，朝政岂不乱套了？三不可忍！

陆炳见他越说越气，只好顿首说，皇上明鉴，臣愚钝不悟。

朱厚熜随即下令：着三法司拟罪来看，不得包庇。

杨继盛在诏狱挨了一百大板。在廷杖前，他的友人王西石托人送给他一副蚺蛇胆，说是吃了这蛇胆可以止痛。杨继盛为了不拂了人家的好意，就将蛇胆收入衣袖中。一位姓苗的校尉听说他有蛇胆，又送了一壶酒给他，告诉他最好以酒服用蛇胆。但杨继盛拒绝了，说椒山自有胆，何须以蛇壮胆！行刑前苗姓校尉说,不要怕。杨继盛又回答说,岂有怕打的杨椒山。他凛然含笑，走向刑堂。杖刑完毕后，杨继盛两条腿肿胀得没了知觉，不能屈伸了，全靠两个人撑持着拖进牢房。到了牢房后不久，他昏倒在地上。顿时，他感到他的魂魄离他而去，缥缥缈缈地飞升在天际……

杨继盛出生于一个世代耕读之家，母亲曹氏早逝，父亲杨富又娶了陈氏。继母陈氏妒忌他，要他去放牛。杨继盛经过里塾时，看到与自己年龄相仿的孩子在读书，很是羡慕，便对他的哥哥说，很想跟从塾师学习。他哥哥说，你还小，学什么？杨继盛说，年纪小能放牛，就不能学习？他哥哥将他的话告诉了父亲，父亲便让他念书了，但还要他放牛。他自知家境贫困，学习非常刻苦……

二十五岁时，中举。

三十二岁时，中进士，任南京吏部主事。

嘉靖二十九年，三十五岁，调升京师任兵部车驾司员外郎，不久，因上《请罢马市疏》，被贬为甘肃狄道典史。

狄道县很是荒僻，是一个汉、藏、回等多民族杂居的地方，那里的孩子学的是番经，都不读儒书。以往，朝廷贬到那里去的官员都感到前途渺茫很是颓废，整日静坐不理县事。但是，杨继盛与他们不一样，他仍旧精神抖擞，决心要大干一番事业。他决定从教育入手，以改变狄道文化落后的局面。他首先解决了县府生员的学习之所，将门生贽礼并奉资所余，于东山超然台盖书院一区。接着，又在圆通寺设馆，招募各民族童生百余人，聘请两个教读老师指导学习。经过三个月的努力，取得了初步成效，学生都懂得了揖让、尊敬师长、出入循礼，其父兄也因而知礼道，举止忻忻然。为了解决府县生员的生活问题，杨继盛多方筹措款项，购置学田两千亩，一千亩由生员分种，一千亩佃种于人，收成用于诸生员婚丧祭的补助或遇荒年时分用。

狄道西南有两处可以采煤，但因没有开采，所以柴价很贵。以前柴火供应主要靠藏民贩运。县府多次派员与藏民协商未果，因为一旦煤山开采后，会触动藏民的实际利益。杨断盛了解了情况后，主动请命前往疏通，他与同去的四人先慑之以威，次惠之以赏，终于将煤矿开采，方便了百姓生活。

织褐是边民的主要谋生手段之一，当时，吏治已坏，官吏承差巧取豪夺，或压价贱卖，或以杂物易换，致使织褐得不到应有的价钱。一些以织褐为生的家庭，生活得不到保障，有的号泣路旁，甚至有投河自杀的。杨继盛为改变这种现状，首先出公告禁止公差人员购褐，由上司定价后交给县府办理，以杜绝公差减价易换的舞弊行为。过了一段时间，巡按派人到狄道购褐，杨继盛不留情面，将差人拘禁起来，后经掌印官说情才罢休。这件事情在官府中引起了强烈震动，各上司再也不敢派人来收褐了，保障了织褐人家的正常交易。

狄道城西一带，多年来以种蔬菜为主，各户的园圃连成一片，多年的灌溉导致水渠淤塞，蔬菜产量逐年下降。杨继盛知道后，招募各园户协调疏通，使得灌溉面积增加了一倍以上。狄道县征收粮草，没有正规的官府文册，只有书手的旧簿相传，征收粮草仍以旧簿为准，导致富者实减而贪者反增，富者纳轻而贫者反重的严重后果。为扭转这一局面，杨继盛将掌管私簿的手书召集起来，先算各户的总数，次算一县的总数，使往日的弊端暴露无遗，粮草数量比原来反而多出三十石。杨继盛在查实的基础上，将应征粮草的轻重分为三等，按各户拥有的土地均摊，使以前从中舞弊者无隙可乘。经户籍查出的三十石粮草用于购置学地。

狄道的纺织技术非常落后，杨继盛叫妻子张贞传授纺织技术。杨继盛在狄道的时间不长，但深受那里的各族百姓拥戴。听说他要走，纷纷赶来相送，送出百里之外的人达上千余名，许多人跪于道旁恋恋不舍地哭喊：

杨父！……杨大人！……

您不要走……

杨继盛从昏迷中醒来了。在苏醒的一刹那，仿佛又回到了狄道，那些呼唤他的声音，正是从那遥远荒僻的山乡传来的。他想挪动一下身子，但那两条肿胀而又疼痛的腿，一点也不听使唤。一年以前也挨了板子，但似乎没有这一次伤得厉害。对于前一次挨板子到底有多痛，他想不起来了。不怕挨板子，也许正是他的英雄本色。他不但不怕挨打，而且还不怕死。

杨继盛的腿根被打烂了，几天后，伤口腐烂，发出一阵阵恶臭，给他送饭的狱卒捂着鼻子扭过头将盛饭的碗递给他。一天晚上，他在昏迷中呻吟起来。他的朋友托人疏通过狱卒关照他，这会儿狱卒以为杨继盛在叫他，便提了灯走了过来，问他有什么事，杨继盛也就清醒了，说，请借你的灯用一下。说罢，将饭碗摔破，拿起一块碗瓷片将那腐烂的腿上的肉一块一块地割了下来。那狱卒吓得直冒冷汗，掉过头去，不敢看他，提灯的手直打抖。杨继盛意气自如，平静地说，请你拿稳点，你的灯摇摇摆摆我看不清……

三法司会议，根据刑部尚书何鳌的意见，杨继盛的罪名是：诈传亲王令旨，按大明律当斩。

张贞得知这一消息，先是默默地流泪，暗暗地在心里数落丈夫。杨继盛未上疏前，她很担心害怕，事到如今，她认为悚惧忧虑已无济于事了。她擦干了眼泪，先是找到了徐阶，跪求徐阶说，恩师，请救救继盛。徐阶心中为难，但他表面上还是答应说，他会去找严嵩说情。以他自己的心思比量，谁会去原谅一个欲置自己于死地的人呢？

杨继盛与王世贞是同榜进士，一向交谊甚笃，张贞又去找了王世贞，王世贞爽快应诺说，你不来找我，我也会去找严家父子。

王世贞一进严府，严嵩父子便知道他的来意。大家都是明白人，王世贞向严嵩父子行礼寒暄后，便将来意和盘托出，说，我是为杨继盛的事来的。

严嵩沉默不语。

严世蕃装憨扮傻，讪笑着问，这我就不明白了，你为杨继盛的事到咱们家来干啥呢，你该到皇上那里去呀。

王世贞说，东楼兄你就不要推诿了，杨继盛是因劾奏严阁老而获罪入狱的……

且慢！严世蕃打断他的话茬，说，他杨继盛虽说是劾奏了我们，但我们没有权力叫他入狱呀，我爹还因为他的上疏而奏请皇上待罪致仕呢。

王世贞继续开释说，杨继盛书生意气，一时糊涂……

不不不！严世蕃还在气头上，不容王世贞置辩。他一点也不糊涂，他连皇上的老祖宗都想到了，坏祖宗之成法，他这是借骂我们之名咒骂皇上。

这正是他的幼稚处……

他才不幼稚呢，一个幼稚小儿能编出这十罪五奸的胡言乱语？

他是为了泄一时之愤……

什么泄一时之愤？听说他为了上这道疏斋戒三日。他恨不得请出神灵来将我父子打入十八层地狱！

王世贞见严世蕃这里森严壁垒，只好求助于静坐在一旁的严嵩：阁老，杨继盛是当今天下名士，他不管获何罪名，皆因劾你而起，一旦获诛，天下人都会认为与你有关，难逃是非之口。

严嵩一直在眯眼谛听，听到王世贞最后这句话，如冷水浇头，猛然睁眼，问道，此话怎讲？

王世贞说，阁老乃当代名臣，身后毁誉不可不顾。

严嵩点头应道，贤契言之有理，老夫尽力营救就是了！

严嵩说这句话时，严世蕃在一边干瞪眼。待王世贞一走出家门，他便急慌慌地问，爹，你真的要救杨继盛？

严嵩回答说，这种事岂容撒谎！

严世蕃急赤白脸道，这等狼心狗肺的东西，他要置你于死地，你还去救他，你别是吃错了药吧？

胡说！我会随随便便地去救一个不值得救的人吗？严嵩一直是憋着一口

气的，这会儿，喝了口茶，缓缓接道，这杨继盛不同常人……

严世蕃抢白说，有什么不同？貌似憨直，心如蛇蝎。

真要平心静气地评说他，乃一介志大识浅的书生。这人心高气傲，他是斜着眼睛门缝里看人，把我看歪了。严嵩边说边用手指梳理自己的胡须，如历练得好，是一栋梁之才。我在皇上面前举荐他，让他一年四迁，正是此意。唉，想不到他……

严世蕃抑揄道，你搬起石头砸自己的脚！难怪那么多人拿你当出气包，接二连三地劾奏你了。

第二天，严嵩一大早就起了床，沐浴，更衣，然后才吃早饭，去了西苑。他先到值庐，审理一些文牍，才去尧斋朝见朱厚熜。

行完君臣之礼，严嵩一时语讷，不知该如何开口。朱厚熜见他难以启齿的模样，已猜到了几分，问道，爱卿今日来见朕，有何要事？

严嵩正等着他这句话，忙跪禀道，臣特来为杨继盛求情。

求什么情？

为避免堵塞言路，蒙蔽圣听，也念及他往日微勋，请免他极刑。

他做了那么几件小事，就可以指桑骂槐辱骂朕？朱厚熜越说越气，边说边用手中的木槌敲得那斋醮用的陶磬当当响，吓得严嵩很久不敢吭声。

沉寂了一阵，严嵩才又说，这事的起因，不管怎样说，都是他弹劾我而引起的，他如若获重罪，我必将担天下骂名。

这才是卿的真心话！朱厚熜嗤笑盯着严嵩。

严嵩被他盯得垂头哑语，憋屈了好一阵，才又说，陛下既知臣的心情，还望多加宽宥。

爱卿不用再说了，朝廷自有成法。

严嵩只好默默退出尧斋，回到值庐。

嘉靖三十四年十月，杨继盛被处决，弃尸于西市。临刑前，作诗曰："浩气还太虚，丹心照千古。生前未了事，留与后人补。天王自圣明，制作高千古。生平未报恩，留作忠魂补。: 张氏不久便殉夫自缢。

第九章

北虏南侵

初夏的北京，风和日丽，正是干活的好日子。正在修筑外城的南关一带，人声鼎沸，锤声叮当，如织的人流中，有的挑担，有的推车，有的运土，有的送石，云淡天青的空中，腾起一团团尘雾。

这天，辰时过后，一顶轿子引领着一支人马来到前面路口停下。坐在轿子里的正是严嵩，跟在后面的是徐阶和兵部、户部的几个官员。严嵩迈出轿子的时候，徐阶等人也早已下了马。徐阶赶前几步来到严嵩身边的时候，正好刮来一阵风，严嵩被风迷了眼，打了个趔趄，徐阶忙扶住他。督理工程的兵部侍郎许论迎上前来，要请他们到工棚去坐。严嵩说，等会再说吧，先看看墙脚，挖得怎么样？说着，便一路走过去，来到一段墙基沟，竟亲自下到沟里，用力跺了好几脚。这里土质比较疏松，被他踏出几个脚印来。他便对许论说，不行呀，一定要挖到硬地，千年大计，千万不能含糊，分段责任制你该知道吧？

许论红着脸应道，知道，知道，这一段还没验收，我叫他们返工再挖。大人说得对，这墙基是最重要的，一点也不能马虎。

为了将守边防虏工作一段一段、一关一关、一堡一堡地落实，严嵩奏请嘉靖皇帝敕谕各地，实行责任落实到人，并且规定：虏从某口入即治某原修和守备官员之失职罪。

许论立即召集负责施工的头目训示，墙脚地基一定要挖到硬底才能下沙浆和石块。随后陪同严嵩、徐阶进了工棚。

严嵩问及施工进程情况，发现当初的估算与现在的实际丈量有较大的出入。当初计划的总长度是六十多里，现在根据地形和人口分布等情况丈量远远超出计划。许论说，兵部尚书聂豹的意见是南北各宽二十里，东西各长

二十五里，全长九十里，展开来又是一条长城呢。这要一笔很大的开销。前两天，户部尚书方纯又向他诉苦。说户部每年的收入才两百来万，如今边防费用每年就要六百多万，这空缺的费用向谁去要？严嵩想了想说，可不可以这样，先从南关修起，这里原来已有土墙和栅栏，可以利用省些工钱。至于长度，不一定要二十里，十二三里也可以，只要能包得住内城就行了。

许论感到很为难，嗫嚅着说，这、这……行吗？

严嵩说，你不必为难，老夫当奏明皇上，修改计划，分几步实施。

许论舒了口气，笑道，这就好，要不，我们兵部不知如何是好。

临走时，严嵩再三叮嘱许论，南关一定要修，这里居民密集，已经有几条街道，不能没有防卫设施，居民已自发修建栅栏，便是证明。一定要修好，修结实，还要考虑出入方便，多修几座城门。

徐阶边走边问，那东、北、西三面，是否就不修了。

严嵩回道，这得看财力能否支持，如果实在支撑不了，不修也可以。

徐阶愕然问道，那不是半途而废吗？

没有关系。严嵩泰然应道，可以将南面的外城往北修，再折向东向内包起来，不又是一座新城吗。新城与老城连接，共为防御屏障，也是可以的。东、西、北三面，目前还没有衔接，居民稀少，可以暂时不建外城。

朱厚熜果然准奏，同意先修南面，东西北三方暂缓实施。因此，北京外城就成了一个凸字形，南面突出一个长条方块，东、北、西三方，则还是原来那个样子。严嵩此举，虽然没能为京城画上一个大回字，却为当时的财政，省下了上百万两银子。为了修北京外城，严嵩可谓倾注了心力，自嘉靖三十二年三月十九日开工到三十三年四月二十七日竣工，他从度地制图、掘墓移舍，放桩分号、筑板取土，先后四次亲临工地，阅视督察，并九次向世宗上疏奏报。

北京外城修好后，嘉靖皇帝奖励了许论、陆炳等经办人，各荫一子为百户；内阁除阶、李本各荫一子为中书舍人；严嵩家则升严世蕃为工部左侍郎，仍带俸侍亲。

严嵩那天从南关筑城工地上督察回来的晚上，久久没有入睡。几天来，他一直为国库入不敷出忧烦不安。

远在安陆的显陵要翻修。

京郊的寝陵要增加人看守。

光禄寺的开支越来越大。

嘉靖皇帝一心要修仙，已经建过几座醮坛，还要另外建一座更大的神坛。

现在京城又要修筑外城……

主管这些项目的部门都会将奏折送到他手上，他要提出解决这些问题的办法再票拟呈报朱厚熜。但是，对于各种事情，朱厚熜不管同意与否，一般情况下只批不办。要解决这些问题，都还得严嵩操办。

对于如何整顿财政纪律，增收节支，严嵩有自己的主见和办法。他认为，天下之财不在民则在官，是不会消失的，但是一旦落入奸贪之手，谁会去管呢？所以亟需整治管理。他征询过好几位曾在巡抚二司任职的官员，都说各省都有可以权挪的部分。再清查各项冗繁费用，可以省出银子来。如漕运减存的银两，所当查取；超员多余的银两，军官欺瞒侵占，所当查取；再如盐法的引价、支掣、批验等事，整理得宜，边粮充足，余盐银两益多。还有驿递的铺程、马价，座船水夫，各省岁用百万余两，悉为滥冒关文支费。只要改革关文，这些费用便省了很多。又如江北的孳生马匹，解送到京来没有用，可折价为便。这批数目计算起来，可得百万两的数目。这些都不需取于老百姓。

自从杨继盛上了《请诛贼臣疏》后，严嵩睡到床上一闭上眼睛，眼前便会浮现一张张弹劾过他的那些人的面孔：杨继盛、赵锦、沈炼、王宗茂、徐学诗、叶经、谢瑜……这些人一个个指着他骂，有时候是围着他骂。骂的言语与劾词中的话大同小异。有一天，听到后来却不是了，他不仅争辩，而且与他们对骂，越骂越凶，大喊大叫，把夫人欧阳淑端与香梅都吵醒了。

老爷，老爷……

惟中，惟中！夫人紧紧抓住他的一只手边摇边呼唤。

严嵩睁眼看时，见夫人与香梅待在床前，方知是一场惊梦。

夫人惶急地问，老倌子，你做什么噩梦了吧？

严嵩也醒过神来了，赔笑说，我做梦在和人家吵架呢。

哎呀，您大喊大叫的，吓死人了。香梅边说边将手里掌着的灯放到床头小柜上。

自从那天在梦中争吵后，他有时默默地与那些人对话了。与其说是对话，不如说是默默地自语。今天，他又在与他们对话了。他一闭上眼，杨继盛等人都围聚在床前，他便把当前急需用钱的有关难题一一说给他们听，然后发问：请问诸位，我该怎么办？

杨继盛等人面面相觑，都不答话。

他便问杨继盛，椒山先生，我该怎么办？

杨继盛说，叫户部拨款哇。

严嵩说，户部尚书方纯一再向我诉苦，说他拨不出银两来哇。

杨继盛说，那……我也不知道该怎么办。这是你的事。

严嵩又逐个地诘问，没有一个人正面回答了他，都说，这是你首辅管的事。严嵩便将为解决这些难题而常用的增收节支的办法说了出来，想不到杨继盛等人竟一齐击掌称赞叫好，说，还是严阁老有办法。

严嵩笑着回道：可是，我这是在窃皇上之大权呢……

不不不，不能这样说。除了杨继盛，其他人异口同声地回答。

不！你们这些人弹劾我的那些话，尽管有所不同，却也是大同小异，骂我大奸柄国。请问，我若不动用皇上授予我的权力，我能解决这些困难吗……

朱厚熜花钱如流水。作为嘉靖皇帝，他只花钱，不管钱。严嵩尽管有增收节支的办法，能筹集的银两也是有限。因此，有些事情严嵩只好婉言劝阻皇上，或暂停，或减免。如京郊寝陵要增加看守人员一事，他疏请减免；光禄寺开支过大，他疏请查核；对再建一座大神坛这事，他婉言劝阻，对于这事朱厚熜虽然没有发脾气，但心里很不高兴。一回想到这事，严嵩笑问道，有人说我只会一意媚上，我这是讨好皇上吗？你们这些人都有才华，可是，你们并不知内情。我已经是七十多岁的人了。我一再向皇上提出，要求退出内阁，可皇上总是挽留我，这个中奥秘，你们知道吗？谁知道，请说来听听……

严嵩这棵大树荫庇了全家人的幸福，特别是儿子严世蕃。这棵大树宽阔稠密的浓荫，让严世蕃长成了一株虬枝横生的歪脖子怪树——奇才，他既是在声色犬马中混日子的纨绔子弟，又是出入高堂舞文弄墨的士人。不过，他对父母还是孝顺的。最近，他见父亲几次到修建北京外城的工地上去，他就一有空便到校书楼找媚儿去了。

这天，他还没到媚儿房门口，就听到从她的房里飘出一阵歌声，快到门口时，他忍不住伫立聆听。这时，从房里传出来的正是元代妓女珠帘秀的元曲套数正宫·醉西施中的《玉芙蓉》：

寂寞几时休，盼音书天际头。佳人病黄鸟枝头，助人愁渭城衰柳。满眼春江都是泪，也流不尽许多愁。若得归来后，同行共止，便是牡丹花下死，做鬼也风流。

媚儿的歌喉很特别，温婉、柔媚，圆润，像和暖的春风轻拂在心弦上。严世蕃很想听下去，但她唱完这支曲子便画了休止符。他只好敲开房门进去。

严世蕃一见媚儿便张开双手做出要拥抱她的姿势，媚儿却抛了个媚笑掉过身去，说，你今天只能从后面抱我。

吔！吔吔吔！今天还拿乔呢。

我说过，按约定的时间来，我奖赏你，否则，你补偿我。

我从后面抱你，就算是补偿了你？好好好，那就补偿吧。别看严世蕃桀骜不驯，可在自己心爱的女人面前，却显得特别俯首帖耳。他从后面抱起媚儿横在手腕上转了许多个圈，直吓得她哇哇惊叫才罢手。

两人调笑了一阵，严世蕃坐在绣墩上搂住媚儿问，你刚才那曲子，是特意等到我来唱给我听的吧？

媚儿嗔道，才不是呢，奴家愁肠百结，唱着解闷的。

不过也是，我才不要那许多愁呢。不过我很喜欢后面两句，便是牡丹花下死，做鬼也风流。

媚儿立即捂住他的嘴，我才不想让你死呢。

为什么？

你死了，我这下半辈子依靠谁呀。

你是打定主意跟我了？

嗯，这话我说了多少遍了。

你打定主要跟我，到底是图什么？

这不需我说。

图财？你又不缺钱。再说，我家里已经有五个老婆，分到你头……

媚儿抢白道，你放心，我不会跟她们争家产。

哪你图个什么？

媚儿字字千钧地吐出一句话：做个堂堂正正的人！

严世蕃说，你现在不是很吃香吗？

严公子，你是在羞辱我吗？媚儿刹那间便拉下了脸子，脸上显出一种身世卑贱而又恃才傲物的才女独有的凄苦笑容说，女校书的故事你不会不知道吧？

严世蕃说，知道一点，不是很清楚。

媚儿说，那我将她的故事挑拣一些说与你听。

女校书是唐代名妓薛涛的代称。

薛涛，字洪度，本是长安（今陕西西安）人。她的父亲薛郧是京城的小官，常教她吟诗。薛涛八九岁就已通晓音律，不仅吟诗，还会作诗。有一天，父亲指着庭院中一株梧桐做了两句：庭除一古桐，耸干入云中。然后他让薛涛续写两句以成一首绝句。父亲本以为这会难倒小薛涛，谁知她很快就对了上来：枝迎南北鸟，叶送往来风。薛郧愣住了，良久不作声，这两句诗既显示了薛涛的才气，却又暗含了将来的命运。年幼的薛涛随父宦游到成都，不久父亲去世，家道中落，她和母亲流落四川，日子过得很清苦。为了生存下去，薛涛在十五岁时入乐籍，成了一名官妓。

薛涛的文才在当时的官妓中无与伦比，当时驻守西川的节度使韦皋，常邀请她入府侍宴赋诗，韦皋还向朝廷建议授薛涛校书郎的官衔，这其实是个九品小官，做些校勘一类的工作，朝廷却没有批准。但是，人们还是以女校书称谓她。先后驻守西川的十一任节度使都很欣赏薛涛的才华，并和她有往来。当时的著名诗人元稹、白居易、刘禹锡、杜牧等多名诗人都和她诗酬唱和过。薛涛本来就不将凡尘俗物放在眼里，和文人名士的交往更使她心高气傲。她对于每日的赔笑侍宴，感到无比的厌倦，甚至韦皋的邀请也被她拒绝。终于在贞元十七年（801），年仅二十岁的薛涛惹怒了韦皋，被罚赴松州劳兵。军人的粗暴和边疆的艰苦生活使她难以忍受，觉得那里如人间地狱。被逼无奈之下，她写下《罚赴边有怀上韦相公二首》的诗作：

一

黠虏犹违命，烽烟直北愁。
却教严遣妾，不敢向松州。

二

闻道边城苦，而今到始知。
却将门下曲，唱与陇头儿。

薛涛的这次忍辱垂首并没有换来任何回音，她实在被折磨得身心乏累了，便又忍辱写下了：《罚赴边上韦相公》二首：

一

萤在荒芜月在天，萤飞岂到月轮边。
重光万里应相照，目断云霄信不传。

二

按辔岭头寒复寒，微风细雨彻心肝。

但得放儿归舍去，山水屏风永不看。

尽管她在诗中将自己比喻成萤火虫，将韦皋比喻成月亮，情意恳切哀婉，仍旧没有打动韦皋。此时，薛涛的母亲又危在旦夕，她只好又再呈十离诗，这一组诗，以犬离主、笔离手、马离厩、鹦鹉离笼、燕离巢、珠离掌、鱼离池、鹰离鞲、竹离亭、镜离台这十个意象来自比，每首的最后，都是：不得……的句式，如珠离掌：

皎洁圆明内外通，清光似照水晶宫。

只缘一点玷相秽，不得终宵在掌中。

凄美的抒情和悲切的哀求彻底征服了韦皋，薛涛这才回到了成都。这次惨痛的经历让薛涛认清了现实。她终于脱离了乐籍，谢绝应酬，隐居在浣花溪。

媚儿叙说完薛涛的故事，很久没有吭声。严世蕃心里也沉甸甸的，陪着她静默。

媚儿终于叹息了一声，说，相公——我叫你相公你不生气吧？见严世蕃下意识地点了头，便接着说，你现在该知道我为何一心要嫁给你的原因了吧。

严世蕃东张西望似地盯着媚儿说，我娘喜欢听戏曲，你要是能哄她老人家高兴就好办。

媚儿立即喜上眉梢，行，你选个日子带我去见婆母。

你还没进我家门呢，就好意思称婆母。

这不是迟早的事嘛！

香梅小心翼翼地从药罐里滗出一小碗药汤。这药汤是用人参、茯苓加甘草熬制的。药汤注进瓷碗后，碗很烫手，她用餐布包住瓷碗放到托盘上，端进了书房，见严嵩在看书，便轻声说，老爷，药汤熬好了。说着便连同托盘摆放在一边的茶几上。她没有离开，静静地侍立在一旁，准备严嵩服药。

其实，这药汤只是辅料，严嵩真正要吃的是丹药。十几天前，朱厚熜赐给他一盒五粒的丹药。他第一次将这盒丹药盒打开的时候，只觉得一股喷香充盈屋内。夫人说，这盒里配了麝香吧，要不怎么这么香呢。严嵩回应说，皇上服用的仙丹，焉能不香。那天严世蕃也在场，嗤笑道，什么仙丹，不就是用童尿和小女子初潮的经血加朱砂熬成的东西……掌嘴！严嵩立即喝止他，皇上天佑圣躬，获此仙方，好不容易炼成这仙药，你却信口雌黄。严世蕃便假装恭顺地认错，说，我错了，我错了，不该胡说八道亵渎了皇上的仙丹。说罢，用手掌握轻轻地拍了拍嘴巴，算是惩罚了自己。

也难怪严嵩如此恭谨，他是奉了朱厚熜的密谕而获此赏赐，让他服用这益寿延年的仙丹。不过，严嵩自己心怀恭敬，遵循了礼记中所言，君服药，臣先尝之。他是选了良辰吉日来服用这五粒丹药的：初三日、初五日、初九日、十五日……他第二次服用了丹药后，朱厚熜问他，感觉如何。当时他还没找到什么感觉，便浅笑着说，容臣再服一次试试看。第三次服用后，他有了感觉，肚脐间好像有一轮东西在转动。今天是第四次了。

香梅伸手摸了摸盛汤药的碗说，老爷，已经凉了，可以吃了。说罢，便取出盒子里的丹药放到严嵩手上，然后端起了盛汤药的碗，服侍他吞下了丹粒。

严嵩吃下丹药后，又练了一会书法，便上床就寝。这天，一夜无梦，直到天快亮时，肚脐间一股热气直冲头顶，那股热气像一只温热的手在肚脐这儿左右不停地摩挲，直弄得全身燥燥的发痒。他忍不住呼叫夫人：淑端……你过来一下。稍倾，夫人没过来，香梅过来了。她急慌慌地边披衣裳边问，爷爷，你怎么了？

香梅自从来到严嵩家后，她一会儿叫他老爷，一会儿叫爷爷。最近一段日子，她大多是称他爷爷。她这一声爷爷，仿佛喷了一口凉水在他头上，刹那间让他清醒了许多。他对香梅说，没啥事，你去叫夫人来。香梅便退回了隔壁房间，过了一会，欧阳淑端来到了他的床前，茫然问道，有啥事？

没啥事。严嵩说着，将一手伸出被面，握住老伴的手。我这肚脐间有一股热气滚来滚去的。说着，便将她的手放到自己肚皮上摩挲了几下。

夫人边为他按摩边说，刚才香梅过来，你为啥不叫她为你抚摩？

这……不好。

有啥不好。

我怕乱了性。

有啥乱性不乱性，本来就是准备为你配二房的。

我不是早说了嘛，我都七十大几了。人生七十古来稀，人家一个黄花闺女，不要害了人家。

其他人不都是这样。

别人是别人，我是我。再说，糟糠之妻不下堂，我不是说过多次吗。他说着，用另一只手将夫人摁到自己身上，脸贴着脸亲热了好一阵，轻声说，你干脆脱了衣裳上来陪我睡一会吧。夫人用手指在他腮上轻轻戳了一下，便脱了衣衫钻进了被窝。

这天，严嵩起得好晚。欧阳淑端走了后，他又睡了一会，直到快晌午时才从床上爬起来。他洗漱后，正准备用早餐，通政司的赵文华从严世蕃房里出来了，一走到膳厅门口，便叫了声干爹。严嵩知道，一般情况下，他这时候来一定是有要紧的事找他。便问道，有事吗？

赵文华说，蓟镇边关送来了告急文书，说俺答与东北的朵颜联合，汇集了二十万兵马，侵犯蓟镇，其前锋已经抵达古北口了。

严嵩忍不住哦了一声。他虽然没有说什么，但赵文华从他的这一惊愕声中，理会了这次敌军来犯的严重性。庚戌事变时北虏才十万，这次是那次的两倍，边关局势定然很吃紧。

严嵩沉吟了一阵，问道，皇上知道吗？

赵文华告诉他说，告急文书我已送到皇上那里去了，皇上要你去商讨对策。

我这就去见皇上。你先回去，告诉皇上，请他先别着急。

赵文华是骑马来的，而严嵩要坐轿子去。朱厚熜念他岁数大，特赐他坐轿进宫，其他人上下班只能骑马。

严嵩刚才虽然吃惊，但并不慌乱，这是因为现在坐镇在那里的总督，是一个他信得过的将领。嘉靖三十二年二月，朱厚熜想派大臣巡边，征求严嵩的意见，严嵩推荐了杨博。之后，蓟辽总督空缺，兵部尚书征求首辅意见，严嵩又极力主张要杨博去。

杨博字惟约，号虞坡，山西蒲州（今运城永济）人，嘉靖八年（1529）进士。他曾随翟銮巡视九边，很受赏识，严嵩曾向翟銮了解了他的情况。杨博魁梧丰壮，遇事能安闲处置，有胆识，有肚量。所以严嵩相信他能应对敌情。

这一次，敌人前锋部队数万人兵临关下，刀枪齐举，寒光闪闪，远远望去，犹如白霜铺地，一阵阵喊杀声，惊天动地，好不骇人。总兵官周益昌守关多年，从来没有见过这样的阵势，难免胆怯。披甲着胄的杨博登上城楼，看到敌人如此布阵，心里冷笑。他知道，首先要稳定军心，便大声喊道，大家不要怕，敌人这是虚张形势。随即对周益昌说，敌人扎堆在我方阵前，正好用炮轰击。

一阵炮火过后，敌人死伤大片，吓得纷纷后退。俺答为了躲避炮火，又命令分成数路，架起云梯轮番进攻。杨博早已将部队展开在城墙上。他指示部属，待敌人爬到中间时用石头往下砸，这样，只要上头的跌下一人，下面的滚落一串。这样，打退了敌人一次又一次的进攻。

朱厚熜身在宫内，心系边关，他非常惦记前方战事，派太监和锦衣卫前往侦视，观察交战情势，随时向他密报。

太监张淮回报说，总督身先士卒，我亲眼看见，有一个鞑虏已经爬上城墙，被杨总督一刀砍断了胳膊，滚下去了。

严嵩知道后，立即奏报，派人赶往前线慰劳，朱厚熜准奏，派太监黄锦持赏银万两前去犒劳，并赏杨博大红紫衣一件、玉带一条。

杨博立即将赏银发放下去，并以此激励将士，继续奋战，报效皇上。将士们群情激昂，山呼万岁。

俺答接着又分兵百路，持续进攻。杨博调集全镇兵力，分头防守。俺答兵眼看攻城不下，又去搬巨木撞击城门。杨博下令丢火把，连人带马一齐烧，城门口扛巨木撞门的敌人被烧得焦头烂额，狼狈撤退。

俺答狗急跳墙，组织敢死队爬墙强攻，杨博号令将士拼死坚守。他亲自守立在垛口，一刀一个，连续斩杀数名敌人。

相持了八天八夜，古北口及其附近的边墙一直掌控在明军手中。俺答与朵颜无计可施，望城叹息。他们万万想不到会遇上这么强硬的对手，只好后撤，在山下扎营，但是又不甘就此罢休，还想伺机而动。杨博知道他们尚不死心，便命令周益昌挑选得力精兵，予以重赏，乘黑夜突入敌军营房，劫杀纵火。俺答大惊，只得退兵。

当年，俺答遇上的是软弱无能的王汝孝，才得以从古北口攻进了关内，直捣京师，逼迫嘉靖皇帝欲立城下之盟，这次碰上的是沉着老练有勇有谋的边关宿将杨博，能奈其何？

由此之后，杨博名声大振，后来担任了兵部尚书，是嘉靖朝继翁万达之后，又一个知名的军事家。

第十章

东南倭事

北虏南侵的战火刚刚止熄，南面的倭寇又在沿海兴风作浪。

浙江巡抚王忬急报称，倭寇攻陷台州，侵入临海、黄岩、余姚、嘉兴等县，在定海、象山、慈溪等一带乡镇烧杀抢掠……

接着又急报说，有一伙数十人的倭寇驾着盗来的船只，突然来到平湖、海盐掠抢，官兵前往捍卫，反被杀了一个把总、四个指挥及一个百户与县丞，竟至夺舟而去。

倭寇如此猖獗。

官兵如此窝囊。

严嵩看了报急文书，很是纳闷。怎么会这样呢？他记得去年七月，为皇上起草任命王忬为浙江巡抚兼督福建兴化、泉州、漳州诸军事所起草的诏文，曾赋予他以一应兵马听其调集……其巡视所及地方，文武职官悉听委用……其都、布、按三司，守巡、兵备、海道、参将、总督备倭守备、把总等官悉听节制，有这么大的权力，为什么不调集兵马，予以围剿？连几十个人都逮不住，竟被倭寇杀了那么多人，以至夺舟而去，实在是太无能了！严嵩还记得诏令中授以方略，要王忬去浙江后，凡滨海去处，都要修葺城堡、团练保甲、设立水寨、查理战船、整办器械、操习水军、补选行伍……如果这一系列工作都做好了，会落下如此局面吗？

严嵩正准备起草奏疏，进一步陈述对策，太监张淮来到他身边说，皇上要召见他。他估计朱厚熜要与他商讨御倭之事，便对张淮说，你先回去禀报皇上，我随后就到。

张淮走后，严嵩追想了一些有关倭患的往事，便起身前往尧斋。

朱厚熜果然是向他了解倭患之事并商讨御敌之策。严嵩便根据史料及海

防情况，向他做了详细的汇报。

他说，所谓倭虏是指大海东北方的日本侵略者。还在洪武朝的时候，就开始侵犯过我们，不过那时候还只是一些零星的海盗，不足为患。永乐朝宽海禁，颁行过市舶条例，允许他们十年一贡，每贡之船不超过两百。到宣宗时放宽为每次贡船可至三艘，人可至三百。日本人能从通贡中得到国朝的物品，海盗有所减少，沿海太平百年。后来日本内乱，国内不少平民无以为生，便相继出海为盗，窜到我江苏、浙江、福建一带登陆，抢掠我们的物质，杀害我们的百姓。到正统朝时，倭船达四十艘，连续攻破台州、宁波，抢夺了两千多户人家，到了正德朝，他们又派人来求贡，便答应了他们。

陛下登极，浙江鄞县的宋素卿与日本人宗设在宁波争贡，守臣以宋素卿为先，宗设不服，就烧毁嘉宾堂，杀到余姚江、西霍山洋，震惊浙中。倭患也就从那时开始了。

朱厚熜听了，龙眉紧蹙，稍一沉思，用木槌重重地在玉磬上敲了几下，顿时，整个尧斋被震得嗡嗡作响，旋即从牙缝中咬出一句话，这么说，这倭患是从本朝开始的？

严嵩想起了一件往事，补叙说，嘉靖十八年的时候，日本王国派义晴求贡互市，朝臣多人反对。我当时是礼部尚书，朝贡一类的事由我主持。我认为只要倭国能遵守朝廷规章，就应准许入贡，发给勘合，否则没有道理。他记得曾在奏疏中写道：王者之驭四夷，有不庭也则征之。今来贡也绝之，恐无以感兴四夷之情。同时，我还强调说，发展两国贸易，既可以促进两国政府及民间的交往，又可以避免其侵扰我沿海之口实，边境沿海军民也不必再担惊受怕，何乐而不为。从那以后，年年通贡互市，没有发生重大的战争。

朱厚熜先点头，继而又问，那后来从什么时候倭寇又来侵优呢？

严嵩凝想了一阵，回答说，后来浙江巡抚朱纨执行夏言的严海禁政策，倭寇又开始入侵。在这期间，赵文华曾提出异议，劝告朱纨不要海禁太严，以致渔樵不通，生理日促，转而从盗。赵文华还建议他干脆离开浙江，免得招来罪祸。但朱纨不听，连渡船都不准出海，遭到商人和渔民的强烈反对，呼声直达朝廷，皇上一怒之下，将他关进了监狱。前年，浙江巡按御史董威、宿应参先后上疏，请求宽弛海禁，我立即票拟同意了，但还没来得及贯彻下去，大批倭寇就进来了。不过也不能完全怪他……

朱厚熜不知为什么有些不高兴了，问道，最近为什么闹得这么厉害呢？

严嵩说，最近倭寇之所以闹得这么凶，臣以为还是市舶停止，海禁过严所致。日本人不能与中国互市，他想要的东西只好靠抢掠。其中，有不少大明奸民与倭贼勾结，从中渔利……

朱厚熜诘问他，你所说的奸民，都是些什么人？

据臣所知，沿海商人因市舶关闭，无处贸易，便与倭人勾结，走私海上……严嵩说了那么久，口干舌燥了，忍不住咳嗽起来。

朱厚熜见状，对后侧说，来人，给严爱卿上碗茶。

稍倾，张淮从后侧捧了一盅茶递给了严嵩。严嵩接了，说了声谢皇上，抿了两口茶水，继续说，有一个叫王直的安徽人，是其头目，号称五峰船主，有好几百艘船，横行海上。沿海渔民，一些生活没有来路的人，都跟着他去盗抢。所以，真正的日本人不过十之二三，大部分是从倭，也就是中国人，为其中的十之六七。

这国人与倭寇搅到一起……朱厚熜直摇头，忽然，他扔下敲罄的木槌，站起身来转悠了一阵，问严嵩：卿以为，该如何来整治倭患？

严嵩说，臣以为，东南乃富庶之地，国家财赋大都来自江南，绝不能容许倭夷梁指，必须派得力将帅将其荡平。

朱厚熜自语道，看来王忬难以胜任此职，得另选他人去。卿以为派谁去合适？

严嵩说，那王忬往何处去合适呢？

让王忬北上。朱厚熜联想到王忬在庚戌事变时，在通州能随机应变，颇有作为，说，这人颇能御虏，让他去镇守大同吧。

严嵩又问，那由谁来接替王忬呢？

叫吏、兵二部合议。朱厚熜说罢，拣起了木槌，将玉罄又敲得当当响，仿佛要以此代替剿倭的战鼓。

吏部与兵部经过合议，决定由徐州副使李天宠接替王忬担任浙江巡抚。

这时，倭寇已北上江苏，南犯福建，祸及东南好几个省，不单是一个浙江省的问题。于是，严嵩认为，必须派一个总督去，以便节制东南诸省的军事，以便统一指挥调度，合力围剿，消灭倭敌。

兵部尚书聂豹和吏部尚书李默，不约而同地举荐张经为总督。朱厚熜同意他们的举荐，任命张经为东南七省总督大臣。

张经（1492—1555）字廷彝，号半洲，侯官县（今福州市）洪塘乡人。曾因其父袭蔡姓，及显贵后才恢复其原姓。明正德十二年（1517）进士，任浙江嘉兴知县。嘉靖四年（1525）入京任户部、吏部给事中。后来，总督过两广军事，平定过两广的叛乱，升左侍郎。后又参与抚定安南，遂晋升为南京兵部尚书。聂豹站在兵部的角度，认为他已为南兵书，节制东南诸省，名正言顺。再说，聂豹和张经同为正德年间的进士，因而力举张经为总督。

严嵩对张经不是很了解，既然嘉靖皇帝同意了，他当然遵旨办事。在为嘉靖皇帝起草的任命诏书时，他尽量提供方便，赋予他更大的权力，期望他能在短期内荡平倭患，救民于水火。

嘉靖三十三年五月二十一日，严嵩起草的诏书送到了南京，张经接了旨。

谕文中说，今倭寇猖獗，南直隶苏松、通州、泰州、浙江、嘉兴等地，都受到攻击。特意任命你总督南直隶、浙江、福建等地军务，山东、广西、湖广、江西悉听节制。调发本地官兵及今遣去的山东民兵长枪手，跟随倭贼去往方向，分布截杀。如果兵力不足，你可以在山东、两广、湖广等地自行文牍调取。一应钱粮，除部议发给外，可于邻近府、州、县，随宜区处，接济供应。南京部属官，听从你选择委用。不听从命令的，文官五品以下，武官都指挥以下，许以军法从事。有功人员，参照兵部题准，赏格施行……一应战守事宜，悉听从你便宜行事。

谕文还说，朝廷以你久历边务，才望素著，特兹简命，宜竭忠殚力，运谋设策，申饬纪律，明正赏罚，严督将领振扬军威，务在克期殄灭倭寇，以靖地方。

嘉靖皇帝朱厚熜和首辅严嵩都对张经寄予厚望，赋予他以本朝最大的总督权力，可以调动东南七省半个中国的兵马。朝廷在人力、财力上均予大力支持，是嘉靖朝辖区最广、权力最大的一位总督，超过了当年的仇鸾。仇鸾那时还只有在宣大、蓟辽（现在的河北、山西一带）调兵，权力范围不过两三个省，而张经却一步就掌握了东南半壁江山，责任之大，权力之重，期望之高，可谓空前！嘉靖皇帝是多么希望这位宿将能克期殄灭倭寇，以靖地方啊。倭寇虽然一时猖獗，目前看来，尚不足危及朝廷，而北虏之患，自大明建朝以来，已几次威逼皇城。而且北虏来去如风，很难聚歼，而南倭虽临海登陆，却有望荡平。

朝廷上下，都对张经寄予厚望。

就在张经接到任命诏书的第二天，朱厚熜召见了严嵩。严嵩以为他有什么事情要与他商量，所以行过君臣大礼后，便恭候在一旁静听吩咐。没想到朱厚熜却是赐座闲聊。

朱厚熜问他，卿以为张经能否尽快荡平倭寇?

严嵩稍一沉吟说，臣认为张经要在近期内荡平倭寇怕是很难。

这是为何?

容臣直言，一般情况下，少壮之士立功心切，张经是宿将，也有过功名，怕一时难以有较大举措。

如果这倭寇一时荡灭不了，总是在南边捣乱，万一那北虏也乘机来侵扰，可就不好办了。

严嵩看出了朱厚熜的心思，这倭寇在东南沿海侵害的是百姓，而北虏一旦南犯，便可兵临京师城下，危及的是朝廷。便安慰说，陛下尽管放心，俺答尽管联合朵颜纠集二十万大军犯边，还是被我们击退，谅他在近期内应不敢再犯。不过这倭寇尽管远在东南，也不能让他们常年惊扰百姓，只有尽早剿灭他们，南边安宁了，北面也就可以平和。所以，还望张将军早日扫除倭寇才好。

张经也知道皇上对他寄予厚望。他上任后，便下令调山东兵、广西四州狼兵及湘西保靖、永顺土兵前来驰援。这些地方的民兵、土兵、狼兵素来强悍，颇有战斗力。浙江一带有几个巡抚，都有一定的兵力，阵容颇为强大。不过苏松巡抚屠大山、浙江巡抚李天宽虽然位于最前沿，但所属各府、州、县的军士缺乏训练，战斗力较弱。张经上任后，未能予以整顿，只是严令防守，究竟如何防守，并没有具体措施。朝廷对张经的厚望像浮云薄雾一样，既发不出雷声，更下不起大雨，得到的是一个又一个打败仗的消息。

苏松一带败得最惨。张经上任的第一个月，倭寇从海盐登陆，参将卢镗率兵迎战。倭寇猾诈，假作败退，退到孟宗堰时，突然伏兵四起，杀死官军四百余人，又溺死五百余人。这支倭寇又乘胜攻嘉兴，没能攻下，这才退往乍浦，继而又侵犯海宁等县，接着又入海过江进攻崇明，把知县杀掉了，然后又转回南下攻苏州，劫掠嘉善。到了六月，又逼抵嘉兴。嘉兴都指挥夏光率兵与之交战，大败而逃，慌乱中刚上船，便中箭身亡。

时至八月，倭寇自柘林、采陶港出发进攻嘉定，继而围攻上海。就在此时，山东的长枪手六千人来到了江南，张经便命令他们去苏松一带驻防。

长枪手中的参将李逢时听说倭寇来犯，便将队伍带到新泾桥迎击敌人，在桥上摆开了阵势，挡住了敌人的去路。倭寇攻不上桥，想退回到罗店去。李逢时率三千长枪手乘势猛追，斩杀倭寇八十余人，立下了头功。

另一个参将许国也有三千人马，埋怨李逢时不事先告诉他，未能一道杀敌。他立功心切，竟贸然轻进，率领三千人马从另一条路向倭寇追去。倭寇善于埋伏，眼看天色越来越黑了，他们便分散隐伏在田头地角和水沟边。这时，天上下起了大雨，在泥泞的田埂上行走的山东长枪手很不习惯，一个个东倒西歪早已不堪足力。三千名长枪手在纵横交错的阡陌中不知该往何处去时，突然一声唿哨，隐伏在他们身旁的倭寇一个个不知从何处窜出，手持双刀砍断了长枪。倭寇们穿衣的穿衣，赤膊的赤膊，一个个凶猛异常。指挥刘勇还没有交锋，就被捉去。三千长枪手早乱了阵，四散奔逃，有不少掉进了水渠，却又不会游水，一个个像秤砣，跌进去就起不来了。三千人马，淹死了一千多，被杀死的一千多，几乎全军覆没。

其实副总兵解明道就驻扎在附近，明知官军大败，也不去救援，这督师以来的第一次大败仗，显露了督师布防上的诸多漏洞。

御史张师价最清楚这次战况，如实向皇上禀报。他建议惩治巡抚屠大山和许国等人。

总督张经不但没有反省自己御下不严和部署欠妥，反而劾奏山东参政许大伦，副使周臣治军不严，也要处罚。

朱厚熜便下令将这些涉嫌有过的人都逮起来，逐个审问。

长枪手虽然是出自山东，但是山东巡抚屠大山对派出的两个将领嘱咐过，不能轻敌冒进。因此，严嵩认为不应罪连屠大山。当时，朱厚熜正在气头上，听口气，一个个都要问斩。严嵩便拐了个弯，为屠大山求情说，当初皇上恩修元岳工程时，屠大山参与其中认真办事，这次他的部下失败皆因未听其劝告轻敌冒进而造成的，请求皇上宽宥他。这才救出屠大山，而许国、解明道都上了刑场，被开刀问斩。

山东兵主将被斩，而且又死了那么多兄弟，人心惶乱，许多人开小差，张经便下令追捕。兵部闻讯，派人对张经说，这伙人现在成了乌合之众，初到江南水网地带，一不服水土，二不识水性，放他们回去算了……

就这样，一支劲旅没能发挥其作用，就散乱发回了山东。

嘉靖三十四年春，倭寇大举进犯乍浦、海宁，攻陷崇德，转掠乌镇、菱湖，直逼杭州，势焰熏天。当时，刚过完年，民间尚有不少食物，倭寇到一家抢一家，然后饱食而去。附近虽然驻有官军，却都不敢出战击敌。

倭寇前锋抵达石塘关，几百个妇女早就吓得背儿拖女奔逃，她们拥堵在西浦桥渡口上。当时正值下大雨，路滑人挤，不少襁褓中的婴儿跌落水中，河边漂满了孩子的尸体，惨不忍睹！那时的官兵都在城里过年，乡下无人防守，倭寇势如寒风，很快就进到硖石镇，放火烧屋，村民惊慌奔逃，不少人掉进水中，溺死者不计其数。

西进的倭寇攻陷崇德，杀了县尉和县教谕，县令幸好逃得快，慌乱中躲进了村民家里。倭寇到处搜寻，见有丝绸，非常高兴，他们最想要的物品正是这类东西，于是抢掠一空。后来，倭寇们到了一个地方，首先搜寻的东西便是丝绸。这里有个致仕的太守姚汝舟，逃命时不愿化装，被倭寇发现捉住了。家人花了一千两银子才赎回来。

姚汝舟又气又恨。他仇恨的自然是倭寇，气恼的是守卫在当地的官兵。都说养兵千日，用兵一时，正当百姓遭难时，官兵为何不来拯救？于是，他赶到嘉兴大帅府，状告官府拥兵不出，不顾老百姓死活，张经这才派兵前去救援。

杭州城外，已是尸积如山，血流成河。有一天，驻扎在城外的兵丁正卸甲做饭。倭寇为了袭击他们，派了一人化装成平民来到军营门前，突然大声喊叫：倭寇来啦！吓得那些官兵饭也没吃，丢盔弃甲，竞相逃跑。潜伏在附近的倭寇大军乘势进攻，官军损失一千余人。跑得快的逃进城内，李天宠惊慌之中急忙下令关紧城门，再也不敢出战。

倭寇纠集了数万人围攻杭州，李天宠吓得胆战心惊，躲在城内不敢动弹。后来不知听了谁的馊主意，在夜晚派了些士兵缒下城楼，焚烧附近村民的房屋，使得侵占该地的倭寇没有屋住。当时正值严寒，敌人无处住宿，便撤围向西，出南浔，进逼湖州。

湖州的民兵会水战，在河上追击获胜，夺得敌人二十多条船，缴获辎重无数，吓得倭贼转向嘉兴去了。当时，嘉兴大帅府的精兵刚好去了杭州，倭敌便乘虚而入，杀了二十名官员，还有三千余名兵士，然后返回柘林老巢。

这次败仗对总督张经来说，好比和尚丢了腊肉，不敢吭声。他只好隐瞒不报。但是，这一丑闻好比秃子生癞疮，别人闻得见，看得到。海盐盐官朱

九德目睹其事，写了一份倭变事略，逐日逐月记载自嘉靖三十二年以来倭酋大举入侵的所见所闻，非常气愤地在事略中记叙说，东南一带疲蔽到极点了，我世居在海滨，亲眼看到时局的演变，四郊的庐舍房屋，尽被兵火煨烬，成千的披甲之士无所作为，只空填了沟壑，听到看到的人，无不哀怜落泪……

对于朝廷命官的玩忽职守，受害的百姓虽怨声载道，却无处发泄，只能背地骂娘。但是，几个致仕还乡的老官吏激于义愤，还是敢于说话。这是因为他们可以直写奏疏，上报朝廷，也可说是有通天的本事吧。

致仕佥都御史张濂目击时事，奋笔疾书，提出三个方面的建议。

他说，我本是杭州人，全家在这里居住了五年，知道海寇之患的前后经过:起初是因为海禁突然严厉，导致海寇越闹越厉害，其势力也越来越大。但是，官兵无一兵一卒去拒阻……这次倭寇大举杀掠之后，我怕官军又会来收拾残伤者首级，向朝廷虚报冒功，以欺骗皇上，特献三策呈上：

一曰重军法以作积弱之气……

二曰选民兵以收必胜之功……

三曰复海市以散从贼之徒……

严嵩看到这份奏疏，很是感慨地说，此人颇有见地，可惜致仕了！

另有致仕侍郎朱隆禧，家居昆山，亲眼看到了倭寇的横行无忌，但是官府却因循守旧，冷目无情，守卫的军士贪生怕死，怯弱无能，不敢前往营救，一任老百姓生灵涂炭，田园尽焚。他激于义愤，也上疏嘉靖皇帝，陈述平倭方略，请求派遣得力大臣前来督办，并增设巡视福建都御史，开互市之禁，其具体措施竟与赵文华不谋而合。

朝廷中有不少人是东南沿海人，刚与严家联姻的阁臣徐阶便是松江华亭县人。新年刚过，他的一个侄子徐藻便专程赶到京师，诉说家乡遭受兵灾的情况。他到徐家时，徐阶还在值庐未回家，接待他的是徐阶的夫人。这徐藻是为徐阶在老家管理家产的，几乎每年都要到京师来向徐阶汇报，与徐阶家人哪个都熟。三夫人远远地听到了他的声音，也很快赶到客厅来与他见面。她与他打过招呼后，便主动问道：老家还好吧？

徐藻说，三奶奶是问去年的收成呢，还是其他的事？

三夫人说，首先是收成，其他的事也顺便说说。

徐藻说，去年收成倒是不错，可就是这该死的倭贼，把去年收来的粮食抢空了……

两个女人都大吃一惊，异口同声地说，什么，都抢空了?

三夫人又问道，几十万亩的良田，上千万斤的粮食，不可能都被倭贼抢走吧?

徐藻说，这些倭贼可凶了，别说是抢东西，还杀人放火呢，我们那一带，死了上百个人。

大夫人问道，那官军就不管吗?

徐藻说，官军说不管又管，即使管了也没用，尽打败仗。

徐藻在进徐府之前，早见过了徐璠，说粮食等物被倭寇全抢走的话，是徐璠要他说的。这葫芦里卖的什么药，只有他自已才知道。

工部右侍郎赵文华是浙江慈溪人，他的老家也深受倭寇的侵扰。为了免受祸害，他的家眷还在年前就来到他的身边。他对倭患的由来和对策，做过认真的研究和反复的思考。为此，他起草了一份题为《疏陈备倭七事》的奏疏。他认为，江南数郡，残困已极。海寇劫掠，已成为腹心之患，如不迅速清除根治便会滋长蔓延，致使国家和人民元气大损，应该派大臣祭祀海神，以降德音。皇上宜大力体恤安抚百姓，诏问疾苦，免粮税，省耕农，这就可以让百姓看到圣天子痛念赤子之意，让和暖之气回升而使灾害之气消弭。他在奏疏中，根据东南沿海的地理特点和海防需要提出了一系列方略：增水卒，足军需，遣视师，察贼情……

他认为打造兵船和训练水军，是海防最急需办的事情，必须多造些兵船，训练水战，分布南北，协力剿捕，这样江河海岸的防御就有了依靠。在军费开支上，总督张经每年提出要七十万两，目前没达到一半，该怎么办呢?老百姓又深受寇患，因为打仗，赋税徭役越来越重，难以增加，他建议先到户部借用，待战事宁息了再抵补；盐税钞关解送的钱粮，适当截留；另外还可以从积田上千，达万亩的富豪那里，预支一二年的税款，等战事平息了扣除。他又强调，像平定倭寇这样的国家大事，只有根据敌情变化来开展，才是制胜之道，必须要朝廷指定的大臣，到前线去视察督促，一面办理前面所讲的事务，一面商榷战阵军机，合谋进兵。如今抗倭战事前后两年了，骚扰海内，但还不知道倭贼起自何处，其首领头目叫什么名字都还不知道。所以要派遣使臣探明实情，以至用计离间他们，所有能用的措施尽可展开……

最后，赵文华认为，这些事情，需要有一个得力的人来统领督办。他表明自己的心志说，他日夜思维，无非是为了志期灭贼，如果皇上采纳，可以让兵部讨论。

兵部尚书聂豹收到这份转来的奏疏，立即开会讨论。聂豹表态，他基本同意赵文华的方略，只有差田赋这一项没有表态，其余各项均已无异议。

所谓差田赋的含义，就是计田征银，几十年后，成为万历朝张居正改革一条鞭法的主要内容。还在嘉靖十年的时候，御史傅汉臣就疏请实施，那时是张璁掌权，没有批准。但赵文华得悉其内容，认为是个好办法，记在心中，他想在这次疏奏中列出，期盼在苏松一带先施行。聂豹是文官出身，于理学方面颇有研究，是个颇有声望的理学家，而对经世治民之道，特别是对开源节流的理财之道，一窍不通，删除了赵文华奏疏中一条很重要的内容，使得备倭七事成了备倭六事。后来经过补充收集在赵文华文集的嘉靖平倭之役纪略一书中，忠实地记录了当时的朝议和督师以后的真实战况，回答了许多扑朔迷离的历史遗留问题。

严嵩对于赵文华这份奏疏的前后版本的内容都知道，对于备倭七事变成了备倭六事，他觉得也在情理之中。因为差田赋即计亩征银这一措施的实行，对于苏松地区的百姓来说，当然是好事，但毕竟与抗倭一事还是没有直接的关系。

严嵩对赵文华能写出这样一份奏疏，很是高兴。他对这位义子也有一个认识的过程。严嵩还在任国子监祭酒时，就发现这位学生有文才，颇为青睐，重点培养他。赵文华嘉靖八年中进士后，历任刑部主事，东平州同知，通政司使。吏部尚书李默想发派他到湖广去做官，严嵩没有同意，仍让他在京为官。赵文华从东平州调入京师，也是得力于严嵩，因而很是感激严嵩，拜严嵩为义父。严嵩只有严世蕃一个儿子，因而觉得再有几个干儿子，能经常听到亲亲热热地叫干爹是好事，也就欣然认了这个干儿子。

赵文华颇有才识，他在工部，首先倡议兴建外城，后来任工部尚书，还搞了不少城市建设。这次因为家乡深受倭害的原因，使他关注起兵部的事情来了。但严嵩对他提出祭海一事的原因不甚明了，便将他找来询问：你为何要提出祭海呢？

赵文华回答说，我的本意是要遣视师，派一个得力的大臣到江南去，督促张经尽快荡平倭寇，以保太平。但是，皇上不一定会答应。如果是要祭海，求海神保佑，我想皇上一定会欣然批准。

严嵩沉吟道，皇上……一定会钦准吗？

赵文华成竹在胸地笑道，为了对付北虏，皇上建过驱虏坛，陶仲文天天在念经。我想现在为了对付南倭，皇上也会相信这一套。

严嵩顿时释然，笑道，文华，你比老夫又多了一个心眼。接着，对赵文华在对付倭寇上的用心称赞了一番。忽然，他仰天凝想了一阵，问道，文华，要是皇上命你遣视师，你愿意去吗？

赵文华随即跪拜道，这正是孩儿本意，愿干爹能够成全。

好！老夫祝你成功。严嵩边说边扶起他。

赵文华的奏疏呈报到朱厚熜手上时，他刚刚阅完致仕侍郎朱隆禧的奏疏，一看到赵文华奏疏的题目就很高兴，阅完后，欣然谕示阁臣：南北两欺，不宜怠视，本兵若罔知者。文华、隆禧二臣之奏，似不同泛奏者，当有依焉……

果然，这位道君皇帝，同意派人祭海，问严嵩派谁去为好，严嵩便顺水推舟说，此事既然是赵文华提出的，就派他去好了。

朱厚熜点头钦准。

严世蕃知道这事后，称赞赵文华与朱隆禧两人的奏疏有珠联璧合之妙。

严嵩要为赵文华饯行，严世蕃便邀来雷礼、万文案、鄢懋卿等诸好友作陪，这些人经常出入严家，所以酒筵就设在家里。

大伙坐齐后，严嵩坐在上席首先举杯说明了饯行主旨，大伙跟着他喝了第一杯。赵文华待严嵩放杯稍停后，忙举杯向严嵩敬酒。他虽然接到皇上敕谕，还是虔恭地问严嵩还有何叮嘱。

严嵩说，我没什么好说的了。皇上在敕谕中已经讲得很清楚，苏、松、嘉、湖地方，连岁被倭寇扰害，设官调兵遣杀，日久未见实效，每次奏报又多失实。你这次去，首先要宣布皇上德意，鼓励各有司，用心抚绥百姓，察视民情，同时也要查清为什么这么久了，不见实效，还有哪些情况没有如实报来。

赵文华点头回应说，我一定照办。

鄢懋卿说，是啊，这位张大人，总督，总督，总是不督。皇上给了他那么大的权力，督察快一年了，还没见到有什么大的动作。

雷礼说，听说这位张总督架子很大，文华兄这次去，可不能小觑。

万文案说，文华兄是皇上钦差，还怕他吗……

严嵩忙摆手说，这不是怕谁不怕谁。都是为朝廷办事，贵在一个忠字。

张经要忠于职守，文华这次去，也要精忠报国，不要辜负皇上的一片厚望。我再嘱咐一句，要搞清楚他为什么迟迟不大举进剿。一定要想办法督促他尽快剿除倭寇。他是总督，你是视师，是视察与监管，各有各的责任，但目的只有一个，那就是清剿倭贼，懂了吗？

赵文华拱手拜谢说，学生记住了。

严世蕃一直没说话。他有他的想法，他认为，为这东南倭事，已经换了好几个巡抚，一个个陷进去出不来，这江南水乡，真是泥泞之地。文华兄可别像他们一样，深陷其中。他举杯向赵文华敬完酒，随即说了句一语双关的话：祝文华兄前脚进去，后脚出来。

严嵩一时不解其意，嗔道，你又来胡说八道！

第十一章

王江泾大捷

赵文华以视师的名义，于嘉靖三十四年三月十四日抵达苏州。

其时，苏州虽然是总督府的临时驻地，但总督府还是布置得富丽堂皇，颇有气势。堂上嵌有金匾，帷帐都是大红真丝彩缎，不仅女佣齐整，还有乐工侍应，饮食用餐是银器。但是，赵文华走进大门，迎接他的并不是总督大人，而是幕僚盛南桥。

盛南桥略表歉意地施礼道，张大人到前方视察去了。

赵文华心里说，这总督架子果然名不虚传。他虽然不高兴，但仍旧微笑说，总督大人真是军务繁忙啊！

盛南桥约略看出赵文华的心思，说，要不，我派一快马去报信，请总督大人赶回来……

赵文华忙说，别别别，总督大人也许有紧急军务要去处理，我先与你们聊聊，等他回来就是了。

在场的还有好几位官员，但赵文华只认识其中的胡宗宪。

胡宗宪字汝贞，安徽绩溪人，嘉靖十七年进士。在大同时，正遇上士卒哗变，总兵官都躲着不敢出面，他却单骑一人前去面对哗变士兵，宣谕上意，晓以大义，答应哗变士兵提出的不随便迁徙的条件，动乱很快平息下去。胡宗宪曾在京师当过御史，后来巡按宣大，现在在这里任巡按。赵文华很佩服他的胆识，便主动向他拱手打招呼，汝贞兄，你也在这里？

胡宗宪随即还礼，赵大人，卑职现在暂住在苏州，有空请到寒舍一坐。

赵文华欣然允诺。

张经人虽不在，却叫盛南桥安排了一个礼节性的晚宴。赵文华急于要到胡宗宪家去交谈，所以不敢多喝酒，借口身体不适，草草应付了几口，吃了

点饭，便与胡宗宪一同走了。

胡宗宪府第陈设比较简朴，两人落座后，家人上了茶，他便吩咐，不要轻易来打扰。

赵文华初来乍到，急于了解这里各方面的情况。胡宗宪也略知他的为人，风流倜傥，才华横溢，是当朝首辅的得意门生，这次奉命南下，一定有一番作为。两人惺惺相惜，相互敞开胸怀，尽情交谈。

胡宗宪向赵文华介绍了海上的情况。东海天高海阔，碧波万顷，风急浪高。顺风往北而去，可以抵达日本，即古之倭奴国。倭国目前尚未统一，颇像我们古时候的春秋战国，赢了的在国内称王，输了的便下海为盗。来中国的人数不太多，大都是中国人打着日本的旗号，到内地来抢掠。这些人大都是因为生意做不下去了，到处受卡，就与倭人勾结，走私贩货，牟取暴利。一些贫苦农民和渔民，无以为生，也相继入伙。于是，那些凶徒、逸囚、罢吏、甚至那些刁钻的僧人和一些不得志的书生，都跑到那里去了。

赵文华说，这些以前也听说过，但不知道有哪些头目，他们的势力究竟有多大？

胡宗宪说，据我所知，现在有李光头、许二、王直、陈思盼、徐海、彭老生、陈东、毛海峰等十几伙，这十几个大头目，都是中国人。

都是中国人？赵文华惊疑地问。

是呀，这些大头目都是中国人。

赵文华心想，如果这些头目都是中国人，而且其中的成员也大都是中国人，那这倭患岂不是成了披着倭皮的内乱了？他边想边苦笑着摇起头来。

胡宗宪不知他为什么摇头，补充说，这十几伙中，势力最大的是王直和徐海。

王直是徽州人，性格豪爽，是个落魄子弟，会写能说，在乡里时就能号召一批人。二十年前，趁海禁不严的时候，带领同伙叶宗满、徐惟学等人南奔广东。他们造大船，贩卖硝磺、丝绵等违禁物品到日本和南洋各国卖。只五六年间，便发了大财，成为海上巨富，有几百条船，因为他的别名叫汪五峰，所以号称五峰船主。为了称霸海上，他就大肆张扬招募亡命之徒，组织海上武装，用徐海、陈东、麻叶等人为将领，占据好几个海岛作为巢穴。他的势力可谓威镇东海，连日本的门多郎次郎、四助四郎、辛五郎等部落，都听他指挥，成为他的又一个巢穴。

海上宿寇许栋（即许二）、李光头（即李七）据定海外双屿岛，被朱纨派兵攻破，王直收编其余党，势力更大。后来，王直又吞并福建横港一带的陈思盼，海上的巨寇都听他指挥，日本倭寇的船要打五峰旗号才敢在海上行走；后来，他以日本萨摩州的松浦详为基地，建立国号，称徽王，徐海称平海大将军，他手下有好些官员控制了三十六个岛屿，经常派兵侵扰沿海各地，北至山东，南达广东，延袤数千里，都遭受过他的袭击。赵文华边听边思虑，先是自语，继而问道：现在怎么样了？

现在他们已经在内陆占据柘林、川沙作为岸上的巢穴，四出骚扰，发展下去，可真是不得了。

他敢称王，可见其野心之大。如果再发展下去，在东南沿海占据一个大地盘，北虏也会乘势南侵，我大明王朝……赵文华摇着头没有说下去。他沉寂了一阵，忽然问道，张经他……怎样？

你是问他什么？

他作为总督，没有召集你们，商量过对策吗？

胡宗宪感慨万千，叹息了一声，说，一言难尽啊！他边摇头边叙说，他来这里快一年了，听说这位总督原来他颇会带兵，我满以为这次到了江南任总督，会有大动作，接触了几次，……胡宗宪说着又摇头不语了。

赵文华接过他的话茬，说，皇上赋予他那么大的权力，都快一年了，还不见动静，不行……

两人正说着，家人引着一位老人走到了门口。一见赵文华，便拱手说，老夫姓姚、名汝舟。听说赵大人来了，我特意赶到总督府拜谒，却听那边的人说，赵大人到这边来了，故而急急赶回，特来求见。

胡宗宪早认识他，便向赵文华引荐说，姚大人曾为太守，已致仕还乡。前些日子倭寇袭扰本地时，曾将他掳去，家人花了一千两银子才赎回家。他边说边将姚汝舟引入客座。

赵文华抚慰道，姚大人受惊了。

姚汝舟撅着白胡子愤愤地说，赵大人来了好，我要状告总督张经，请大人代为转呈皇上。边说边向赵文华捧上状纸。

赵文华接过状纸，望着老人殷切地说，姚大人既是回乡颐养，对倭寇侵扰的事一定清楚，能否详细谈谈？

姚汝舟又撅起白胡须，说，倭寇屯据川沙、柘林一带，纵横肆掠猖獗，无恶不作。唉！……连连摆手，真是罄竹难书啊！可总督手下那么多兵，却不发一矢，任其横行，他哪还有什么忠心？赵大人，应拿他是问！

赵文华哂笑道，我哪有那么大的权力。

姚汝舟肃然庄重地说，大人身为钦差，可以通天哪！

好，我一定禀报皇上。赵文华觉得姚汝舟的意见代表了民意，民意不可侮。

姚汝舟又补充说，还有一个情况，上次嘉兴大败，我们死了三千，不知朝廷是否知道？

赵文华吃了一惊，说，不知道，但接到捷报，说是斩寇八十。

弥天大谎啊！姚汝舟愤然翘起白胡子，我这状纸上，还得补上这一条。说罢，又向胡宗宪说，胡大人，请借我笔墨用一下。

赵文华在苏州宣示了上谕，又赶往平湖视察。平湖知县刘存义将他迎进县衙，向这位钦差大人先汇报了受倭寇侵扰的情况，接着便向他诉苦。

刘存义说，去冬倭寇刚走，就开仓追征，老百姓没钱没粮，管粮道的官吏却严令一定要完成征赋任务，有的老百姓逼得卖儿鬻女，也只完成三分之一。而粮官却虚报数字，说已全部完成。赵大人，你看，这怎么得了！请赵大人禀告皇上，免除我们的征税任务。

赵文华亲眼看到这里受倭寇侵害的景象，很是同情百姓的苦难遭遇，便要了纸笔，起草蠲免疏，请求将平湖及各县极贫人户，量加赈济，俾得延命，以至秋成……则地劣幸甚！

刘存义向赵文华连作二揖，说，我代百姓拜谢大人恩德。

赵文华说，先别过早谢我，还不知道皇上是否恩准呢。

赵文华离开平湖，又在附近各地绕了一圈，赶回苏州，但张经仍未回总督府，心里很是憋闷，就留下一封书信，要盛南桥转交给张经。

张经的眼里，溢着一股傲气。赵文华的官衔是三品，他是二品。他得悉赵文华要来，就故意带领随从到下面去转了一圈。否则，他还得率领部下去迎接这位三品钦差，不是有损他这二品总督的顶戴吗？

张经回到帅府，拆开了盛南桥转给他的信。

赵文华在这封信中，再三强调了朝廷对剿灭倭寇的重视，表达了对督师以来这么久不见什么功效的忧虑，并委婉地指出了以前士卒无居且饥不待食等治军上的失误，鼓励他抓住目前各路军队齐集的大好时机，督令将官，严明纪律，侦知贼情，进止有法，早日克敌制胜。

张经看完信，气鼓鼓地说，好哇！教训起我来了。他将信纸摔回给盛南桥，嗤笑道，一个舞弄点文墨的三品侍郎，懂得个屌！老子带兵时，他还在牙牙学语咧。

是的，是的，论官位，论才干，大人都不必理睬这个赵文华。盛南桥一面逢迎张经，一面提醒他。不过，他毕竟是钦差，手上握有皇上手谕，总得和他见见面吧。

张经不以为然，轻蔑地说，他不是要祭海吗？传令参将以上都去，到祭坛上面见。

三月二十二日，赵文华在黄浦江畔祭海。名为祭海，实际上是借此机会，向在场的军官们宣布上谕，昭示朝廷关怀，并且发放慰问品，鼓舞士气，激励大家奋勇杀敌。

赵文华体魄魁梧，登上祭坛，非常威严。他的声音很是洪亮，在祭坛上庄严地宣布：奉皇上圣旨，倭寇侵扰，坚决剿灭，奋勇杀敌者，重奖；畏缩不前者，军法从事。本官有奏免权，丑话说在前头，勿谓不讲情面！

祭坛后侧，设了大帐，赵文华在登坛前与张经匆匆见了面，但未及交谈，祭海仪式结束后，才坐下相叙。

张经打着哈哈掩饰自己的傲慢：赵大人辛苦了，一到敝地，便四处巡视。不过三月的江南，春光明媚，值得观赏的地方很多，可以去太湖泛舟，也可就近在苏州观景，再写点诗词歌赋，回去献给皇上赏阅，可谓一举两得呀！

赵文华心知他在谀词中夹杂着嘲讽，便不软不硬地回答说，难得总督大人戎马倥偬中还有这样的雅趣。不过我这次来，主要是观看大人如何运筹帷幄、克敌制胜、剿灭倭寇。

不急、不急，有钦差在此借助神力，倭寇不死于刀兵，也死于天谴。

恕我直言，大人在此已近一年，怎未听说，有几个倭贼，死于官军刀枪之下？

赵文华先是好像在待客的茶里喝出了酸汤，后来，张经又似乎在他回敬的酒中吃出了卤水。

两人似在掰手腕，都在暗暗使劲。张经记起了盛南桥提醒他的话，怕再这样斗嘴皮子惹出口祸来，哂笑说，回帅府去说吧，此处不便谈兵。

赵文华说，恕不奉陪，本人还得就近察看军营。张大人公务繁忙，回府坐镇去吧。

送走了张经，赵文华在胡宗宪的陪同下，先后视察了俞大猷、汤克宽、邹继芸所部驻地。军容虽然不甚齐整，但毕竟有这么多人马，如运筹得当，应是可以将倭敌围困歼除。赵文华和胡宗宪边看边议，认为可以引出一部分，打掉一部分……

不能硬拼，得用计谋……

最后再合围聚歼。

关键是要张经及时下令。赵文华说，倭寇营垒在日益加固，如再延宕时日，就更不好打了……

胡宗宪果决地说，我们先打，促使张经出兵。

好！赵文华颔首称赞说，好一个以打带促。来，咱们好好计议一下。

广西边境，田州土司瓦氏夫人接到了一份手令：

大明总制江南七省军制南京兵部尚书兼都察院右都御史张经命令：令曰，今倭患孔急，生灵涂炭，令田州土官率狼兵五千，开赴南直隶苏松地区，待命歼敌……

张经曾经去过广西，知道田州有位女将，是原土司夫人瓦氏。瓦氏夫人也深知张经大名。当年张经曾随姚镆、王守仁远征广西，田州、思南等僮族部落的少数民族曾败在他们手下，俯首称臣。她的丈夫岑邦彦，就是在那次战乱中牺牲，当年，她才三十岁。

瓦氏夫人三十岁守寡，含辛茹苦，带大了儿子，又带大了孙子，还要料理州府的政事。

岑家世代为田州土官。明朝开国时，岑氏祖先岑伯颜归顺大明。洪武皇帝朱元璋封岑伯颜为田州知府，准予世袭；后撤府为州，仍然是世代为州官，到岑邦彦，已经是第九代。岑邦彦别世时，儿子岑芝尚年幼，名为州官，实为其母瓦氏掌权。嘉靖三十二年，岑芝又英年早逝，孙子岑大寿只有四岁，还有一个孙岑大禄更小。其时，瓦氏夫人已年过半百，代孙为州官。岑氏在田州素有威望，故仍以岑大寿的名义颁行州令。

接到张经命令时，瓦氏夫人已经五十八岁，孙子岑大寿还只有六岁。一个六岁的孩子当然还不能领兵出征。

上命不可违，何况是抗倭大事，共赴国难，义不容辞。瓦氏夫人思量再三，决心代孙出征，将州府政事暂时交给族人代理。她点齐全州兵丁四千一百人，加上东兰一千三百人，南丹一千四百五十人，合计六千八百五十人，超过了张经所要求的人数，浩浩荡荡向东北方向出发。这支从西南出发的抗倭队伍途经湖南、江西、浙江，行程数千里，在路上两个多月，于嘉靖三十四年四月，抵达抗倭前线苏松地区。一路上，湘赣数省的老百姓，都好奇地观看这雄赳赳的女将带兵。穆桂英挂帅，人们只是在戏文中听说，亲睹的巾帼领兵，这还是第一次。瞧这支队伍，多整齐；这军容，多雄壮！

瓦氏御军甚严，沿途秋毫无犯。所过之处，人们都以敬佩的目光相送。特别是到了浙江，居民们听说是广西来的狼兵，数千里跋山涉水专为抗倭而来，很是高兴。每到一地，相迎如宾，烧水做饭，安排住宿，热情款待。瓦氏夫人对部将黄淮、钟富等人说，你们看到了吧，这里的老百姓多么需要我们啊，我们一定要奋勇杀敌，为国尽忠，为田州父老争光！

这支狼兵驻扎在黄铺江边，练兵待命。

瓦氏出身贫苦，在香蕉、椰林中长大，在崇山峻岭中走出一双大脚板，能挑两百斤的重担，家中没有别的儿女，就靠她里外操持，顶个男子汉。那里民风强悍，部落之间常有械斗，所以人人都练功习武，随时准备开打，不少女孩子也跟风练武，瓦氏夫人就是其中的佼佼者。由于她出身贫穷，又从小习武，所以不仅身强体壮，而且腿脚灵便，功夫了得，刀、矛、剑、戟样样精通；骑射抛掷，应付自如。她被岑家看中，纳为小妾，生上了儿子岑邦彦，遂扶为正室。她很聪颖，精通文墨，识晓大义，间或帮丈夫料理州府政事，也很得体。丈夫岑邦彦去世，她便成了田州事实上的首领。

被封建伦理充斥了社会的每个角落的旧中国，册封官员这类事情同样也被男尊女卑的意识所左右。瓦氏虽掌了权，但仍没有被册封，所以这次出征，还是以孙子的名义出征，她是代孙挂帅。

松江城外，黄铺江畔，铜鼓阵阵，号角声声。

演武坪上，瓦氏夫人在指挥布阵，演练狼兵。

令旗高举后，先是十二个人出列：

一持铜制盾牌的人，站在最前列，这是小队长。

另一个持藤制盾牌的立于一侧，是副队长。

后面是两个人操狼牙棒，两个人持利剑，两个人握大刀，四个人挥长矛，每个人腰带上都佩有短刀。

另一队演习进攻，狼牙棒上前，利剑手断后。

大刀、长矛，一左一右，掩护着盾牌向前冲刺。

两支长矛支援一个盾牌手。

一把大刀支援一个狼牙棒。

长兵器失利，立即拔出短兵器，继续冲杀。

长短结合，相互支援，务求每队都不分散，生在一起，死在一块。

还可以分为两组，三人进攻，三人专割敌人首级。有功，大家都有份，小队获奖，人人平分。

令旗再次高举时，十个这样的小队排成了纵队，由一名小校指挥；五路纵队，有一个将官指挥。只听瓦氏高喊一声：前进，冲啊！各路纵队形成包抄阵势，向假想敌冲去。

霎时，演练场上龙腾虎跃，银光闪闪，杀声阵阵，持刀的就地翻滚，如雪花飞舞；持枪的如蛟龙出海，神出鬼没……

指挥台上，有广西特别的铜鼓铜号助威，鼓声铿锵，号声嘹亮，只见瓦氏夫人忽然翻身上马，突入假想的敌阵，与对方交锋。绕场一周后，再发号令，击大锣，吹小号，各路纵队，回归原处……

城楼上，有一位年轻参将看得特别认真入神，觉得这种阵法，长短结合，左右协同，小队精悍，大队不乱，进退有序，指挥有方，很是可取。

胡宗宪陪同赵文华在观看这场演练，他认识参将，远远招呼了一声：戚将军！边说边向他走去。

这位聚精会神观看演练的人，正是戚继光。戚继光字元敬，号南塘，安徽怀远人，袭父职为山东宣州卫指挥佥事，防御倭寇。江南告急，遂调来浙江，任参将，受胡宗宪领导。他后来吸收瓦氏夫人的练兵法训练他的戚家军，成为威镇四海的抗倭劲旅，他也成为世人称颂的民族英雄。

他观看得入了迷，及至胡宗宪到身边拍他的肩膀，他才回过神来。

胡大人，这位夫人真不简单。戚继光笑吟吟地说。

是啊，巾帼不让须眉。胡宗宪顺应道，都说穆桂英可以挂帅，真是眼见为实。

赵文华也走来了。戚继光还全神贯注在瓦氏指挥的演练上，胡宗宪拍了下他的肩膀，他才回过头来，胡宗宪便为两人做了介绍。

戚继光俯首行礼说，拜见赵大人。

赵文华说，戚将军看得这么入神，有什么说法吗？

戚继光说，兵贵训练，在精不在多。瓦氏夫人练兵有方，值得继光借鉴。

赵文华激励道，戚将军如此神悟，定能练出这样的精兵来。

戚继光神情坚定但语气谦和地说，照葫芦画瓢，试试看吧。

瓦氏夫人也来了，向赵文华施礼，说，赵大人，狼兵献丑了，请大家指教。

赵文华称赞说，狼兵素称精锐，果然名不虚传，剿灭倭寇，就看你们啦！

瓦氏夫人随即请战，请大人下令，民妇一定奋勇出战，誓歼倭贼。

赵文华豪情满怀，说，好！我尽快与总督商议，向倭寇开战。

就在赵文华与胡宗宪等人商议要早日对倭寇出战时，严嵩又向他送来了羽书快信，要他尽力联合张经，促其珍惜时机，主动出击。如果张经依然故我，要他联合张经的部将一道，共促张经。于是，赵文华衔命来到了总督府。

见了张经，赵文华直言发问，广西狼兵已到，大人有何打算？

张经仍旧不冷不热地回答说，还有湘西永顺、保靖的兵呢，他们还在路上。

张大人，你手下的兵不算少了，光三个总兵就有三万人马，加上各府州县，又是两三万，还有山东广西的以及即将到来的湖广的……十万大军啊，难道还不能决战？

不行！张经决然摆手说，本帅自有打算，全部到齐了就可以全歼。

怎么个全歼法？

陆上正面攻击，海上务求全歼。张经看似很有把握，其实自从采陶港、嘉兴等地连吃败仗后，他就不敢轻易进攻。他不大相信当地官兵，把希望都寄托在狼兵、土兵上。狼兵、土兵来了，他还在犹豫，又把希望寄托在拦海邀截上，可是对于如何攻，如何邀截，并没有一个详尽的周密计划。

赵文华说，兵贵神速，倭贼已在着手深沟高垒，再等下去，恐怕更难攻坚。至于海上嘛，正是他们的长处。请问张大人，我军有多少将士经过水战？

张经早已不耐烦，揶揄说，文华老弟经过战阵么？

赵文华愠怒在胸，自谦道，本人文官出身，没打过仗。不过兵书还是读过几本，没有看见你大人这样旷日持久，三鼓两歇的……

张经忍不住哈哈大笑，纸上谈兵，谁不会？张某领兵数十年，兵法了然于胸。

张大人，这如何布阵的事，当然由你做主，但我是奉皇上手谕，可以区处长策，敦促大人尽早出兵的。

张经说，我也早有手谕：一切战守事宜，悉听尔便宜处置。赵大人这样干预，本帅怎好处置？

赵文华知道，再谈下去只会越闹越僵，便起身告辞。

张经说了声：盛南桥，送客。自己木然不动。

赵文华回到驻地，越想越气，赶紧给严嵩写信。他在信中虽然汇报了近日情况，但暂时还没说张经傲慢懈怠，行将误国。他还想努力，尽量督促，争取这次视师，能有一个好的结果。

然而，这时候的朱厚熜御案上，已经接到南线的几份奏章，有在任将领御史的，也有致仕官吏和乡民的。

御史孙慎禀奏：苏松二三月间，所在告急，皆经略失宜军令不严所致。

巡按胡宗宪在奏疏中历数崇德、德清、海宁等地失事后，说，请正失事诸臣之罪。

朱厚熜看完这些奏疏后，对张经有所不满了：朕已下令追究参将汤克宽、巡抚李天宠的罪责，而这个致仕知府却是直言不讳地在状告张经，看来张经是要负主要责任。这个张经哪，太让朕失望了！他已有意要惩治，便命令严嵩去信督办。

徐阶也有奏疏，题目就叫《论张经误国》。他用家乡遭受倭患，张经怠懈误事的大量事实，请皇上予以惩治。这更坚定了嘉靖皇帝要惩治张经的决心。

这时候，关注抗倭战局与张经本人前途命运的，还有一个人，这便是吏部尚书李默。

李默是福建欧宁人，中进士后任户部主事、兵部员外郎、浙江布政使、吏部侍郎、吏部尚书，直至入直西内，成为内阁大臣。他对皇上已对张经表示不满，严嵩也已出信督办的事，自然知晓。作为乡亲和好友，他很是希望张经成功。万一出事，他也有一份责任，因为这东南总督，是他推荐的。另一个推荐人兵部尚书聂豹已经下台，新任兵部尚书许论自然没有责任。他思虑再三，赶紧写了一份羽书，派家丁特快传给张经，催促张经尽快出兵。

苏松前线，小规模的战斗早已打响，驻守苏松一带的官吏与将领，在赵文华的宣谕和慰劳鼓舞下，虽无张经的统一号令，也能本着守土有责，为国尽忠的精神，在自己的辖区和职权范围内，率领所部与倭寇作殊死战斗。

倭寇攻击嘉兴的危急时刻，胡宗宪披甲上阵，督领将士，冒着矢石，冲锋上阵，打退敌人，昼夜巡逻，避免了屠城之灾。

倭兵退到北丽桥，胡宗宪亲自领兵追剿，在水上与敌交战，以至船翻溺水。胡宗宪不懂水性，沉入水中挣扎，幸好有一束头发浮在水面，他的两个侍卫沈坤、钱灿奋力抢救，将他托出水面，这才免于一死。

俞大猷字志辅，是福建晋江人，武举出身，喜欢读书，有胆有识，文武双全。他曾参加过平定安南的战斗，后调广东任都司，在总督欧阳必进的赏识和支持下，屡建功勋。嘉靖三十一年调浙江，驻宁波，累挫倭寇。有一次追贼入海,夺回民船五十艘。嘉靖三十四年调驻吴淞,代汤克宽为苏松副总兵。倭寇自健跳所入侵，俞大猷率部与敌鏖战数日，打退了敌人的进攻。瓦氏夫人到来后，张经下令这支狼兵归俞大猷指挥。

卢镗是王忬任巡抚时提拔起来的出自行伍的军官，时任参将。他曾与胡宗宪战守嘉兴,身先士卒,冒着矢石,临危不惧,打退敌人的一次次进攻。后来,一直在胡宗宪麾下，屡立战功，是仅次于俞大猷、戚继光的抗倭名将。

任环时为苏州府同知，驻常熟。倭兵两千人攻城，架云梯爬上城墙，任环挺立城头，下令死守，敌人来一个砍一个，来两个砍一双。他亲手杀死一个已经登城的头目，打退了敌人的疯狂进攻。接着，用绳索缒下数百精兵，突入敌阵。倭寇惊退，转攻上海，任环率领精兵追杀，击败敌寇于五里桥、习家坟。

这批倭寇转而又犯江阴。此时正好湘西保靖的土兵赶到，在帅府并未派人指挥的情况下，任环挺身而出，大呼道：国难当头，杀倭寇，跟我来！知县王秩与指挥王焘，手下有一千多士卒和民兵，自觉听从指挥，加上土兵一千余人，共计三千人马，浩浩荡荡，杀奔江阴，直捣贼巢，斩首级五十余，烧毁贼船二十七艘，吓得倭寇仓皇出海。总督张经如果部署周密，真的有水兵在海上邀截的话，这批倭寇全会俯首就擒。然而任环官微兵少，只能望洋兴叹。

瓦氏夫人报国心切，四月上旬，她三次请战，说敌人如果进攻，她愿为先锋。

总兵汤克宽认为，还是出海邀击为好，不必主动进攻。但瓦氏多次请战，心有所动。

巡抚李天宠却心有旁骛，他心想，我尚未出兵，如果让一个女将领先抢了头功，岂不羞煞我也！便向张经建议，说还是慎重为好，狼兵初到，不谙敌情，不可贸然进攻。

张经同意了，命令瓦氏继续协助俞大猷，防守松江金山一带。

瓦氏很是憋气，说，没见过这样领军的，老娘再三请战都不允，是怕我打不赢还是怕我抢了头功？要不是为国纾难，老娘打马回乡去了。

四月八日，倭寇三千人大举进犯金山卫，都司白泫被敌人层层围困，情况万分紧急。

瓦氏夫人听说敌人会来，早就披挂待阵，一听那边告急，大呼一声：吾来也！带领一支人马冲向敌阵。

一倭寇头目手舞双刀，挡住去路，刚一交锋，就被瓦氏拦腰一刀，斩为两截。

指挥这次入侵的是徐海手下悍将麻叶，见冲进来的是一位女将，而且白发苍苍，没把她放在眼里，命令副将上前，结果，不到三个回合，那副将又是人头落地。

瓦氏攻势凌厉，狼兵一个个挥舞狼牙棒，如大锤捣蒜泥，锤得倭兵鬼哭狼嚎，纷纷败退。

麻叶赶紧调集后续部队，将狼兵围住。他大声吆喝，逮住那个女将，逮住她！逮住她！

几个悍酋乘势上前，抓住了瓦氏夫人战马的马尾巴。那马飞起后腿，一倭卒仰头倒地，另一个扯下了一把尾毛，瓦氏夫人仍在马上挥刀迎敌。

麻叶继续吆喝，逮住她的赏一百两纹银！

一个倭寇悍将领一队倭卒紧紧追赶，瓦氏夫人的战马又被几个倭卒抓住了马尾，毛几乎被扯光了，瓦氏夫人急忙拉起辔头，战马仰头嘶鸣，四蹄腾空，甩掉这一群追兵，又突入第二道重围。

麻叶眼看部下都不是瓦氏夫人的对手，便亲自迎战。他使的是双刀，只见瓦氏夫人俯身一个横挡，只听哨的一声巨响，火光四射，麻叶的刀刃卷了口。他暗暗吃了一惊，自己不再恋战，稍作后退，挥手大吼：上！给我抓住她。

瓦氏也招呼狼兵：跟我来！杀入第三道重围，这才看见都司白泫。白泫已遍体鳞伤，疲惫不堪，还隔了一道重围，一见瓦氏队伍的岑字帅旗在迎风飞舞，便大声呼喊：夫人，快来救我！

瓦氏又连劈数敌，令狼兵分成两路纵队，隔开倭兵，扶白泫上马，自己挥刀开路，杀出重围。瓦氏夫人救出了白泫，自己身上也略中数枪。这一仗，打出了威风。倭酋知道这里来了精兵，不敢轻举妄动，转而筹划其侵袭计谋，另寻薄弱环节，再伺机大举入侵。

瓦氏首战告捷，赵文华非常高兴，奖瓦氏白银四十两，丝紫衣一件，部下也都有赏。

这时湘西的土兵也到了，这下总该发兵了吧，赵文华又写信给张经，敦促他赶快进剿。

赵文华和胡宗宪乘船巡视到张堰，正遇上运送军粮的几十艘船只，浩浩荡荡地从江面上经过，忽然，一声唿哨响起，从两边的芦荡中窜出数百名倭寇，驾着小船，飞快地驶向运粮的船台，杀死船夫，掉转船头，向海上驶去。

胡宗宪身边只有几十名随从，人太少，但他还是带着一名军官领着卫兵前去救助。

赵文华急忙赶到附近的军营，要驻营军官带兵前去救援。这军官不认识赵文华，说，总督有令，各地驻防官兵，都不得擅自行动。倭寇善于声东击西，本官如若外出，丢掉防区吃罪不起。

赵文华发急，说，我是朝廷钦差，事态紧急，赶快去救援！

那军官品级不高，没有参加祭海，不识钦差威严，只知服从命令。他冷言抵制说，拿令牌来。

赵文华一下噎住了。是啊，我不是总督，没有调兵的权力。只好婉转地说，仓促外出，没有带令牌！

驻防军官不冷不热地回道，对不起，卑职只认令牌，没有令牌万万不能从命。

后经查实，这支被倭寇劫去的船队装运的粮食两千石。这个张经……

眼睁睁地被敌人抢走两千石粮食，赵文华无限悲愤。这坐视不救，指挥不灵，延误战机的状态再也不能下去了。他要写奏疏，弹劾张经，标题便是：《论张总督疏》。全文大意如下：

这次禀奏是为紧急军情。我奉皇上命令，在三月二十二日举行了祭告海神的大礼。此时，军民感激，为皇上的珍念，人人踊跃。恰好苗兵和狼兵刚到，锐气方扬，正是天神和人民协调和顺的时机。我与总督都御史张经当面商议，如能督兵速进，大功可成。但是张经不肯。我随即往嘉湖地方宣布德音，安抚人心，招揽流亡人员。虽然军务不是我所管，但我也日夜不息，通宵达旦地工作，多次写信催促张经出兵平贼。但是他总是被汤克宽欺骗，拖延时日。贼寇以为我军胆怯，更加筑垒练兵，造船出哨，盘踞松江、柘林以及川沙珪等地方，二百余里之间，都是他们的巢穴。我知道的贼情是这样，嘉善县实

为两浙要冲，遭受敌人的攻击十有七次，残破特别厉害。我的想法是，一旦遭受倭贼的冲击，要有防备，因而让驻军留守其地，督令分巡佥事王洵分片区处理，设险练兵，以保卫这片疮痍之地。而且那里离贼窠近，常派人探得贼情，知道他们将以前抢去的二三百只盐船，改为海船，拖到滩涂，将所掠金帛，陆续搬运到船边，搭起席棚，派人轮番看守。我因此知道这些零贼先运辎重出海，其大伙必定作了长久打算，分头劫杀，声东击西，因为太分散而一时难以清除。我又命令千户曾勇等人复往军门促战，他又为汤克宽所误，说是想要出海邀击。四月二十日，松江府报称，倭贼四千余人，由金山西进乍浦，欲向杭州省城，动摇金浙。我很是惊愕。

作为总督的张经，用兵的进退迟速，都是他掌握。而今调去的兵力达三四万，两个月过去了，再也没有招集的兵了。以出海邀击为借口，但是，一兵不发，使得敌人越境而去。虽说到惩创后，一直没有看到能安抚百姓的成绩。我到处告谕诸将领，要尽快剿除倭寇，廓清内地。伏乞皇上轸念生灵为本，将我的奏请，发给兵部精心筹划，提出处理意见，命令督抚等官，率领主、客各路兵马，务必要多方出奇献策，用心剿捕，速靖地方，生灵幸甚。

胡宗宪在这次战斗中又负了伤，他也非常气愤。回到营帐里，就写奏疏，两人不约而同地弹劾张经。

他们现在都驻扎在嘉兴，接到松江谍报，知道贼首徐海已率兵四千余人，水陆并进，准备先进入嘉兴，再进攻省城。所以很是危急，要赶快做迎击敌人的准备。为此，赵文华急忙召胡宗宪前来商议，拟订防御措施。

胡宗宪早有运筹，说，徐海倾巢出动，未尝不是好事。我们主张进攻，务求剿灭，要把他们赶下海去，没有总督军令和各方配合不行。现在倒好，他们出来了，我们就截住打，就地截杀，不是正好吗?

赵文华说，你说得对，不过，仅就嘉兴府的兵力恐怕还不是足以应付……

胡宗宪接道，这得请大人出面，请他先将保靖士兵三千人调到这边来，再派一个得力将领，可以抵挡一阵。

好！赵文华满口应承，我这就修书。这又不是什么大的举措，总督总得方便一下吧。

胡宗宪沉吟了一阵，说，还得有个缓兵之计……

刘文华追问，有何妙计，请说。

待胡宗宪说出他的计策后，赵文华忍不住击掌称妙，好！不愧是熟读兵书……

四月二十四日，风和日丽，初夏的江南，风光旖旎。黄浦江的上游，行驶着好几只民船。这些船上都装满了酒坛子。从河面上吹来的清风中，可以闻到一股股芳醇的酒味。再看那船篷两边，还可以看到犒劳前方将士的字样。这些船顺风而下，向松江方向驶去。

倭军和前锋部队数百人发现了装酒的民船，一拥而上将船拦下。船老板吓得跳水逃跑了。劫船的倭寇们发现船上装的都是酒坛，酒坛上还贴着官府的条戳。打开一看，芳香扑鼻，一个个哇哇大叫，说，好一个慰劳，先慰劳咱们吧。一个个恨不得将脑袋塞进坛子里，张口猛喝。带队的军官命令说，全部搬下来，送给后续部队，留下十几坛，让大家喝个够。

就这样，徐海的四千人马，有半数以上，不费一兵一卒就报销了。原来，这些酒里都下了毒药，药性不急，喝下的当天不会有感觉，要到第二天才发作，一个个头晕肚疼，四肢无力。

赵文华与胡宗宪商议，既然敌人中计，徐海必败，下一步是选择邀击战场。

胡宗宪对这一带地形非常熟悉，他很有把握地说，我看就在王江泾。敌军一旦败退，定会经过那里，请急报总督，派兵在那里堵截。

赵文华点头说，好！再派一个将领去总督府，带上我们的方略，要他们赶快派兵出动。

四月二十五日，徐海大军进攻嘉兴。胡宗宪身披甲胄，指挥部队迎击敌军。赵文华也登上城楼，鼓舞士气，奋力坚守，击退敌人的进攻。

战斗刚开始，敌军还一鼓作气，一败下阵来，便一个个再也使不出力气。因为酒中毒性发作了。喝得少的四肢无力，喝得多的当场毙命。

徐海见状，急令退军。

官军参将卢镗率领保靖三千土兵赶来增援，在石塘湾与倭军遭遇。土兵首领彭荩臣身先士卒，奋勇杀敌，倭寇大败，往北逃窜。这时，驻在永顺的三千土兵也赶来了，在首领彭翼南的指挥下，又是一阵截杀。徐海被迫退入王江泾，落进胡宗宪布好的口袋中。

四月二十七日，张经接到李默的密封快信，这才感到大事不好，立刻离开松江府，前来嘉兴督战，同时命令俞大猷率瓦氏夫人的队伍沿途截杀。广西狼兵个个奋勇争先，杀得徐海龟缩在王江泾内，再也不敢出来。

三支精锐的狼兵与土兵，将败退的徐海残部层层包围起来。这王江泾本

是水乡沼泽地，一片泥泞，只要守住要口，无路可逃。

四月二十九日，官兵三路大军会师王江泾。在前后夹击下，倭军无路可逃，且又疲惫不堪，丧失了战斗力，任官兵砍瓜切菜。战斗结束后，清点被杀敌人首级，共斩获一千九百八十颗，跌入水里淹死的不计其数，这支倭军几乎是全军覆没，只有徐海带着贴身卫兵坐小船乘黑夜混出包围圈。

王江泾战役，是自倭患以来，最大的一次胜仗。

张经自诩有功，立即叫盛南桥赶快向朝廷报捷。

赵文华也在五月一日向皇上报捷。捷报中他简述了战况，提到了他从嘉善至嘉兴与巡按胡宗宪在府区料理，胡宗宪巧用毒酒之计以及自己登上城头督战诸事；他也公正客观地提到了二十七日张经自松江来到嘉兴合兵督战的事；并表扬了卢镗、俞大猷及彭荩臣、彭翼南等人的功绩，因为他们的前后夹击，才使贼寇垂首就戮。他感叹说，这次战役之所以获胜，皆因诸将协谋，将士用命，斩获数多，自用兵以来，未尝有此大捷。最后，他归纳为皇上天威……远近欢呼。

朱厚熜看了这份捷报，自然高兴异常。

第十二章

张经受戮

五月初的江南，晴空碧蓝。这时的阳光，不愠不火，但照射久了，还是有些灼人。

这天的督府驻地，一片欢腾。总督张经在帅府大摆庆功宴。参加了王江泾战役的军官都来了；其他各地驻军的营帐里，也有酒席，兵士们难得有一醉的时机，欢乐的声浪，直震天宇。

觥筹声中，张经举杯致祝词。他对这次战役的筹划不敢多说，但对这次战役的意义却大吹特吹了一番。

张经说完，赵文华也接着发言，他把策划这次战役的功劳归于胡宗宪，接着，他提议，要为奋勇当先的将领们请功，说，保靖彭荩臣宣慰使首先奋勇邀击，应算头功。

胡宗宪接着说，永顺宣慰使彭翼南、田州瓦氏夫人这次也勇敢非凡，应算二功。

张经紧跟着说，还有巡抚周大人、李大人、总兵俞大人、卢大人、汤大人……都有功，都有赏。说完，捋着络腮胡，哈哈大笑。

盛南桥向张经敬酒，并高声对众人说，我们首先应该恭贺张大人。这次大捷威震八方，全仗张总督运筹帷幄……

苏松巡抚周琉、浙江巡抚李天宽都附和说，张总督是领头人，应为首功！

张经红光满面，对盛南桥说，去，叫女乐来，歌舞助兴！……

赵文华见大家余兴未尽，总结性地说，本官一定奏明皇上，在座诸公，都有功劳，日后定有重赏。他举着酒杯向四周敬酒，说，还望诸公继续努力，乘胜前进，务歼残寇，除暴安民！

总督府庆功的欢乐余音还在梁上盘旋，门口的警卫便领着一支锦衣卫缇

骑来到张经面前。张经以为他们是来联系公务，客气地问：请问有何事？……

奉命捉拿张经、汤克宽！领头的缇骑边说边抖出手上的敕令。

什么？张经如闻晴天霹雳，你们搞错了吧！

没错！

我是江南总督，刚刚指挥官军取得了王江泾大捷。我有功！有功……

缇骑头领说，你有功还是有过，我们管不着，我们只管把你押回京师。

还在王江泾战役之前，朱厚熜的御案上摆了多份弹劾张经的奏疏：姚汝舟、徐阶、赵文华、胡宗宪……特别是胡宗宪的《督抚大臣玩寇殃民恳乞究治疏》，点中了张经罪愆的要穴：

……张总督玩寇殃民尚不以为然，真是前所未有，闻所未闻！心惑于利害之私，而漫无定主；志以骄于战胜之后，而不听善言。致使残寇又余烬复燃，前功尽弃。实乃罪之魁者也。臣恳乞及早究治！

朱厚熜看完他的又再翻看前面几位御史和致仕官吏所写的，觉得这东南倭寇之所以日益嚣张，这个张经，实有不可推卸的责任。此人如不惩治，将何以平定东南？于是提笔御批：

张经累失机宜，好生有负责任。着锦衣卫派官校去，并汤克宽都押解来京讯问。总督事务着周珫代管。员缺即日推堪任的来。

接替张经的周珫，以兵部右侍郎的官阶御任总督，资望、品级、能力均不及张经，而且有病，内阁大臣都认为他不行。朱厚熜要吏部和兵部另行提名。李默提议由南京户部右侍郎杨宜担任。严嵩认为还是要一个行伍出身，懂得军事的人为好。李默说，杨宜曾经带兵平定过河南反民师尚诏，怎么不行？严嵩虽然不大同意，但一时又提不出更合适的人选。北方边境有这样的人才，但总不能将担负着防虏重任的将领调到南边去吧。于是，他票拟同意了杨宜。经嘉靖皇帝批准，杨宜走马上任，接替只代管了三十四天的周珫。

杨宜资望虽浅，但位居总督，就可以指挥下面的几个巡抚。赵文华作为巡视官，没有调兵权，不能充分发挥其才干。严嵩就建议，改巡视为督察。督察可以以督令诸军，监察百官，总督也得敬他三分。

朱厚熜也觉得赵文华才略不凡，很能办事，应该赋予他更大的权力，以发挥更大的作用，便点头同意，下了一道敕谕，敕谕工部侍郎赵文华：

先因倭寇扰害南直隶、浙江等处，命尔前往宣布德音，视察贼情。去后近得尔捷报，调到狼土兵等数多。督抚等官，玩寇殃民，不肯设谋进剿，致失机宜，以致窠贼逸出，新贼复出，四散劫掠，地方受害愈甚。除将各官拿问黜革外，今特命尔在彼督察军务。尔宜与新任总督杨宜，凡事尽心计议；彼有弗协，亦更明举。其抚按兵备、副总兵、参将、备倭等官及各该府州县官，悉听尔督察。务令克期平贼，以靖地方。各官如有偏执，因循怠忽玩事者，尔即指责参奏，前来处治。朝廷以尔忠实不欺，特付以兹任。尔宜益竭忠诚，勿畏惧避，以副朕委托至意。尔其钦哉！故谕。嘉靖三十四年六月二十一日。

同时命礼部铸了一颗督察关防印，送给赵文华。

礼部尚书让礼部左侍郎将这颗督察关防印送到赵文华手上时，用手比试了一下印方的尺寸。因为都是熟人，调笑说，尺寸不小呢，权力好大呀！

赵文华也笑着回应，这权力越大，责任也大。张经统管了七省，权力够大了吧，可是，又怎么样呢？

为了明确职责，严嵩又奏请嘉靖皇帝批准行文各地，分清诸臣职守；督察主征集官兵，指授方略；巡抚主督理军务，措置粮饷；总兵主设法教练，身临战阵。至于有司，责在保安地方，固守城隍。

有了这份尚方宝剑，赵文华开始实行职权，又督又察，该赏的赏，该罚的罚，发现偏执因循、怠玩忽事者，立即参奏。江南官场风气，开始有所转变。

瓦氏夫人在赵文华的激励下，奋勇杀敌，再立战功。

五月初五日，倭兵再次进犯金山，指名要瓦氏出战。瓦氏大怒道，老娘难道还怕你不成？率领部下迎向敌阵。倭寇先是假作后退，使瓦氏冲进后，复又两路进攻，包围了田州兵。瓦氏料定有此一着，命令下属二十四将各领兵百人，成纵队分散拼杀，自己则拍马挥刀，直取倭寇指挥官。

倭酋麻叶上次吃过亏，知道瓦氏厉害，不敢迎战，自己隐退在后，命令两员悍将持双刀，一左一右向瓦氏战马砍去。瓦氏引马 腾身跃起，随即反手抡刀挥舞，劈倒一个，另一个被斩断右臂，吓得他们狼狈逃窜。

不过，部将黄淮、钟富，因追击过猛，陷入重围，英勇献身。

这一仗共斩获倭敌首级一百五十余颗。金山卫巍然屹立，仍在明军手中。

其后，瓦氏又立数次战功，赵文华上奏，嘉靖皇帝封瓦氏为二品夫人，赏赐大红花衣一袭、绣彩二匹，奖孙岑大寿、岑大禄各银二十两。

湘西保靖、永顺两支苗族士兵不甘落后，他们也数立战功。赵文华上奏，封彭荩臣为昭毅将军，赐三品官服；彭翼南亦为昭毅将军，升右参政。

三支狼兵和土兵，都获得了奖赏。

对于在职官员，赵文华极力推荐胡宗宪，为此，专门写了一份《荐胡巡按疏》，称其为才智异常，安危足赖，请加不次之擢。经嘉靖皇帝批准，胡宗宪并获赏银三十两、绣彩二匹。

任环升兵备副使。

卢镗由参将升总兵。

俞大猷由副总兵升总兵。

对死难之臣，则予以追恤。常熟知县王铁追击贼寇牺牲，请示礼部，追赠为太仆少卿，荫一子为锦衣卫百户，世袭，并在当地立祠，年年祭祀。

江阴知县钱镦，在九里山与敌寇相遇，孤军奋战，英勇牺牲，经请示追赠为光禄少卿，也荫一子，立祠祭祀。

经过奖赏和表扬、鼓舞了人心，军威大振，人人思战。

保靖兵在松江城外与敌人对阵十天十夜，敌军回不了巢穴，想往苏州方向逃窜。彭荩臣领兵追击不放，俞大猷、任环两支兵马赶到，三支大军将敌寇堵击合围在陆泾坝，斩敌五六百首级，取得了又一次辉煌胜利。

浙江前线也传来捷报，卢镗在台州生擒倭寇首领乌鲁美他郎等十四人，斩获首级三十八,三条船的倭兵全部歼灭。

赵文华料理完前方军务，感到江南一带还存在许多问题。其中最关键的是用人不当，论资排辈，尸位素餐。有几个人，可以说是误国殃民，他要弹劾他们。为了得到支持，他要先向首辅禀报。于是，他给严嵩写信《寄少师严介溪》。

他先概述了军情，说群贼有的被擒灭，有的逃到了海上。现在最担忧的，是地方残破人民疮痍。而有些管事的人，往往不体恤民情，随便发号施令，甚至竭泽而渔，假公济私，恣意掠取……现在老百姓最害怕的事情有四项：一是倭寇杀掠，二是调兵骚扰，三是督抚加饷，四是守令为奸……

至于用兵的事，最主要的是督抚。应该选用能不因循守旧的突出人才，不要太讲资历，给以合适的职位，必然大有达树，收到很好的功效。只讲究资历和名望，没什么用处。

联想到次辅徐阶，他是松江人，苏松一带，负担特别重，劳费百出，请他在内阁好好调停一下，仰请他老人家看在那里与贵郡一体相连的份上，关照一下，减轻些负担……

经过一个阶段的督察与巡视，赵文华认为浙江巡抚李天宠与应天巡抚曹邦辅都有失职行为。

李天宠是个酒鬼，经常酗酒，喝醉了啥事都不管。他已经多次误事。倭寇多次侵入浙江境内，犯嘉善，围嘉兴，劫秀水和归安。那些兵备副使、地方县令望风披靡，李天宠竟束手无策，也不发兵救援。后来倭寇又侵陷崇德，围攻德清，杀死了一名裨将，再次误事。因为张经庇护他，一直没受到惩处。

五月二十八日，倭寇再次大举进犯浙江。敌军一路无阻，直到杭州城下北新关，杀人无数，血流成河，数十里血腥冲天。其时，李天宠拥有重兵，却不敢出城作战，他醉醺醺地登上城楼，看到这一景象，吓得直冒虚汗。

御史叶恩非常愤慨，向赵文华禀报。赵文华听了很是恼火，说，你有权弹劾，我也会禀报皇上。

李天宠被抓起来了。

严嵩根据赵文华的意见，积极主张由胡宗宪接任。经过朱厚熜批准，胡宗宪升任了浙江巡抚。

八月下旬，倭寇数百人往西流窜，奔向陶宅。赵文华督令应天巡抚曹邦辅率兵进剿，曹邦辅却到茅山进香去了。赵文华就和接替张经的总督杨宜商议，决定派胡宗宪带浙江兵四千先去，令海防佥事董邦政带兵随后堵截。但是，董邦政却以另有防务为由，拒不发兵，致使胡宗宪在砖桥受挫。

赵文华发了火，下令逮捕董邦政，押到总督府问罪。这董邦政是曹邦辅手下红人。曹邦辅见下属遭拘，很是不满，以至总督杨宜要他配合胡宗宪继续清剿，也迟迟不肯发兵。因此，赵文华就连曹邦辅一并参劾。

给事中孙浍和夏栻都替曹邦辅说话，说是苏松士民交口称赞曹邦辅实心任事，而流动劫掠留都的倭寇，都是被曹邦辅剿灭的。请求尽快解除他的罪名，而且说了赵文华的坏话。因此嘉靖皇帝竟然怀疑起赵文华来了，以为他所禀奏的情况不属实，要严嵩转告赵文华，要秉公视师，以图大效。

严嵩特意给赵文华写了信，他在转告皇上旨谕的同时，也抚慰了他一番，勉励他既要秉公视师，更要大胆剿贼。赵文华摇头苦笑自语，这秉公视师真难啊！

赵文华因为拥有尚方宝剑，在雷厉风行地督察视师的同时，免不了要得罪一些人。因此，一些流言蜚语也飞到了朱厚熜的耳中。这位皇帝的消息是很灵的。锦衣卫遍布全国，又有御史、给事中巡视各地，他们都是皇帝的耳目。各地督抚大臣究竟怎样，他心里有一本账。赵文华还算幸运，初次督师，就取得了骄人的成绩，他可以回去交账了。嘉靖三十四年十一月，他疏请回到京城，不久，升任了工部尚书。

张经被押解到京师后，他的家人便按照他的意思分头到李默、徐阶和严嵩家里送礼。张经一旦被逮，便知道自己罪责难逃，想贿请这些朝廷要员帮他说情，以减免他的罪责。

张经家人到严嵩家的那天，严嵩到西苑值庐上班去了，严世蕃在家。张经家人口口声声说要找严阁老，严世蕃说，他当值去了，你有什么事，跟我说也一样。

张经家人犹疑地问，你是……

严世蕃接道，我是他儿子严世蕃。

哦，是小阁老，找你更好。说着，就将一个小提箱塞给了严世蕃。

严世蕃知道里面是什么，却故意问道，里面装了什么好吃的呀？

嘿嘿，小阁老真会开玩笑，吃的东西哪会用这种小箱子装呢。

那装的是啥呀？

嘿嘿……是一张纸票，还有几根黄条。

严世蕃打破砂锅纹（问）到底，是银票和金条？

算是吧。张经家人皮笑肉不笑地应着，心里很不快，暗暗嘀咕道，装什么糊涂？谁不知道你又贪又黑？不等严世蕃再问，来人接着说，我家总督大人是冤枉的，请严阁老到皇上面前求求情，免了他的罪名……

你知道是什么罪名？

……张经家人哑哑地答不上来。

皇上派人逮到京师来的人，十有九个，是要……严世蕃嘴上不说，却用手做了杀头的动作。

张经家人急忙扑通一声跪在地上，说，求大小阁老开恩，救救我家老爷。

说，我们会去说，但生杀大权全在皇上手里。严世蕃不冷不热地回应着。

凡是来送礼求严嵩办事的人，都知道要送给严世蕃，他来者不拒。特别是那班王府公子，要封个爵位什么的，每次来都是几百两、上千两银子。交城王争位，一次就送了二千两。在严世蕃看来，你们这些藩王托祖宗的福，一年就禄米万石，还有那么多庄园，我父子一年辛辛苦苦，才不过千把石禄米，受你一点银子为你办事还不应该吗？

这天，吃完晚饭后，严世蕃扶着严嵩进了书房，叫香梅送来一杯香茗后，开始与父亲交谈眼下朝廷的事。说着说着，便像爬山虎攀墙一样，将话题引到了张经可能要落下的罪名和刑罚的事情上。

严嵩说，听皇上的口气，要斩！

严世蕃说，文华兄奏疏，写的意思不就是撤掉他就行了。动不动就斩，谁还愿意当总督！

严嵩说，我也是这样想……

那就去皇上那里求求情，不要杀他。严世蕃赶紧接上话茬。

这个情，是那么好求的吗？

是不好求，但是……严世蕃说不出后面的词了。

严嵩盯着儿子追问：你是不是收了他们家的贿金了？

没有没有。严世蕃嘴上否认，两只眼睛开始东张西望了，特别是那只好眼睛，像是一只被猫追着的老鼠要往地洞里蹿。

你跟我说实话！严嵩拉长了脸。

嘿嘿，他们家是来了人。

送了什么？

没什么，一点银子。

多少？

我也没数，大不了够买几坛酒而已。

为这么大的事，他就送这么点银子来求情？严嵩冷笑一声，你哄鬼去吧。

严世蕃只好照实说了。

你赶紧给我退回去！

收都收了，算了吧。

不行，你一定要退回去。

我到哪里去找他们？再说了，这要让人家知道了，反而是此地无银三百两。

你真是混蛋！你，你……严嵩忍不住大声叫骂，又引得大声咳嗽起来。

香梅扶着夫人欧阳氏赶过来了。

怎么回事呀？欧阳淑端见严嵩气得脸色发青，焦急地问道。

严世蕃赶紧给父亲捶背，并宽慰母亲说，娘，没什么，你回去吧。

欧阳淑端瞪着他问道，什么事让你爹气成这样了？

没什么，没什么。娘你回房去好了。严世蕃赶紧浇水息火，讪笑说，我顶撞了他，我该死，我该死。边说边用手打自己的脸。

香梅忍不住笑了起来。

张经的家人除了到严府送礼，还到了徐阶和李默等人的家里打点。

徐府的内当家是徐璠，他收了张经家人送的贿金，也向徐阶求情。

徐阶老家因为也受到倭寇的侵害，自家田产受了损失，所以也弹劾了张经，骂他玩忽职守、养寇殃民。张经被押解到京师来了，知道这惩处定然不轻。现在徐璠来求他去说情他心知肚明，至于要他去向皇上求情，他要看看严嵩和李默等人的态度。

徐璠却逼他表态，说，爹，你这两天去找找皇上吧。

徐阶说，你跟我说了就行了，不用你管。眼下，最要紧的是老家的田租收不上来，你赶快回老家去看看，能收多少算多少。

徐璠点头应允说，孩儿知道，我过两天就去。这张经总督的事你可要记在心上……

知道知道。徐阶嫌儿子啰嗦，挥手说，你去办好你的事。

内阁的几位阁臣中，在张经的问题上，李默颇显尴尬，因为张经任这东南总督，是他推荐的。他听说严嵩与徐阶去向皇上求情未果后，便不敢再去见朱厚熜了，他去牢房看了张经。此时的张经，憔悴得让李默认不出了，他那络腮胡子像一堆秋后的乱草散乱在脸面上，一看到李默来了，两只眼睛像奄奄一息的萤火虫突然闪亮起来，踉踉跄跄地扑上前去，一边大声喊冤，一边向李默叩头，说，请大人救我。我有功，我要出去。

李默说，你现在就别喊冤啦。你呀，你太居功自傲了。过去有功是过去，现在有罪是现在。

张经争辩说，我现在也有功。

李默说，你哄别人可以，在我面前就别说了。你一再耽误战机，要不是我及时给你通报，你连王江泾这场战役都没赶上，那罪过就更大了。

求生的本能让张经失去理智，他仍旧大声叫喊："我不服，我要出去！我要出去！……"

金风阵阵。西苑的几棵银杏树上，一片片树叶在一阵阵萧瑟的秋风中纷纷落地，树底下一片金黄。

朱厚熜的御案上，这天摆满了奏疏，都是关于案情的，三法司拟奏要杀一批案犯，均需皇上钦准。

朱厚熜虽然脾性乖戾，喜怒无常，好发脾气，动不动就让人挨几十大板。但是，在杀人的问题上，他还是不会轻易点头。当然，杀谁不杀谁，他有自己的标准。一年也就是一次，大都是在秋天，亦称秋后问斩。嘉靖三十四年，上报待批的是一百个，其中包括了各省各个方面的重犯，他认为太多，勾掉了九成，只允许杀十人。

哪个该杀？朱厚熜在逐一审核。他看奏疏一向仔细，现在是要行大辟，更是聚精会神，稍有疑点，即发回重拟。

这一百名待审批的要犯中，有几十个是多年的积狱遗存的，其中一人便是杨继盛。

一看到杨继盛的名字，朱厚熜便想起了他的两个奏疏：《请罢马市疏》和《请诛贼臣疏》。对后一个奏疏，更是记忆犹新。坏祖宗之成法云云……分明是借骂严嵩之名以行辱朕之实，特别是让朕去问二王的话，竟敢假传亲王旨意，按律该斩。于是，在这份案卷上，慎重地批了一个斩字。

再加上三个，就正好是十个。江南前线，逮来了张经、汤克宽、李天宠三人。这三个都要杀吗？要杀。特别是张经，误国之首，不杀将何以平南倭？……李天宠呢？也该杀，酗酒误事，多次失职。浙江那么多军民无辜死了，李天宠罪责难逃！

张经、李天宠都应该斩，两个人的案卷上都加了朱批。

加上汤克宽，正好是十个。

这汤克宽也该杀吗？再仔细看看吧。看完案卷又仔细琢磨起来：这汤克宽只不过出错了一些主意，平时打仗还可以。不是主犯，可以免其一死，前线正需要人，让他戴罪立功吧。

朱厚熜临时决定，免杀了一个，只斩了九人。九个就九个吧，为何一定要杀十人？朱厚熜自言自语。仁君以宽大为怀。

行刑的那天，张经还在喊冤。

李天宠一路上一声不吭，他因为又喝醉了，醉得像一坨泥。那天，狱吏问他还有什么要求，他说，别无他求，只求一醉方休。于是，狱吏叫人给他抬来一坛酒，他恨不得将头伸进坛里，一醉不醒。

去刑场的路上，大街小巷挤满了人。人们争着要看的是杨继盛。杨继盛不愧是士子中的典范。他入狱后，他还撰写了一本年谱。临刑前，将这本年谱交给了儿子，一路上昂首挺胸，并作诗一首。他为自己像夏朝的龙逢和商

朝的比干一样，向君王为民请命而死于谏诤，感到自豪。

王世贞兄弟和吴国伦、宗臣等好友，主动为他置棺殓尸，处理丧事。

杨继盛的妻子张贞在得知丈夫要处死刑之前，曾上疏说，我的丈夫杨继盛误听市井之言，习惯于书生之见，于是抒发狂论……倘若因为罪重，一定不可赦免，希望立即处臣妾的首级，来代替夫君受诛……

杨继盛处刑后，张氏又写了祭夫文：

……于维我夫，两间正气，万古豪杰。定心慷慨，壮怀激烈。奸回敛手，鬼神哭泣。一言犯威，五刑殉节。关恼比心，严头稽血。朱槛段笏 ，张齿颜舌。夫君不愧，含笑永诀。渺渺忠魂，常依北阙。呜呼，哀哉，尚飨！

不久，张氏便殉夫自缢。燕京的士民既钦敬他们，又同情他们，以杨继盛的故宅改为庙，尊为城隍，祭祀这对夫妻。

第十三章

力荐胡宗宪

赵文华督师十个月的功绩还是比较显著的，前期张经不太配合他，后期和杨宜很是协调。杨宜才望较差,但他很尊重赵文华,特别是在一些大事情上，半年中未出现大的差错。赵文华一走，杨宜的处事能力立刻就山高水低地显现出来了。赵文华还在返京的路上，那边就传来了吃败仗的消息。保靖土兵在新场追剿倭兵时，中了埋伏，死伤上千人，土官彭翅被打死。巡抚曹邦辅没有及时救援。

御史邵惟中便上疏，弹劾杨宜与曹邦辅。

巡抚御史周如斗，也上疏弹劾这二人，称他们轻率寡谋，致川兵败于东沟、苗兵败于新场、山东兵败于四桥。

朱厚熜便下令罢免杨宜，革职回籍；曹邦辅等人夺俸，戴罪立功。

如此一来，这总督又缺了。内阁和吏、兵二部都很关注。

新的兵部尚书许论刚上任，一时拿不出具体方案。首辅严嵩、次辅徐阶、吏部尚书李默都有自己的看法和属意的人选。朝廷高层,又面临着一场纷争。

徐阶要用他的老部下徐良才。

李默想用他的熟人王浩。

严嵩听信赵文华的举荐，想用胡宗宪。

赵文华得知杨宜被革职的消息，便特意到严府，向严嵩举荐胡宗宪。那天，严嵩一家还在吃晚饭，一般人在这时候是不会造访的，因为严嵩夫妇认他为干儿，所以他就无所顾忌。而且，一进来，就凑到了饭桌旁，严世蕃还为他倒了一杯百花仙家酿。他因为一心想要说事，所以端起杯子，说了声敬干爹干娘，就一口倒进嘴里，没有仔细品味，以致到后来才品尝到了这家酿的奥妙，要了酿造方子并私下里献给皇上，以致差点被严嵩逐出门外，再也

不准他进严府。

赵文华一放下酒杯，严世蕃便问道，文华兄今天来是不是有什么事呀？

赵文华正好顺着话茬说事。他先是问严嵩；皇上革了杨宜的职，谁来接替他呢。

严嵩说，还不知道。

赵文华说，干爹，让胡宗宪来当吧。

严嵩沉吟了一会，说，他刚刚当了浙江巡抚，别人会不会说闲话？

有许多事情，坏就坏在这论资排辈上。赵文华说着便发起一通牢骚。

严嵩又问，你认为他来接替这总督确实合适是吧？

赵文华说，我以前对他也不是很了解，通过将近一年的相处，我觉得他这人有胆有识，勇于担当，这东南总督非他莫属。

严世蕃半开玩笑半认真地插话说，你敢立军令状吗？

赵文华毫不犹豫地说，敢！

严世蕃便笑道，爹，文华兄竟然说到这份上，那就举荐胡宗宪吧。

严嵩说，好吧，其实在用人问题上，只要是有利于国家，就要不拘一格。当年汉武帝用霍去病的时候，霍去病还不到二十岁呢，人家不是干得好好的，把匈奴打败了？

赵文华喜滋滋地说，这么说，干爹你同意了？

严嵩说，你先去吏部找李尚书说说，详细介绍一下胡宗宪的情况，我也会找机会说说。

吏部统管全国的官吏，一般情况下，对于官员的任免，内阁大臣都不干预，否则，只有在皇帝的授意下才可以。所以，吏部提出的名单，辅臣通常都会票拟同意，然后司礼监批红啊。如果不同意，吏部尚书还可以力争。夏邦谟、万镗任尚书时，尚能尊重首辅的意见，但是李默不像他们，他一向倨傲自大，自以为有自傲的资本。

李默长期在吏部任职，由郎中升侍郎，再升就是尚书。自正德朝以来，吏部尚书都是由其他部的尚书调过来担任的，嘉靖朝三十年来亦是如此。但是，在嘉靖三十年，朱厚熜却打破惯例，提升他这位侍郎为尚书。后来又敕命入值西内，赐值庐，许苑中骑马，晋太子少保，兼翰林学士。虽尚未任命为辅臣，其等级已与辅臣相同。另外，他自认为有陆炳做他的后盾。嘉靖十一年，他当时任兵部员外郎，充任武试同考官，录取陆炳为武举，陆炳这才得以进入仕途，逐步攀升至锦衣卫都督这一高位。因此，陆炳就拜李默为恩师。

就在那一天，他参辊兵部会宴，自以为是武试主考官，入席时竟然要坐最上席，不把兵部尚书王宪放在眼里，这使王宪很恼火，就劾罢他，谪贬为宁国府同知。他在南直隶，浙江等地转了一圈，这才调回京师任职，直爬到现在这个高位。

李默上任后就和严嵩发生冲突：辽东巡抚出缺，李默推荐江西两个布政使张皋和谢存儒，供皇上任选其一。这两人既然是江西的父母官，所以严嵩对他们也比较了解。如能出任巡抚，也是这位江西人的光荣。但严嵩认为两人都不合适，因为巡抚要总揽一省的军事、吏治、刑狱等大事，而作为辽东的巡抚,军事尤为重要。这两个人都不通晓军事,对辽东的情况更是一无所知。于是，就票拟不同意，要吏部另选他人。

作为吏部尚书,最要紧的是知人善任。朱厚熜见李默一上任就所举非人，不适宜当尚书，一怒之下，罢了他的官，削职为民。

其实，朱厚熜这样做，还存有另一层意思，就是考验李默忠不忠，听话不听话。这是他整治官员经常用的手法。李默罢官之后,表现尚好,毫无怨言。朱厚熜觉得可以，第二年就下令恢复他的原职，并特许入值西内，位同阁臣。

李默当然不会怨恨皇上，怨就怨在首辅身上，要不是与严嵩政见不合，他哪会被罢官回家呢?

现在，为举荐东南总督一事，冲突在所难免。

赵文华走进吏部的时候，尚书李默正在找一个名叫周全的主事谈话。李默要周全下去当知县，周全不想去。

李默说，要你下去，你就得下去！怎么，当个知县，委屈了你?

周全说，大人，按照惯例，吏部官员下派，都是晋升一级，我为什么就平调下去?

怎么，你竟敢向我伸手要官? ……

就在这时，赵文华闯进来了，李默的目光余角瞥见了他，却虎着脸，没有吭声。

周全是机灵人。他原系中书舍人，在值庐制敕房抄抄写写，认识赵文华，便主动招呼说，赵大人来了。李默这才回过神来。他瞟了赵文华一眼，说，赵大人来府，有何见教? 那话语的每个字，都像冰雹砸在凉石上，又冷又硬。

赵文华也不再客气，接话说，现今江南总督见缺，特向吏部推荐预拟人选。

李默不假思索地回道，老夫已经想好了，提户部侍郎王诰！

赵文华客气地问道，王诰他懂军事吗？

懂啊！

他怎么会懂军事呢？

……李默嗓眼里忽然像堵了什么似的，稍倾，白眼一翻，说，他总督过江南漕运，熟悉江南民情。总比那些阿谀奉承、溜须拍马的要好！

李默话中有话，赵文华明知道这是在影射他，但他强忍住胸内的火气，继续说，光熟悉民情不行，一定要懂得军事。江南总督的首要任务，就是带兵剿倭。王诰他能行吗？

李默反问，那你说谁行？

赵文华应道，浙江巡抚胡宗宪。他既熟悉江南民情，又通晓用兵韬略，已经在江南剿倭拼杀多次，功绩卓著，是最适宜的人选。

不行！李默断然否决。胡宗宪刚升任巡抚，又要升官，资历太浅，人家不服，压不住台。

压得住台压不住台先不说，只要能带兵打仗压得住阵就行，文武之道，各有门窍。赵文华说罢，大发议论道，这江南大事，坏就坏在论资排辈上，张经就是凭着老资格，墨守成规，以致误了大事……

这还不是因为你！一提起张经，李默就很恼火。

赵文华反诘道，他误事是因为我？

他掉脑袋就是因为你。要不是你弹劾他，他哪会走到这一步！？

赵文华强压住自己的怒火，说，张经的事免谈，那是皇上裁定的。

李默揶揄道，你既然这样看重胡宗宪，好！你工部行文，叫他上任就是了。

赵文华说，这是你吏部的事。

哦！你还知道这是我吏部的事呀，你这手伸得太长了吧？

赵文华再也忍不住了，勃然大怒，说，我是为国举贤，你嫉贤妒能，当什么吏部尚书？

李默火气更大，说，你靠溜须拍马，拍来个工部尚书，有什么了不起？

两个人先是争吵，继而相骂。相打无好拳，相骂无好言。

周全见状，忙从隔壁房里赶来劝架，李默便虎着脸喊叫，撵他出去！

周全拢着赵文华小声说，大人息怒，我陪你出府。

赵文华回到家里，又气又急。这气恼和焦急的焦点，还是为举荐胡宗宪的事。次日，日上三竿了，还躺在床上。他先是因为彻夜难眠，到后来疲惫至极，竟一睡难醒。家人以为他病了，便为他告了病假。

严世蕃以为他真病了，特意到他府上探视。知道他并不是因病卧床，便安慰他，说，用不着跟这老匹夫斗气，他不肯提名，可以逼他就范。

赵文华问，怎么逼法？

严世蕃说，你想让宗宪上去，可以通过别的途径，不一定非你去找他。

赵文华笑道，这事我不找他，难道还让他来找我？

对，就是要让他找你。

你真会开玩笑。

严世蕃仗着赵文华拜他父母干爹干娘的份上，又口无遮拦地叨天叨地了，说，咱们侍候的这位喜怒无常的嘉靖爷，稍一不高兴，就有你好果子吃。

赵文华说，李默这老匹夫，做事死板，只会做官样文章，难得有什么纰漏。

严世蕃说，往他裤裆里塞一把稀黄泥，不是屎也是屎。

赵文华凝神一想，说，你是要我在他对待皇上的态度上做文章？

严世蕃反诘他：你说呢？

赵文华说，试试看吧。

赵文华约周全喝了一次酒。过了几天，周全便找到赵文华说，赵大人，卑职在部里见到一份选官策题，请大人过目。

赵文华展开看时，只见这策题写的是：

汉武帝自伐四夷而海内空虚，唐宪宗所用非人而晚业不终……赵文华凝神一想，自语道，这题目莫非另有所指？……对，有用。他连忙收下，对周全说，谢谢你了，今后如有什么为难之事，尽管来见本官。

谢大人！周全说，卑职那天亲耳听到你推荐胡宗宪的话，大人完全是为国家大事着想。这李大人太不像话了，他不配坐这把交椅。

赵文华便约了严世蕃商量。

严世蕃见了这道题目，笑着对赵文华说，你看，这四海空虚，所用非人，指的谁呢？

赵文华一点就通，说，明白了。我得赶快写奏疏。

严世蕃问道，你写奏疏？怎么写？

赵文华一时语塞，不知该如何回答。

严世蕃说，你不如直接去面见皇上，当面禀奏，岂不更好？

赵文华说，兄弟说的是，但我要好好准备一下，该写的还是要写一下。

赵文华进了无逸殿，见了朱厚熜，还没等他开口，朱厚熜便发问道，你曾说，所剩零贼，指日可待，而今贼寇为何仍旧猖獗？

赵文华心里抖颤了一下，如果被皇上这番问话套住，再打上个死结，自己想说的话就难了。他急中生智，跪禀道：臣受皇上重权，遭人嫉妒。奉命还京时，如督抚得力，所剩零贼，是可以很快剿灭的。皆因吏部尚书李默，不听臣言，张经问罪，就用周珫，周珫不行用杨宜，杨宜不行又要用王诰。始终不肯用才智双全的胡宗宪，以致让残寇反扑得逞。

唔！朱厚熜油然点头，说，这么说，是李默用人不当？

更有甚者……赵文华边说边取出奏疏，又附上考卷试题，李默不但不反省思过，反而为泄私愤，竟敢影射诽谤皇上。

朱厚熜仔细地审阅试题，终于勃然大怒。这还了得，骂到朕的头上了！随即转头对身后太监下令：逮李默讯问，令三法司拟罪！说完，还余怒不息，拿起敲罄的槌子，敲得哨哨响。

经三法司多次会议，说李默论罪当斩。但是，比照大明律，又没有合适的条文。最后，找到了子骂父的条文，也可以定为死罪。可李默又不是骂父，是辱君，律法上没有这一条。

朱厚熜历来痛恨辱于他的言行，说，没有这一条就不能斩了吗？恰好严嵩当时就在他身旁，他起了恻隐之心，便禀奏说，既然没有这条文，那就免去李默的死罪，还请皇上宽恕。

朱厚熜听了严嵩的话，龙颜不悦，威严地瞪着严嵩说，你又来充好人！臣骂君，等同于子骂父。李默竟敢公然辱骂朕，能赦免吗？说着，又敲得哨哨响，边敲边说大明律祖宗制度，没有规定臣骂君之罪，是因为那时还没有此类事件，现在已经有了，朕的旨意，从现在起，加上一条：臣骂君者，亦斩！

严嵩再也不敢说话了，说，是，遵旨！

于是，李默定了死罪。

李默在刑部大牢中得知自己定死罪的消息，也大喊冤枉，说自己没有骂皇上。

狱吏对他说，你就别喊冤了，你犯的罪，白纸黑字上写着呢？

李默辩白说，那不是骂皇上。

狱吏说，你自作聪明，人家都说你是含沙射影骂皇上，要不皇上会定你死罪吗？

李默无话可说了，最后，他提出要见见锦衣卫都督陆炳，指望陆炳能救他一命。

次日，狱吏给李默送来一包银子，说，这是陆都督送来的。他叫你买些好吃的，保重！保重！

他就不来啦？李默既像发问，又像绝望地自语。

狱吏说，他说不来了。你把朝廷大臣都得罪遍了，他来看你，人家又怎么看他？再说，你是皇上定的死罪，谁也没法救你。

李默听完狱吏的话，先是双目呆呆地仰天长叹，接着，发出一声绝望的长啸，啊的大叫一声，一头撞在铁栏杆上，鲜血直流。没等到秋后上法场，提前死了。

李默死后，吴鹏接任了吏部尚书，他根据赵文华的推荐，主动征求严嵩的意见，推荐胡宗宪为总督，严嵩立即票拟同意，朱厚熜准奏，并谕示吏部和兵部：

南贼一事，不宜坐视。人臣都不尽忠。文华非告密者。

为赵文华洗刷罪名。

嘉靖三十五年三月，胡宗宪正式履行总督职务，东南平倭进入了一个新阶段。

李默一死，吴鹏接任吏部尚书后，在任命江南总督之前，赵文华推荐了胡宗宪，徐阶推荐了沈良才，朱厚熜钦定的是胡宗宪。于是，关于赵文华的各种议论，便像开春后的蛀木虫一样，到处嗡嗡叫，又咬得喳喳响。

徐璠将这些关于赵文华的传闻告诉父亲时，徐阶冷笑说，你们知道个屁，赵文华只是个抡锤的，这掌钳的是他的干爹。他很为沈良才的落选懊恼。想来想去，还是因为自己只是个次辅，他严嵩是主辅。但是，胡宗宪被选用，在许多人的眼中，他这个次辅还不如新上任的工部尚书赵文华吃得开。可儿子也像那些蛀木虫一样，瞎跟着嗡嗡叫，心里很不是滋味。想到自己虽然有三个儿子，却一个不如一个，都是不争气，没有一个能考上进士。哪像自己，二十一岁就考上进士，而且是前三名，被杨廷和看中，说自己将来不在他和他的同僚之下。

杨阁老说对了！自己现在已经是次辅，离首辅也就是一步之遥了。

徐阶很觊觎首辅的职位。但深知尚早，自己入阁才两年。在哪座山上唱哪个歌,慢慢来吧。现在老家闹倭患,趁家乡许多田园荒芜,先捞些田产再说。

就在他凝神遐想时，徐璠不知走至哪里去了，三夫人端了一碗燕窝汤来了，说，老爷，你在想什么呀，吃点心吧。

徐阶接过盛燕窝的碗，抿了一口汤，说，你去叫老大来。

三夫人说，有什么急事吗？

徐阶说，事倒不急，我心里发急。

三夫人笑了，笑得像庭院里刚开的芙蓉花，他真想上去掐一把。她没再说什么，又嫣然一笑，转身离去了。

过了一阵，徐璠来到了跟前，问道，爹，有事吗？

徐阶说，你去老家一趟。

徐璠嘟哝说，不是去过了吗？田租只能收到五成多一点。再逼他们，会闹出事来。

田租实在收不全，也就算了。这田价……应该跌下来了吧？

徐璠点头说,田价应该不贵。倭寇常来打抢,好些田地没人要,都荒掉了。

好！徐阶潜在心里的暗笑终于像发闷的池水一样，从底下钻出水面，冒出了泡泡：你这次去，看到便宜没人要的田地，都买过来。

要那么多田地干什么，咱家已经有二十多万亩了！

你还嫌多呀？徐阶训导儿子说，你们三兄弟都没什么功名，当不上大官，不如多积些田产，遗荫子孙后代。再买点，争取每人十万亩。

徐璠又问，那买地的银两呢？

徐阶说，还用带银两去吗？那么多租谷，你不晓得变卖？

徐璠噘着嘴回自己房间去了。徐阶暗自长叹，唉！他有严世蕃一半的机灵也好了……严世蕃虽然没有功名，却聪颖超常，可以帮助老子做事。再联想到自己三个儿子，没有一个能像严世蕃那样，可以代父捉刀操笔，出主意，用计谋，应付裕如……

想到严嵩的儿子严世蕃，继而又联想到严嵩的干儿子在下面捞了不少。从这次督师以来的势头看，此人来头不凡，如不将他扳倒，自己前程上又多了只拦路虎。于是又对三夫人说，再去把老大叫来。

徐璠又被叫来了，问道，还有什么吩咐？

徐阶轻声说，你这次去苏松，还有一件事……

不等徐阶话完，徐璠便插话道：还有什么事？他生怕父亲再节外生枝冒出什么他不愿干的事情来。

你看你看，我还没有说完，你就不耐烦了。徐阶拉下脸训斥道，你不想去就别去，我叫老二、老三去！你以后再有类似找人代考这类的事，再也别来找我！

徐璠被老子戳痛了软肋，忙赔笑辩解说，我这还不是因为心里比你更急吗，我又没说不去。

徐阶见儿子认了输，便又悄声说，你这次回去顺便搜集一下，看看赵文华在江南究竟捞了多少好处。

孩儿知道了，徐璠答应着转身又要走。

回来！徐阶喝住他，随即又细声细气说，你可以多找些人打听打听，但千万不要让严家人知道，不要让他们产生误会。你要知道，你女儿已和世蕃的儿子订婚，我们是亲家了。明白吗？

徐璠点头说，孩儿明白。要不，我和琨弟一齐去。

徐阶点头说，可以，多一个人，有什么事兄弟俩也好商量。

就在徐阶叫徐璠回老家去买田地后的几天，严嵩夫妇也叫儿子回了老家江西分宜。不过，他们不是要严世蕃去买田地，而是托付去做两件善事。

严嵩要严世蕃回去为县里修建一座大石桥。从宜春而来的袁水河，流经分宜县城的东门。河上有一座浮桥，连接东面和南面的新余、安福和吉安等县。每年春夏天，河水暴涨，浮桥中断，每年都有人驾小船渡河而溺水，死了不少人。那年世蕃回家，不少乡亲寄希望于严嵩，希望他能牵头为家乡做件大好事，修建一座石桥，以取代浮桥及舟渡。

这事，一直搁在严嵩的心上。今天，将严世蕃叫到了跟前。

天早黑了，一家人都早早地吃过晚饭，严世蕃才刚从床上起来。今天中午，他为庆贺赵文华保荐胡宗宪成功，与一班好友，在酒店里喝得酩酊大醉，回到家里，倒在床上呼呼大睡。这会起来后，漱了下口，吃了一碗饭，便来到严嵩房里。一进房门，见母亲也在，笑道，今天娘也在，二老有何吩咐？

严嵩便把建桥的事说了。

严世蕃满口应承，说，行。

严世蕃刚一答应，欧阳淑端又说，还有你外婆家那边祠堂，也顺便去整修一下。

严世蕃说，上次修了一条路，怎么这回又要修祠堂？

欧阳淑端问道，修祠堂哪花得了好多钱呀？

严世蕃说，钱倒不是很多，但是从咱们老家去一趟来回一两百里路呢。

这几千里路都去了，还怕这两百里路？欧阳淑端拉长了圆圆的白脸。

好好好，我去，我去。严世蕃随即又调侃说，俗话说得好，夫贵妻荣，咱们严家发达了，你们欧阳家沾点光也是应该的。

什么你家我家的，没有我这姓欧阳的，你从哪条石头缝里钻出来呀？

好了好了，他答应就是了。严嵩赶紧打圆场。又问儿子，东楼，你哪天去？

下个月吧。

怎么还等那么久？

严世蕃沉吟了一会，说，爹你上次跟我说，如果老家要修桥，就照卢沟桥的样子修，我得到那里去仔细看看，好好丈量一下。

那也不需要拖到下个月哇。

磨刀不误砍柴工，你就放心吧，我一定去就是了。再说，那么大个工程，少说也要一年两年。我怕你万一有事，忙不过来。我不在身边不方便……

严嵩说，你尽管去，朝廷大事，我会应付。再说，我现在身边人手也多了几个，皇上已叫程文德、闵如霖、郭朴、吴三四位侍郎去管撰述文帙，帮助修玄，写点青词之类的文稿。入值的大臣也增加了两个，有些事务我可以叫他们去管……严嵩说着，稍一沉吟，问道，要做好这两件事，花费不小……钱够不够呀？

严世蕃笑回道，钱不用你操心，我会去筹措。另外有个事我说先跟你打个招呼……

什么事？

如果那边田地便宜的话，我想再买点……

不用不用！严嵩一听便摇手，我们家已经有两万多亩了，要那么多田地干啥呀？

爹，我可不能跟你比。你只有我一个儿子，你老人家的福荫，我一个人当然享用不尽，可我自己生了六个，再加上恩养的两个，一共八个儿子呀……

儿孙自有儿孙福。严嵩仍旧不同意，并开导说，他要是比你强，你给他留得少，他也会去添置，他要是比你更孱，你留得再多他也会败掉。

严世蕃说，爹，我理解你的意思，你是怕我把银子花在买田地上，就建不好桥了，你放心，我一定会把这桥建成一座万年不朽的石桥。

严嵩听了,击掌附和道,好！这桥就叫它万年桥,到时,我请皇上敕名——万年桥。

第二天，严世蕃到校书楼找媚儿去了。

这一次,严世蕃来到媚儿房门口的时候,听到她在吟唱苏轼的《贺新郎》:

乳燕飞华屋。悄无人，桐荫转午，晚凉新浴。手弄生绡白团扇，扇手一时似玉。渐团倚,孤眠清熟。帘外谁来推绣户。枉教人,梦断瑶台曲,又却是,风敲竹。

石榴半吐红巾蹙。待浮花，浪蕊都尽，伴君幽独。秾艳一枝细看取，芳心千重似束。又恐被，秋风惊绿。若待得，君来向此，花前对酒不忍触。共粉泪，两簌簌。

苏东坡的这首词，表面上是为一妓而发的即席之作，实则不然，据《宋词征事》记载，这首词寄兴最深。妓女之于主人犹如臣子之于君王，均有依附关系，尊卑界限井然，作者由此感慨于宦海沉浮，仕途坎坷，便借题发挥，言在此而意在彼，立意高远，寄托遥深，用心良苦。

媚儿唱到最后一句，严世蕃才推门击掌进了房。媚儿从绣礅上惊起，她本想称呼他严郎，但没等她那郎字说出口，他便一把搂住她，用自己的嘴堵住了那个郎字。她想推开他，却被他死死地抱紧。她便挠他的腋下，那胳肢痒非但没有让他松手，反而撩起了他的欲火，将她撂到床上，像饿狼扒羊皮似的脱了她的衣裳，搂着她翻翻滚滚。

两人激情欢娱后,媚儿边喘息边说,你好野,跟豺狼一样,恨不得吃了我。

严世蕃说，我野的时候野，文静的时候可文了。

什么时候?

在朝廷啊，特别是在皇上面前，我敢不文文静静吗?

也许吧。

不是也许，那是一定，必须。否则，你就别想活了。

有这么可怕吗?

他那张叨天叨地的嘴，便叙说了宫廷斗争的复杂和凶险。

既然宫廷争斗这么凶险，这么卑鄙龌龊，为什么那么多人还削尖脑壳往朝廷里钻?

为了荣华富贵啊！一人得道，鸡犬升天。严世蕃东张西望地盯着媚儿笑道，你没有听说过吗？这当官的好处你不知道？

这当然知道。

官场上，要说它好，也真是好。它好的时候，就是人间天堂；不好的时候，比茅房，比……那个什么都肮脏。

媚儿说，是呀，世界上有些事真怪，同一件事，同一个地方，它的意义竟然截然相反。

严世蕃说，这种事可多呢。

有很多？

是呀。

你再举几个例子说说看。

比如这交媾呀，它既可以是美妙无比，又可以是万恶之源……

没等他说完，她便噗嗤一声笑出声来，你胡说八道。

我可不是胡说八道。

你还不胡说八道？媚儿用手指顶着他的嘴说，这多丑的事，你能说它好在哪里？

就拿你和我来说吧。你那么漂亮，却愿意和我这其貌不扬的人相好，这是为什么？两情相悦，郎才女貌！我们两个闹它个满天云雨还不美妙吗？

那你也只说了一方面呀，这另一面呢？

这另一面呀……他稍一迟疑，接道，就是你和别人做这事。你和别人是为什么做这事？特别是当初你还是一个黄花闺女的时候，老鸨强迫你第一次接客……

没等他说完，她便哇的一声哭了起来。

他赶紧向她道歉，对不起，对不起，我说到你痛处了，我不是有意要侮辱你……

你就是故意的，唔唔唔……

我真不是故意，我对皇上发誓……

媚儿边哭边嗔他，哄人都不会，你敢对皇上发这个誓吗？！

哦，我说错了，我对老天爷发誓……

第十四章

赵文华再督师

严嵩是一位书法大家。他还在翰林院为庶吉士时，严嵩的经义文章每每在馆试中列为首选，他的诗词唱酬之作每每在宴集中力拔头筹。人们在欣赏他的文章的同时，又领略了他的书法艺术，可谓品文赏艺双重享受。由此，他的书法盛名渐渐鹊起，士林中许多人以得其墨宝为荣幸。

正德三年至十一年（1508—1516），严嵩隐居钤山。这八年中，严嵩精研了许多书法名帖，书法造诣更是精进，当世的一些知名画家常邀他联袂创作，或得一佳作便邀请他题署，为画面增色。他先后题的画作很多，如《吴伟画》《题李学士画》《题杨时明瀛州别业》《李学士薇园秋霁雨图题赠》《题吕梁陈之部观物序》《奉题阁老赞公至乐楼》《题潇湘楼》《题双松卷》《题风洞》《题虞山洞》《题黄氏池亭》《题龙封君颐贞卷》《题罗太守卷》《君技梅卷请题笔赠之》《题胡使君可泉》《凤图为宗伯序公题》《梦竹卷题赠胡也贞光禄》《题宫保孙公宜晚序》《题顾中丞序》《题顾中丞载酒亭图》《写真自题》《子昂马图赠大梁李中丞》……不胜枚举。

严嵩遗存于后世的书法作品，可分为四类：一是榜书，二是碑文，三是卷轴，四是印文。

榜书又称为署书、擘案书，这是题在宫阙门额上的大字，后来把招牌一类的大型字通称榜书。严嵩在京师的榜书有不少，如西城区东大高殿外牌坊上的“孔绥皇祚”四个字、“太极先林”四个字、“弘祐天民”四个字、“先天民境”四个字，西城区景山“大门上”的北上门三个字，宣武门菜市口的“西鹤年堂”四个字及其门联：用收赤箭青芝品，制式灵枢玉版篇；前门外铁柱宫许真人庙里的“忠孝”和“净明”四个字,前门外的“六必居”三个字，崇文门的“至公堂”三个字，翰林院署大堂上的“翰林院署”四个字……直

到中华人民共和国成立后，在司法部地方法院楼上还可看到“万邦总宪”四个大字；此外，天津蓟县的“独乐寺”三个字，山海关的“天下第一关”五个字，辽宁锦州北镇高门额的“北镇庙”三个字，以及山东曲阜的“圣府”二字……这些榜书均系严嵩楮墨。

严嵩的碑文留墨，可见于湖南永州柳子庙的诗文《寻愚溪谒柳子庙》，杭州西子湖畔岳飞墓旁的一首《满江红》词……

严嵩在世时流传最多的书法作品是卷轴，但它们几乎都被历史长河的滚滚浊浪浸毁澌灭，存世的也许只有一卷千字文。

严嵩的手书，在嘉靖年间已是不可多得的珍品，当世的著名书法家杨慎、田汝耔、湛若水等对他的作品都推崇备至。

鉴于严嵩在政治地位与书法艺术的名望，许多书画家也乐于与他交往，有的是互赠作品，切磋技艺，也有的纯是为了亲近他另有所求。

就在严世蕃准备启程去老家建万年桥的前一天，赵文华带了一箱书画等文物宝玩来到严家。据赵文华说，这是胡宗宪所赠，为的是感谢严嵩的举荐之恩。这天，因为严世蕃即将启程南行，雷礼、万文案、白启常、鄢懋卿等一伙朋友都聚会到这里来了，大伙便围聚在大厅的长桌前，将这些珍玩一一展开逐件欣赏。

按照严嵩的意思，首先欣赏的是书法作品。严嵩对历代书法名家的字体有所研习。秦汉时期的李斯、蔡邕，唐代的王羲之、王献之父子以及颜真卿、怀素、柳公权，宋代的四大家：蔡襄、苏轼、黄庭坚、米芾，元代的赵孟頫……

胡宗宪送来的书法作品不少，但经过严嵩仔细鉴赏后，其中不少是赝品，只有三件是真迹：

第一张是柳公权的小楷《度人经》；

第二张是王羲之的《月半帖》；

第三张是黄素庭的《内景经》。

赵文华对胡宗宪有些怨言，说，这汝贞是怎么搞的，弄一些赝品来糊弄人。

严嵩笑着说，这不能怪他。但凡写字绘画的人一旦名闻天下，那便是寸纸寸金，自然就有人模仿他们的东西。不过这些人里，有的是为了发财，有的只是混碗饭吃。能够得到这三件真迹就不错啦。

大家跟着严嵩看完了字，又来欣赏画。白启常首先展开了一个画轴，忍不住啊呀一声惊叫起来。大家凑过来看时，见是苏轼的木石图。

白启常说，我以前只知道他的诗文了不得，没想到他还会画画！

严世蕃嗤笑他，亏你还是个朝廷五品郎中，苏东坡乃文坛全才。他不但文章诗词造诣极深，在书法、绘画上也极有创见。就拿画竹来说吧，别人画竹都用墨，可他就敢用朱砂来画。人家问他说，世上哪有红竹？他反问道，世上谁又见过墨竹？这红竹便是他创始的，现在不少人都跟着画了。

赵文华展开了另一张画，说，东楼兄弟见多识广，你猜猜这一幅是谁画。说着，用手捂住了这画的题款。

严世蕃对着画面东张西望了一阵，只见画面上有峡谷，有辋川，有雪溪……题款上还配有一首诗。他联想到王维的诗配画，仔细琢磨了一阵，说，这是一张王维的山水画。

赵文华挪开手掌，大伙凑近一看，果然是唐代著名诗人兼画家王维的《摩诘辋川图》。

万文案称赞说，东楼眼力真厉害。他本想调侃说那一只眼睛真厉害，话到嗓眼又变了。

鄢懋卿附和道，那是，谁能瞒得过他呢。

严嵩听了，心里很是受用。

这时，赵文华又展开了一张吴道子的《观音变相图》。雷礼以前听说过称为画圣的吴道子，但从没有见过他的画，他凑近看了一阵后，赞叹说，称他画圣确实不为过，那观音的衣带真像是要飘起来一样。大伙也都啧啧称奇。

严世蕃说，吴道子画的线条，人家称为吴带当风。唐玄宗很赏识他，把他招入禁内。玄宗泰山封禅的场面多大呀，就是他参与绘制的。他在长安、洛阳等地的寺观画了好多壁画。

鄢懋卿称赞道，东楼兄弟怎么知道得那么多！

严嵩说，皇上让他带俸侍亲，可进宫上朝，却不必坐班，整天鼓捣这些东西，不就知道一些牛黄狗宝的事情。他嘴上贬损，心里却是称赞。

赵文华刚把吴道子的那张画收起，白启常顺手打开了一个长卷，大家仔细看时，却是一个花果卷轴，画面上有十几种花果，每一花果边还配有一首小诗。严嵩刚瞥了一眼，便立即凑上前去，逐一仔细品赏起来。其他人起初不以为然，见严嵩如此认真，便一个个也都瞪大了眼睛，跟着琢磨起来。

严嵩看完后问大家，你们觉得这个花果卷怎么样？

万文案说，请东楼先说。

严世蕃笑道，这人的东西我早见过，你们哪位先说。

众人面面相觑，都不吭声。

严嵩便笑道，既然大家都不说，那就让老夫说说我的看法。此人的画别开生面，自成一家，气势纵横奔放，不拘小节，笔简意赅。他用墨多用泼墨，却层次分明，虚实相生，水墨淋漓。他所画的虽然既像又不很像，在似与不似之间，却生动无比。再看他的题款，字的风格与画相符，离奇超脱，苍劲中姿媚跃出。这诗也写得好，诗书画一体。说着，又仔细看印章，文长，徐渭……

赵文华接话说，他大名叫徐渭，文长是他的字，是绍兴府山阴人。宗宪给我的信里说，他准备请徐渭做他的幕僚。

哦？严嵩先是喜吟吟地笑着，听了赵文华的话，忍不住愣了一下，说，从他的书画看，此人确实有才气和胆气，不过看他的诗，又觉得他又有些狂气和怨气。严嵩边说边踱步，又朝赵文华问，此人多大啦？

赵文华说，好像三十多岁吧。

严嵩说，难怪以前没听说过。

严世蕃说，我听说过，还见过他的画。

当又一个春天到来的时候，江南又在告急了。这倭寇难道像天上的乌云一样，驱散不尽吗？朱厚熜坐在案前边烤火边看告急文书。

赵文华不是说，王江泾大捷之后，余寇不多了，怎么会又告急呢？朱厚熜有些怀疑他没说真话了。这些该死的倭寇，到底该怎样对付，才能剿灭呢？徐阶、李本都是松、苏一带的人，地理人情都比严嵩熟悉。问问他们看。

徐阶、李本应召进了尧斋。

徐阶一听是剿灭倭寇的事，便说，臣以为还是派大臣督师为好。

李本也随声附和说，臣也以为，派大臣督师好，不过，最好还能带些兵去。

朱厚熜又问，你们看，派谁为好？

徐阶反应很快，他怕李本先推荐他的人，赶紧说，按照旧例，外派巡视，均为兵部侍郎，现兵部侍郎沈良才正合适，请陛下圣裁。

李本见徐阶已推荐了人，就不吭声了。

朱厚熜稍一凝思，说，就派沈良才吧。你们拟旨。

徐阶很是高兴。他还在值庐时，那股喜气还藏在心里，回到家里，才将那愉悦之情像女人搽胭脂一样挂在脸上。

老爷，今天得了什么宝贝呀，这么高兴?

徐阶说，不是宝贝，但比宝贝更好。

接着，便将朱厚熜召见的事说了。

三夫人噘着嘴说，我还以为是什么好事呢，原来是为他人作嫁衣罢了。

你可不要小看这事，这可比皇上赏我百两银子都强。上次他举荐自己的得意门生去当总督，被赵文华推举胡宗宪取代了，这次能让他当上钦差，荣任督察，比当总督还强，自然是喜不自禁。

三夫人见他高兴得合不拢嘴，附和说，老爷你既然这么高兴，等会我陪你喝几杯。

这事自然瞒不过严嵩。他得到这消息后，忧虑不安，主要是担心沈良才与胡宗宪合不来。如果两人不能合作，不如还是叫赵文华去。上次已经证明，他们两个很合得来。利箭还须好弓相配。于是，他让家人把赵文华叫到了家里。

赵文华一落座，严嵩便开门见山问他，希望他再去当督察。但是，赵文华沉吟着摇头，说自己不想去了。

为何不想去了？严嵩盯着他追问。

赵文华支支吾吾了一阵，说，省得人家说三道四。

他不想去，有两个心结，一是听到一些流言蜚语，二是担心这第二次去，不一定就能彻底扫灭倭寇。他第一次去，虽说取得了可喜的功效，可也深切地体察到了战事中的千变万化与克敌制胜的艰难。如再去，万一还不如上次呢，那岂不是前功尽弃，甚至还招来杀身之祸都难说，还是见好就收为妥。

严嵩一心想着的是，找个可靠的人去与胡宗宪合作，早日荡平倭寇，以解东南忧患，保国家安宁。于是，他再三劝导赵文华。但赵文华冒了一句：听说已经任命沈良才，我怎么好再争着去?

严嵩想了想，也就不吭声了。

无巧不成书，就在严嵩为举荐赵文华再次督师而为难时，有一个人找到严府，解开了那个死结。此人不是别人，正是徐阶的乡亲徐藻。

徐藻的父亲在江西铅山当教谕，为了躲避倭寇，竟不敢回家，父子为这事很是懊恼，痛恨官府的无能。去年赵文华南下视师，情况才有好转。他们老家人都希望赵文华再次督师，荡平倭寇，为此，他专程赴京，代表乡民，请赵文华。

徐藻本想找徐阶，但他父亲让他找严嵩。他父亲虽然官小，但知道官场

水深。他父亲听说赵文华去年作为钦差督师江南是严嵩所荐，要他直接找严嵩为好。

徐藻早就写好了奏疏，严嵩看了，很是高兴，找来赵文华，说，江南士民，等着你去呢。

赵文华无话可说，笑道，既然江南百姓盼着我去，我愿为朝廷和百姓效命。只是那边……

严嵩知道他还想说什么，岔断他话茬说，那边的事不用你管，我会去安排。

严嵩赶紧去晋见朱厚熜，禀奏道，臣以为，派人督师，还是以赵文华为好。如果让沈良才去，有三不如：对江浙一带人情物性之了解不如赵文华；对平倭策略之运用与掌握不如赵文华；与总督相互协调也不如赵文华。而且，江浙之民众百姓，引颈亟盼，要赵文华去……

朱厚熜惊讶地问，有这等事？

严嵩随即取出徐藻的奏本献上，说，见有生员徐藻，代表乡民特地来京，请赵文华督师。

朱厚熜看了奏本，觉得严嵩说的有理，叫来宦官黄锦，说，转告兵部，沈良才免去，着赵文华视师。

严嵩说，臣以为，这次视师，应大张挞伐，务求成功，有些事情，须再调停……

朱厚熜说，具体事宜，爱卿拟旨看来。

严嵩回家后，找来赵文华，说，皇上已免去了沈良才，这下你可以放心去了。

赵文华欣然答应，说，不过我还有几点请求。

严嵩说，你说吧，只要是有利于剿倭之事，一定满足你。

根据赵文华的请求，严嵩起草了一份谕旨：《敕谕太子太保工部尚书兼都察史左副都御史赵文华》。

旨令中让他提督军务，总领河南、山东、徐、沛等兵。各地方随机向往，分布官兵，相机堵杀。将瓜、仪贼船，驱逐出海，使海道平安无虞。要他渡江策应胡宗宪，夹攻浙直地方的倭寇。如果贼情重大，查照兵部原题的福建、江西、湖广、山东、河南、北直隶、抚按选募精兵及原调湖广土兵等，催讨使用。所经过的地方，三司、军、卫有司等官，都要听他调遣使用。如有违抗命令的官员，文官四品、武官副参以下，应拿问者即时拿问，应参奏者，指名参奏。军前临阵退缩不听命令的，军法从事。一应事宜，本敕内尚未载明的，可根据具体情况随机处置。

最后勉励他说，朝廷因为他上次受命督察，忠直不欺，这次应更加奋起斗志，殚力设谋，驱剿贼丑，以靖地方。皇上对他寄予殷切期望:庶副朕简托，事宁之日，具奏回京，尔其钦哉!

时为嘉靖三十五年五月十四日。

赵文华在家里接了圣旨后，赶到严府辞行。他激动地对严嵩说，大人想的真是周到。文华这次去，一定殚力设谋，不负您老的厚望和皇上重托。这次去，要造点声势，看来得先调兵。大人看看还有何吩咐?

严嵩说，送你八个字，剿抚并用，务求成功。

记住了！赵文华再拜稽首，说，学生一定努力，务求成功。

在赵文华尚未接到敕谕前，沈良才赶到徐阶府弟，向徐阶辞行。他进屋时，徐阶还在书房。

徐阶的三夫人极善应酬，忙将他迎进客厅，一面叫女佣上茶，一面向沈良才道喜：大人荣任钦差，恭喜，恭喜!

沈良才谦和地说，这全靠了徐大人举荐。

正说着，徐阶也从书房来了，沈良才忙向他施礼，说了许多致谢的话，末了说，学生即将启程，大人有何吩咐?

徐阶捋着胡须笑吟吟地说，送你两句话，第一是体察当地民情，第二是协和总督关系。接着，把家乡各方面的情况，特别是受倭寇侵害的灾情叙说了一番，再三叮嘱沈良才，一定要和总督搞好关系，这是他督师成败的关键。末了轻蔑地说，他赵文华有什么本事？还不是全靠了胡宗宪。所以，你只要好好抓住胡总督，定能大功告成。

沈良才说，谢谢大人教诲，学生铭记在心……

两人交谈正欢，徐阶的另一个门生吴时来急匆匆地赶来了。进了客厅，见沈良才也在，便欲言又止。

徐阶笑着说，有什么事，尽管说吧。

吴时来这才将骨鲠在喉的话吐了出来：兵部已另外派人督师……

谁？沈良才急得双眼暴凸，不等吴时来话完，便急切地追问。

吴时来讪笑说，还是赵文华。

啊！徐阶大吃一惊，怎么会有这等事？说罢，忍不住从座椅上立起，不

安地踱起步来。顿时，客厅里沉寂得只剩下他的鞋踏地的声音。

这是谁……这么搞的？吴时来说着，仰天长叹了一声。

还有谁，肯定是他了。徐阶边说边坐回到太师椅上。他知道，这一定是严嵩从中运作的结果。不免在心里唉叹说，看来还得当首辅，官小办不成大事啊……

赵文华要求兵部遵照皇上敕谕，行文各地，征调京营神枪手三千名，涿州铁棍手六千名，保定箭手三千名，辽东义勇虎头枪手三千名，河间府义尖儿手三千名，德州兵备道民兵三千名，临清、曹溪二道团操快手兵三千名，河南毛葫芦兵三千名，河南睢陈兵备道团操马军三千名，汉中府矿徒三千名，定保二司兵三万名，容美宣抚司（今湖北西南鹤峰地区）等司兵一万名。各路大军水陆并进，浩浩荡荡，向江南拥来。

这次调兵，加上原各地驻军达二十万，统归赵文华和胡宗宪指挥，可谓嘉靖朝最大的一次军事行动。

农历七月，正是夏秋交接的季节，骄阳如火，热气腾腾，赵文华率领十万大军，进驻浙江嘉兴。

此时，胡宗宪正在前线督战。这几个月，辖区内到处吃紧，胡宗宪手上兵源有限，可又要四处救应，忙得够呛。

倭酋大头目徐海，不甘心王江泾之败，从海上纠集近二万人，大举入侵，发誓要报那一箭之仇。在登陆前，他下令烧毁了船只，以示只能向前，没有退路。他派人侦知，苏松一带驻军不多，张泾调来的狼兵、土兵已经相继返回；而当地驻军，他与他们较量过五个年头，没几个会带兵的，大都败在他手下。这徐海原是杭州虎跑寺的和尚，因奸淫女僧，违犯寺规，被逐出佛门，却又旧习难改，仍旧奸淫妇女，被官府通缉，他便入海为盗，拜在王直门下。他为人心狠手毒，打仗颇有心计，得到王直信用，逐渐成为海上第二霸主，手下的兵力，为几股倭酋之最。

徐海来到江浙，熟悉各地情况，又略通兵法，善于设伏。他常派人化装成平民，侦探官军动态，得悉杭州、嘉兴一带空虚，就从乍浦登陆，直逼崇德、嘉兴、桐乡。

当时，胡宗宪手上的兵马不多，张泾调来的狼兵、土兵已经回去，驻守各地的民兵又都不能动。嘉兴乃浙北重镇，丢失不得。因此，他亲率兵马赶往嘉兴增援，在城外严阵以待。徐海听说守城的是新任总督胡宗宪，忙转头去侵犯皂林。

胡宗宪令参将宗礼，率河朔兵九百，在三里桥堵截。

倭寇数千人见堵了去路，便轮番攻桥。宗礼不让敌军接近桥头，拍马挥马，直闯敌阵；河朔老将霍贯道也带头冲杀，敌军大乱，斩杀倭寇百余，打到天黑，双方各自收兵。

这徐海很是刁钻，他派人爬到一棵大树上瞭望，发现桥头后面没有援兵，便将兵马分成两半，一半从桥头正面进攻，另一半绕道抄官兵后路。宗礼、霍贯道分头迎战。宗礼以一当十，越战越勇。霍贯道宝刀不老，一个人就杀死倭兵十余人。打了一上午，杀死敌人两百多。

官军以九百人与倭敌数千人对阵，打退了敌军数次进攻，斩首三百余，创造了自开战以来，以少胜多的辉煌战例。

倭贼一心要冲过桥，宗礼挺立桥头，弓箭手护拥两侧，他的部下曾从敌军手中缴获一门佛郎机炮，有一炮发出后，差点打中了徐海，徐海大惊失色，准备退兵。

官兵连发几炮后，火药没有了。宗礼叹息道，再有几斗炸药，定可以全歼此贼！

徐海正准备后撤，发现明军的炮哑了，便又下令进攻。宗礼因连续作战，遍体鳞伤，终于筋疲力尽，倒在桥头上。后来，追赠为都督同知，赐号为忠壮，荫一子，并世袭。

另一股倭寇数千人，在陈东率领下，进攻桐乡。

桐乡是个小县城，城墙却非常坚固。在浙江巡抚阮鹗督令下，军民拼力死守。

敌寇乘坐大船，为了攻破水门，用小船扣过来藏兵，以躲避矢石。城上的守兵抬大石头往城下猛砸，将小船砸破，船上的倭兵死的死，逃的逃。

倭寇一计不成，又换一计：在大船上架起小楼，想靠近墙后爬上城楼。巡抚阮鹗命令守城将士往船上投掷油火炬，船被烧着，敌兵有的坠梯，有的跳河，淹死不少。

倭寇抬来大木头撞城门，想撞破城门冲进城内。前头用巨木撞城门，后面用铜将军炮掩护。阮鹗命令守城兵士用佛郎机炮居高临下打翻了铜将军，又从城楼上矢石俱下，打退了撞城门的倭贼。

敌寇千方百计想攻入城内，但是，桐乡军民齐心合力坚守，打退了敌人

的一次又一次的进攻。

桐乡危急！

崇德也告急！

胡宗宪发不出救兵，只有发急。

就在这危急时刻，赵文华率十万大军到达嘉兴。胡宗宪欢喜异常，率总督府大小官员，出城迎出十里，见面就说，赵大人，你可是及时雨啊！

胡宗宪的主要幕僚沈明臣、茅坤、徐渭、罗龙文和浙江巡抚阮鹗、巡按赵礼昭、参将戚继光等人都参与了会见。

赵文华却带来了一位新的幕僚，对胡宗宪说，这位是唐顺之先生，我的同年老友，听说过吧。

胡宗宪说，久闻大名，有顺之兄相助，倭患不难平息了。接着，他向赵文华禀报了近日倭情，最后说，当前主要的祸害是徐海，要设法歼灭这股倭贼。

赵文华说，要用诱敌之计，最后能引其就范。胡宗宪恍然醒悟，他想起王江泾大捷中以酒诱敌的办法，竟自笑了，对，好一个诱字，我们要好好计议一下……

徐海获悉赵文华带来了十万大军，加上各地原驻守的军队，总数二十万，认真掂量了一番，就从桐乡撤兵，退居老巢柘林。

陈东眼看桐乡就要攻陷，埋怨徐海不该后撤。徐海说，你没看到赵文华又来了吗，这次又多了十万大军，我们要吃亏。想起往事，他心有后怕。

陈东是日本萨摩王爷手下的书记官。他们这一伙都是打的萨摩王的旗号，便说，那也得先禀告萨摩王，不得擅自做主张。

徐海强硬地回道，我在这里是大船主，我说了算，不用禀告。

陈东是这里的二船主，只好服从，但心里很是不舒服。

徐海手下另一员悍将麻叶，因和徐海争一女人，也对徐海不满。麻叶仗着武艺高强，行为和言语都很粗鲁，质问徐海，你身为海岛盟主，登陆时那么坚决，现在却变卦了，莫非得了朝廷什么好处？

徐海便对天发誓，如果有什么对不起兄弟之处，雷打火烧，不得好死。

这样，一场风波才得以暂时平息。

徐海纠集的近二万倭寇，以柘林为其巢穴。他俨然是其统帅，帅府就设在海神庙，因为门卫森然，也颇显气派。

一天，有一位客商，带着一个随从和八个兵卒，来到海神庙门口。其中有八个兵卒抬着四个大箱，领头的客商对门卫说，我们是从杭州来的商人，要和大船主谈一笔大生意。门卫向徐海禀报后，领着他们来到徐海面前。

这领头的客商不是别人，正是胡宗宪的幕僚罗龙文。

徐海问罗龙文，客商有何交易?

罗龙文一招手，八名化妆的客商抬进那四个大箱子。罗龙文一一打开，里面全是珍珠宝玉和绸缎布匹。

徐海问，你是叫我买这些东西?

罗龙文笑道，不，是胡总督送给大船主的。

徐海起初被这些宝物耀花了眼，看过了之后，忽然惊问，你说是谁送给我?

罗龙文轻声而又一字一顿地回道：胡——总——督。

徐海哗啦一声掣出刀来，逼问道，什么意思?!

罗龙文镇定自若，仍旧笑着说，大船主别急，我这里还有胡总督给你的一封亲笔信。说着，从身上取出信札交给了徐海。

徐海看完信，半信半疑地说，总督真的能原谅我?

罗龙文说，胡总督做事从来是说一不二的。

就在此时，麻叶走了进来，见了罗龙文，眼睛瞪得牛卵大，喝问道，哪来的客商?莫非是胡完宪派来的奸细?

罗龙文讪笑说，如果你们不想做这笔生意，而且怀疑我不是客商，那好，我且将这批货物带回去好了。

徐海见了这许多财物，早动了心，忙露出笑脸说，且慢，且慢，价钱好说。他先顺着罗龙文的话圆了场，又劝解麻叶说，这位罗官人确实是客商，他想通过我们，到日本去做一笔大买卖。

麻叶见徐海如此说，就不追问了，说，既然这样，你们谈吧，我出去巡哨去了。

罗龙文见气氛缓和下来，便像一个魔术师吸引观众一样，诱导徐海一步步地往他设计的圈套里钻。他知道他带来的这些财物已让徐海动了心，便说，大船主，这些东西你如果还看得上，不妨先收起来，摆在这里，是否碍眼……

对对对！徐海很爽快地应诺。他一面叫人将东西搬走，一面又叫人给罗龙文上茶。

就在这阵忙乱中，罗龙文的一位随从以如厕为名，潜入内室，扮演另外的角色。她是总督胡宗宪的爱妾罗月妹，她的主要任务是要做徐海的宠妾王翠翘的策反工作。

王翠翘原是山东歌妓，容貌姣好，能歌善舞，弹得一手好琵琶，被徐海掳去，成为压寨夫人。为了活下去，她表面上奉承，心里却恨透了这个海盗。因为她的老家还有父母双亲和其他家人，很希望官军赶快打过来，解救她们这些被掳的良家女子和平民百姓。

罗月妹走进内室，王翠翘吓了一跳。吃惊地问，你是谁?

罗月妹揭下头盔，露出一头秀发，柔声说道，夫人，你不要怕。

王翠翘还是不安，想夺门逃走，罗月妹挡住她说，实不相瞒，我乃总督夫人，特来救你脱离苦海。说着，从身上取出一串珍珠项链和名贵头饰亮给她看。

王翠翘这才安静下来，问道，我……该怎么做?

罗月妹将项链和头饰放在王翠翘手上，说，这是胡总督送给你的，上次你曾救过我们的人，总督一直念念不忘，说，难得海上还有这样的侠女子，所以特意让我来拜望你。

王翠翘叹息说，自从被胁迫到徐海身边，一直过着动荡不安提心吊胆的日子，很希望回到父母身边，可是身不由己啊!

罗月妹说，夫人如能劝说船主归顺，马上就可以回到家乡，看望父母了。

王翠翘犹疑地问道，胡总督果有此心?

罗月妹说，我们专为此事而来，哪能有假?

好！我一定进言劝他。你快走。

这天晚上，徐海抱着王翠翘欢娱。起初，王翠翘虚与委蛇，继而叹息，流泪。

徐海问她，你怎么哭了?

王翠翘说，想父母，很想跟家人团聚。

徐海便不吭声了。沉寂了一阵后说，你想要其他什么都好说，唯独这……我没办法。

王翠翘乘机说，我跟着你东奔西躲的，一年到头很难过上几天安生日子，何日是尽头?

王翠翘见他哑然无语，又问他：听说，现在官军达到二十万了，你不害怕?

徐海苦笑着说，害怕也没办法。他心里更是胆怯，自己手下才万余人，陈东、麻叶又各怀鬼胎，不听指挥，异心难测，再打下去不是办法。

王翠翘看出他的心思，说，你在海上七八年了，老是这样漂泊，何日是头？不如想办法归顺朝廷，谋个一官半职，享个太平安康为好。

徐海长吁一声说，我罪孽深重，抢了那么多东西，杀了那么多人，胡总督能饶得了我？

王翠翘说，春播秋收，凡事总有个开头，胡总督既然派人来了，你要多与他往来，总有机会吧。

好！礼尚往来。徐海说，胡总督礼遇于我，我也得回赠予他，有来无往非礼也！

于是，徐海便准备了一批海货，约罗龙文见面，表明自己的心意。

罗龙文顺风点火，说，船主，你如果能捉住麻叶，就是最好的见面礼。

其时，王翠翘也在旁边，她点火添油说，这麻叶确实不是个好东西，你不在家的时候，他总是戏弄于我。

徐海想起他与麻叶的一系列冲突，越想越气，终于咬牙说，好！我一定设法捉了他献给总督。

第二天，麻叶进帐报告前方军情，徐海一声令下，埋伏在帐后的伏兵一齐拥上，将麻叶捆了个结结实实。麻叶一时懵了，斥问道，徐海，你个贼种，你想干什么？

徐海冷笑说，到时候你就知道了。

徐海差人将麻叶暗暗送到总督府，以此表示顺从之意。

麻叶早就垂头丧气，此时更是闭目唉叹，只好等着挨宰。没想到胡宗宪却下令松绑，走到他面前说，你们这位大船主太不讲义气，他怎么把你绑来了？

麻叶吼道，老子给徐海出卖了，要杀便杀，不用罗嗦。

胡宗宪一面安抚他，一面对部下说，快拿酒来，给麻船主压惊。他亲自为麻叶倒了一杯酒，说，敬你是条好汉，本总督不会杀你。待麻叶喝了酒后，他问道，麻船主不想报仇吗？

麻叶摇头说，没办法。

胡宗宪说，如果麻船主真想报仇的话，你可以写信给陈东，叫他抓住徐海，这样你就立了大功，本总督一定呈报朝廷，重赏于你。

麻叶喜出望外，说，好，好，我写。

胡宗宪看了麻叶写的信，将信交给赵文华过目。赵文华看了，很是高兴，

立即表态说，可以，火速派人送给陈东。

胡宗宪却说，不，这信要交给另外一个人。

另外一个人，谁？

徐海。

赵文华恍然大悟，击掌叫好，你这是连环计，妙！妙！

送信的差事，还是落在罗龙文头上。

罗龙文二进海神庙，对徐海说，徐船主，有一事相告。说完将信交给了徐海。

徐海看了一眼，疑惑道，这不是写给陈东的吗？

罗龙文说，麻叶悄悄派人给陈东去信，被我们逮住了。你看信就知道。

徐海看完信后，气得发抖，我操他祖宗！

徐海的助手洪宗冈问道，大哥，麻叶说了些什么？

这狗娘养的！徐海咬牙切齿说，他要陈东来血洗我们的地盘。

罗龙文进一步怂恿说，总督恐船主吃亏，故令我连夜赶来，请你防范，免得吃亏。

徐海和他的部下都很吃惊，都气得怒气冲天。

徐海问洪宗冈，你足智多谋，这事该怎么办？

洪宗冈说，这事好办，陈东是萨摩王的书记官，现仍在萨摩王身边，可派人将麻叶的信件送呈萨摩王，请他就地捉拿。

萨摩王接信大怒，好个陈东，竟敢与官府勾结，自相火拼。喝令将陈东拿下，交给徐海处理。

罗龙文三进海神庙，又送来了礼品，表示奖赏，对徐海说，船主这次又捉到了陈东，可晋见总督，必有重赏。

徐海说，好，你定个日子吧。

经过商定，约于八月初二日，在浙江平湖城见面。

徐海仍然不放心，令部下数百人全副武装，于八月一日进驻平湖城外。第二天，他带了卫队百余人，叫城求见。

赵文华、胡宗宪、阮鹗、赵孔昭四位大臣在总督府计议。阮鹗说海贼狡诈多变，不同意徐海入城。

胡宗宪满有把握，信心很足地说，不是我们怕他们，是他们怕我们。他指派戚继光领兵严防城守，放徐海等人进城。

徐海进了城，跟着引领他们的官兵去帅府的路上，所过之处，军容整齐，戒备森严。他心里暗暗思忖，这次赵文华来，比上次更显威风。进得帅府，一进门便叩首说，天皇爷在上，徐海有罪！有罪！

胡宗宪下堂扶起他说，朝廷已经赦免了你的罪过，并且还要颁赏，你不要再害怕了，快快起来！随即对后侧的罗龙文说，把奖品拿过来。

徐海领赏拜谢后，请求给一个地方让他防守，说是要为国家出力，实际上也是为自己留一个安身之所。他原以为胡宗宪不会给他，没想到胡宗宪答应得很爽快，说，你自己选吧。

于是，徐海想到了沈庄。那地方靠近大海，进可以攻，退可以入海开溜，便说，我驻沈庄，可以么？

胡宗宪立即答应说，可以，沈庄有东、西两个村庄，你就驻在东庄，西庄我们还要驻兵。

徐海非常高兴，当日便退出城去，驻到东沈庄去了。

胡宗宪打发了徐海后，又下令将陈东押进大堂，也亲释其缚，置酒压惊。

陈东大骂徐海不是东西，胡宗宪火上浇油说，你与徐海相交多年，他怎么也害你？

陈东就诉说徐海的刁滑奸诈，说他历来如此。并劝告说，大人可千万不要相信他，我正在考虑归顺朝廷，他却抢先买好邀功！

胡宗宪笑着说，原来如此。你既有心归顺，我怎会加害于你？你手下还有多少人，可不可以招过来？

陈东说，我手下还有两三千人，他们都听我的。

好！胡宗宪说，你写信吧，叫你的部下全部归营，驻扎西沈庄，我会仍然任命你为统帅，好监视这个徐海。

陈东大喜，连忙要来纸笔，立即写信。

胡宗宪接过陈东的信后，找来了幕僚沈明臣，要他模仿陈东的笔迹，写一封信给陈东的党羽，说徐海已经勾结官兵，限定日期要剿灭你们，你们赶紧固守自保，不要顾虑我。

这沈明臣是胡宗宪的主要幕僚，很会写文章，模仿他人笔迹惟妙惟肖。陈东的部下都认为这是陈东的亲笔信，便大骂徐海，鼓噪着要和徐海决一死战。

于是，西沈庄首先起兵，杀向东沈庄。两支海匪在沈庄大地上拼杀，你

来我往，双方各有伤亡。打了几次，陈东余部退走了。

陈东率余部撤走后，徐海清点人数，死伤好几百人。他想来想去，总觉得像是自己人杀自己人。他终于醒悟，大叫一声，上当了！立即派他的偏将辛五郎送信，请萨摩王派兵增援。

胡宗宪早就料到他们会有这一着，命令卢镗严守海滨，逮住了辛五郎。

徐海望眼欲穿地等着援军的到来，结果，援军没等到，赵文华率领的官兵却杀过来了。他不敢迎战，躲进营内，下令死守，不敢出战。

在平湖会见时，总督府官员见徐海带兵入城，都非常气愤，纷纷要求出兵，全歼这股海匪。

胡宗宪说，全歼可以，但是，徐海只能抓活的。他有他的筹谋，即招抚王直。如果杀了徐海，对招抚王直不利。

赵文华亲自督领六千官兵进攻沈庄，眼看栅寨很是坚固，便命令暂缓攻击，只是在寨前大声呐喊，从声势上威慑敌人。

不知是呐喊的声浪还是别的原因，这时，忽然刮起了大风，胡宗宪立即传令，点起一千多支火把，顺着风势朝栅寨掷去。前面的寨门起了火，后面的寨门又被俞大猷领兵攻破，寨内的倭寇便乱作一团，四散奔逃。徐海眼看大势已去，也只好混在倭卒中逃命，到了梁庄。眼见前面是条大河，船只也早被官兵截走，倭兵们已经没了退路，只有纷纷跳入水中，徐海也只好跟着往河里跳。这时，后面追剿的官兵大声喊叫，捉住徐海，别让他跑了！徐海吓得潜入水中，后面的逃兵纷纷拥来往他身上跳，一时间河中堆满了尸体。

追赶的官兵赶到河边，胡宗宪急忙下令，捉活的，不要杀死！

戚继光指挥部下打捞，寻找徐海。尸体太多，一时分辨不出，待到有人认出时，徐海肚胀脸鼓，两眼翻白了。

这一仗，共歼灭倭寇一千六百余名，是王江泾大捷之后的又一次大胜仗。在大陆盘踞两年的倭寇巢穴，终于得以捣毁。

总督府内，大摆酒宴，庆功狂欢。

第二天，严世蕃从苏州赶来了。原来，他回到老家后，与分宜的官员选择了造桥地段，安排好各项具体事宜，就赶往苏州采办建桥的巨石。听说赵文华又打了胜仗，特地赶到杭州，与赵文华见面，拱手致贺。

赵文华非常高兴，说，你来晚了，没赶上昨天的宴会。

胡宗宪说，再摆几桌酒，为严公子接风。

严世蕃说，不要太铺张了，我又不是钦差，就我们几个聊聊。

胡宗宪说，行，缩小范围，但我的几个幕僚，总得见见啊，他们可是很仰慕你呢。

就在这次宴席上，严世蕃第一次见到了罗龙文，开始了他们的生死之交。

胡宗宪说，这是我的老乡。这次智擒陈东、麻叶，打败徐海，他可是立了头功！

罗龙文调侃说，我可是王直的亲戚，你们不要怕啊！

赵文华听了，问道，是什么亲戚？

没等罗龙文回话，严世蕃就说，好啊！踏破铁鞋无觅处，胡总督，你得看好，别给溜了。

胡宗宪正想接话，严世蕃却已经举杯向罗龙文敬酒说，借花献佛，先敬你一杯。又转对胡宗宪说，祝贺你又有一个好帮手，捉拿王直，少不了此人！

赵文华接话说，东楼兄弟说的是，一语破的。来，我也敬罗中书一杯。

罗龙文暗自吃惊，素闻严公子聪明过人，果然名不虚传，一眼就看出我们的用心。原来他早就和胡宗宪商量好了，下一步招抚王直，他要利用亲戚关系，亲自出马。

酒宴后，罗龙文送严世蕃去府邸安歇，谈及自己的身世和抱负，感慨地说，我没有功名，胡总督却不嫌弃，接纳成为中书。我们都是徽州人，王直是我姨父，小时候常见面，不过隔了这么多年，如果去的话，不知道他认不认识我。

严世蕃说，你们徽州人会做生意，你可以做生意的名义去……哎，你做过哪些生意呀？

罗龙文说，别的不会，文物古董之类，颇能鉴别。做过古董生意，赚点小钱。这里古董多，就到这里来了。

哎呀！严世蕃顿时觉得情趣相投，说，正好要向你请教。会看古董，这可不简单！我家里有一些古玩，待倭事平歇后，请你到我家来坐坐，帮我鉴别鉴别。

罗龙文欣然应道，鉴别不敢当，不过，正好借此机会拜见阁老大人。

严世蕃说，其实你呀，倒不一定要出来做官，做点生意，赚大钱，比当官强……

赵文华听说严世蕃很久没到杭州，他和胡宗宪便陪他游了西湖。严世蕃在京师时，看似郎当，其实他那只眼睛天天关注朝廷上下。这次离家几个月，父子关注的抗倭事，眼看胜券在握，自己建桥的事更是指日可待，便急于回家去，向父母报喜。

回到家中，严世蕃见父母虽然高寿，但都还安康，便喜滋滋地向二老禀告。他知道严嵩早已得悉赵文华与胡宗宪抗倭捷报，便重点讲建桥等家事，去外婆家的那条路亲自去踏勘了，祠堂也请了工匠在整修。末了，嘴上抹了蜜似的说，娘，你老找个日子去看看，舅舅他们一家人都盼着你回去呢，你这诰命夫人脸上可有光了。

欧阳淑端笑吟吟说，好，到时候领着孙子一起去，也让他们知道祖上在哪里。

严嵩也凑趣说，是啊，不能数典忘祖，你下次去，是应该带绍庭去。

说到儿子，严世蕃接话说，绍庭喜欢练武，爹，你看他做什么合适？

严嵩说，到锦衣卫去吧，朝中大臣子弟，习武的都可以入锦衣卫。

严世蕃说，那就去找陆都督办一下这事好了。

唔！严嵩沉吟着说，陆都督现在很少来了，可能是与李默事件有关。李默一头撞死在南墙上，还是陆炳收的尸，他们是师生关系，感情深着呢……

严世蕃却有另外一种预感，陆炳都督的疏远会不会另有他人暗中掣肘，便说，我去看一下陆都督。

严嵩说，急什么，我再问你，县学修得怎样？

严世蕃说，县学按你老的意见，扩大了两倍，现在占地有二十余亩，翻修了尊经阁，新建了敬一亭。师生宿舍，都修缮一新。袁州一府四县，数分宜县学最好！

那就好，那就好！严嵩连连点头。宜春的房舍怎么样？

宜春那座房子也都修好了。严世蕃起身却又转头说，按你老的意见分为五个厅堂。你老住中间，我住前面，两边给妹妹回家住。后面住孙子。前后左右，都是你老的后代。我特意为二老设计了两把转椅，爹、娘，你们以后两老不用起身，就躺在椅上转着看吧，哈哈哈……

欧阳淑端被儿子逗乐了，笑呵呵说，好，好！

严嵩捋着胡子高兴地吟起自己写过的诗句：

他年诏许归蓬筚，广得真悬上赐车，……

黄阁此身长扈圣，赤松何计许归田，……

徐阶府第，儿子也在向老子汇报。

徐璠禀报徐阶，租谷收到七成，全部变卖后，新买了田产两万亩。还说整修了老宅，花了好几百两银子。

他们对赵文华与胡宗宪的抗倭成就忧喜参半。喜的是清除了倭寇，田产好管理了，以后收租就顺畅了；忧的是一旦太平了，变卖田产的人就少了。

徐璠汇报完了，正准备和弟弟徐琨离去时，徐阶叫住了他，扔给他一份奏章，说，你们又闯祸了！

徐琨心虚却嘴硬，辩解说，那是门客的事。

徐阶追问，到底怎么回事？

徐璠说，那天，我们正在家里吃酒，几个生员在一起谈论做买卖的事。客商要银票，生员不肯，吵着吵着就打起来了，家人帮助客商，打伤了生员……是不是那生员告到这里来了？

徐阶说，幸好落在我手上，皇上要是看到有你们好看的。

兄弟俩又想开溜，徐阶喝住他们，等等！

徐璠小心问道，爹你还有何吩咐？

徐阶说，你向富户多征两三年的赋税，名曰暂借，借到哪里去了。

徐璠好一阵哑然无语。

第十五章

诱降王直

碧空寥廓，金风送爽。

胡宗宪陪同赵文华行走在村镇毗连人烟稠密的苏杭大地上。从杭州到苏州，既可看到无垠的田畴，又可瞥见一面面断垣残壁，喻为人间天堂的大地上，呈现出一派破落衰败的景象。村民们大都逃难他乡，见官军来了，这才陆续回来，修缮房屋，收割稻子，倒在禾场上晾晒。趁着初秋的骄阳，尽早晒干，挑到阁楼上，掩藏起来，唯恐倭寇来抢掠。

胡宗宪指着不远处一座村庄说，那里就是陆泾坝，任环在这里打过一次胜仗。

赵文华说，听说这个任环在这一带很有威望，是吗？

那是有口皆碑啊！胡宗宪由衷地称赞，去年倭寇侵苏州，守将害怕，紧闭城门，数万人被关在城外进不去。任环那时虽然是同知，但他坚决主张开门，放平民入城。这几万人都感激他。在江阴、常熟，他与当地军民一起死守，救了许多老百姓。

赵文华说，国难当头，就是需要这样一心为民众着想的官吏。我们到了苏州，先去拜访他。

胡宗宪说，他现在已经是兵备副使，自然要接受巡查。

两人到了兵备使官邸，只见中堂上写着一幅这样的条幅：

充海阔天高之量，着先忧后乐之心，必如是方可以言士。

赵文华读完后，点头说，这人有骨气，胸襟博大。

任环出巡去了，书办接待二人，说，任大人经常勉励我们，要随时准备以身殉国。喏，你们看，他的衣服都有字：战死，份也！先人遗体，他日或收葬！

胡宗宪极为赞许：好！你们都该效仿他。你去找找他，就说赵大人来了。

任环得到书办的报信，匆忙赶回来了。他向督察和总督施礼后，汇报了巡视情况。

任环在汇报中，提到这里有一队严家兵，引起了他们的兴趣，并要他详细介绍。

任环说，我得为他们请功呢。

赵文华说，有功必奖，有过当罚。

任环接道，这是三年前，嘉定县黄姚里的村民们在严早生的号召下，组织起来，保卫自己的家园。十天之内，集合了五百人。这个村庄大都姓严，所以就叫严家兵。严早生有五个儿子，分别叫大显、大军、大成、大俸和大邦，个个都有武功。他让他们一个人带一百壮丁，经过训练，很有战斗力。前年倭寇围嘉定，我带兵去解救，严家兵主动参战，非常勇敢。后来，我就带着他们转战于仪真、昆山一带，在一个雪夜里，我跌进深沟，幸严氏兄弟相救而生还，要不然，今天还见不到二位大人呢，哈哈哈……

胡宗宪说，你怎么不早点请功呢?

他们回家去了，要保卫自己的村庄。他们不是我的直属部队，所以也就没有报。任环望着远处说，他们这个村庄，有了严家兵，倭寇就不敢来。

赵文华余兴未尽，追问道，后来呢?

任环说，后来他们又主动跟随卢镗将军，在青浦、五甲桥一带打仗，也有过战功。

赵文华目视胡宗宪问道，报了没有?

胡宗宪摇头说，没听卢镗说过。

赵文华说，你现在正式报请，不能将他们埋没了。每个村庄，每个集镇，要是都有这样的严家兵，倭寇怎敢猖獗?

胡宗宪对任环说，你去跟他们说说看，如果愿意，就给军饷，调到我身边来。

好啊！任环很爽快地答应。后来，他也认真地承办了这事。这支严家兵跟着胡宗宪打了几次胜仗，仍然是作为民兵，打完了就回家，也不要朝廷的器械和粮饷。

胡宗宪觉得这个办法很好，鼓励各地都组织民兵保卫自己的家园。抗倭前线，又多了一支生力军。

他们一边巡视，一边督战，运筹有方，配合协和，如鱼得水。往北行至常州时，闻报有一股倭寇从长江登岸侵扰。胡宗宪督令总兵徐珏率所部迎敌，大战于常州城下，斩敌数百，打退了敌人的进犯，残敌往长江口逃去。

赵文华说，这长江口上，须专设一把总，你看放在哪里合适？

胡宗宪说，就放在圌山吧，我已令俞大猷派兵驻守。

回到杭州，又向东巡视。赵文华很关心老家慈溪的安全，曾给当地官员去信，要他们抓紧修筑城墙。正准备开工，倭寇就来了，残杀民众无数，知县柳东柏畏罪出逃，海道副使刘起宗派剑官杜槐率兵守卫余姚、慈溪、定海一带。倭寇又大举进犯，赵文华督令杜槐迎敌，大战于白沙，一天内激战三次，杀贼三十余人，斩敌酋一名。杜槐不幸受伤坠马而亡，其父杜文明分别御倭于城东演武坪，斩白眉倭头目一人，从倭七人，生擒二人，倭寇大败逃跑，惊呼杜将军来了！杜文明乘胜追击到奉化枫树岭。但是，终因兵少，又无后援，被敌人包围，力战而死。赵文华闻讯，深受感动，对胡宗宪说，这样的人一定要厚加追恤。

后来，追赠杜槐为光禄寺丞，杜文明为府经历，荫一子为国子生，命令当地立祠祭祀。

赵文华回到老家，见田园荒芜，城郭破败，很是伤感，对胡宗宪说，浙东重地，一定要派得力将领来驻守。

胡宗宪说，我早就想好了，准备派戚继光来。他正在练兵，这人世代尚武，文韬武略兼备，是个不可多得的人才。

好！赵文华赞赏说，你在这里，是要注意选拔人才，接受张经的教训，不要论资排辈，只要肯用事，不怕死，有真才实学，就要大胆任用。

你说得对。胡宗宪感触颇深，说，我这里的文官幕僚，没有什么功名；武将也没有什么官职。诚如大人所言，破格提拔，大胆使用。文的幕僚，他举了徐渭，七次应试，均未考中，但他确实有才；武的举了刘显。说刘显本是个强人，有一年胡宗宪在山东益阳当县令，奉命剿匪，捉到了刘显。得知刘显武艺高强，膂力过人，祖籍是江西南昌，因家境贫寒，无以为业，流落到山东，失足为盗。他通过了解，认为他并非歹徒，便有意开导说，刘显，你有这么好的本事，为何不投身行伍，去为国立功？刘显听从了他的劝导，他就带他到了江南。末了，胡宗宪调侃说，有一次在一次遭遇战中，要不是这个刘显拼力奋战，我可能就见不到大人了。

啊！赵文华讶然失声。你手下真是藏龙卧虎，文武兼备。刘显现在何处，怎么没见他在你身边？

江北也得有人把守，我已派他到江北与李遂一道，镇守扬州、南通一带，当副总兵去了。

李遂也是江西人，祖籍丰城，他们是大同乡，合得来。

赵文华称赞说，不愧为七省总督，想得很周到。南面的福建，是怎样部署的？

胡宗宪说，福建已派阮鹗去了。这个人守桐乡时，表现不错。不过，他原来是个学政，不是行伍出身。待浙东事平，当派得力干将去福建荡平余倭……

经过半年的努力，赵文华觉得这第二次督师该做的事都做了，唯一还要做的便是报捷。他跟胡宗宪说了后，胡宗宪便要茅坤执笔，上表告捷。在概述乍浦获胜后，又有沈庄之捷，擒陈东、麻叶，歼徐海、吴四、董大等贼首。上表中称：每伙不下数千、佰人，今皆仰仗元威，神输鬼泣，尽归罗网……呈报了数十位有功人士，请求褒奖。

胡宗宪阅后，加了一句：且适当圣诞期（其时正是八月十日，为世宗寿辰），东南士民，鼓舞欢呼，举手加额，颂祝万寿，皆我皇保爱万民之德，昭格上元，荡平百蛮之威，远敷沧海，实非职等所能为也。

朱厚熜见到奏疏，很是高兴，立即手谕批示：

妖氛荡平，仰赖天地洪庇，朕心感悦。胡宗宪、赵文华、阮鹗，先赐敕奖励。各处调兵将数多，督抚官即时勘的散回。赵文华命回京。

赵文华与胡宗宪第二次合作抗倭，又相处了六个月。告别时，胡宗宪依依不舍。全仗了这个赵文华的极力保荐，自己才得以幸任总督；又是这个赵文华，带来了内阁首辅的亲切慰问与支持，带来了皇上的尚方宝剑和奖励，这才得以官府听调，将士受命，能够较为顺利地节制方略，运筹帷幄，取得一次又一次的胜利。现在钦差要走了，又不知将会遇到什么样的掣肘与不测。唉！……胡宗宪忍不住仰天叹息。自古将帅在外要想立功，都离不开朝廷的大力支持啊……

赵文华也很是眷恋难舍。这第二次督师的半年，全仗了这个胡宗宪啊！如果还是周琉，还是杨宜，断然不会有这样的成就。看来，他的举荐是对了。有这位总督在，东南半壁江山是可安靖无虞。他可以放心地回京了。临别前，胡宗宪说，赵大人，陈东、麻叶交给你了，算是献给皇上的一份厚礼。请大人一定要奏明皇上，宽大为怀，赦其死罪。如果杀了，下一步想要招抚王直，就很难办了。

一定，一定！赵文华满口答应，下一步你的主要精力，就放在王直身上。同时，还要训练水师，准备入海作战。

胡宗宪回道，大人说的极是，我和王直是同乡，会好好利用这一层关系。

好！赵文华想起了严嵩的嘱托：攻心为上，乡情、亲情都可以利用。

胡宗宪被触动了心弦，忍不住自言自语：好一个亲情，唔！我有办法了……

赵文华第二次督师凯旋回京，严嵩非常高兴。这个得意门生这次又立了大功，加少保衔，领从一品俸，比同级尚书高一级俸禄。爱将胡宗宪升南京兵部尚书，领二品俸，获赏银三十两。赵文华与胡宗宪二人各荫一子为锦衣千户，其余各有功者，均有赏赐。严嵩自己也以赞画功，获赏银四十两，纻衣二表里。

严嵩诗兴勃发，要搦管觅句了。他入阁以后，忙于事务，眼底和笔下都是公文奏章，很久没有写诗了。这次江南大捷，像春风拂动老柳终于吐绿发芽了。于是，他写下了一首七律：

江海称兵四载余，每劳宸札问何如。
老臣报国无他技，喜接门生破敌书。
帝授兵符遣视师，庙谟神略有谁知？
淮西功业称惟断，安得韩公为勒碑。

若要将赵文华、胡宗宪与李愬平淮西比，还得借助韩愈这样的大手笔为之写碑铭。

他将此诗题为《闻赵尚书平倭奏捷志喜》，派人送给赵文华。

赵文华收到这首诗很是感动，再次从心底涌起感激之情，这次之所以能够获得成功，全靠了阁老的支持、激励与指点。因此，他在向嘉靖皇帝谢恩的奏疏中写道：

臣与宗宪弟，臣师嵩所授也。

就在严嵩为平倭奏捷写诗的同时，胡宗宪的幕僚沈明臣也写了一首诗：

衔枚夜渡五千兵，密领兵符号令明。
狭巷短兵相接处，杀人如草不闻声。

此诗题为《凯歌》。

沈明臣平生作诗七千余首，乃江南才子，浙江宁波人，他对胡宗宪极为钦敬。胡宗宪后来含恨去世，他饱洒热泪，充满感激与愤慨之情，为胡宗宪立了传，保存了许多珍贵的史料。

嘉靖皇帝命令兵部献俘奏捷，陈东、麻叶到了生死攸关的时刻。

严嵩建言不可杀，赵文华专门上疏，请宽恕二贼，以抚从倭。

朱厚熜批示：不杀何以显天威？一个斩字，陈东和麻叶血溅西市。

那天，看的人很多。这几年，京师的百姓虽然没有受到倭寇的袭扰，但是东南沿海的倭患消息还是时有所闻，大家都怀着一种好奇心，看看这倭酋是不是和平常人一样。

朱厚熜还专门祭礼太庙，向祖宗报喜。

兵部大宴群臣，庆功祝捷。这时，赵文华自然成了一颗最明亮的耀星，大家纷纷向他道贺。严嵩坐在上首席位，大伙都向他敬酒。但是，他像是吞了苦果，怎么也高兴不起来。他对赵文华说，宗宪下一步棋可不好下了。赵文华苦笑着回道，天威不可迕啊。唉！又对不起宗宪了。这天，两人都喝醉了，赵文华虽然有所忧虑，但更多的还是被众人的道贺盛情难却，而严嵩则有借酒浇愁的意味。

京师很快出了特号邸讯：倭酋陈东、麻叶在京师授首。

那时已经出现邸报，是用活字木刻印刷的。朝廷每当有什么重要新闻，可以经过官方的驿道传送，传递到全国四面八方。皇帝有什么通告，要晓谕百姓，也常用邸报的形式，传送到州、县一级，类似于现在的报纸，不过局限于官方信息，且字数有限，多为一事一报，不定期刊发。

邸报传到杭州，胡宗宪看了，大吃一惊。他正在派人去晓谕日寇，劝说王直。王直如果知道这几个人是招抚后被捉去的，现在又将其杀了，他还会再上当吗？他真不理解，朝廷怎么会做出如此顾前不顾后的决断。如果这一步险棋救不回来，抗倭大业很可能又要前功尽弃。

于是，胡宗宪急忙召集茅坤、沈明臣等幕僚商量对策。起初，大家都面面相觑，嗡嗡嘤嘤地议论着，不知如何是好。沈明臣一直没说话，缄默了好一阵后，终于开口了：邸报已发至各州县。倭寇到处有侦探，瞒是瞒不住了，得在消息上做文章。

茅坤灵犀一点就通，他生发了沈明臣的意见，说，这得另外发布一条消息，就说陈东、麻叶之死，不是投诚捉来的，是打仗俘虏的。

沈明臣却又感到为难了,说,我们怎么好发邸报?邸报只有朝廷才有发!

胡宗宪稍一沉吟,说,有了!我们想另一种办法,让王直知道,他们是内部火拼,打了败仗,然后才被我们捉住的。

沈明臣与茅坤异口同声地问,什么办法?

演戏!胡宗宪说着,竟自笑了。

演戏?

对,演戏。胡宗宪说,演一出沈庄之战的戏,让大家都知道这陈东、麻叶是战败后被擒,与招抚无关。

沈明臣便说,那就请茅大人写这出戏吧。

茅坤说,我只会做官样文章,唱戏的脚本,还从来没写过。这事得找文长,他是多面手,诗文、戏曲、书、画,样样精通。

胡宗宪说,好,我去找他。这个徐渭,好几天没来,缩在家里,被什么迷住了?……

徐渭字文长,自号山阴布衣,青藤道人,虽然屡试不中,但他才情卓绝,诗文、戏曲、书、画确实样样精通,为晚明著名文学家,思想家,对兵法也很有研究,文学成就在前七子、后七子、嘉靖八才子之上,思想奇崛激进,有远见,他去世后,史学界公认他与李贽均为晚明进步思想界的代表人物。但他在世时穷困潦倒,因为没有功名,便没有官做,靠卖画卖字为生。有时喝醉了酒便疯疯癫癫地骂人,被视为畸人,骂为癫子。官场上谁也看不起他,胡宗宪却独具慧眼,听说有这么一个奇人,就将他请到府上,盛情款待,先和他谈兵,看看他是否真有本事。

胡宗宪第一次见到徐渭,确实大吃一惊。只见他虽然像是文士衣着,却很破旧,上唇和下巴上的胡须渍亮而紊乱,脸上显出一种玩世不恭的蔑笑。

胡宗宪向他施礼问道,我身为总督,很想知道为将之道,文长先生有何高见?

徐渭回道,过去论将多讲一个勇字,我的愚见,这是对将才的粗鄙评价,不精确。将军也是人,人之气在于鼓,人之心在于决,气时时而鼓之,心时时而决之,以这样的办法来带兵,就会打胜仗。

胡宗宪觉得他出语不凡,紧接着又问,那请你谈谈心与气的关系。

心,好比水,气,好比浪。徐渭边说边舒展两臂做手势。为什么会有水波?在于有风,要想没有波,就得没有风;要想鼓气,就在于决心,去风与鼓气,为将之道也……

那应该怎样用兵呢？胡宗宪边听边思索。

徐渭答道，兵贵庙算。有几句话，可以概括：审时势之顺道，察地形之险易，量进取之先后，择将帅之贤否，料储蓄之多寡，知士卒之强弱，阅器械之利钝，以为攻守之具，此可以先设者也……

说得好！胡宗宪忍不住拍案称奇。接着他又提出几个问题，怎样才算神兵？怎样才能取胜？

徐渭说，物有变化，兵也有变化，取胜不难，难在知道敌人之变化，因敌之变化以胜，这就叫神兵！

好一个变字！胡宗宪细细地咀嚼着这个变字。从此之后，胡宗宪每次决策，都要听听这位自称为布衣与道士的意见。

总督府戒备森严，外人进出都要通报，独徐渭例外。有一次，已是半夜了，徐渭喝得醉醺醺地闯了进来，门卫急忙拦住，说是天色已晚，总督已寝，徐渭借着酒意，强行要进去。门卫边挡边派人报告总督。胡宗宪听说是徐渭来了，连忙披衣起床，扶到帐内安歇，安慰说，今晚我们就共睡一床，你有什么意见，尽管说与我听……

有好几天没看见徐渭了，胡宗宪耳边好像少了一种声音。他喜欢听徐渭的奇谈怪论，更喜欢他写的文章作的诗，画的画，写的字。他自己原本也是一个文人，公务闲暇，也喜欢吟诗作对，写点文章，常请徐渭评点。他自己心想，进帐时是总督，出了营帐，他也是布衣。徐渭看似贫贱，其实心性非常高傲，卖字卖画，宁愿卖给贫民，也不卖给官家。唯独在胡宗宪面前，他肯卖，写的东西，也愿意交胡宗宪品评。

胡宗宪今天走进徐渭房间，见他正在搦管蘸墨在纸上龙飞凤舞，便笑问道，天池山人，在写什么呀？

徐渭的字号很多。他初字文清，后改字文长，号天池山人；署名时，又称田水月、田丹水，后又称青藤道人、青藤居士、天池渔隐、金垒、金回山人、山阴布衣、白鹇山人、鹅鼻山侬等号。

徐渭说了声请坐，搁笔回答说，我在写雌木兰。

胡宗宪还不甚听明白，说，木兰从军，人家早已写过，你是在改写吗？

不！我这是真木兰。徐渭一本正经地说，历史上的花木兰代父从军，还只是个传说，不一定真有其人。我们眼前，可是一个实实在在的木兰啊，她

是代孙出征，此人曾是总督手下的一员爱将，你该没有忘记吧？

哦！你是在写瓦氏夫人。胡宗宪憬悟了，这位巾帼是值得写。他走到徐渭书案前，只见纸笺上已写着的雌木兰开头一首婉转词：

旧来妆粉暗，啼罢泪痕清。莫道红裙怯，官家盛甲兵。

好！这个头开得好。胡宗宪拿在手中读完后放回书案，说，你这雌木兰是该好好写完，不过，我今天来找你，是想请你写一个剧本:沈庄之战。接着，他把写这剧本的想法和要求都述说了一遍。

徐渭说，既然是兵事需要，我就先写这沈庄大战。大人，你何时要？

胡宗宪说，越快越好。但要注意，不要写我们如何招抚，只要写这一仗是怎么打的，陈东、麻叶怎么当的俘虏，徐海亦是咎由自取，以至死亡……

徐渭说，我明白了。大人可以先找好戏班子，我这剧本不消几天就可以出来。

瓦氏夫人的出现，感动了很多人。杭州南面，距总督府两百里外扎营的一位将领，现时也在思念瓦氏夫人，这人便是戚继光。

戚继光十七岁就接替父亲担任山东登州卫的指挥佥事。他住在海边，从小就看到倭寇对沿海人民的残酷蹂躏，非常仇恨这些匪徒，因而立志要荡平倭患，救黎民于水火之中。他研读兵书，在扉页写下这样的铭言：

封侯非我愿，但愿海波平。

十年后，二十七岁的戚继光奉调南下浙江防倭，任游击指挥。得到胡宗宪的赏识，升为参将，防守宁波、绍兴、台州一带，带的兵都是从当地各个卫所调来的，老弱居多，不听指挥。尽管自己冲锋在前，无奈士卒不能尾随在后，但还是打了几次胜仗。他深深体会到要消灭倭寇，必须建立一支经过严格训练的精兵，才能应付裕如，立于不败之地。

瓦氏夫人在松江练兵，对戚继光是一个很大的启发。瞧！这些狼兵，都是夫人亲自训练出来的，一个个矫健勇敢，能冲会杀，那长短结合的兵器，机动灵活的阵法，无不令人钦佩，使人折服。这样的兵才能冲锋陷阵有战斗力啊……

我堂堂富庶浙江，岂无骁勇之才？戚继光行军、驻宿，都注意观察。一天路过义乌，村民正在械斗，那种狠劲，真是比倭寇的双刀兵还狠，可惜打的是自己的同胞。要是能调解他们，召集起来，予以训练，对付共同的敌人倭寇，那有多好！于是，他停了下来，让队伍整齐地伫立在路边，独自赶到械斗的村民前，横舞着双手大声说，不要打了，大家听我说几句。冤家宜解不宜结，何况你们都是同一个地方的人。现在，倭寇在到处抢我们，杀我们，真想打架，就跟我戚继光去上前线，去杀倭寇。那才是好汉。

精诚所至，金石为开。乡民们被戚继光满腔爱国的热忱感动了，停止了械斗。

戚继光就将队伍临时驻扎在义乌，连夜向胡宗宪建议，在这里招募一支新兵，就地训练再带去海防前线。

关于为什么要练新兵的问题，戚继光曾向胡宗宪提过，胡宗宪表示赞许。现在有了具体行动，又选在义乌招募训练，胡宗宪也认为选择得对。于是，立即批复同意，先募兵三千，就地训练。

义乌山区的矿工和平原丘陵地区的贫困农民，纷纷报名参军，很快就征足了三千名。

戚继光对招募的新兵晓以大义，说明这支军队的目的是保境安民，驱逐倭寇。所以，一定要严守纪律，服从命令，不能骚扰老百姓。接着分组编队，开始严格的军事训练。

戚继光仿效瓦氏夫人的阵法，也以十二人为一小队，最前面的是队长。紧随队长的两个人持盾牌，盾牌分长形和圆形各一面。广西狼兵用的是藤牌，义乌没有长藤编织，就改用圆牌。次二人持狼筅，代替狼兵的狼牙棒。义乌一带产竹子，戚继光随机应变，传令砍竹作武器，削尖竹头，在火上烤一下，再用水淬一下，竹尖竟然锋利如尖刀，且长有一二丈，远远地可以将敌人刺倒，这是一种最长的兵器了。其次，就是瓦氏那种长枪，左右共四人。紧接着是两个短兵器，做到了长短结合。最后一个是伙头兵，即使单独作战也有人做饭，不致挨饿。上了阵线打起来也和狼兵一样，长的上前，短的接应，左右协调，前赴后继，机动灵活，充分发挥近距离勇敢拼搏的技能。这种打不散，冲不垮的阵法如水中永不分离的鸳鸯，故取名为鸳鸯阵。江南水乡，道路曲折，难于大阵地作战，这种小阵法一出现，就充分显示其独特的战斗力。

经过三个月的严格训练，很快就成为一支劲旅，在浙东沿海打了几次大胜仗。后来，又两次到义乌、东阳一带募兵训练，队伍扩大到一万余人，成为远近闻名的戚家军。东南倭患，最后被戚家军荡平。

胡宗宪在招抚王直的事情上，始终不敢松懈。前年出使日本的蒋州、陈可喜回来了，他立即在总督府接见他们，听取他们在日本时的有关情况。

蒋州禀报说，在日本的萨摩岛，见到了王直，在交谈中，他有意试探了王直，觉得王直颇有归顺的意思。

陈可喜说，日本现在四分五裂，都想与中国通贡互市。山口、半后等岛已派人去京师，请求朝贡。

蒋州补充说，王直后来还问及他家人的情况，我说我是宁波人，不太清楚。

胡宗宪断然回道，你们再去一趟，我自有安排。他略一思忖，说，是得有一个家乡人去，最好是他的亲人……哦，有了，……叫罗龙文来！

罗龙文很快就被叫来了，他一进帐便问，大人有何吩咐？

胡宗宪说，你去趟徽州，把王直的母亲、妻子、女儿全接过来。

好啊！罗龙文爽然应道，我又可以回家了。

胡宗宪问他，你准备怎样跟她们说呢？

这……罗龙文略一沉吟，说，我就说是总督您请她们来。

不行！

那该怎么说？

你就说，王直已到杭州。

那……岂不是骗她们吗？

先让她们高兴高兴，只要她们来了就好办，我这里自有安排。

罗龙文说，好！我一定把她们请来。

打发了罗龙文，胡宗宪又未雨绸缪，开始考虑下次去日本找王真的人，该怎么做，带些什么东西去……

他正思虑间，幕僚唐顺之来了。唐顺之是随同赵文华第二次督师而来的，赵文华返回京师，他尚且留了下来。

唐顺之见胡宗宪心事重重的模样，便说，出去走走，散散心吧。

胡宗宪通过这半年多的接触，对唐顺之有了深入的了解，将这位荆州先生视为宾客，不同于一般幕僚看待，心里有什么话，也愿意向他倾吐。

既然是闲逛，两人也就不穿官服。出了总督府，来到官巷口，只见戏台上还在唱戏。徐渭写的剧本已经上演了，看的人很多。只听靠路边的一个老头说，沈庄这一仗打得真好，几个倭寇头子都捉到了……哎！你们看，那位指挥官，该是总督大人吧。

唐顺之悄悄拉了拉胡宗宪的袖子说，走吧，他们发现你了。

两人随即拐进了一条胡同，走进一所茶楼。茶楼里有人在卖唱，唱的是凤阳花鼓调。只听一位姑娘一面击打渔鼓一面唱道：

说凤阳，道凤阳，凤阳花鼓响四方。

今日不唱七仙女，唱的是织女和牛郎……

咚咚锵，咚咚锵……

胡宗宪先是漫不经心地听着，继而细细地品味起来。忽然，他两眼一亮，说道，哈哈！真好。走，回府去。

唐顺之补叙说，你一定是想到王直了。

正是！胡宗宪说，这回一定要多派几个人去，其中包括他的女儿。

唐顺之主动请缨，说，我去吧，算我一个。

胡宗宪问道，你不怕……他咽下了一大截话，改为四个字：海上风浪？

唐顺之说，我一向主张对倭用兵，胜败在海上，是得体验一下海上的潮汐呢。

好，你去。胡宗宪说，你写封信，用我的名义写，届时见机行事，不仅对他本人，还要对他的主要助手做工作。

明白了。唐顺之说，最好叫罗龙文一道去，他们是亲戚。

胡宗宪说，还要带些金银珍宝和绸缎布匹去，慰劳他们的主要僚属。这叫舍不得孩子套不着狼啊！

半个月后，罗龙文带着王直的家眷回到了杭州，向胡宗宪交差。

胡宗宪很是高兴。他回到家里，对宠妾罗月妹说，你有事做了。

罗月妹心有灵犀，说，是不是叫我去陪王直的家眷？

胡宗宪说，你猜对了，她们从徽州来，我要让她们玩得开开心心。

罗月妹带着王直母亲、妻子和女儿游西湖，看虎跑寺，观雷峰塔，又到灵隐寺里进香。

王直母亲一面敬香，一面暗暗祈祷：请菩萨保佑我儿，平平安安……

该玩的玩了，该吃的也吃了。罗月妹将三人领回总督府歇息。王直发妻张氏忽然问道，不是说王直已经到了杭州了吗？怎么还不见他人呢？

罗月妹虽然早有准备，但还是愣了一下，说，已经派人去接了。本来约好了，昨天就要到的，但昨天收到他派人送来的信，说近日有什么急事，要改些日子才能登陆上岸。

王直母亲叹息说，十多年了，一年到头总是为他担惊受怕。

罗月妹说，你老既然想儿子，何不写一封信，我们派人送去，要他归顺朝廷，以后就天天在一起，再也不用为他操心了。

王直女儿王小凤说，奶奶，我看是该给爹写信。我长这么大，还不知道爹爹是什么样子呢。

张氏潸然泪下，说，你爹走的时候，你才两岁，你怎么还记得？

小凤奶奶说，小凤，你帮我写，就说我在这里很好，官府招待得很周到。我这么大年纪了，你再不回来，恐怕就再也见不着了。

她一说完，三人都哭了起来。

罗月妹劝慰说，你们安心在这里住吧，官府已经准备好了，马上就有人去。

王小凤说，那我也去，我真想早日见到父亲。

罗月妹问她，你会唱戏吗？

张氏说，我这死妮子，在家里一天到晚就喜欢哼哼唧唧。

好！罗月妹又问，会不会唱凤阳花鼓？

王小凤说，会几句，不是很熟。

罗月妹说，我请人教你，学好了，到时候好好表演给你爹爹看。

王直居住在海上的小岛属琉球群岛。

为了做好对王直的招抚工作，胡宗宪在督府内对出行人员做了精心的策划和安排。蒋洲前年受命出使日本，在萨摩岛见到过王直。这一次，胡宗宪要他先走，就说是从日本回去的，萨摩王受到威胁，不给岛子让他住了。蒋洲认为这样说可行，因为王直知道他是去过日本，会相信他的话。胡宗宪又对陈可喜说，他的任务主要是当导航，一定要负责将罗龙文和王直的女儿送到王直居住的小岛上去，让罗龙文带上王小凤，先唱花鼓然后认亲。陈可喜表示，保证送到。最后，胡宗宪对唐顺之说，如何说服王直归顺朝廷，就全看你的戏了。唐顺之表示，一定见机行事，让王直心服口服归顺朝廷。

王直得悉官府要派人来与他交涉，为了显示他的声势与威风，整个东海浦津岛上，到处飘扬着他的徽王大旗，港内的大小船只排列得整整齐齐。港口的几条大船并排在一起，正在练兵，骑兵在走马射箭，步兵在舞刀弄枪，处处杀声震天。

罗龙文化装成客商带着王小凤上了岸，说是前往日本，路过此地。两人本来就是表兄表妹，此时以兄妹相称，很是自然亲切。王小凤上岸后，有意无意地拍了几下表演的渔鼓道具，引来了岛上守卫的盘问。罗龙文顺便就说，他们来自安徽，这妹子是唱渔鼓的，如果各位不嫌弃，愿为大家表演一场。

王直与他的手下有许多人是安徽人，听说有人愿为他们表演渔鼓，都表示愿意观看。于是，两人被引入大厅内，王小凤打起渔鼓，用那悠扬甜润的歌喉唱了起来：

咚咚哐，咚咚哐，咚咚哐咚哐咚哐……

说凤阳，道凤阳，凤阳花鼓走四方……

小岛上难得有文娱活动，几个头目伫立在徽王两旁观看。王直在岛上娶了个名叫千岛美惠子的日本妻子，这时也倚在王直身旁观看。那熟悉而又陌生了的乐曲和乡音，唤起了王直对故乡的回忆。他情不自禁地对千岛美惠子说，好久没听到这曲调了，真是爽心悦耳。

王小凤一面击打渔鼓一面继续唱道：

今日不唱七仙女，也不唱那织女和牛郎，单表那汪家大郎落了草，啸聚山林称大王……

咚咚哐，咚咚哐，咚咚哐咚哐咚哐……

家财万贯没了官，封印贴在大门上。白发老母哭苍天，妻叫儿来儿叫娘……咚咚哐！

那一年淮河涨大水，一家老少去逃荒……

随着王小凤的演唱，故乡的山川、阡陌、村庄和乡亲，一一从王直的眼前闪过。他听着听着，双目忽然盯着王小凤不眨眼了……这小妹子多像一个人啊，好像在哪里见过，哦！对了，真像自己的前妻张氏。他的眼里不知不觉地沁出了泪花。

王直这些表情的变化，罗龙文全看在眼里。就在王小凤唱完一段落时，他立即向她做了个休止的动作，跑上前去，拉着她奔向王直，两人几乎同时跪倒在王直面前。罗龙文大声说道：姨父在上，外甥罗龙文拜见姨父。随即指着王小凤说，表妹小凤是你的亲生女儿……

就在这时，王小凤朝王直哭喊了一声：爹！我是你的女儿小凤……

王直和他身边的人几乎都愣住了。

忽然，哗的一声，有人掣出了身上的佩刀。这人不是别人，正是王直的干儿子毛海峰。他拜王直为干爹后，改名为王敖，性子刚烈而火爆，向来对官府不满，仗着一身好武艺，为王直所信任，遂结拜为父子。他拔刀后，虎视眈眈地瞪着罗龙文喝问：你是什么人？到这里来究竟干什么？

罗龙文镇静地回答说，我是客商，与表妹同行路过此地，顺便拜见姨父

大人。

我看你一定是朝廷奸细，派来做说客的。毛海峰说着，举起了佩刀。

海峰不得无礼！王直大喝一声，制止了毛海峰，仔细打量着罗龙文问道，你真的是龙文外甥？

罗龙文说，姨父，我是你外甥罗龙文，你走时，我才十岁。不信，表妹小凤可以作证。

王小凤仍下渔鼓，上前抱住王直，又哭喊说，爹，我是你女儿小凤，他是龙文表哥……

王直早已热泪横流，搂着王小凤，哦！小凤，小凤……你娘还好吗？

王小凤边哭边说，娘还好，她天天念叨着你呢，还有祖母……

啊！对了，你祖母还在？

在，她更是天天哭着念叨你呢……

王直捶头痛哭，仰天长啸：娘！儿对不起您老人家呀……

王敖见此情景，忙收起刀对罗龙文致歉：对不起，罗官人！又对堂上的众多兄弟说，大王的亲人来了，咱们先回去，让他们先叙叙旧吧。

王小凤随即取出祖母嘱托她写的信，交给王直，说，爹，是龙文表哥到老家把祖母和娘都接到杭州来了。

王直打开那封信，只见信上写着:儿呀，我在杭州等你，你快回来呀……王直忍不住泪眼迷蒙，伏地痛哭，娘！儿对不起你呀……

这一夜，几个人心里的话，像山涧流水，一会儿潺潺细语，一会儿像跳崖瀑水，飞腾直下。王直叙说了他十几年的漂泊生涯，唉叹说，我也是迫不得已呀！……

王小凤倾吐了一家人因为父亲误入歧途而遭受的种种歧视和苦难。她说，娘娘被人骂为土匪婆，她则被骂为土匪崽，母女俩走在路上，总是被人指指点点……祖母年老了，好在腿脚还好，从早到晚 因常年流泪，眼睛不行了。小凤动情地说，爹，她老人家总念叨着要你回去……

凤儿，爹对不起你们呀！……王直又忍不住声泪俱下。

坐在一旁的千岛美惠子深受感动，她和王直已相处八年，知道王直心里的苦处，抚慰说，如果有机会回中国，就回去看看吧。

罗龙文也补叙了一些往事，说，姨父你出来时，小凤刚学会走路，在我家住了两年，姨娘就帮人家洗衣服做饭，赚点钱供养祖母和小凤。后来你托人捎钱回来，她们才回老家去住……姨父你也不容易啊，在外面像浮萍一面被风吹雨打，没个安生日子。

王直仔细打量着罗龙文，说，是啊！那年你才十岁，长得多像你爹啊。现在哪里做事？有什么困难吗？

罗龙文这才和盘托出，坦诚说道，不瞒姨父，外甥现在胡总督麾下。胡总督非常好，不像一般官吏，我干得很顺心。胡总督也是徽州人，他很敬重姨父。我就是奉他之命去把小凤她们祖孙三人接到杭州的，他很希望你去杭州全家团聚呢。我这次来，胡总督要我代他向你老问好。

一提到总督，王直不由警惕起来，诘问道，这么说，你这次是代表胡总督来的啰？

不是。罗龙文回道，我只是随员，代表总督的是佥都御史唐顺之，他还在船上。

胡总督好会办事。王直似笑非笑地说，既然你还不是他的代表，那我派人去把能代表他的人接来。

王直派他的书记官叶宗满到海上接唐顺之。叶宗满号碧川，是个落魄秀才，他在落草入伙之前，就听说过唐顺之的大名，知道他很有学问，很是崇拜。所以，一见了唐顺之，很是谦逊，恭谨说，徽王有请大人。

唐顺之以礼回敬，很快便和叶宗满熟络起来。他从叶宗满口中获悉，他们的二船主是王敖，即毛海峰，此人颇难对付。三船主是王清溪，四船主是谢和，都是福建那边收编过来的。从他这书记官嘴里听来，似乎对官府并无大的反感，外派的侦探，都由他这书记官掌握，消息较为灵通，是个上下都通的机要人物。

叶宗满引领唐顺之来到徽王府前，只见王直端坐在大堂正中，另三位船主坐在两旁，十来个小头目簇拥两侧。唐顺之正要步入大堂，王直便走下台阶来迎接他，请他坐在自己右侧的一把椅子上。这样，既炫示了徽王的威风，又彰显了礼仪通达的本心。

唐顺之坐定后，王直对自己的部下一一做了介绍。唐顺之便起身拱手说，各位好汉辛苦了！本人能在这里与大家见面，真是三生有幸。这次来，顺便带了些礼物，慰问大家。说着，向随员招手说，抬上来。十几个随员抬上八大箱绸缎、布疋和日用品，两个箱子的上层都是珍珠宝玉，璀璨夺目。

王直疑惑地望着唐顺之，你这是……

唐顺之回道，奉胡总督谕令，愿与各位船主通和修好，化干戈为玉帛。

毛海峰立即插话，你们的总督，我们信不过。

胡总督与以往几位总督不同，唐顺之粲然笑道，他宽宏大量，乐善好施，广交朋友，包括诸位在内，从无歧视之心。他已向朝廷上奏禀明，只要诸位能归顺朝廷，保证摒弃前嫌，予以官职……

四船主谢和说，你们不是调集二十万大军，要进剿我们吗？

那是过去，两军对垒。唐顺之开解道，都是中国人，何必自相残杀，兵戎相见。

毛海峰呵呵大笑说，这么说，胡总督也得让咱三分了！

唐顺之立即正色说道，胡总督是儒将用兵，区别对待，愿意归顺者待之以礼，冥顽猖獗者绳之以兵，徐海有例在先！

三船主王清溪说，听说徐海是你们骗他上岸，才被打败的。

不！唐顺之断然回答说，徐海上岸时，焚舟发誓，气魄很大，这你们也知道吧。后来陈东、麻叶互相猜疑，自相残杀，又谩骂官府，胡总督出于公愤这才出兵。徐海负隅顽抗，这才败于沈庄，想必诸位亦有所闻。

王直很关心徐海的情况，问叶宗满：此话当真？

叶宗满对王直悄声耳语说，大王，据谍卒密报，徐海确系内讧招致失败。胡宗宪兵强马壮，不可小觑。

王直心里有所畏惧，表面上仍显威严地说，我王直可不是徐海，不会败在任何人手下。

唐顺之说，正是如此，胡总督对大船主才另眼相看，我这里有他的书信带给你，请大王过目。

王直边看边沉吟。

毛海峰说，是招降信吧？

王直仍旧缄默。

毛海峰像是为王直壮胆气，毅然说，不降！我们有数千里海疆，尽可纵横驰骋，自由往来，朝廷奈我何？

唐顺之笑道，要是日本人也跟你翻脸，抄你的后路，你的大小船只又停靠到哪里去呢？

毛海峰一时不知该怎样回答，却又想争辩，这……不会吧？

唐顺之进而诘问，你能代他做主吗？

王直已得悉日本国王自顾不暇，行将赶他们出境，觉得唐顺之说的有理，随即发话：归顺与否，明日再议。唐大人请先歇息。

这次会见，唐顺之已看出端倪。如果再议，很可能会有争议。如能通过叶宗满再争取一两个头目，归顺一事就更有把握。他觉得叶宗满这人还好说话，便邀请他上船叙谈。

叶宗满说，徽王早就有心归顺，只是王敖不同意。王敖与官府有杀亲之仇。我们都远在福建，有国不能投，有家不能归，父母不能孝，妻儿不能养……想起来就心凉，不愿意归顺。

唐顺之探询道，你们这三船主、四船主，福建来的，都愿意归顺吧？

叶宗满点头说，是这样。浙江来的主要是毛海峰，态度很硬，不肯投诚。

唐顺之拱手说，这就拜托你了，请你转告王船主、谢船主，如果带头归顺，便是有功之臣，包括你，顺之一定荐举。

叶宗满高兴地应承说，好，我一定好好劝劝他们。

唐顺之又叮嘱，毛海峰手下的一些头领你也可以事先疏通，在会上表态，不要盲从二船主。

叶宗满便要告辞，唐顺之又叫住了他，说，既然毛海峰态度坚决，最好不要招惹他。请你转告三船主，唐某恭候他光临。

三船主王清溪果然来了，唐顺之便晓以大义，婉言相劝他归顺。

王清溪说，我们原在福建横港，迫不得已才入海为寇，多难听啊，给家乡人丢了脸！那年本欲投靠官府，可是官府不理我们。王船主南下，我们看他势力大，就投靠了他。他似乎还有很多难言之隐，最后强笑说，唉！在这里也不是那么顺心，是得归顺朝廷。

唐顺之安慰道，王船主有这份心思就好，唐某记在心上。

最让人动心荡魂的莫过于骨肉亲情。

王小凤的到来，让王直激起了一种从未有过的思乡意绪。千岛美惠子是个贤内助，她看出王直的心思，便亲自下厨做菜，宴请罗龙文和王小凤。王小凤也很乖巧，一口一个二娘，叫得千岛美惠子笑得合不拢嘴。

王直一面给女儿夹菜，一面问她，二娘做的是日本菜，合你口味吗？

王小凤不管什么菜，都吃得津津有味。其实也有不合口味的，但她很懂事，只要到了嘴里，都说好吃。

吃完饭，千岛美惠子从衣柜中拿出一套和服，套在小凤身上，小凤显得

楚楚动人。罗龙文笑道,表妹穿上这衣服,真像个日本美女,干脆让二娘做媒,嫁到日本算了。

王小凤娇憨地说，不！我要回去。爹，我们一道走。

罗龙文乘机进言，说，识时务者为俊杰，时下的胡总督，可不比以往其他人。只有他，才会想起姨父，尊重姨父。说起来也不奇怪，都是徽州人嘛。要是换了别人，恐怕又不行了。同时也只有他，皇上信得过，他向皇上保举，你老一定会有官衔顶戴，比在海上漂泊为王强多了……

千岛美惠子说，中国很大，我很想去中国看看……

王直说，你跟我去了，也许就回不来了。

千岛美惠子说，那就跟着你留在中国呀。

王直笑道，那你就真的只能当二娘呢。

行！千岛美惠子爽快地回应，届时我还是二娘。转身又对王小凤说，你娘还是大娘，我们共同来侍奉大王，好么？

王小凤粲然笑道，好啊。二娘你尽管放心，我娘人可好了，她会处处让着你的。

王直说，能不能去，明天商量看吧。

罗龙文稍有疑虑，说，姨父，万一……

放心，我主意已定。王直决然回答说，他们即使不同意归顺，我一个人也得去一趟杭州，看望老娘。

罗龙文乘势加楔子，说，姨父，你是徽王，可得拿出徽王的尊严。王爷有令，谁敢不听！

于是，王直在他的营帐里，召集几个船主及有关人员，讨论归顺的事。

这是一件决定徽王及其麾下所有人命运的大事。

王直态度明朗。他首先宣读了胡宗宪的书信，说明这是朝廷的旨意，随即说，我们在海上这么多年，应该有个归宿。

叶宗满首先跟着表态，说，机不可失，时不再来，既然朝廷主动找我们，我们不要错过机会。

毛海峰态度仍旧坚决，我不相信朝廷。

三船主王清溪说，应该相信胡总督。

毛海峰说，那你先去！

王清溪说，我当然去。

你不怕把你抓起来?

我不怕。

王直劝止两人的争执，说，先不谈谁抓谁不抓，今天要决定的是，归顺不归顺，请大家表态。

叶宗满再次表态，赞成归顺，三船主王清溪与四船主谢和也随着表态，愿意归顺朝廷。接着，下面十几个小头目表态，也多数赞成。只有毛海峰，仍旧铁青着脸,像一块淬过火的钢,青而泛紫。他手下有几个死心塌地的头目，见他不表态，便也把嘴封闭得像陈年老酒的坛口，不透一丝气。

王直早就知道毛海峰的态度，但还是问他是否同意归顺。

毛海峰大声说，我看还是要慎重一些，大人如果一定要去，起码要他们留下一个人做人质。

唐顺之已在外面呆了好一阵，这时听到留人质的事，便应声入内拱手说，诸位好汉，唐某愿意留在这里，作为人质。

王直先是一愣，稍一沉吟，说，唐大人是朝廷派来的使者，两军相交，不斩来使，不能难为来使。请唐大人先回，禀告胡大人，换一个人来作人质，我们也派两个人，到杭州作人质，双方再进一步交谈。

波涛汹涌的东海海面上，行进着大小数百艘兵船，每只船上都旌旗招展。其中一面绣有徽王的大旗，尤为醒目。远远看去，数百艘兵船簇拥着徽王，浩浩荡荡地横亘海面，大有海上霸主的气势与威风。日本山口、丰后等岛上的酋长也派了使臣随同前往，准备打通关节，与中国互市做买卖。

大队船只停泊于舟山岑港。这里是王直的老巢。胡宗宪派来的人质，游击指挥官夏正亦也抵达岑港,再次带来胡宗宪的手书,邀请会见。王直不放心，要叶宗满先去，探视动静。

唐顺之见了胡宗宪，悄悄向他献策说，对叶宗满的探访，可用三国时蒋干中计的办法。

胡宗宪说，行，就照此计而行，你把信写好，我就搁在这里。

胡宗宪安排妥当后，亲自出门将叶宗满迎入府内，并引进内室交谈，甚为欢洽。两人畅谈正酣时，内侍敲门说，老夫人有事找总督大人。

胡宗宪便对叶宗满说，你先坐一会，我出去一会再来。

待胡宗宪出去后，叶宗满仔细打量室内的陈设，只见靠墙的壁架上摆满了书籍。他的视线落到了书案上，那上面有一份奏疏，他忍不住近前一看，

奏疏的题目竟是《请示厚赏王直书》。他赶紧速速浏览，见上面先是叙述王直多年漂泊海上，早思归顺……现已幡然醒悟，决意投诚，伏乞陛下加封王直为海道副使，都督同知；仍领所部，俾海上清宁，百姓幸甚……

叶宗满见书案上纸笔是现成的，赶紧抄了一份，藏于袖内，然后端坐客位座椅，品茶等待。

胡宗宪回到内室，对叶宗满说，王船主的母亲和夫人来了，你不妨代他先去看看。

叶宗满见了王直母亲，一面行礼一面介绍了身份。老人家怪怨道，他自己怎么不来呀？叶宗满说，我是代他先来看看的。老人家说，你回去告诉他，就说我眼睛都快哭瞎了，叫他早日来见面。

叶宗满回到岑港，将自己见了胡宗宪以及王直母亲的详细情况一一汇报，王直这才决心上岸。他毕竟在海上闯荡了十几年，为这次行动留了一手。他只带叶宗满、王清溪随行，命令王敖即毛海峰把守岑港，作为后应，以防不测。

浙江巡按御史王本固不了解内情，慌慌张张地赶到胡宗宪那里说，大人，不得了啦，王直几百条船开来了，总督可要小心！

胡宗宪成竹在胸，微笑着回答说，放心，本督自有安排。为防突变，他已命令俞大猷、戚继光加强戒备，卢镗率快艇在海上巡逻，密切注视舟山动态。自己虽着总督官服，但不列甲兵，步出府第，迎接王直。

王直见了胡宗宪，下跪稽首说，蒙大人多次手谕启示，王直前来拜见，请大人恕罪。足见其归顺之诚意。

胡宗宪双手扶起，说，你能率部归顺，就是有功了，何罪之有？

两人进入大堂，这里早已摆好筵席，备酒接风，唐顺之、罗龙文等人作陪。酒过数巡后，有人来到席边将唐顺之叫了出去。过了一阵，他返回席边说，大船主住的地方安排好了，老太夫人和夫人都在那里。王直已是酒酣耳热，便向胡宗宪辞别，去见母亲。

王直一见到母亲，便扑通一声跪在地上，母子俩抱头痛哭，两人都哽咽难言。

老人呜呜咽咽说，儿呀，自打你走后，我们婆媳祖孙三人，度日如年呀……

王直睁开热泪盈眶的双眼，望着满头堆雪的母亲自责道，儿子不孝，连累你们受苦了……

妻子张氏也抱住他哽噎呜咽，说，自打你一走，我的心就不在我身上了……

王直歉疚地说，实在对不起你，这十几年，让你受苦挨骂。

王小凤今天像六月的过路雨，先是跟着祖母和娘流眼泪，但很快就阳光灿烂，满脸堆笑，喜滋滋地说，祖母，爹，娘，我们一家终于团圆了。今晚我来做饭，喜庆全家团圆。

王直一家被安置在一栋高墙大院内，门口有警卫站岗，一切生活用品，吃的、穿的、用的都有人送来，还派了厨师和佣人。罗龙文对王直说，姨父，这是都督的待遇，待皇上准奏后，还会正式加封，从京师带官服来。

其实，王直已被软禁了，他起初尚未感觉，日子一久，就体味出来了。

胡宗宪上报朝廷，详陈诱降经过，请求宽恕王直，以招降其部属……

巡按御史王本固受徐阶指使，上疏请求诛杀王直，以示天威，以慑余倭……

胡宗宪得悉此事异常气愤，大骂王本固，你怎么能这样呢？

王本固解释说，胡大人，这也是为你好，你那个请求赦免王直的奏疏，已经遭到非议了！

愿闻，有何非议？

有人说……王本固欲言又止。

但说无妨。

有人说，大人得了王直的好处，有几十万两银子，故此请求赦免。

胡宗宪听了这一席话，如闻晴天霹雳。他呆愣了好一阵，才冷笑说，世上竟有如此荒谬之论，难怪我大明王朝世风日下了。

他又想到了赵文华，诱降王直，正是他俩遵照严嵩授意而行的结果。现在诱降成功了，但在某些人眼里，不但无功，反成罪过了。于是，他怀着满腔幽愤给赵文华写了一封信，请他在宽恕王直一事上帮忙疏通关节。

其实，这时候赵文华已经出事。只是，远在南方的胡宗宪万万没有想到而已。

第十六章

戚家军

赵文华二次督师返京后，朱厚熜很赏识他，加少保衔，虽是工部尚书，却是领从一品俸，比同级尚书高一级俸禄。他知道，这些荣耀富贵的取得，既是自己拼搏努力的结果，更有严嵩扶携的勋劳。他早就经常出入严家，这时候走得更近了。一天，他带了几轴徐渭等人的字画，进了严府。严世蕃不在家，他与严嵩欣赏过后，便一同进了膳堂。欧阳淑端早已等在那里，赵文华一进膳堂门，便甜津津地喊了声干娘。

欧阳淑端应了一声，说，今天来得正好，尝尝这家乡做的美酒。说罢，又吩咐香梅再拿一套杯盘碗盏来。

待香梅为严嵩夫妇和赵文华每人斟了一杯酒后，严嵩说，这酒是按照一位方士献的秘方配制的，老夫每天都要小酌两杯。

赵文华尝了一口，直舔嘴咋舌，赞叹说，这酒确实好！大人高寿安康，莫非得益于此酒？

严嵩点头说，不错，日饮三杯酒，活到九十九。此酒香甜醇正，有多种补品，化津入液，润肺入脾，确有独到的功能，比那什么仙丹神丸，强多了。来，文华，来，再喝一杯。

赵文华喝完这杯酒后，说，干爹，你这配方能否给我看看，我想照这方子多配制一些，一来敬献给干爹、干娘，二来给自己留着慢慢品尝。

欧阳氏说，你也五十开外的人了，是应该常喝几口，保养保养身子。

严嵩笑道，应该应该。这配方就搁在我书房的书架上，等会你自己去抄一份。

赵文华从严嵩这里抄了配方回家后，让家人按配方用糯米加进几味补药，再加蜂蜜，酿制了一大坛子，自己尝了后，觉得与在严嵩家喝的味道差不多，便横出一种心思来：给皇上献上两罐，岂不很好？于是，又叫家人精心酿制了两罐，亲自奉献给嘉靖皇帝。

朱厚熜尝了几口，非常满意，说，朕从来没喝过这等好酒！又问赵文华，你从哪里弄来的？

赵文华伏地禀奏说，这是首辅严阁老常饮之酒，据说配方得自仙家，我照抄仿制，得此佳酿，乃百花仙酒，请皇上常饮，定可延年益寿。

唔！朱厚熜听说这酒来自严嵩，心里不免生出猜嫌：他有如此好酒，为何不献给朕？怪不得他这么大的年纪，还如此健壮，原来是常饮此酒……有这等好酒，只顾自己享受……都说严嵩忠忱，这能叫忠吗？……

赵文华从脸色看出皇上的心思，后悔不该说是严府所有，赶紧退出了尧斋。

站在一旁的太监黄锦，这一举一动都看得清清楚楚。第二天，严嵩入值，就悄悄地告诉了严嵩，有这尴尬的一幕……

严嵩这下可发了火，好个赵文华，你怎么如此忘恩负义，为了讨好皇上，把我卖了，让皇上怨恨我……于是，回到家后，吩咐家人，从今天起，不准赵文华进门！

不久，严嵩一品九年考满，皇上认为称职，命令礼部赐宴，加恩录荫。特派太监黄锦送来白金、文绮、羊、酒等贺礼。新任尚书吴山，江西高安人，特率同乡士大夫六十四人前来祝贺。贺词盛赞严嵩：身佐万几……秘密之札，日每数下。内理外攘之谋，咸取决以裁……条立分辩，神闲气舒，若操券发蒙，切中机要，率当上意……

又称：山（即吴山自称）属乡之晚进，又忝以馆职，从公后，沐公教滋久，而躬睹其履历为详……公所系于宗社生民者如此，岂吾桑梓之私庆已哉！

他既代表江西乡亲，也代表宗社生民，赞佩之情，溢于言表。

接着，徐阶、李本率翰林院词林文人三十六人前来祝贺，贺词赞颂严嵩：既入密勿，直禁庐，宸谕数下，咨访政务，取办顷刻，秉烛挥毫，疏奏曲当……这是他们亲眼看到的，这些话语，顺手拈来，特别亲切，接着称述：至其密札之陈，造膝之时，上弼主德，中定国是，下悉民隐，有外廷弗及知者……

只有在他身边的人才知道，内阁大臣，日夜辛劳，小心翼翼地伺候这位喜怒无常的皇帝。

其难言之隐，外面的当然不知道。徐阶、李本业已入阁数年，在这方面，他们也颇有同感。接着，他们盛赞这位首辅：公之政，德在社稷，在国家，

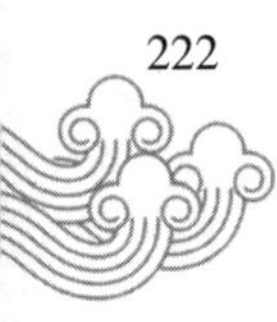

在士民者，书之史策，方未有等也……

严嵩看了这些贺词，自然很是高兴，这些评价是对他这九年的真实写照和本真评价，当然，嘴上还是自谦说，过奖了。

欧阳氏陪伴在丈夫身边，一齐迎送客人。许多人由衷赞叹。在别的官府，陪伴府第主人谁没有几位妻妾？唯独这首辅严嵩，只有一个老太婆陪同。

曾有人劝严嵩讨个小妾，而欧阳氏自己也有此意，但严嵩自己秉着糟糠之妻不下堂的初衷，与欧阳淑端一向相濡以沫，祸福同享。

厅堂上，合家欢乐，全家老老少少都在欢庆这皇上恩典，礼部的盛宴，此乃旷世之荣，祖上的荫庇。严嵩率家人向祖宗神牌三跪九拜，犹如皇上的盛大庆典，有什么大事就祭告太庙。

欧阳淑端忽然发话说，全家都来了，怎么还少了一个人呢？

严世蕃接话说，还有文华兄呗。

欧阳淑端说，听说他已经来了，在外面等着呢，老爷，让他进来吧。

原来，赵文华今天早早地就赶来了。但是门人没让他进来，赵文华便送上一包银子，央请门人说，请转告老夫人，就说我在外面等候。

欧阳氏得到传话，便吩咐道，从侧门进，我自有安排。

此时，严嵩想到既是全家团聚，气早消了，便点头应允。

欧阳氏便对家丁说，快去叫赵大人进来。

赵文华进来后，伏地痛哭，对不起，干爹，干娘，我一时糊涂，做了错事……

严嵩说，知错必改，善莫大焉。边说边扶起赵文华，起来吧，以后注意就是。

赵文华也许是时乖命蹇吧，他上任工部尚书不久，就遇到一件很棘手的事。

闷热的天宇中，忽然乌云密布，那翻滚的彤云中，电闪雷鸣，忽然咔嚓一声的霹雳就打进了皇宫，皇宫便起火了。刹那间，浓烟滚滚，火光烛天，奉天、华盖、谨身三大殿，文武二大楼，全部着了火，这场通天大火连同奉天门、午门、左顺门、右顺门一起烧了个精光。这是明朝自开国以来最大的一场火灾，皇帝的金銮宝殿都给烧了，不要说看到，听到都挺吓人。嘉靖皇帝朱厚熜幸好早就离开了大殿，在西内居住，没有伤及一根眉毛胡子。但这冲天大火的威势他还是看到了。回想起多年前，在沙河行宫的那场大火，要不是陆炳从火海中将他背出，嗨！……

大殿要修复！

门楼要重建！

工部尚书能不忙吗?

宫廷大臣中，充斥着明争暗斗。徐阶在值庐亲眼看到严嵩写的《荐用赵文华入值文学》疏，这事可以说，让他心头生起了硬疙瘩：噫！这内阁首辅是在安排自己的接班人啊。入值文学，就意味着将要入阁，自己不就是因为文学优势才入阁的嘛！严阁老曾暗示自己可以接班。现在看来，这个班难接上了，赵文华一来比自己年轻，已是从一品，二来又在东南立了大功，声望显赫，且是阁老的义子，自己虽说与阁老结了亲戚，可这是儿孙亲戚呀，而这严赵说起来是父子关系呢……看来，得搬掉这个赵文华，去掉这个竞争对手，否则这首辅的希望便成了泡影……

近来，在倭患问题上，朱厚熜召问徐阶的次数明显增多。徐阶也学会应酬了，他揣摩帝意的本领日益成熟，圆滑温顺，已越过他的上司严嵩。

大殿要修建，严嵩针对财政拮据的状况，提出的方案是如何省钱，尽量节省开支。户部尚书经常向他诉苦，他有时能帮着拿主意，而更多的则是摇头叹息。

在修建大殿这事上，省钱最好的办法是原址不动，如果另打墙脚，扩大规模，则要多花费几倍的钱。

严嵩为殿廷修建事曾专门上疏《门殿修复对》,对一些具体问题做了决策。

一是采集大木头问题：一在四川，一在湖南，但木多系三省边界，彼此至争采买，反致嫌隙。因而，严嵩建议，不如并为一员，在湖北荆州适中的地方去采购，则既省钱又避免出嫌隙。

二是殿廷基础问题,原旧址广三十丈,深十五丈,基址深广,似合仍旧……严嵩征求多人意见，皆同此论。

其时是徐杲为工匠头目在经办此事。严嵩和徐杲已是老相识了，严嵩征询过，徐杲也极力主张按原址兴建，这样又省工，又省时。

徐阶深知嘉靖皇帝好大喜功，在召对时则主张扩大规模，另挖墙脚，这就给赵文华出了第一道难题。

严嵩再次疏对《大工各项事宜》：

臣等仰体皇上恤民除弊之意，所以辄敢票拟上请……臣等之意，非敢惜费，但为朝廷惜妄费耳……

同时又针对工地无人专管，浪费木料等现象，提出要该监备查合用木，每号工数若干，当自足用矣，其物料之数亦然。

其时，赵文华有病，徐阶又在工期上发难。

朱厚熜召问徐阶，工期进展怎么样了？

徐阶乘机进言，进展很慢，这是因为工部尚书督办不力。

朱厚熜又问，依卿之见，何时完工好？

徐阶说，臣以为最好能在八月万寿节陛下生日前完工，届时百官朝贺，连座门楼都没有，怎么行呢？

有理！朱厚熜正中下怀，着工部督办，限期完工。

当时已是五月，只有三个月了，要完成那么多工程，赵文华使出浑身解数，也无法完成。

严嵩算了笔细账，知道有人故意作梗刁难，便上疏说，门工之兴，必得材集。今天木多在张家湾一带，搬运到京尚得数月。而采石造砖瓦等项俱未备，必须俟诸料稍集，该部具题择吉兴工。然计时则又在冬日矣！

朱厚熜看了这奏疏，很不高兴，责怪严嵩没有将他的生日和尊严放在心上……对比徐阶，认为徐阶处处为他着想。于是，信任的天平，开始往徐阶一边倾斜了。

赵文华确实有病。但是，严世蕃邀他喝酒，他有时也会参与。

有一天，严世蕃邀了鄢懋卿、万文寀等几位好友到赵文华家来了，赵文华自然要做东。几个人喝得酒酣耳热时，严世蕃提议说，咱们来个酒令，玩一个四字接龙，后面的开头要接前面的尾，也叫连环对，怎么样？

众人一齐附和，说可以。

于是，严世蕃说，那好，我来开头：文华入值！

众人一齐鼓掌说好。

下面是鄢懋卿，他接着说，值，值班大臣。

众人又是鼓掌叫好。

轮到万文寀了，他停顿了一会，忽然说出一句：臣，臣为君死。

最后该赵文华了，但他却冒出一句很不吉利的话：死，死死活活！

不通，不通！众人起哄，罚酒，罚三杯。

赵文华辩解说，怎么不通？君要臣死，臣不得不死；君要臣活，臣不得不活。这死也好活也好，死死活活全在于皇上的一句话。

他万万没有想到，这竟成了他的谶语。

就在这时，家人来禀报说，大监袁亨来了。

袁亨已替代了黄锦任司礼监。严嵩与黄锦一向交好，现在黄锦下了台，使严嵩在内府失去了一个得力帮手。而徐阶则对袁亨礼遇有加。徐阶学严嵩的样，时不时对袁亨行赠，出手阔绰，动不动以黄金相送。于是，司礼监的天平也倾向徐阶一边了。

袁亨今天带来了诏令，他一进大门便高声宣称：赵文华接旨！

赵文华罚了那三大杯酒后，已是舌根发硬，晕晕乎乎了。他歪歪扭扭地只跪了一只脚，大着舌头回答，臣赵文华接旨。

袁亨看他这很不合礼仪规范的架势，心里很不高兴，皱着眉头高声宣读，皇帝诏曰：万寿圣诞在即，届时各国使节大小臣等前来朝贺，正朝门若不及时修复，无所瞻仰。着令工部尚书赵文华亲自督工，务必在一个月之内竣工，以谢皇恩，钦此。

赵文华早就支撑不住，这时，嗵的一声栽了个响头，儿子赵怿思将他扶起，他半醉半醒地问道，什么？一个月之内就要完工？

袁亨说，你没听清楚吗？这是皇上敕令，我再念一遍……

赵文华的愠怒爆发了：谁有本事在一个月之内完工，我这工部尚书就给谁当！

众人见他失态，一齐劝他：文华，别……

赵文华继而质问袁亨：是谁人向皇上妄奏？

袁亨说，内臣怎会知道，这是皇上的旨意！

赵文华乘着酒兴，更加恼怒了！哼！你用皇上来压我，皇上又能把我怎么样？

袁亨有意拿他耍猴戏，激他说，你不怕皇上发怒？

发怒又怎么样？赵文华在酒精的刺激下竟懵懵懂懂地冒出一句：还能杀我不成？

严世蕃听了，身上吓出汗来，赶忙上前抱住他，掩上他的嘴，对袁亨说，文华兄喝醉了，请袁公公多包涵。随即向鄢懋卿使了个眼色，让他赶紧向袁亨送上一包银两。

袁亨接了银两，不再说话，冷笑一声，悻悻地离去。

袁亨回宫后，少不了添油加醋向朱厚熜禀报。

朱厚熜冷笑说，朕能杀首辅，难道还杀不了一个尚书？隐隐露出杀机。

朱厚熜不知是要排解烦恼，还是为了寻求清幽，那天，他在袁亨的陪同

下外出登高，来到北海小山上，远远看见一座新建的高楼，便问这是谁人所有。

袁亨说，启禀陛下，此乃赵尚书新盖的府第。而且又添油加醋说，小臣听说，他盖房用的木料乃三殿所需用材。

唔！果有此事？朱厚熜益发不满，派中使去查看报来。

那天，赵文华酒醒之后，知道自己说错了话，又气又恼，病情加重了，便上疏乞请给假治疗。这下正好给了朱厚熜一个罢免的口实，立即批示：

今大工方兴，司空（工部尚书）乃其本职，赵文华既有疾，其令回籍养病。

就这样，一句话打发走了。

赵文华的儿子赵怿思是锦衣卫千户，为护送父亲回籍也要向朝廷请假，一不小心，将日期写在圣诞（朱厚熜）祈典日期之内。其时，上下一片颂扬声，哪容得有人在这时候称病？朱厚熜最忌讳一是死字，二是病字。赵文华父子早不言病，晚不言病，偏偏在这个时候说病，何其不敬乃尔！好啊，那就治治这不敬之罪，于是下诏书称：

文华吉修限内引疾，欺亵已甚。况杀无辜生命，朕大宥之，以勤后任事者。而其子疏扰，乃明书二十九日，是为故冒吉期，不敬君上至矣！

遂削去赵文华全部官职与俸禄，成为一介平民。儿子赵怿思则有不敬之罪，发配边关充军。

为了让严嵩慑服，又将下面弹劾赵文华的奏疏送给严嵩看，严嵩不敢再说什么，而且怕牵连上自己，忙写了一份奏疏请罪：

优蒙圣谕，勿以弟子而挂念焉。臣窃惟文华，所为乖戾，干犯宪典，彼之自取。臣系师生，于是不能正救，其过又不能早知以告皇上，臣之罪不能辞……

严世蕃不同意这样写，说，爹，文华有何过错？你老又何必为他承担这子虚乌有的过错？

严嵩长叹一声说，违心的事，有时候也不得不做呀。

严世蕃郁愤难抑，冒出一句：这皇上也忒难伺候了……

住口！严嵩立即喝止他。你总说他没错，就算这些弹劾他的疏奏是捕风捉影，言过其实，可那天他当着司礼太监的面，竟然口出狂言，总是错吧，皇上真要恼怒了，就凭那天这几句话，哼！……

远在杭州的胡宗宪，翘首等待着京师的回音，得到赵文华的支持。然而最终得到的是对赵文华的弹劾声及其被罢官为民的消息。于是，屋漏又遭连天雨，南京御史李瑚、给事中刘尧诲公然指责他：

私诱王直启衅；劳师纵寇，滥叨功赏。因而要求撤他的职。

那个上疏要求诛杀王直的巡按御史王本固，因为遭到胡宗宪的责骂而怀恨在心。这时也上疏弹劾胡宗宪。

徐阶看了这些奏疏，暗自得意，遂密奏转达给嘉靖皇帝。

严世蕃知道后，很是气愤，对严嵩说，爹，赵文华两次督师，以及举荐胡宗宪都是因你而起，现在这些人哇喇哇喇喊喊叫叫，都是冲着你来的，得站出来说话。

严嵩说，冲着我来倒不要紧，问题是，这些人妒贤嫉能，功过颠倒，这种风气一长，谁还愿意为国家干事？今天皇上还与我问起这些事呢。好，你起草，我面奏皇上。

严世蕃下笔立就：

伏蒙圣谕问臣，捧读小人害正之情，仰惟圣明，俱已洞见。

夫近来是非不明，妖直本系宗宪用计诱之得获，岂是彼自来降？今不为功，反问其罪，是何心欤？

然今日会议功罪，殊无分别，不过曰留在任，令其戴罪而已。会疏已上，伏乞圣明特赐圣断，以定国事，以正人心。

严嵩看了后，觉得可以，又对世蕃说，你最好再找一下成国公和吏部吴尚书，要他们也说说话。

世蕃说，好！我去疏通，你老可要注意徐阶，看他有什么举动。

因为有多人弹劾胡宗宪。朱厚熜便召集值班大臣和吏部尚书会议，主题是胡宗宪还能不能继续担任总督。

成国公朱希忠表态：胡宗宪剿倭有功，应该继续任职。

吏部尚书吴鹏也发表了自己的看法，认为任命胡宗宪为总督没有错。

严嵩先没有发言，但他呈上所写的奏疏，请求圣断。

严嵩虽然还没有发言，但徐阶知道他会说什么，他不等严嵩开口，便陈叙了自己的意见，说，胡宗宪当总督也有一年多了，也和张经差不多，并没有荡平倭寇。

严嵩暗自冷笑，看来，那些弹劾果然是你的主意。原来只是猜想，现在得到了证实。他真想拍案而起，但他只是长吸了一口气，缓缓地说道，胡宗宪剿除徐海又获王直，连战皆捷，世人有目共睹，做到了前任几位总督没能做到的事情，怎能与张经类比？

朱厚熜最后拍板：

妖道王直，本宗宪用计诱获，人人皆知。小人嫉功，才有此奏。

末了，又补述：

着胡宗宪仍旧用心平贼，以副蔺眷。

严世蕃得知会议结果后，非常高兴。他尽管知道胡宗宪迟早会获悉这消息，但他还是派人赶往杭州去告诉胡宗宪。这人不是别人，乃是业已调进京师在严嵩手下供职的罗龙文。严世蕃在杭州时与他一见如故，几次交往后，便成为知己，便在敕诰房腾出一个位置，让他担任中书，帮助严氏父子抄抄写写，处理日常事务。严嵩说，这样屈才了，还是要他回去，在胡宗宪麾下建功立业吧。

严世蕃觉得有理，此刻正是时候，便对罗龙文说，龙文，你还是到胡总督身边去吧，帮他一把，待荡平了倭寇，再到京师来。

罗龙文恋恋不舍，说，实在舍不得离开公子。

严世蕃劝导说，待你们大功告成，家父也告老还乡了，我们一起到南方去，和你们徽州人一道去做生意，怎么样？

罗龙文笑道，好啊！我等着那一天。

严世蕃叮嘱说，你要赶快去，告诉胡总督，好好打几仗。说着，却又仰天转溜着双眼开导，但注意力不要完全放在打字上……

罗龙文试探地问，还得另有一手，对么？

对！严世蕃指指上面，要注意朝廷的动态，人言可畏啊！

小弟明白了。罗龙文稽首拜谢，我一定告诉总督，叫他留意上面动静。

白驹过隙，岁月如流。王直软禁在杭州，转眼已快一年。胡宗宪奏请招抚予以官职，兵部同意这个方案。徐阶知道后，再次密疏，说不能宽宥王直，要胡宗宪进剿。朱厚熜便下令逮捕王直，就地处置，不能让他悠哉游哉！并责备胡宗宪，不能宽容纵寇！严嵩得悉后，急忙密疏嘉靖皇帝，见无动静，便亲自面见朱厚熜。

严嵩一走进尧斋，朱厚熜便知其来意，他也就直话直说，问道，爱卿是不是为王直求情来了？

严嵩也不拐弯，回答说，王直是胡宗宪以招抚名义诱降而获，故还得以招抚名义处置。

一不要杀，二予以适当职位。

朱厚熜从鼻孔里哼出两声冷笑，不能杀，还要给他官职？你答应了？

卑职不敢，是向皇上建议。

朝廷命官，如敢渎职都杀了，这妖直竟敢背叛国家，在海上称徽王，到处烧杀抢掠，岂能不杀？

严嵩说，王直余部势力还很大，如不招抚，恐怕后患无穷。

朱厚熜说，叫胡宗宪继续追剿哪！

严嵩在心里嘀咕：追剿二字说起来轻巧，可一旦真要实行起来，可就不那么容易了。万千生灵涂炭不用说，光那上百万银两的军饷，要筹集起来，又何其艰难，现在国库空虚，寅吃卯粮……

朱厚熜仿佛看穿了他的心思，说，我堂堂大明王朝，难道就没有余力去追剿那些余剩的倭寇吗？他边说边拿起木槌将斋醮所用玉磬敲得当当作响。好在严嵩听惯了，否则，定然吓出一身冷汗。

圣旨不可违，胡宗宪立即在总督府召集有关人商议，对剩余倭寇如何进剿。

许多人有怨言。

茅坤愤愤不平地说，我们千方百计，好不容易诱降了王直，朝廷不仅没有半句夸奖，反而受到责难，不知是何人做的主？

何人做主？胡宗宪本想说，要说谁做主，那肯定是皇上最后定的，但到喉咙眼上又噎住了。

沈明臣说，不是说，兵部有令，捉到王直，可以进伯爵，赏银万两吗？胡大人早就应该升官了，怎么还受责备？

徐渭说，那是兵部的意见，还是皇上说了算。皇上看中了，无功也可受禄，看得不顺眼，有功也是有罪啊……

胡宗宪听了大家的发言，赶紧转换话题，说，大家还是商量一下准备打仗的事吧，朝廷要我们还是以剿为主呢。

沈明臣说，严阁老不是说过，要剿抚并用吗，那抚字就不要啦？

罗龙文插话说，诸位有所不知，朝廷的风向，开始在变了。

就在会议还在进行的时候，前方的侦卒赶来报告：台州告急，江北通州一带也告急，毛海峰在舟山下令，要杀向杭州，救出王直。

胡宗宪说，看来，又要打一场恶仗了。

唐顺之说，这都是不行招抚所致，给他们以入侵口实了。

徐渭说，他们先动了手也好，我们是先礼后兵，先抚后剿。

胡宗宪说，现在只有剿了，抚字暂且先搁着。随即提高声调准备发令：台州危急，谁去？

戚继光立即起身请战：末将愿往！

好！胡宗宪点头，带你的义乌兵去试试。又问众人：江北危急，谁去？

唐顺之起立应道：我来这里，就是想亲临战阵，愿去江北。

胡宗宪说，好！你去江北，我就放心了，你可以协同李遂、刘显合兵进剿。

大家都摩拳擦掌纷纷请战，徐渭说，大家请等等，这次先让我过过领兵打仗的瘾……

有人岔话说，你纸上谈兵可以，这冲锋陷阵的事你还是躲远点好。

徐渭很是生气：你以为打仗光有匹夫之勇就行了？……

胡宗宪笑着劝解道，文长，有你的事做，你就用笔杆子打仗吧，你要要好笔杆子，比什么都强。

沈明臣等人都争着要求分派任务，胡宗宪逐一调遣：茅坤、罗龙文协助杭州城防，沈明臣协同王本固，继续看好王直，他特别叮嘱道：一不能虐待，二不能放跑。

胡宗宪部署完毕，又传令俞大猷、卢镗严守海防前线，相机进攻舟山，不能让毛海峰得逞。自己准备出台州，他要看看戚继光的新兵丁新阵法究竟如何。他对戚继光寄予无限希望。

戚继光赶到台州的时候，数千倭寇已经围困了台州，在城外大肆掠夺。他当机立断，命令部属散开，以多对少，先剿除在各村掠夺的零散贼寇。

于是，敌人遂又集中起来，戚继光大喜，对胡宗宪说，现在可以决战了。

胡宗宪说，得分几路包围起来，务求全歼！

戚继光说，敌兵有四千多，我仅有三千人，恐怕围不了。

胡宗宪说，那就乘敌人还不稳定时，分四路突进，不容他们有稳定的机会。

戚继光赞同说，好！还得准备些竹筒，搞些石灰来。

胡宗宪不明其意，问道，你们不是准备了长竹竿吗，怎么还要短竹筒？

戚继光微笑说，大人，到时候，你就看这些竹子显威风吧。

倭敌四千人列成方阵，如春蛙鼓噪，一路哇哇叫着前进。

戚继光命令严阵以待，等敌方来到阵前，便大声下令：开始喷射！

刹那间，阵前的义乌兵从竹筒内喷出一股股石灰，走在前面的倭兵的眼睛顿被蒙住了，还没等他们睁开眼，一根根长竹竿就刺到胸前，应声倒地。倭寇从来没见过这般兵器,吓得纷纷后退。义乌兵的长枪手上来了,横挑竖刺,倭敌的短刀挡不住，欲夺过竹竿，又被义乌兵的短刀拦腰砍杀，人头纷纷落地。数十队严密有序的义乌兵从四面八方冲入敌阵,横冲直撞,阵容规整不乱。而倭兵则早已乱成一锅烂粥，官不顾兵，兵不救官，直往海边奔逃。

戚继光下令猛追，又砍杀了一批倭兵。

这一仗，倭兵四千只剩下一半，被斩首二千余，取得了浙东前线的空前大捷。

从此，戚继光威名大振，敌人闻风丧胆，不敢轻易再来浙东。

胡宗宪很是高兴，拍着戚继光的肩膀说，好啊！这一仗打得真漂亮，不负你一番训练。

戚继光谦和地说，这还得益于当年瓦氏夫人的启示。

胡宗宪又竖起大拇指称赞，这义乌兵真行，就打你的旗号，叫戚家军。如果能这样再打几次胜仗，倭寇一听戚家军就会吓得屁滚尿流。

果然，戚继光不负胡宗宪的期望。共歼灭倭军五千余人，救出被掳平民六千余人。胡宗宪传令嘉奖，升戚继光为都指挥使。

江北大营的统帅是凤阳巡抚李遂。

李遂曾在礼部任职。还在京师时，他就与唐顺之有过交往，熟知其才名。这次见到总督胡宗宪的手书介绍，很是高兴，说，有荆州先生来督阵，定能击败胆敢来犯的倭寇。

唐顺之说，我在路上就已经得悉，有数千倭寇在海门登陆，你估计他们会从哪些地方侵犯内地?

李遂回道，历年进犯江北的倭寇大抵有三条路，一由泰州逼天长、凤阳，目的是想扰乱寝陵。再一路是由黄桥逼瓜州、仪真，这是想去南京，动摇陪都的安全。再就是沿海岸东至庙湾。

唐顺之熟悉天文、地理，对这一带的山川地貌也有研究，他的老家就在江对面的武进常州，小时候到过那里。他略一思虑，对李遂说，最好能迫使倭寇走第三条路，将他们引到庙湾，在这一带好打。

李遂说，好，我也是这样考虑的。不过，要迫使敌人到庙湾，就得守住第一路、第二路。泰州、天长、仪真进不来，他们就只得沿海道北上，窝在庙湾了。

唐顺之建议说，要派得力将士守如皋和泰州，再派人去三沙，堵住他们的后路。

李遂说，那就派兵备副使刘景韶去吧，我带参将曹克新去泰州。

唐顺之说，好，有巡抚大人亲自去，泰州可保无虞。我去三沙，要卢镗、刘显来接应。

两人经过这一番部署，李遂胜券在握，爽然说道，好！有通政大人（唐顺之时任右通政）压阵，大功告成无疑！

果然，刘景韶不负使命，领兵连战皆捷，在丁堰、海安、通州都打了胜仗，迫使倭敌后退到姚家荡。

唐顺之急令卢镗北上进驻三沙，自己则与副总兵刘显会合，向姚家荡进军。

李遂指挥两路人马，南北夹击，大战于姚家荡。

兵备副使刘显是一员猛将，得悉唐顺之是胡宗宪派来的，非常高兴，说，我是胡总督救出来的，你又是胡总督派来的，我一定听你的指挥，指到哪里，打到哪里。

唐顺之欣然应道，好！我们一道前进吧，前面就是姚家荡。刘兵备已经将敌人堵在前面了，我们从后面夹击吧。

刘显如猛虎下山般冲入敌阵，他快马飞刀，连斩二将，他的部属跟着他冲锋陷阵，敌人被杀得尸横遍野，血流成渠，往庙湾溃退。

唐顺之和刘显率军乘胜追击，杀敌无数。

李遂想围困敌人，唐顺之说，兵贵神速，乘势快打吧。他亲自布阵，用火炮攻打敌人营寨。

倭敌躲在寨内不敢出来，李遂命令刘景韶堵塞河道，烧掉敌人的船只。刘显则架长梯攻寨。眼看残敌就要被全歼了，不料晚上下起了大雨。由于墙高梯滑，敌人拼死抵抗，官军被迫停止攻击。敌人便冒雨突围，但船只没有了，又被消灭了一大半。余寇分散潜入民间，有的被杀死，有的被迫投降。

两个月来，共歼灭敌人三千八百余名。从此，江北倭患得以解除。

第十七章

暗流涌动

严世蕃自从有了带俸伺亲的待遇后，在严嵩因故不能当值时，他便代父值勤。

这天，在他当值时，收到了宣大总督杨顺的报急文书：

北虏俺答的儿子辛爱率大军入侵，大同右卫危急……

真是国事多艰。南倭北虏的交替侵袭，困扰着嘉靖王朝。南方的倭患稍一缓解，北方的虏敌又来侵犯。顿时，北方边塞烽火烛天。

徐阶看了这份告急文书，表面上装得很是发急，心里却是幸灾乐祸。因为这杨顺正是当年曾经揭发其儿子徐璠科场作弊的前南京御史。他很希望杨顺在抵御北虏的战事中有所过失，惹皇上生气，轻则丢乌纱帽，重则掉脑袋。于是，问严世蕃：杨顺不是说，送回桃松寨，就可以换回丘富，两下不再交兵了么，怎么北虏又来犯边了？

严世蕃回道，桃松寨送回去后被辛爱杀掉了，他又不肯将丘富送回，就为这事双方一直在闹腾。

徐阶又说，你回家得告诉阁老，赶快票拟，督令杨顺出师。

严世蕃诠解道，这奏疏已经写明，以守无粮，以战无兵……当务之急，应该是发粮发兵！

徐阶冷笑说，杨顺不敢出战，却杀边民以冒功，你听说过吧！

严世蕃愤然回道，那是沈炼恣意诬陷！

徐阶脸上的冷笑，像阴冷天的雾霾，久久不散。他虽然不再吭声，那表情替他说了：还不是他在五年前以十罪劾奏了你老爷子……

一提起沈炼，严世蕃确实是怨恨有加。

五年前，沈炼因挟私诬奏严嵩，被发配保安。朝廷对他还好，没有叫他坐牢,也没去戍边,只是罢官为民,还可来去自由。沈炼也颇有文才,能写会说,在保安办了一所私塾,有数十名学生,大都是成年人,其中不乏未考上的诸生,还有几个白莲教徒,也混迹其中。下课之后,他又教学生射箭。这射箭的创意可不一般。他在学校前扎三个草人,分别挂牌为秦桧、李林甫和严嵩,对学生说,现在的首辅严嵩和唐朝的李林甫、宋朝的秦桧一样,都是大坏蛋,对准他们一个个射吧!

他又经常酗酒,喝醉了就对京城方向大声叫骂:严嵩老贼,你毁我前程,我沈炼与你誓不两立!骂完了又是哭又是笑,观望的人都以为他疯了。日子一久,就叫他沈癫子。

尽管如此,沈炼还是不解恨。他知道这样做,只是泄愤而已,又奈何不了严嵩,而且是越泄越有恨。他那怨恨的心胸像个深不见底的水潭,真要解恨,只有将严嵩扳倒。扳倒了严嵩,自己才有出头之日,这才真正解了恨。于是,他又写了一张《请诛严嵩以清君侧》的大布告,贴到居庸关的大门口。

居庸关和保安州(今河北怀来)都属宣大总督府所管辖。沈炼如此张狂、无法无天的恶行,作为宣大总督的杨顺当然得管。于是,派人将沈炼捉来,厉声叱责:你屡教不改!为何做出这等蠢事?

沈炼狂傲地说,听总督大人的口气,好像秉承严嵩的旨意,来教训我吗?

不错!由此足见严相公对你的宽容。你要悬崖勒马哟!杨顺既是训斥又是开导。

不要你教训。沈炼仍旧傲慢地说,告辞了!

慢!杨顺喝住他,今日本官给你约法三章,一是安分守己,开你的学馆;二是不许妄议朝政;三是不许诬陷朝廷大臣!

沈炼反唇相讥,杨总督,沈某也敬你三言:一不要甘为严嵩死党,二不要杀良冒功……

放肆狂徒!杨顺拍案质问,你说本官杀良冒功,有何证据?

沈炼昂然说,要证据吗?拿笔来!

他提笔写道:

云中一片虏烽高,出塞将军枉著劳。

不杀单于诛百姓,可怜冤血染霜刀。

这四句只显露了一点文才,发泄了一下怨气,谈何证据?杨顺怒不可遏,随即喝令左右:拿下!

杨顺！沈炼一边挣扎一边大喊，你凭什么抓我？

杨顺拿起他写的四句话回道，这就是证据！你这不知天高地厚的狂徒，本官岂能容你如此放肆逆行。不等沈炼挣扎，又对侍从发令：拖下去，重责四十大板！

沈炼咬牙切齿地叫骂：杨顺，你这贼子！

后来，杨顺讯问沈炼的学生，发现其中有白莲教徒。其时白莲教因通虏谋反，属缉捕对象，在严世蕃授意下，杨顺就以沈炼伙同白莲教欲图不轨为名，报请朝廷批准就地正法，斩于宣府。

联想到这些往事，严世蕃认为杨顺是一个忠于职守的人，现在杨顺有难处，得尽快想办法援助他。

严世蕃回到家里，将杨顺报急的事禀告父亲，要严嵩拿主意。严嵩说，这样吧，你起草两份奏疏，一份请户部派员出紫荆关就近买粮，直发大同。听说现在那一带粮价便宜，一两银子可以买三石，比关内便宜一半，要赶紧去办。另一份请兵部派老将马芳带兵前去救援，加强防守。

说来说去，都怪俺答父子不讲信义。

这桃松寨是俺答儿子辛爱的宠妾，因为有外遇而逃到了关内，当初，杨顺提出要辛爱押回汉人丘富，作为交换，就可以送回桃松寨。丘富叛逃后，在俺答帐下提供内地情报，并出主意骚扰边境，为害甚烈。这事连嘉靖皇帝都知道，比之为投降日本的王直。如果能将丘富擒获，无疑是一大功劳。

杨顺凭着一厢情愿，认为只要将桃松寨送回去，就会得到辛爱的欢喜，从而要他遣还丘富。不料这辛爱不知为什么发了火，竟恼羞成怒，一刀杀死了原来宠幸的美人，并以此向杨顺示威。

杨顺派人去索取丘富，俺答正需要这么一个帮手，不同意交出丘富。辛爱还余恨未消，对父亲说，索性打进去，谁叫他接纳桃松寨，丢失王爷的面子！

俺答也有这意思，说，好！你先带十万人马去。

于是，大同右卫告急。

刑科给事中吴时来上疏，弹劾杨顺，指责他接纳桃松寨，挑起边衅，同时还杀良冒功。巡按御史路楷明知他不对，但因为得了他的七千金，隐瞒不报，狼狈为奸，都应该惩办。

朱厚熜见奏，召问严嵩，究竟是怎么回事。

严嵩经过调查，向朱厚熜回奏，认为杨顺在对待夷妇桃松寨的问题上处

置失当，是有一定的罪失，言官吴时来这样风闻论之也有道理。但对路楷受贿一事尚无证据，还不能断定有无。

在这两个人应该怎样处置问题上，严嵩建议：顺、楷俱当革任。但杨顺在宣大亦肯干事，今虏事方急，宜姑停俸，戴罪防贼……

兵部尚书许论认为这样处置可行，也同意了他的意见。

然而，朱厚熜却发了脾气。他认为：时来之言，不可尽为风闻……顺、楷俱拿来问罪。至于论亦伯温同，卿可与在值阁臣一议之。

这言下之意就是说，不仅杨顺、路楷要问罪，连同意你那处置意见的许论也要罢官。这可真是杀鸡给猴看，严嵩吓住了，连忙上疏请罪：圣断极当，臣等初执庸常之见，所拟委来无理。请愿如圣断行之。

吴时来可高兴了，他一下子就扳倒了三个，可真是一石三鸟啊！他高高兴兴地去见他的恩师。

徐阶微笑不语，心里却是在称赞：好！孺子可教也。

杨顺被逮走了。可是作为雄关重镇的边塞，可不能一日无帅。这时，严嵩又想起了杨博。

杨博回家因奔丧回家守制，现在该回来了。严嵩认为，宣大总督非杨博不可。于是向嘉靖皇帝禀奏：杨博久历边务，才务精敏，可令博往，救右卫之急。

第二天，他又专门写了一份《大同总督对》，建议：逐贼入饷总督官且遣博去。

杨博接到诏令，赶紧从老家蒲州赶回京师，准备去赴任宣大总督一职。临行前，特意向严嵩辞行，承蒙阁老荐举，今去宣大，还有何吩咐？

严嵩说，惟约（杨博字号）你来了就好，朝廷一直盼着你来。现在大同右卫紧急，守将王德已经阵亡了，你到了那里，要赶紧安定人心，鼓舞士气。

杨博说，下官明白。不知粮饷怎样？

严嵩告诉他说，我已经要户部派人去紫荆关西买粮去了，据返回来的报告说，已经运了四千石抵达右卫。

杨博又问，器械准备得怎样？

严嵩又告诉他说，火炮、神枪，山西最多，你去了可以就地调取。兵部调来的三千神枪手以及教师三百余人，你可以选取一部分带去。

好啊！杨博大喜，情不自禁地拱手称谢，阁老想得很是周到，杨博此行，一定力挫虏敌，请阁老放心。

严嵩最后又叮嘱，听说那里的边墙，有好些地方倒塌了，你要抓紧修复。

杨博魁梧体壮，骑在马上威风凛凛，俨然像一位叱咤风云的武将。其实他还是一名文官，嘉靖八年中的进士，曾在兵部任武库主事，嘉靖二十五年越级提拔为右佥都御史。曾随大学士翟銮巡边，所经过的山川地势、当地习俗民情、士卒多寡强弱都分门别类记载，曾巡抚过甘肃，大部分时间在下面守边，是文武兼备的帅才。严嵩认为，督边防虏，就得这种起自边关的人当总督，才能有所作为。杨博不辱使命，莅任后，就协同侍郎江东倍道前进，火速奔赴大同。

辛爱听说杨博来了，急令退兵。

杨博带来粮草进入右卫城，饥肠辘辘的军士和平民百姓，一看见杨字帅旗，无不欢呼雀跃，将他誉为当年的杨家将，精神倍增，士气大振。杨博与一般武夫不同，他很注重精神力量。一到边关，立即宣传上谕和朝廷恩德，鼓励大家修葺城防，严阵以待，右卫得保无虞。

经过调查，杨博知道这里都不懂车战，以前敌人入侵，无以抵挡。他立即请工匠造偏箱车一百辆。经过训练后，如闻警报，右卫的车辆立即向东开，左卫的车辆则向西开，相互支援。从此，右卫、左卫都有了牢固的工事和坚利的器械，成为大同两边的有力屏障。

再查看边墙，杨博发现有多处损坏，便立即组织军民分段修整。从驿马岭修到紫荆关，从神池修到居庸关，又在大同牛心山等地筑碉堡九座，建墩台九十二座，挖大渠沟二条各十八里，掘壕沟六十四条，五十天完工。这些战备成果上报京师后，朱厚熜大喜。严嵩奏请予以奖励。从而宣大边事，得以巩固。

当时，兵部尚书许论被朱厚熜罢免，所以兵部尚书一位正空缺。朱厚熜征求严嵩意见，可否叫杨博回来任此职。严嵩则认为，兵部现在有江东侍郎代理部事，令行而事易集，兵部尚书一般的侍郎可以担任，而总督则要杨博这样的人方能胜任。现国事孔急，暂时还离不开杨博，将杨博放在边关重地，所起的作用比担任兵部尚书还要大。于是就上疏称：博仰承待命，在彼尽力干理，方有次第。据报修筑墩堡五十余座，按日计工，博才足有余，人心归之……兹且令江东部署总部置部事，侍秋防既毕，徐议其宜尔。这才没有召回杨博，得以完成其壮举，成就了一番事业。

后来，蓟镇报警，严嵩又建议改杨博为蓟辽总督。杨博去了以后，精心

筑墙布防，屯田练兵，招还被虏寇掠去的边民一千六百多人。这样，京师东西两边重镇，以至宣大与蓟镇，防务都有所加强，这才回京任兵部尚书。

吴时来的弹劾奏疏将杨顺、路楷、许论扳倒之后，非常高兴，觉得自己升官有望，便邀了同窗好友张翀、董传策在家里聚会，一面喝酒一面畅谈时事及个人前途。

张翀和吴时来都是嘉靖三十二年中的进士，曾受业于徐阶门下。董传策比他们俩早一届中进士，和徐阶是同乡。三个人都在刑部任职，吴时来为刑事给事中，张、董二人都是刑部主事。他们三个人经常出入于徐阶府第，在品茶喝酒聊天之中，徐阶经常有意无意地透露他在内阁与严嵩之间的小龃龉或大矛盾。人在不须戒备时最易显露其胸臆，徐阶有时说着说着，不免长吁短叹，暗示他们，如能扳倒严嵩，自己再擢升一步，他们三个人便都有升官的希望。

吴时来顿时来劲了，洋洋得意说，我一份奏疏就扳倒了三个，严嵩的势力也没什么了不起。

张翀说，是呀，我们是该替座师出一份力。座师如能晋升首辅，我们自然也有升迁的机会。

董传策说，我们松江人都希望徐阁老能上去，哪能叫江西老表久占鳌头。

那天，就在几个人吃甘蔗似的嚼得津津有味的时候，徐阶出了客厅，不一会，徐璠过来凑趣，带给他们一个不大愉快的消息：吴时来要出使琉球，听说首辅已经票拟，家父特要我来告知，时来要有一个思想准备。

吴时来顿时傻了眼，随即大声叫骂说，一定是严嵩搞的鬼，他见我弹劾了他的心腹杨顺，就要把我赶出京师。好一个打击报复！

张翀同情而又无奈地说，严嵩好会坑人呢。

董传策先是感到兔死狐悲，继而勃然大怒，说，我们先奏他一本。

张翀说，以前那么多人弹劾过他，都没用。

吴时来想邀集几个人，同仇敌忾，说，咱们三个人一齐奏，怎么样？

张翀、董传策都表示赞成，异口同声地说出一个行字。

徐璠高兴地说，真要能将这棵大树扳倒，三位一定前途无量。

于是，三个人各自赶写了弹劾严嵩的奏疏。

吴时来在奏疏中说：

……嵩辅政二十年，文武迁除、悉出其手，潜令子世蕃出入禁所批答奏章……

指控严嵩任人唯亲，每行一事，推一官，都是先告诉儿子严世蕃然后才奏请皇上。随后罗列了一大串名字，如赵文华、王汝孝、张经、蔡克廉，以及杨顺、吴嘉会……或祈免死，或祈迁官。说是要除恶务本，若不除去严嵩父子，陛下即使日夜操劳，边境上的事也办不好。

张翀在奏疏中说：

窃见大学士嵩，贵则及人臣，富则甲天下。子为侍郎，孙为锦衣、中书，宾客满朝班，亲姻尽朱紫。

臣窃观国家有三大政，皆严嵩父子坏之，督抚将帅始进不择其才，行赏不论其功，修边筑堡不劾其实……户部钱粮以十分计之，四分输边，六分餽嵩父子及其家奴永年……

董传策在他的奏疏中，除了大骂严嵩稔恶误国，居位一日，天下受一日之害，还罗列了六大罪：

一为坏边防之罪，各地边防军饷费用上百万，有一大半是用来贿赂严嵩。

二是卖官鬻爵罪，吏部和兵部提拔官员，只是拿本子让严嵩填上名字而已。

三是侵占国家资财罪，严嵩家私藏的金银比国库的钱还要多。

四是免罪人之罪，赵文华因罪被放逐，严嵩为了包庇他，没收他的上万资产。

五是骚驿传之罪，每到一地，势如虎狼，要索供亿。

六是坏人才之罪，严嵩久握重权，炙手可热，搜罗一些无耻之徒，附膻逐秽，麇集其门，以致士风越来越差，官场纪律日益衰丧。

最后，他表示要以等着处罚来要挟皇上：臣待罪刑曹，宜诘奸慝。陛下诚不惜严氏以谢天下，则臣亦何异一死以谢权奸！

他摆开的这种架势，颇像今天的一些人体炸弹。

嘉靖三十七年三月二十八日，已经七十九岁的严嵩刚到值庐上班，就接到通政司送来的三份奏本。因为都是弹劾他本人，他只看了标题，顿时就惊得目瞪口呆，差点喘不过气来。二十年来，弹劾他的人不少，从来没有像今天这样的架势，三炮齐发，标题也是一个比一个吓人：

一份是《请治当今执政罪》。

又一份是《条陈严嵩父子败坏朝政事》。

还有一份是《严嵩结党营私罪》。

顿时，严嵩像被人在头顶上擂了三拳，他伏在案上，几乎起不来了。

侍立在一侧的严世蕃怒火中烧，身在值庐，又不好发作。他扶起父亲说，爹，你老歇息去吧，让我来票拟处置。

严嵩挣扎着坐起身子，稍稍平息了一阵，说，按照惯例，我们不应该分辩，一切听候圣裁。来，我说，你写：

吴时来三臣交章弹劾严嵩，交由都察院派员查核论处。

严世蕃不由瞪大了眼睛说，爹，你这不是自认为有罪吗？

严嵩说，我们自己不能辩解，有罪没罪，哪是由自己说了算？

于是，三个刑部官员同一天弹劾严嵩的奏章，摆到了嘉靖皇帝的御案上。

朱厚熜首先阅看吴时来的，当他看到潜令子世蕃出入禁所这一句时，不由皱起了眉头。这不是指责朕吗？是朕同意他侍父值班的，朕既然要严嵩辅政，他一个快八十岁的老人，让他儿子侍奉他，难道不应该吗？既然看出了嫌隙，不由又从头看起。什么辅政二十年，文武迁除，悉出其手，这又是说的朕，难道这二十年来的文武官员，都是严嵩任命的，而不是朕的旨意？……

接着看张翀的，什么子侍郎，孙为锦衣……是没话找话呢，还是特有所指呢？有多名大官员的子弟，荫封进了朝廷，为何要独责严嵩？严世蕃任侍郎，是朕批准的，难道错了？这份奏章，分明又是在指责朕，什么输边者四，馈嵩者六，这还了得？不可能吧，户部干什么去了？刚才户部尚书方纯还来叫苦，无钱发饷，难道这军饷钱都给严嵩父子贪污了？户部直接发饷，钱并未经过严嵩父子，六部各司其职，朕难道还不清楚，这又是在指桑骂槐，嘲讽朕是傻瓜呀。真是无耻之尤！

最后看董传策的，开头就说，嵩稔恶误国，陛下岂不洞烛其奸？这又是骂朕呢，严嵩稔恶误国，朕不但看不出还要重用他，这不是骂朕是昏君吗？朕每天都要批阅严嵩报来的大批奏章，每一份票拟，可不可行，都是朕来决定的，骂严嵩只是托词……三个人一个腔调，都是在讽刺与责怪朕。岂有此理！于是批示：

刑部三官员同日弹劾执政大臣，意欲何为？情实可疑，着锦衣卫逮吴时来、张翀、董传策下镇抚司拷讯，追查主使同谋者。

严世蕃一知道这消息，掩饰不住心里的兴奋，邀了鄢懋卿、万文宲等几个好友，到家里喝酒庆贺。那天，严嵩没有到值庐去，直到坐到席上，才知道朱厚熜有如此圣谕。自从看到这三份劾奏，心里便像长了构榾刺。他家乡的山上，到处长着这种灌木，树叶大约三指宽，每一片都像一只怪虫子，长着五六个尖刺。他一听说皇上批示要将吴时来、张翀、董传策三人下镇抚司拷讯，先是松了口气，继而又叹息起来。

鄢懋卿说，阁老，你现在应该高兴才是，还叹什么气呀。

万文案等人也附和了他的话。严嵩没有再吭声。

严世蕃说，几位可能有所不知，我爹是个老好人。他有名言说，人应该有悲悯之心……严嵩确实说过这话，这只是上半句，下半句是：没有悲悯之心的人不是好人，但世蕃没有将这后半句说出来。

万文案说，阁老，对那三个人大可不必同情。他们劾奏您的时候，巴不得把您打入十八层地狱。

鄢懋卿说，就是，现在话该他们倒霉了。

他们自己酿的苦酒自己吃。严世蕃举起酒杯说，来，咱们干杯，这是咱自做的百花仙酿。

说笑间，严世蕃有意无意地问大家：皇上在批示中不仅说要将这三人下镇抚司拷讯，还说要追查主使同谋者呢，各位说说看，谁是这主使同谋者呀？

鄢懋卿说，这不是秃子头上的虱子吗？

有人追问：谁？

鄢懋卿应道：徐阶呗。张翀和吴时来是徐阶的门生，董传策是徐阶的同乡，他们几个人经常到徐府去，这很多人都知道。

于是，几个人在骂那三个人的同时，也指责起徐阶来了。

第二天，徐璠的女儿徐小贞扑在徐阶三夫人的怀里恸哭。她是从严府赶回来的。她已经嫁给了严世蕃的恩养儿子严鸿。严府有好几十号人吃饭。严嵩父子与几个客人一面喝酒一面谈论吴时来他们几个人的事的时候，徐小贞和其他女眷坐在另一张餐桌上。她起初也没有留心去听，后来说到徐阶的时候，祖父的名字撞进她朵里，她才竖起耳朵聆听。这会儿，她把她听到的那些话，像倒豆子似的全吐了出来。

三夫人安慰她说，贞贞，莫哭，你祖父不会做这种事的。

徐小贞边擦眼泪边说，三奶奶，如果严家与咱们家合不来的话，我夹在中间，怎么好做人呢？

三夫人说，我说了你爷爷不会那样做，怎么会两家不和呢。

傍晚，徐阶回到家里，见徐小贞伤心的样子，问道，贞儿怎么了？谁欺负你了？

徐小贞没答话，徐阶的探问，又让她哭起来了。

徐阶便问他的宠妾，贞贞她这是怎么了？

三夫人便把徐小贞在严家听到的那些话，全告诉了徐阶。徐阶稍一沉吟，说，贞贞，这些道听途说的话，你也相信吗？

徐小贞说，我可是亲耳听到他们说的。爷爷，我想亲自问问你，吴时来他们三个人弹劾严爷爷，到底是不是你主使的？

徐阶反问道，你相信是我主使的吗？

徐小贞说，我当然不相信。

徐阶笑道，这才是我的好孙女。

徐小贞说，可他们都说是你。

这时，徐璠也回来了，他在门口稍待了一阵，这时候大声呵斥女儿，死丫头！这些胡说八道的狗屁，你也相信？

徐小贞说，当初爷爷要我嫁到严家，为的是结秦晋之好，现在要是两家反目成仇，叫我如何做人呀？

贞贞！徐阶脸上挂着一种烟霭似的微笑说，爷爷不会做那种事。

徐小贞说，我也相信爷爷不会做那样的事。不过，吴时来三个是爷爷的门生，他们三番五次地跟严爷爷过不去，你老应该管教他们一下。

徐璠呵斥道：你怎能这样跟爷爷说话？

三夫人呵护徐小贞，责怪徐璠说，贞贞在严家听到那样的议论，她当然难受，她好不容易回来一趟，你骂她做啥？

徐阶盯着徐小贞追问：你严爷爷和你公爹也怀疑是我主使的吗？

三夫人抢白道，这还用说吗？东楼当着那么多人的面骂你呢。

徐阶追问道，骂我什么？

三夫人像喝了一口冰水似的，噎住了不吭声。

徐小贞补充说，他说你恩将仇报，巴不得叫严爷爷早点死。

徐阶讪笑着皱紧了眉头，说，东楼误会了，不管怎么说，两家是儿女亲家。说罢起身走了出去。

徐璠紧随他身后，问道，爹！我们是否要向严家解释……

解释什么？此地无银三百两。

那……怎么办？

我自有主张。

徐阶回到书房，起草了一份《请追查主使》的奏章。他叮嘱徐璠要亲自送出，盖上御赐银章，密封上报。

徐璠疑虑地说，吴时来他们三个万一招架不住，说出来了怎么办？

徐阶说，你去找陆都督疏通一下。注意，不要让世蕃他们知道。

朱厚熜看到徐阶的奏章，像看到贼喊捉贼似的，心里明白了。这个徐阶，你还想糊弄朕么？你有才干，肯办事，好好干下去，朕自然知道晋升你。严嵩老了，何不再等些日子，这么急干什么？好了，朕不追查你……

陆炳因为徐璠找了他，便亲自审讯吴时来、张翀、董传策三个人。这三人都得到了徐璠的暗示，对实情滴水不漏。

陆炳问吴时来，谁指使你的？

吴时来说，没有人指使。

圣旨既然说拷讯，必然要做出拷讯的样子。陆炳将惊堂木一拍，不说是吧？大刑伺候！

吴时来挨了几板子便喊道：我招！

陆炳叫停了板子，再问，到底谁指使的？

吴时来说，实不相瞒，是高皇帝托梦，让我劾奏的。

审讯张翀与董传策二人时，两人互相指控，张翀说是董传策指使他的，董传策又说是张翀指使他的，外人看起来，很像是各自为了推卸责任而互相撕咬。

陆炳便叫他们画了押。

其实，这时候陆炳已暗暗倒向了徐阶一边，他按三人画押的口供准备上报给朱厚熜。

严世蕃不相信，找到陆炳问，真的没有人指使他们吗？

陆炳说，刑也用过了，他们一个个都不承认。

我不相信。

你不相信我也没办法。

我有办法，你能让我来审吗？

这……不合适吧？

嘿嘿！严世蕃冷笑说，我知道不合适。但是，三个人同一天弹劾我们，没有人指使，他们有这狗胆吗？

陆炳为了护徐阶。息事宁人地劝道，我劝你不要再追了，万一再逼死一个，人们肯定会说是因为弹劾你们父子而死，对你们有什么好处？

严世蕃倔强地说，我不怕！

起码名声不好听吧。陆炳再三往泥坯上掺水和稀泥，再说，如硬要追查到徐阁老头上，你们两家反目成仇，也不好啊……

这些话传到严嵩耳里，严嵩认为陆炳说得有理，说，陆都督所言极是。以大局为重，还是糊涂些算了。

吴时来三人从轻发落，但是，都被谪戍边地。

严嵩虽然没有坚持要对这劾奏事追查后台，但他心里的疑团却难消散。一天中午，他与徐阶同时在值庐厅堂用餐，吃光禄寺送来的膳食。

徐阶心里发虚，自从朱厚熜批示说，不但要拷讯吴时来三人，而且要追查后台，他的心里就变成了一个发了霉的糯米团。他不敢正视严嵩，只是埋头进食，不时地用眼角的余光瞥一下严嵩。

严嵩坦然如常，自斟自饮，为了打破沉寂，有意和徐阶搭讪，说，徐公，今天的牛柳好吃，炒得很嫩。

徐阶说，阁老胃口比我好多了，看你吃得津津有味，真叫人羡慕。

严嵩说，老夫心宽神安，神安于心平，这胃口自然就好，吃起东西来便津津有味。

徐阶知道他话里有话，却又不好反唇相讥，只好以谄为箭来回击，说，阁老养身有道，蓄精养锐，故而寿高志明，达到返老还童的境界了。

不敢，不敢！严嵩得寸进尺，绵里藏针，暗讽说，若是真能返老还童，那就更让人腻歪讨厌，遭人忌妒了。

徐阶脸上像被叮了两条蚂蟥，脸上讪笑，心里却又痒又痛。阁老德高望重，朝政国事全仰仗你老呀！

老夫已进入耄耋之年，昏聩神迷，力不从心，不求有功，但求无过，少惹笔墨利箭，就阿弥陀佛了！

徐阶见自己的应对策略已见功效，便故伎重演，说，阁老位极人臣，权势显赫，招致众矢之的，乃是常理之事，不可消极退让啊！

是呀，是呀，徐公说的可谓至理名言。徐阶的话，不知不觉地说得严嵩心里暖乎乎的，他端起一碟酱菜送到徐阶席前，你尝尝，这是六必居的酱菜，要细嚼慢咽，才能品出其无穷滋味。其实，这人生亦如做酱菜，吃酱菜，要时间熬炼，操之过急，则欲速不达啊！亲家，你说是吧？

徐阶如芒刺在身，但极力掩饰说，阁老言之有理，言之有理。

内阁辅臣的似隐似现的争斗，暂时平息了，但是，京师闹市区的一张匿名招贴，却又掀起了一场政治旋风，矛头又直指严嵩。

京城灯市街口，人们一面争看着那招贴，一面在纷纷议论：

啧啧，有人要谋害裕王？谁呀？

看，那上面不是写着吗，是当朝首辅，是他要谋害裕王。

这严嵩这么胆大呀！……

他为什么要谋害裕王呢？

人心不足蛇吞象呗！

皇上还不赶快把他抓起来！……

人群中挤出一锦衣卫，边看那招贴边说，让开让开！要赶紧报告皇上。说着，将那招贴揭了下来跑开了。

这张招贴和一份奏折先后出现在朱厚熜的御案上。那张招没有署名，不知是张三李四王二麻子，但奏折是署了名的。上这奏疏的是原在春坊左中允侍奉皇太子讲学的郭希颜。

郭希颜也是江西人，因议礼不合帝意罢官，又迟迟不能复职，埋怨严嵩没为他引进，就想出这危言与奇计。他想入非非，认为这危言与奇计定然成功，复职有望。

郭希颜的危言，就是说有人要谋害裕王，他已经派人在京城张贴公示。他的奇计只能写在奏折中，说是要建帝、安储，建议皇上保证储君安全，建立新帝。凭着他在东宫为官一时的经验与体会，认为在太子身上做文章，是让他复职的最为稳妥的与快捷的登攀之术了。

嘉靖皇帝曾生育过八个儿子，有六个夭逝，只有裕王与景王两个长大成人，都封了王。裕王与景王年纪差不多，服饰都一样，尚未确定谁为皇太子。朝中的大臣都在察言观色，揣摩朱厚熜的心思，看他属意于谁，以便确定自己该往哪倒。但嘉靖皇帝迟迟不表态。他相信陶仲文的二龙不能相见的箴言。自己是龙，皇太子也是龙，立了皇太子，两条龙相见，就不吉利了，所以他一直坚持暂不立皇太子，也不与两个儿子见面。

郭希颜想押宝，把赌注押在皇太子身上，这是大错特错。

不过，朝中大臣也都在押宝，连严嵩也是，他见皇上迟迟不立裕王为皇

太子，以为要立景王了，就对裕王比较冷淡，裕王府缺钱花，要求内阁另外加派，严嵩竟未按裕王府所请而增加。

而徐阶则将赌注押在裕王身上，推荐裕王的老师高拱入阁办事。他这押宝就押对了，为后来的稳居首辅打下了基础。

严嵩在建储这盘棋上，输给徐阶一局。

现在郭希颜的主旨是《建帝安储》，他这个首辅，该如何票拟呢？郭希颜在奏疏中说：

……臣不敢言立储，请言安储。何者？君相相信则储安，兄弟相保则储安，父子相体则储安……接着，他提出了安储的办法：

相信有道，释疑是也；相保有道，分封是也；相体有道，总揽是也。

郭希颜的意思是，为了保证裕王的安全，皇上与宰相，二王与宰相，皇上与皇子之间都必须相互信任，去掉怀疑。对于二王与宰相的关系，郭希颜还在奏疏中说，皇上至爱莫如二王，至重莫如元辅，其初因何嫌何疑也！在这里，已经暗示当年杨继盛提出的若问二王之说，他认为：臣恐二王与嵩皆疑而不自安。既然如此，何暇善后？怎能安储？因此，他在奏疏中建议：皇上应分别召见严嵩和二王，告谕严嵩益加忠谨，不必疑于二王；告谕二王勿忘共敬，不必疑嵩，这样，则君相相信，储可得安也。

关于皇上与二王之间的关系，郭希颜写道：崇高（皇太子的地位）所共欲，防不预设，则谗隙所由萌。因此，应宜令裕王留京，景王早日到封地就国。内外各守，永无猜防，兄弟相保，而储可得安也。

关于皇上与二王的关系，郭希颜提出应令裕王涵养冲资而由皇上神谟独远，总揽乾纲，时事固非高枕之日，而圣父又非倦勤之年。分封之典既定，留京之意已明。臣愿皇上端拱，以顺天人……则父子相体，而储可得安也！

郭希颜的这个奏本的主旨，是在国本与安储上做文章：因为元辅不能君相相信，导致二王不安，这国本怎能立呢？实际上，是在责怪严嵩，散布元辅可疑，与在街上张贴的那张无名帖两相呼应。

在严世蕃的眼里，郭希颜是在傻子变把戏，一眼就看穿了。他对严嵩说，这个郭希颜真可恶，矛头是对着咱们呢。

郭希颜的奏疏事关重大，对严嵩来说，不管他怎样说，转呈朱厚熜是必须的。于是，他票拟：彼曰二王、辅臣疑而不自安，臣思二王于臣，并无纤毫可疑之事，其欲中臣以日后莫大之罪！伏乞圣裁。

严嵩的票拟，只说了二王与他之间的所疑一事，忽略了建帝安储一事。可是，朱厚熜一见建帝二字，就火冒三丈：朕还在位，怎么就要建帝？天无二日，人无二君，难道还要两个皇帝？这个郭希颜简直是目无君主，心怀叵测。他立即宣谕严嵩，不同意他的票拟，说：

汝昨一见彼疏，岂不闷怒？但以疑字一端，却未见彼怀逆之意在本内建帝立储四字，夫立子为储，帝谁可建者？其再同二辅票来！

对于一件与己有关的事物的看法，常常与各人的立场有关，这立场必须涉及到自己的利害关系。对于严嵩而言，他急需要撇清的，自然是那个疑字，而朱厚熜则一眼就盯住了建帝立储四个字。这建帝才是要害。你们几个辅臣干什么去啦？连这点狼子野心都没有嗅出来？……

三位辅臣还未商量好，皇上的手谕又来了：……细邪必无可赦之理。今不忠之臣，不义之民，皆恶不速行新政。以君相久位，不攻君，既攻辅相，概可见矣！

三位辅臣顿时愕然无语。

严嵩好不容易先说出两个字：完了！

李本说：那就不用再票拟了。

徐阶说，等候处置吧！

很快就等来了给事中蓝壁等复奏：郭希颜疏别君臣父子兄弟，怨望倾险，大逆不道。应按《大明律》中妖言惑众之律，定为死罪，就地处决！

郭希颜上疏后，满以为这一炮一定能打响，安了储君，扳倒了严嵩，还愁没有官做？……他的亲朋友好也知道了这事，赶来向他道贺。

他正在家中摆酒，锦衣卫缇骑已连夜赶到，没等他向家人告别，他就人头落地，血溅家门。

第十八章

王世贞救父

拥有大权的人像一棵大树，既可让自己和家人福荫绵绵，也会招来暴风，轻则断枝落叶，重则被连根拔起，祸及子孙。这招致灾祸的风是各种各样的。嘉靖三十八年，严嵩就遇到了一件这样的事。这事与河北蓟镇总督王忬父子有关。

王忬从浙江巡抚之位调往北方，进右副都御史巡抚大同，后又以兵部右侍郎代蓟辽总督。他在浙江巡抚任上抗倭颇有战绩，调到北方后，数年来却吃了几次败仗。

唐顺之升右佥都御史时，曾经巡视过蓟镇，他与王忬有过比较亲近的接触与交谈。王忬是太仓人，唐顺之是武进人，相隔不远，同为江苏吴中人。两人不仅是老乡，而且是同一年生的，真正的老庚。

唐顺之在告辞时，直言不讳地告诉了他们这一行人奉命巡查边防的结果：士卒员额九万人，现在只有五万多，逃亡太多！王忬解释说，边塞苦寒之地，又不堪役命，是有些逃亡。唐顺之摇头说，这不是主要原因吧。我看主要原因是克扣军饷，吃不饱、穿不暖，更无钱养家小，岂能不跑？王忬寂然无语。

唐顺之又说，我们到边境阅兵，所见军容不甚整齐，且多老弱之辈，校尉们说，多年不练了。王大人，这又如何解释？王忬只好说，这是历届总督多年造成的弊病，我也有责任，一定改过。大人回朝面君时，务请说明原委。唐顺之回答说，唐某个人好说，随我一道来的还有御史与太监，他们也可以通天啰！

王忬一时语塞，沉吟一阵后，恳切地央求道，请大人看在同乡同庚份上，斡旋一下，王某一定重谢……

唐顺之巡查边防后的奏章，传到了年近八十的老严嵩手上。这份他一向奖掖与厚爱的顺之先生的手迹，密密麻麻地写了几千字。奏文中所述，真实而又细致，钦佩之余，不免又暗暗担忧。他担忧的不是文本，而是所述事迹的主人王忬。他自言自语说，怎么会这样呢。这时，他回想起唐顺之巡边前向他告辞时，他曾说过的一句话，他曾指着杯中物说，这酒是王忬送的。咳，酒倒是一年比一年好，可这官却做得一年比一年差啊！他在心里嘀咕，我只不过是顺口说了一句，可他却真就当成那么一回事了呢！……站在一边的儿子见他自言自语地有些神情飘忽，便说，爹，你老休息一下吧，我来替你看看。

耄耋之年的严嵩确实老迈了，精力大不如前，现在，内阁好些事情都是依靠儿子严世蕃来办。此刻的严嵩，脑子仍像被驴拉着的磨盘一样，转个不停。

十年前，是他推荐王忬，巡按顺天。

庚戌之变，王忬奉命守通州，提前将舟楫撑过来，使俺答大军不能过河，缓解了京师之围。皇上曾派人秘密视察其部署，对他这一举措甚为满意。自此之后，王忬在下面当官，所奏所请，嘉靖皇帝无不应允。可后来总督蓟边，却连吃败仗，于备战之事，竟如此怠慢！皇上已多次宽恕没有追究，这次恐怕难以逃脱了……

不好！儿子望着奏疏像是吃饭时咬着了一粒大沙子。

严嵩惊问：怎么啦？

严世蕃说，这奏疏写得过细，如果按照这个奏疏，那王侍郎恐怕就要吃不了兜着走了！

东楼，你看怎么办？严嵩在等着儿子出主意。每当他叫儿子的字号时，就附有一种特有的青睐与依赖的情意。

严世蕃于是又仰天转动那两只不协和的眼睛思忖了一会，然后，毫不犹豫地将那密密麻麻的关于练兵的一段删去一大截，只留存一卒不练四个字。

经过严世蕃删节的奏章报上去了，嘉靖皇帝果然没有深入追究，王忬仍然保住了乌纱帽，只是薪俸降了两级。

第二年，已是嘉靖三十八年了，王忬又犯了一个大错误。这年的二月，鞑靼大将把都儿和辛爱率大军再次入侵。还在路上，就扬言要进军辽东。王忬没有认真地分析敌情，故而不能识破敌人的诡计，做出周密的部署，连忙带领大军向东开去，准备迎战。辛爱闻讯突然掉头往西，从潘家口破墙而入，渡滦河，再向西，深入遵化、迁安、玉田等地，把王忬在蓟镇的老窝给抄了。因而，京师大为惊恐慌乱。这回皇上可是恼怒了，连忙下令将王忬逮捕到京。

御史王渐、方辂紧跟着联名上书弹劾这位总督大人，说他失策者三，可罪者四。

于是，王忬被关进刑部大狱。

王忬的大儿子王世贞当时三十多岁，任山东青州兵备道副使。他一听说父亲被打入刑部大狱，便如五雷轰顶，惶恐不安。后又听说有御史弹劾，皇上盛怒，知道事情不妙，便辞了官，赶到了京城。到了刑部大狱，一路打点，见到了父亲。

王忬入狱后，虽然未受刑讯，却也面容枯槁。王世贞一见蓬头垢面的父亲，叫了一声爹，便泪如雨下，哽噎着再也说不出话。

王忬想与儿子相拥而泣，无奈被栅栏阻隔，只好伸出双手，与儿子相执着默默流泪。

王世贞哽噎着问道，他们让你受了拷刑吗？

这倒没有，我这罪名，不需刑拷，只待皇上钦定。王忬一面回答，一面仰头叹息。稍倾，问道，你在青州还好吧？

王世贞悲愤地说，这官我不当了。这回是解官赴京，专为救父而来。

啊！王忬先是惊愕，随即苦笑着说，也好，难为你这一片孝心。可我这次恐怕难以幸免了。

只要能救下父亲，不惜倾家荡产！

这还得动点心思，使些手段，光花钱不一定能办成。王忬压低嗓音说，先找找朝中大臣请他们疏通疏通。

那……我就先找严阁老了。

行，把我们家那稀世之宝《清明上河图》也拿去吧，东楼好喜欢它呢。

说到《清明上河图》，现代的中国人都知道，它是中国十大传奇名画之一，宽为二十五厘米，长为五百二十八厘米，绢本设色。是宋代画家张择端的成名之作。全卷以全景式构图，严谨精细的笔法，展现出北宋都城汴河沿岸及东角门里市区清明节的风貌。这不仅是一幅杰出的绘画艺术作品，而且有高度的历史文献价值。当年曾为皇室所收藏，宋朝灭亡后，才流入到民间，元代最有影响的书法家、画家和文人赵孟頫为这幅画题了词。到了明朝，为江苏昆山富商顾九成购得。现在王忬入狱了，王世贞为了救父亲，花重金托人从顾氏手中收购了这幅名画。

当《清明上河图》这幅名画出现在严府时，全场发出一阵惊叹声。

严嵩得画后，非常高兴，一连几天，都在细细地品赏。徐阶不知从哪里听到这消息，对严嵩说要到阁老府上开眼界，一睹《清明上河图》的珍奇。于是，严嵩特地宴请徐阶、雷礼以及鄢懋卿、万文采等人，到家里来赏画。

大家一面观看，一面啧啧赞叹。徐阶不无谄媚地说，品读诗文书画，历来都是仁者见仁，智者见智。我看这画乃是歌颂太平盛世，严相公酷爱这画，邀集我们一齐来品味此画，乃是勉励我们要以此画为蓝本，鞭策大家再造我朝一个太平盛世啊，各位以为如何？

雷礼击掌说，徐公说的，正是我等心声。

大伙也纷纷附和。

这时，门卫赶到大厅禀报说，有一位客商，说是特意赶来看画，是否让他进来？

严世蕃以为客商是想来买画，挥手说，此画我们不卖，叫他走。

门卫出去后，稍倾，又赶回大厅，说那位客商说，他不是要买这画……

那他来干啥？

说是另有缘由。

严嵩说，那就让他来看吧。

那人进来后，一面施礼，一面自报家门说，他叫顾九成，是昆山人。他收藏了这幅名画后，又被客商汤臣买走。但是，他又听说汤臣买走之后，竟又请人临摹伪造再出售，很是气愤，便找到汤臣要他退回，汤臣先是抵赖，说没有这回事。顾九成再三追问，汤臣才说：我已卖给王总督，你敢到京城去要么。顾九成恐怕赝品落入王忬府中，遭人唾骂，决心弄个水落石出，就千里迢迢，远道赴京。来到京城后，经过一番周旋，才知道这画又转到了严府。

这顾九成如此说道后，刹那间，大伙顿时都不吭声了。

严世蕃问道，那你仔细看看，这幅是真迹还是赝品？

顾九成从头到尾看了一遍后，随即要求点盏灯来。他让人将画悬起，对着灯盏，又仔细观看了一遍，最后说道，赝品，这果然是赝品。你们看，画底的古色初看无二，灯下一照，就不匀称自然了，这是用茶水喷过的痕迹。鉴别此画的真伪，还有个诀窍，只要看看屋角是否一脚踏二瓦便可证实……

严世蕃听了他的叙说，气得两眼翻白，大声吼道，拿假画来糊弄人。我撕了它！说着就要撕画。

严嵩挥手示意，让顾九成把话说完。

顾九成见严世蕃如此气愤，吓出一身冷汗，连忙解释说，《清明上河图》

乃小民家藏珍品，本来无意出售，无奈客商汤臣多次上门诉说，相公素喜文物，故特相送，这才转手予他，哪料到他又请人做假，还说已经卖给了王总督……

如此说来，是王忬与汤臣一道戏弄我们了？严世蕃余怒未消，厉声责问：那贼子汤臣现在哪里？

顾九成也恨不得一下子抓住这个奸商，连忙说，这汤臣也是太仓人氏，相公可派人前往捉拿。

这汤臣将这一真一假两张画卖了上万两银子，早就跑得没有踪影。

送走了顾九成之后，严嵩对徐阶等人说，今天实在对不起，让各位扫兴了。

徐阶宽慰道，阁老言重了，这不能怪你。

鄢懋卿说，虽然没有欣赏到真迹。但这幅名画的大概样貌还是见到了。对我等来说，管它是真迹还是赝品，又不收藏它……

严世蕃本来就余恨未消，鄢懋卿的话又燃起了他心中的怒火，大声斥骂王家做人不地道。

严嵩息事宁人地说，不能怪他们，要怪只能怪那个奸商汤臣。

第二天，严嵩一到值庐，徐阶便来到他案前说，我们一齐去叩见皇上吧？

严嵩说道，是为王总督的事吧？

徐阶点头说，正是。

严嵩说，我昨晚想了好久，这话该怎么说好。

徐阶说，我也有这顾虑。

严嵩苦笑了一下，说，车到山前必有路，去了再说吧。

两人进了尧斋，朱厚熜似笑非笑地问道，两位爱卿一起来，有何好事呀？

这一刹那间，严嵩忽然急中生智，与其抽丝剥茧，不如竹筒倒豆。他直截了当地说，皇上，严嵩叩首请奏，启禀皇上，我与徐公特意来为王忬求情，看在王忬以往微勋的份上，乞请皇上法外施恩，免其一死。

朱厚熜说，他过去的那些事，朕都记得，给他的赏赐还少吗？

徐阶也跟着叩首求情，陛下，王忬有罪，臣岂敢异议，只乞皇上再开恻隐之心……

这么说我倒是没有恻隐之心了？朱厚熜龙眉倒竖起来，他在流河口失事，朕薄施降罚，以示警戒；辽阳遭劫，百姓死伤以万计，朕免咎其罪；他一卒不练，朕又允其借调兵严加防守，却又疏于部署，致使鞑虏长驱直入，京城重地惨遭荼毒。你们说，王忬还不该死吗？

朱厚熜的这一番话，直数落得严嵩心里发虚，仿佛他变成了王忬似的，抬不起头来，但想到来的目的，再次俯首恳求说，陛下，王忬渎职负恩，是令人气愤，但念……

念他什么？朱厚熜龙颜嗔怒，王忬不杀，失事将臣岂有可杀之人？王忬不杀，何以惩戒未来？王忬不杀，公理何在？

徐阶本来也还想再叩求朱厚熜，但没等他开口，见他已勃然起身，拂袖说，你们退下吧！

两人只好噤若寒蝉地退出尧斋。

这天，徐阶回到家里，心情很是颓废。对儿子徐璠说，我想安静一下，谁也不见。

他本想清静一下，但是，一躺下来，心绪反倒像山间的溪流似的，一会儿沉静，一会儿回旋，一会儿跌宕飞腾。他为救王忬向皇上求情，其实更主要的是为帮王世贞。

徐阶与王世贞也是同乡，他的老家江苏松江府华亭县，距离王世贞老家太仓不过百里之遥。王世贞中进士后曾在京任刑部主事，他经常去拜访徐阶这位前辈和乡亲。后来徐阶升任礼部尚书，管辖秘书监和弘文馆等藏书之地。喜爱文学与史学的才子王世贞，就通过徐常到馆内去看书，得以尽窥金匮石室之藏，为他后来写《弇山堂别集》和《嘉靖以来首辅传》等史学著作打下了基础。他一边看书，一边作札记，写些《史乘考误》和晚达、早达、一榜四相、值庐应制等史学笔记。他因与徐阶一家走得近，渐渐地与喜欢闲聊、窥人隐私的徐璠等人交上了朋友。一天，徐璠造访王世贞，饶有兴趣地翻阅他的一些笔记，发现有几则写到他的父亲，就抄回来给徐阶看：

嘉靖三十一年，所载大学士徐某密疏鸾通虏误国状，上揽之大惊……分宜闻有徐公疏，恨不先之，绕床走十余匝而不能寝。

……赵文华视师归，上爱幸之，既倾李太宰，旦夕希入阁，分宜父子即昵文华，然以非故事，意颇难之。乃自以王金所酿仙酒进……而分宜则怒其不先已白也，责而骂焉，其声达于外，徐公亦闻……

因为牵涉到自己，徐阶边看边琢磨，自己与严嵩的矛盾，虽然还稍有隐匿，但实际上已经发展到水火不能相容的地步，百年之时，世人将会如何评价这些阁臣台辅？谁荣谁枯，还很难说呢……

他又再次翻阅王世贞所写的一些文稿，发现其中有一篇写仇鸾的，标题为《将军行》，一开头便是：

娄猪化为龙，头角故不分，贪狼长百兽，那不食其群，有何短老公，自称大将军。

接着就细致入微地嘲骂：碧眼双胡儿，惯骑大宛驹，朝天谒天子，暮令拜单于。揭露仇鸾通敌卖国，终于生为众人恨，死为众鬼怜。

真是嬉笑怒骂皆文章，写得惟妙惟肖，出神入化。这样一个刀笔吏，是可以用毛锥杀人的。徐阶想到这些，顿时豁然开朗：自己现在这么多政敌，光说不行，何不用这样一支犀利的笔锥，致人于死地呢？于是，他训导儿子徐璠说，你以后要善待王世贞，多和他交往，向他学习，学会要笔杆子。

皇上要杀王忬的消息很快传开了，王世贞与弟弟王世懋为了救父，四处求人，或登门，或拦轿，几乎变成了无头苍蝇。

北京街头，达官贵人出门，或坐轿，或骑马，都有卫士随众，前呼后拥，煞是威风。一般的平民百姓，见到这种场面，是不敢挨边的，只有躲的份儿，哪有挡的道理？但是，王世贞兄弟俩在这天却专门迎着那骑马坐轿的显贵跪求。可怜这兄弟俩，本来也是荣华子弟，如今落到如此境地，实在是出于无奈。为了救父，他们可说是舍生忘死了。

他们首先拦住的是刑部尚书郑晓。郑晓是浙江海盐人，曾总督过漕运抗倭，与王忬共过事，后来当了刑部尚书。王忬被逮后，郑晓是主张从轻发落只戍边不杀头的。但是他本人因为与都察院有分歧和争论，被人攻讦，快要落职了，见到王世贞兄弟，在轿内直摇头，满肚子的委曲，对这两个青年人又不好明说，只好搪塞说，老夫已经论过了，你再去找别人吧！说着，挥了挥手，示意王世贞让路。

王世贞本是抱着希望向刑部大人哭诉，请求他开恩，能为救父亲鼎言，没想到他竟如此冷淡，便转身要走。弟弟王世懋多了个心眼，伏地再拜，哀求道，请问大人，找什么人好？

郑晓在轿内发话：只有找内阁大臣了，首辅严嵩，次辅徐阶、李本，还有成国公朱希忠，他们都是值班大臣。

说曹操曹操到。郑晓一行人刚走，又一大队人马吆喝着招摇过市，打着国公旗号，坐在轿内的正是皇亲国戚朱希忠。朱希忠乃永乐勋臣朱能之后，世袭公爵，在内阁值班，已经二十余年，比严嵩还久，但并不管事。应诏入值不过是例行公事，没有票拟与决策权。王世贞王世懋兄弟蓬头散发泪流满面俯伏在他面前时，他正在轿内闭目养神。他被轿夫的呵斥声惊醒，朦胧中还以为是遇到了乞丐，忙对内侍说，给他们几个铜板吧。

冤枉啊！……

王世贞兄弟齐声吆喊，声震天宇，这才惊醒了老迈的成国公，惊诧地伸出脑袋问所谓何事？当王世贞兄弟提及父亲王忬事并哭求救助时，朱希忠满脸的茫然，讷讷地说，哦，这事，这事……你们找首辅去吧，我管不了……

王世贞望着渐渐远去的国公轿子，颓然哀叹，天哪！……

王世懋说，那两位阁老，我们都找过他们了，现在又去求他们，怎么说呢？

王世贞说，该怎以说，就怎么说，为了救咱爹，哪还顾得了那么多。

在街头已经踯躅半天又饥又渴的王氏兄弟俩又叩响徐府的大门。

门卫按照徐璠的吩咐，没让王世贞兄弟进门。但是，兄弟俩执意要进，大门关上了又叩响了，如此再三，门卫发火了，仔细打量，见王世贞虽然满脸戚容，却气宇不凡，不同常人，便解释说，咱家大少爷吩咐了，今天不会客。

王世贞哀声乞求说，请你通报你们家大少爷，就说王世贞求见。

徐璠拿不定主意，请示徐阶。徐阶一听说是王世贞，训斥说，我说的不会客要清静一会，指的是一般闲人，世贞是何等人氏，你难道不知晓？猪脑壳！说罢，亲自开门迎客，将王世贞兄弟迎入大厅。

寒暄过后，徐阶就说，上次你找我的时候，我就答应过，一定当面向皇上求情，哪料到……徐阶边说边摇头。

王世贞急切地问，皇上怎么说？

皇上正在气头上，不容求情。

王世贞兄弟一听此话，慌得一齐跪在地上。王世贞哀求说，阁老，家父一生保国安民，有过不少功劳，请您再想想办法，救家父一命。

徐阶忙扶起兄弟俩，说，你王家之事即老夫之事，但还得从长计议。

兄弟俩同声恳求说，全凭您老主张。

徐阶思忖了一会，隐隐地摇了摇头，说，此事事关重大，老夫不得不据实以告。

请阁老赐教！王世贞脱口而出。

徐阶弦外有音：严公辅政十余年，君臣相处甚深，东楼又精通典章，善揣上意，比老夫强多了。所以说要救令尊，只有严公父子。

王世贞眼里透出一束迷茫，苦笑说，那……我再去求求他们看看吧。

兄弟俩拖着疲惫的身子来到严府门前，伫立了好一阵，才叩响门环。

严世蕃接到门卫通报，走出大厅迎接客人。

王世贞在京任刑部主事时，与严世蕃有过多次交往，相互之间很是熟悉，一见面，便拱手施礼，说，东楼兄，我……又来了。

你那幅假《清明上河图》已经送回去了，今天是送真迹来了吗？严世蕃盯着王世贞嘲讽道。

王世贞像重重地挨了一耳光，满脸通红。他羞愤难言，低着头好一阵没吭声。他真想转身就走，可是，为了救父，这耻辱就是块石头，他也要砸碎了吞下去。他坚挺着抬起含泪的双眼说，东楼兄，我绝无欺诓之意，那幅赝品，我们其实也是花了真迹的价钱买来的，还请你和阁老海涵……

严世蕃也不想再纠缠于那件事，明知故问地说，你们今天来，有什么事呀？

王世贞说，还是为家父的事。

严世蕃说，只怕令尊无力挽救了！

这本来是一句实话，但在王世贞听来，觉得有推脱的意味，仍旧央求说，只要救得家父，我家中所有尽可相赠，哪怕倾家荡产。

严世蕃听了这话，感觉有嘲讽自己敲诈勒索之意，那本已平息的怒火腾地又燃起了，他那玩世不恭的意绪奔涌而出了：不错，我严世蕃雅的时候雅，俗的时候俗，既爱古画珍玩，又爱佳丽美女，黄白之财也是贪爱的，这些你王家都有，只可惜只有被人以假乱真受愚弄的福分。……

王世贞被抢白得无言以对。但为了父亲，他还是忍辱负重，垂头丧气地哀求说，东楼兄，你难道一点也不念及往日的情谊吗？

好，我领你去面见家父。

严世蕃其实是个直肚直肠的人，他发泄完了，气也就消了。

王世贞与王世懋一进入内室，严嵩便起身相迎。兄弟俩立即匍伏于地，长跪不起。

严嵩忙俯身相扶说，请起，请起。

王世贞边叩头边说，阁老如不答应晚辈，晚辈是不会起来的。

王世懋也磕头说，救人一命，胜造七级浮屠呀，请阁老救救父亲……

严嵩急得不知如何是好，一个劲地说，请起，请起，有什么话，起来好说。

王世贞虽起身却还是垂首说，我首先要向阁老赔罪，那幅《清明上河图》确系奸商汤臣做鬼，我们一点也不知情，受了愚弄，以至让阁老受了蒙骗，真是罪该万死。但是晚辈孝敬阁老之心对天可鉴。他边说边做了个起誓的动作。

严嵩急忙安抚道，贤契何出此言，老夫绝不责怪贤契。

那就再请大人救救家父。王世懋乘机恳求。

王世贞也接上话茬，只有相公才能救得家父，你老的大恩大德，我们全家永志不忘。

严嵩喟然长叹了一声说，我已经求过皇上了，皇上不容求情，老夫难以回天啊。

王世贞兄弟执着地哀求：还请再求。

严嵩回道，难啊！回想那天，为王忬的赦免求情，朱厚熜龙颜大怒的情景严嵩连连摇头，他就怕皇上发脾气。平时进言，全看脸色办事，上悦则请，上愠则止。这是他二十余年所得出来的一条真经。那天，朱厚熜已明令尔等回去！想到这里，无可奈何地说，你们再去求求徐公如何？徐公现在受皇上的恩宠，不在老夫之下……

王世贞兄弟自进严府以来，因为那幅画的误解和争执，已积了一肚子的怨气了，兄弟俩的再三求情，使这怨气有增无减，严嵩这番无奈的推却话，把这怨气点着了。于是，王世贞出言不逊道：相公何以推诿？难道为了一幅画，就如此恨我父子？

严嵩不胜惊讶，心里很是懊丧委曲。他确实也爱文物古玩，但并不像儿子那样如痴如醉，沉湎不恤。对于失事后进，他也一向宽大为怀，不予深究。那天世蕃要撕画，要捉人，他都制止了，免得事态扩大。谁料这点小事，倒成了一个难解的芥蒂，说不清道不明了。不行，还是要说清楚，于是说：贤契言重了，老夫绝不至于如此。

王世贞梗起了脖颈说，刚才东楼就是以此事羞辱于我们！

东楼，东楼！严嵩正要当面来训斥儿子，王世贞已拉起弟弟的手怫然出门而去了。

王世贞认定是严嵩有意不解救他父亲。走出严府时，用仇恨吐出一句话：报仇！

从此，他把父亲被杀的怨恨全倾注在严嵩头上。

第十九章

《进白鹿表》

最近一段时日，严嵩在为多名重囚赦免的事向朱厚熜求情，除了王忬，还有王直及其随从叶宗满、王清溪。

胡宗宪诱捕王直是以招抚的名义。这招抚条件当然是要保证其生命安全并向朝廷申报一定的官职。胡宗宪一直在为兑现自己的诺言而努力，他除了上疏外，还向严嵩转呈了一份王直自己写的《陈悃报国疏》。

几天前，严嵩收到这份《陈悃报国疏》时，刚看了开头，就因为其他事搁下了。他带回家中，夹在卷宗里，这会想起，才又重新打开来审读。

这《陈悃报国疏》开头就说：

戴罪王直，即汪五峰，直隶徽州歙县民。奏为陈悃报国，以弭群凶事。

窃臣觅利商海，卖货浙、福，与人同利，为国捍边，绝无勾引党贼侵扰事情，此天地神人所共知者。夫何？累立微功，蒙蔽不能上达……

接着，王直又叙述了多起为国立功的事例：

嘉靖二十九年，海贼首领卢卫抢夺战船，直犯杭州江头西兴坝堰，掳掠妇女财物，复出马贵山港停泊。臣即擒拿贼船一十三只，杀贼千余，生擒贼党七名。解救被掳妇女二口，解送到定海卫掌印指挥李寿，再送巡按衙门。

三十年，大伙贼首陈四在海上，官兵不能拒敌。海道衙门委派宁波唐通制、张把总，托臣剿获，得陈四等一百六十四名，被掳妇女十二名，烧毁大船七只，小船二十只，解送给李海臣。

三十一年，倭贼围攻舟山所城，军民告急。李海臣差遣把总指挥张四维，会臣救解，杀返倭船二只。这都是一片赤心报国所为，诸多地方都许诺记功伸奏，为何反而引来通逆之罪而祸及一家呢？这不只是湮没臣的功绩，而且暗昧了臣的尽忠之心……

连年倭贼犯边，成为浙直等地的灾患，都是贼众所掳去的奸民，反过来成为向导，劫掠满载，致使来贼闻风仿效纷至沓来，逐成中国大患。

旧年四月，贼船大小千余，盟誓复行深入，分途抢掳。幸我朝福深格天，海神默佑，以及大风阻滞，以致久泊食尽。遂劫本国五岛地方，纵烧庐舍，自相吞噬。但其间先得渡海者,已至中国地方。余党乘风顺流海上,南侵琉球，北掠高丽，后归聚日本国菩摩州的还很多……

正好遇到督察军务的侍郎赵(即赵文华)和巡按浙福都御史胡(即胡宗宪)差遣官员蒋洲前来，带着公文到日本各地谕告，在松蒲与臣相遇，备道天恩至意,臣不胜感激,但愿得到微小的补报,即欲归国效劳,暴出自己的心声……

今年，海上的夷寇很少到来，原因是我怕菩摩未散之贼，复返浙直，而急令养子毛海峰用船送副使陈可愿回国通报,使得预防。其马贵山前港兵船，增大了巡哨数量，因此，今春不能松懈。

臣陪同正使蒋州，在日本国到处抚慰晓，事毕方回。我浙直尚有余贼，臣抚谕归岛，必不敢仍前故犯。万一不从，即当征兵剿灭，以夷制夷，此臣之素志，事犹反掌也……

严嵩看完这份《陈悃报国疏》，心里变成了注入瀑水的深潭，上下翻涌起来。

这时,严世蕃进了书房,见父亲激动不已的样子,问道,爹,你是怎么啦?

你看看，你看看，严嵩指着书案上的奏疏说，那个王直……

是个大坏蛋?

不！你看看就知道。

世蕃拿起那份奏疏默读起来。直到看完，仍旧一声不吭，只将奏折扔回案头。

东楼，你怎么看?

我看这王直就是个大傻瓜。

你怎么这样说?当初,人家一片忠心想报效国家,结果却落到这地步……

这还不是大傻瓜?

不，不不，不能这样看人家。

俗话说，宁为鸡头，不为牛后。我要是有成百上千条大小船，有数万人马，又在海上打起了什么大王的旗号，恁谁叫我去我也不去。自己闯荡天下多惬意……

不要胡说八道！你当初不是劝宗宪要剿抚并用吗？

那是两军对阵站在朝廷这方说的。

严嵩叹息说，作为朝臣，只能忠于皇上，为朝廷着想。

你老人家放心，我始终在为皇上着想，为朝廷出力。其实，这王直早就提出来要以夷制夷，如果能用好这个王直，能抵雄兵十万。

我也是这么想。看来，我还要向皇上奏请免他死罪。

你已经求过他了。

附上这份《陈悃报国疏》，再上奏试试吧。严嵩再次拿起王直的奏疏浏览了一遍，说，你这话说得好，用好一个王直，可抵雄兵十万。如果真是这样，国家省了多少费用啊！

徐阶也有密奏权。就在严嵩为王直上疏的时候，徐阶也数次密奏朱厚熜：王直乃海上元凶，不诛之，无以镇海上。

朱厚熜认为徐阶的意见对，大笔一挥：就地问斩！还有那两个叶宗满和王清溪也准备一同杀掉。

严嵩看到皇上的谕示，很是懊丧，虽然这是预料中的事。

严世蕃打探到徐阶密奏的事，回到家里，大骂他不是东西。

严嵩起初还不信，说，他为何要这样做呢。

严世蕃说，他为何不这样做？这对他们而言，只可意会，不可言传。这里面的奥妙，其实简单得很。

经儿子这一点拨，严嵩顿悟了，说，在他们眼里，宗宪是我的人。有些人巴不得宗宪打败仗，打了败仗是罪过，甚至打了胜仗还是罪过。如果不杀王直，让他出面去招抚其余部，兵不血刃就平息了倭患，多好！

严世蕃说，王直一杀，宗宪不好做人呢。

严嵩点头说，正是，闹不好，宗宪还会怪我。

严世蕃说，那倒不至于，宗宪是个既聪明又豁达的人。

严嵩歉疚地说，他即使不怪我，我心里也感到不安，当初，是我鼓励他去做的。

世蕃理解父亲的心情，为了减轻严嵩的内疚，出主意说，王直的两个随从叶宗满和王清溪，这两个人在鼓动王直归顺朝廷的问题上应该说是帮了大忙，能不能想办法救救他们？

对，能救下这两人也好，我们这就上疏。我说，你写：宗满等虽有从直之罪，却有诱直之功。若一概处死，当事之臣难以行走人间矣！

朱厚熜总算给严嵩留了一点面子，对严嵩的奏疏批示说：叶宗满、王清溪各免死，发边卫永充军。

胡宗宪在阴雨霏霏的暗晦天气中，等来了一声惊雷。这震天动地的霹雳不是来自天上，而是来自朝廷。他接到朱厚熜的手谕：

王直背华向夷，罪孽深重，命就地枭示众。

胡宗宪将这手谕展示给罗龙文，说，看来，你姨父没救了。

罗龙文眼泪汪汪地望着胡宗宪说，大人，还能不能再想想办法？

胡宗宪摇头说，我已走到山穷水尽了。

他千方百计诱捕了王直，没想到招来百般非议，先是说他得了许多钱财，故待王直如上宾；继而说他们是邻舍乡亲，所以不忍杀戮。现在，则是越来越玄乎了，说他已经和王直勾结起来，有通敌的嫌疑。如果不是和王直勾结在一起，为什么还为他转呈那份《陈悃报国疏》？那些谏官、给事中真会罗织罪名啊！

罗龙文忽然说，大人如果早些年就当了这总督就好了。

胡宗宪不明其意，问道：你何出此言？

罗龙文说，我姨父赤心为国，做了那么多抗倭的好事，为何就没人上报给朝廷为他请功呢？他的那些功劳，都是有名有姓的事实呀！

胡宗宪沉吟道，这里面很复杂，水深得很！

罗龙文说，姨父在他的奏疏中说：诸所俱许录功伸奏……现在看来，这全是为了欺骗他利用他……

罗龙文的这句话像针一样扎在胡宗宪的心上，他喃喃自语道，这么说来，我也欺骗了他……

不，大人和他们不一样。罗龙文断然为他申辩。大人招抚他归顺是为了履行朝廷命令，现在又冒着风险为他申奏。

胡宗宪叹息说，我胡宗宪不仅失信于王直，亦将失信天下。

大人夹在中间，罗龙文边说边摇头，确实是难……

胡宗宪嗒然说道，身为朝臣，身不由己呀。你姨父走到今天这一步……确实不能怪我。

罗龙文说，大人放心好了，我姨父也是个明白人，相信他会理解你。

哎，我想去看看他，有些事，我想当面跟他解释一下。

好，我陪你一同去……哦！不，你不能去，就我一个人去。

为什么？

大人树大招风，你已经招惹不少是非了，如果再去看他，那些人还不知道会怎样往您身上泼脏水呢。

我不怕！

我知道大人是个忠义之士，但是，为了保全大人的名节，您千万不要去，就我一个人去好了。如果有人说闲话，还请大人关照一下。

这个您尽管放心。

罗龙文去看望王直的时候，两条腿比灌满了水银还沉重。

王直被优待在杭州西湖边的一个小院里。院中有花草树木，楼台水榭，看似应有尽有，但是，唯一没有的便是自由。因为他不管走到哪里，都有人跟着。凭着在大海上闯荡了多年的徽王的经验，他知道自己被软禁了。

罗龙文走进院子的时候，王直正在楼上凭栏远眺。从这里，可以看到西湖中的多处景色，这在中国园林建筑中称为借景。他听到罗龙文叫他姨父的时候，罗龙文已来到他的身后。

哎。王直闻声顺嘴答应着转过了身子。龙文来了？因为有几个月没见面，现在看到他，心里很是高兴。

罗龙文进来后，除了一见到王直时慌慌地瞥了两眼之后，就再也不敢正面相望。

王直问道，总督大人近来如何？

王直自从住进这个小院之后，已经有一年多了，胡宗宪一共来看过他两次。最后一次，离今天有半年多了。王直像寒号鸟盼太阳一样，天天企盼着他的到来，希望他能为自己带来好消息。自己是招抚来的，总是渴望着朝廷能名正言顺地安顿自己，这样，自己才好堂堂正正地做人。没想到他这一问，像在罗龙文头上重重地击了一拳，让罗龙文趴伏在地上。

王直不明就里，问道，你这是怎么了，起来吧。

罗龙文跪地不起，只默默地流泪。

有什么话，起来说。

侄儿只有跪着说话的份儿。

那……你就说吧。

罗龙文还是不说，那眼泪像山中石壁上的滴泉，不断线地滴落在地。

你为什么不说话?

侄儿实在说不出口。

有什么说不出口，大不了要杀我的头。

罗龙文哽噎着吐不出一个字，只默默地点了点头。

王直仰天唏嘘了一声，沉默了好了一阵，才又问：胡宗宪为什么不来见我?

罗龙文的嘴里这才吐出声音：他本来是要来的。

那为什么又没来?

……罗龙文无语。

你！……随着那一声你字，王直飞出一脚，罗龙文在地上打了好几个滚。

罗龙文咬牙忍痛，边哭泣边说，姨父你还是杀了我好。

如果杀了你能解除我的悔恨，我真的会杀死你。可惜世上没有后悔药。王直说着，仰天长叹了一声，接着像一只不甘囚禁的老虎似的发出一声声长啸。继而发出一种令人毛发惊悚的大笑。笑完了，又数落自己：王直，你真蠢啊……你是当今世界上第一个大草包啊！……

罗龙文梦游似的回到总督府。

胡宗宪看到他那鼻青脸肿的样子，心里很难过。他没有问王直是怎么打他的，但是很是自责，喃喃自语说，你身上的这些伤，本来是应该落在我身上的。

罗龙文说，姨父没有打我，是我自己不小心从楼梯上摔下来的。

你就不用瞒我了。胡宗宪叹息着问道，他骂了我一些什么?

他一个字都没有骂你。

胡宗宪摇头苦笑。

真的没骂你，只问你为什么不去看他。

问得好啊！他要是骂了我，我也许会好受些，可他一个字都不骂我……

罗龙文说，他没有骂你，倒是骂了自己。

骂自己！怎么骂的?

他骂自己好蠢，是当今世上第一个大草包。

哦！胡宗宪愕然发出一声惊叹，随即想起了去年与罗龙文等人去慈溪时，看望赵文华的那一幕：

赵文华奄奄一息地躺在床上……

赵文华被罢官回乡后，回到老家慈溪治病。儿子赵怿思因为请假时将日期写在朱厚熜的祈典日期内，冲撞了皇上圣诞，因而充了军，家产也籍没了……往事不堪回首。但是，他只要一闭上眼睛，历历在目的往事又一一浮现在眼前，入仕以后，承蒙阁老厚爱，逐年高升……两次视师，总想早点荡平倭寇，为国尽忠，也为家乡出点力。可是，你越卖力，人家越骂你……真蠢啊！早知如此，何必当初。凭自己的才学，不出去当官，学那陶潜，采菊东篱下，悠然见南山，与那些相知的文士作竟日游，该多惬意……

他已病入膏肓，腹内一阵阵作痛。在宁波督师的胡宗宪路过慈溪，特意赶来看望他这位老领导、老知己。

胡宗宪的到来，让他像一盏添了油的灯火似的，突然火光灿亮起来。他挣扎着想坐起身子，胡宗宪忙俯身对他说，您老保重，不要动……握住他的手，两眼迷蒙起来。

罗龙文看见他那憔悴脱形的样子，心里很是难过，忙叫侍卫献上从前方带来的荔枝与菠萝说，大人，请尝尝，胡总督又打了胜仗，这是从敌人手中缴获的。

赵文华凄苦地笑了笑，微微点头说，这……就好……我……不行了！……

那一晚，他们就睡在赵家。第二天正准备走的时候，赵家的家人急急赶来说，大人，请稍等一会，我家老爷不行了，他可能还有话留与你。

胡宗宪等人赶到床前，俯首贴近赵文华的嘴边问道，大人，有何吩咐？

赵文华喘着粗气，神情一如烛影摇红，使尽气力说，我……我……我太蠢了！脖子一歪，就再也没了话语。

胡宗宪回想到这里，喟然长叹，说，我是不是也太蠢了！

罗龙文宽慰说，大人，你可要振作，赵大人未竟之业，还靠你去完成呀！……

胡宗宪沉吟了好一阵，叹息说，是呀，明天就要行刑了，海上的战争又要吃紧了。

王直赴刑前，胡宗宪叫人为他安排了一席美酒佳肴。他没有推辞，开怀畅饮，边吃边对等候一旁的刽子手说，醉酒断头，血光冲天。我要让世人知道，我王直是怎样血洒江天……

在被押赴刑场的路上，他高声叫喊，他以他《陈悃报国疏》中的事例，说自己闯荡大海，矗起徽王大旗是被迫的，朝廷官员欺哄了他……今天走向断头台，也是受了朝廷的欺哄，他是接受招安而来，想为国家消除倭患尽忠尽力……今天朝廷杀他，剁掉的不只是他的头，还有朝廷的信义。一个没有信义的朝廷，狗屎不如！……

忽然，他停止了他的激昂陈词，他听到了一个撕心裂肺的声音：爹！

他的女儿小凤从人群中钻出来了。

凤儿！……王直从囚车中向女儿伸出了双手。

爹……小凤边哭边跟着囚车哭喊，奶奶和娘都昏倒了，不能来，只有女儿来送爹上路……

王直热泪横流，但仍旧铿锵有声：孩子，你可要记住，爹虽是个海上强盗，但比起朝廷那些狗官有情有义。小凤，你嫁鸡嫁狗也不要嫁进官府……

王直被处斩后，家属被判处没入官府为奴。

上命难违。胡宗宪对罗龙文说，这样吧，你送她们去京师，请严公子斡旋，送一个可靠而又不会虐待她们的人家，免得她们遭罪。

罗龙文说，我明白。顿了一会，又问道，去了京师后，我还回来么？

胡宗宪说，严公子如果有意留你，你就留在严府吧，帮助他们做事，也就是帮助我。哦，对了，王直上疏的那份亲笔手稿还在这里，算是遗书吧，你带去交给严阁老，最好能交付史馆，永远保存。

罗龙文说，大人想得真周到。

胡宗宪喟叹说，我救不了他这个人，能救下他这份遗书，也算是减轻点愧疚吧。

罗龙文依依不舍地与胡宗宪分手时，记起了严世蕃叮嘱的那句话，说，大人，严公子嘱咐过，你的精力不要全用在打字上。我如果留在京师，上面如果有什么动向，一定会及时告知。

罗龙文走进严府的时候，严嵩父子正在书房为王直被处斩的事感叹着交谈。

严嵩说，王直落到这个结果，他肯定要大骂胡宗宪，而宗宪呢……唉！他可能也要埋怨我了。

严世蕃说，这倒是小事了，问题是，王直这一杀，东南沿海又要开战了。

严嵩叹息道，是呀，这仗一打起来，又不知要死多少人，耗费多少资财。

皇帝老爷哪管得了这么多，他只会摆他的帝王架子，摆他的龙威……

不许打乱话！严嵩忽然冒出一句乡里土语，他正要再告诫儿子，罗龙文就来了。

严家父子对于罗龙文的到来都很高兴。

严世蕃说，龙文来得正好，爹，咱们身边又多了一个人了。

严嵩点头说，人多好办事，胡汝贞那里怎么样了？

罗龙文便将处置王直前后的情况一一叙说了一遍。说到安置王直家属的事，特意强调了胡宗宪叮嘱他找一户可靠的官宦人家的话。

严世蕃说，就放到咱们家吧，咱家不会虐待她们。

严嵩随即反对说，你脑子让糨糊糊住了？胡汝贞已摆脱不了干系，你还要惹一身骚？

严世蕃辩解道，我这不是为了让胡汝贞放心嘛！

严嵩摇头说，你平时脑子那么好使，在这事上怎么就犯浑了。

严世蕃说，我怎么犯浑了？

你就不怕人家说长道短？

我怕个屌！严世蕃冒出一句粗话。

严嵩又嗔又笑地用手像鸡啄米似的指着他说，到时候不是你怕不怕的事。你呀，聪明的时候比鬼还机灵，这事你怎么就不通呢……这样吧，放到成国公家中去，他是国公，不怕人说话。人嘛，也厚道善良，不会虐待他们。

罗龙文赶紧打圆场说，阁老高见，你老先打个招呼，我这就送去。

王直处斩，倭患又起是预料中的事。

舟山岛上，岑港栅寨上空的徽王帅旗还在飘扬。毛海峰得悉王直被杀，怒气冲天，伏在旗杆下痛哭：干爹呀，我说不能去嘛，这下上当了！……随即将佩刀一折两断，对部下说，弟兄们，为徽王报仇！

另一个头目谢正随即对大家说，现在立毛船主为船老大，出发！向官府讨还血债！

毛海峰说，且慢，先杀一个祭旗！随即高喊：带人质夏正！

夏正作为人质在这里已经快两年了，他原以为可以回去，想不到竟还是会死在这里。临死前，他请求毛海峰：我死了不要紧，你们可不要乱杀无辜！

胡宗宪早就料到毛海峰会以为王直复仇的名义再挑起战事，他严令俞大猷、卢镗守住沿海阵地，不让海寇登陆。

于是，一场恶战，在舟山洋面展开。

毛海峰亲自率部强攻宁波，宁波把总张四维因早有防备，击退了敌人的进攻，斩杀倭寇十余人。

另一路自象山登陆，被海道副使谭纶击退，敌人七十余人丧命。自此，谭纶崭露头角，后来也成为抗倭名将。

毛海峰被迫退守岑港。俞大猷挥师进攻，登上舟山岛，直逼岑港。港口只有一条小路通行，士兵只好鱼贯而行，单列前进。没料到进至半路时，毛海峰一声令下，率部从半路杀出，官军猝不及防，纷纷坠崖落水，大败退回。这次，官军损失不小。俞大猷这位宿将，竟然败在毛里毛躁的小船主手上。

胡宗宪闻讯长叹：王直如果在，绝不会有这场恶战。

严嵩多次疏请致仕还乡，但朱厚熜一直都不批准，留用他在身边。这使严嵩既是诚惶诚恐，却又觉得很自信自赏，对于皇上所托的大小事情，应对裕如。但是，近年来却常常感到力不从心了。自从皇上赐予严世蕃带俸侍亲以后，他就把儿子当拐杖使了。他实在离不开严世蕃的扶持。当值的内阁大臣，最怕的是朱厚熜提出的学术性难题。这不，小太监又从尧斋传来了一张条子：

能欲多而事欲鲜。

这是朱熹老夫子的一条语录。朱厚熜很是欣赏。照他的理解，他正需要这么做：欲望可以多多的，事情则要越少越好。这正符合他修玄的要求。可是这句话是从哪里来的？该做何解呢？……他急需要一个圆满的答复。

几位四书五经烂熟于心的内阁辅臣尽管搜索枯肠也找不出答案，严嵩只好又派人去找严世蕃来解此难题。

这时的严世蕃已喝得酩酊大醉，躺在媚儿的房里昏昏沉沉地酣睡。

媚儿已经进住在严府。她是以陪严世蕃母亲唱曲听戏的名义来的。

来送信的内阁侍人听说严世蕃喝醉了，很是着急，说阁老等着要答案呢，这可怎么办？

媚儿说，别急，稍等一会。说着，叫人打来一盆热水，用热水浸了毛巾敷到严世蕃的头上，围上三匝。稍倾，严世蕃半醒半睡地说着什么，但仍旧在打呼噜。媚儿便按下他的头，浸入脸盆内。这下，他被惊醒了，惊问什么事。来人递上条子，叫他赶快解答。

严世蕃接过纸条一看，哂笑说，这有何难。说着提笔便写：

此句语出《淮南子》，原话是：心欲小而志欲大，智欲圆而行欲方，能欲多而事欲鲜。这是药王孙思邈的原话，要与前两句连起来读，其义自明。

朱厚熜对这一解释很是满意。严世蕃又为三位辅臣解决了一件难以应对

的差事。

第二天，严世蕃协助父亲来上班，徐阶忍不住问，东楼，你怎么会想到那本书？

严世蕃说，我是三教九流，什么人都打交道，什么书都看。人世间万事万物，奇妙驳杂得很，光读四书五经不行。

徐阶笑道，你真行！读书破万卷，出口皆文章。

严嵩心里很是得意，嘴上仍不免贬损几句。

徐阶的笑意和他的心思不一样，是火炮上的引子，一旦点着了，可就不得了。他是想，这严世蕃这么厉害，可是仕途上的一个劲敌……

严世蕃不仅学识渊博，在揣摩皇上心思这一点上也超过了严嵩。

新年又到了，严嵩照例要向皇上密奏谢恩：

……蒙恩赐假，幸逢元日，子孙罗膝，捧觞晏乐，皆高厚所庇……

马屁好拍，老虎屁股却是难摸。朱厚熜很不高兴，回了张手谕：

观卿所奏，似有劝我之意，父子之情，我岂异于他人？往岁宫变，蒙上天恩赦，已世外人矣！故别居西内，奉玄修身，令其母子会欢聚耳……

严嵩看后，惊惶失措，得罪了皇上，这还了得！

严世蕃剖解说，爹，你这样写，皇上是不会高兴。二龙不能相见，是陶仲文的狗屁话。既然皇上相信了，你老又何必去劝告他。

严嵩有些惘然，说，这可怎么办？

严世蕃想了想，说，我再替你写一张试试看。于是提笔写道：

古者多男多寿之语，岂惟臣以此祝其君，君亦此望其臣。故臣揭及之，第陈感激之私耳！实不敢有他心。

朱厚熜看了这一回奏的帖子，觉得严嵩确是出于一片赤诚之心，很是高兴。

在如何揣摩朱厚熜的心思，如何才能讨得皇上欢愉，严世蕃已青出于蓝而胜于蓝，比严嵩高明多了。严嵩老了，幸好老所有倚，有这么一个鬼精鬼精的儿子。

不久，严世蕃在内阁代父当值时，接到几份弹劾胡宗宪的奏章。这次的来势更是凶猛，两位御史——罗嘉宾和庞尚鹏，联名上疏，指责胡宗宪侵吞军饷，为数甚巨。严世蕃又通过小内侍探听到，朱厚熜为此事很不高兴，看来，危险得很。

严世蕃急忙找来罗龙文商量，该怎样帮胡宗宪渡过这一难关。

罗龙文说，我已经把你叮嘱的话转告他了，他应该有想办法应付的。不过，这消息要尽快告诉他。

严世蕃说，事不宜迟，赶快派人去，就说皇上已经猜疑，要想办法博取皇上的欢心。

信使飞马来到杭州。

胡宗宪得讯后，急忙召集幕僚商量。

沈明臣忿忿不平地说，小人嫉功妒能，尽找大人的岔子！

茅坤说，胜仗有什么用？捉到王直，不是一个大胜仗吗？他还训人呢！

徐渭一直未开口，胡宗宪想听听他的意见，便说，文长，你有何高见？

徐渭眯缝着双眼慢条斯理地说，要让皇上高兴，说容易也容易，这要看时候。在外贼进犯时，当然只有打胜仗了。我们这里现在倭患暂息了，只需要投其所好就行了。

有道理。胡宗宪说，皇上最喜欢什么？……

哦！对了。茅坤茅塞顿开，说，献祥瑞。吴山最先献祥瑞，现在已经是礼部尚书了。

好啊！胡宗宪脸上立即霞光灿亮，赶紧派人到天目山去，听说那里有不少珍禽异兽，看看能不能找到什么活宝。

不久，进天目山的人在一深山老林中捉到一只白鹿。世人只见过各种色鹿或花鹿，这纯白如银雕的白鹿，谁也没有见过。这可真是稀世之宝，该算是祥瑞了吧。胡宗宪大喜，传令进献皇上。

献祥瑞还应该配有贺表，这在嘉靖已成惯例。这项差事，幕僚们众口一词：这事非文长莫属！

胡宗宪便对徐渭说，又要辛苦你了。

徐渭没有推让，但他提出，他要仔细看看那只白鹿。

白鹿牵进了总督府。徐渭目不错珠地打量着，两眼时而瞪得溜圆，时而眯成一缝。他围着白鹿转了两圈，一篇瑰异典雅琅琅上口的《进白鹿表》便在他胸中酝酿。他先是翕动着双唇轻声自语，继而便朗朗出口：

……臣谨按图牒，再纪道诠。乃知麋鹿之群，别有神仙之品：历一千岁始化而苍，又五百年乃更为白……

当这份《进白鹿表》出现在皇帝的御案上，朱厚熜阅看到这里，立即被这两句话吸引住了，情不自禁地感叹道：好家伙，这白鹿岂不有一千五百岁？

紧接着有这么两句：

自兹以往，其寿无疆……

朱厚熜心里很是受用，欣喜异常。这胡宗宪，是在向朕祝寿哇！

徐渭的词藻越来越美，马屁也拍得越来越响：

……必有圣明之君，躬修玄默之道，保和牲命，契合始初，然后斯祥可得而致……

恭惟皇上，凝神汾穆，抱性清真。不言而时以行，无为而民自化。德迈羲皇之上，龄齐天地之长。乃致仙麋，遥呈海峤……是盖神灵之所召，夫岂虞罗之可羁！

朱厚熜看过许多献祥瑞的贺表，没有一份能与这《进白鹿表》媲美。于是，龙颜大悦，命令内侍照抄一份，他要随时翻看。

严世蕃将皇上的喜悦之情，派人飞报胡宗宪，要他想办法再捉一只白鹿，再献一次祥瑞。

上苍如果有意成人之美，好事便接踵而来。或许那白鹿是一对中的一只吧，果然在上次擒获白鹿的深山老林中又发现了一只，逮到之后送进了总督府。胡宗宪对徐渭说，文长，你上次的贺表写得非常好，这次再来个锦上添花，让皇上再高兴高兴。

徐渭欣然遵命。

这徐渭确实是文章高手。一般人对同一事物同一题材，很难有新鲜感，也难以越写越好。徐渭对此事却像饮美酒，只有一再品尝，才会到那醍醐灌顶的境界。他经过一个晚上的抒写，《再进白鹿表》比上次更精到，更美妙，更典雅，堪称有明一代骈文之最：

窃惟白鹿之出，端为圣寿之征。已于前次进奏之词，概述上代祯祥之念。

然黄帝起而御世，王母乘以献环，不过一至于廷，遂光千古之册。岂有间岁未周，后先迭至，应时而出，牝牡俱纯。或从海岛之崇林，或自神栖之福地。若斯之异，不约而同，如今日者哉！

兹盖恭遇皇上，德函三极，道摄万灵。斋戒以事神明，于穆而孚穹昊。眷言洞府，远在齐云。聿新玄帝之瑶宫，甫增壮观；遂现素麋于宝地，默示长生。雌知守而雄自来，海既输而山亦应。使因缘少有，出于人力，则偶合安能如此天然？且两获嘉符，并臣分境。皤然攸伏，银联白马之辉，及此有救，玉映珊瑚之茁。天所申眷，斯意甚明。臣亦再逢，其荣匪细。岂敢顾恤他论，隐匿不闻？是用荐登禁林，并昭上瑞。双行扶辇，峙仙人冰雪之姿；交息凝神，护圣主灵长之体。是再进。

朱厚熜看了一遍，还不过瘾，如热天品咂甘露，又细细地从头研读。当读到双行扶辇一句时，忍不住自语道，这是在保朕灵长之体呀。这一高兴，便把那什么贪占军饷，贻误军情之类弹劾胡宗宪的奏章，一概置诸脑后。胡宗宪的形象，顿时焕然更新，这个胡宗宪，不仅会打仗，还会采集祥瑞敬献于朕，祝朕长寿安康。好一个忠臣，有赏！便下令晋升胡宗宪为兵部尚书，领一品俸，以一品衔领总督事，位子更高了，权力也更大了。一场仕途危机，顿时烟消云散，霞光闪亮了。

徐文长的笔杆子，果然赛过俞大猷、戚继光的枪杆子！诱获王直都没能加官晋级，二献白鹿却赢得了无限风光。这就是嘉靖皇帝的神道和王道。

胡宗宪悲喜交集，感慨万千。这个时候，方才明白：怪不得严公子一再嘱咐，主要精力不要全用在打字上！

后来，他又敬献白龟二只，五色灵芝五株，帮助他再一次度过弹劾关。

他非常感谢严嵩父子，要徐渭执笔，代他写一封信，题为《又致严公》。在这之前，他写过一信，这是第二封了。

徐渭按照胡宗宪想表述的内容，首先倾诉委屈：

……委身当任，始知时事之难。袖手旁观，何怪人言之易！

继面感谢扶携他的阁老：

仰赖相公，上下调集，始终爱惜。

接着阐述：

凡人有疾痛痒疴，必求免于天地父母。然天地能覆载之，而不能起于颠挤；父母能保全之，而未必如斯委曲。伏惟兼德，无可并名。名且不能，报何为济？

将严嵩比作天地父母，拳拳之心，溢于言表。最后的结尾是：

……一雪此言，庶酣雅志。寸肠结恋，尽一日而九迴；中夜再兴，望三台而百拜。

最后两句是胡宗宪亲笔加上的。他确实有许多心里话要对严嵩诉说，愁肠九迴而百结，夤夜还在祝福阁老长寿安康。

徐渭很是感动，说，大人对于阁老，真是赤忱了。

胡宗宪说，不错，若不是严公、赵公的大力扶掖，我胡宗宪哪有今天啊！

你还得代我起草一份贺词。

徐渭说，行啊，明天就给你。

胡宗宪既敬重徐渭的才华，也尊重他那怪异的言谈举止。士为知己者死，徐渭对胡宗宪回报的感激之情是由衷的。

徐渭从总督府回到自己家里，很是惬意。这是一个很雅致的庭院，虽不甚华丽，却还宽敞、舒适。院落有二十二间房屋，还有两个小水池，占地面积达十亩。虽然有不少果树和花木，但庭院开阔，房前屋后红花绿叶，相互掩映，在池水中荡漾生辉。这是胡总督奖给他的，一次就奖给二百二十两银子。他拿出来买下这所院落。徐渭感叹说，我徐文长何德何能，竟受此重赏，愧不敢受！

胡宗宪哂笑说，这是奖给你写字的功劳。你一字值千金，我这点小意思，还拿不出手呢！

徐渭感谢总督的厚赏，就给这所院落取名为酬字堂。

当时，一两银子可以买米四石，自从有了这笔银子，他衣食无忧了。他可以安下心来，做文章，写字，绘画。在胡宗宪手下的几年，是他文学艺术创作大丰收的岁月。后人整理出版的《徐文长全集》《佚草》以及《南词录》《四声猿》等诗文、戏剧、书画作品，大部分都出自这所酬字堂。他的绘画和书法造诣都很高，后代的吴昌硕、齐白石等美术大师都将他捧为楷模。但他对自己才艺的评价是书法第一，人们抢着要，一个字就可以办一桌酒。现在，他可以不卖字了，一心一意在这里写文章。他要写戏剧，写诗文，歌颂这些抗倭将士：

江云隔岸来迎舸，海雨随风去洗兵。
奏草每从灯下换，提书又见马前横。

他的第一首诗，就是写胡宗宪，标题为《胡大人镇浙》。

他认为胡宗宪是值得歌颂的第一人。

第二十章

严世蕃敛财

人事任免，从古至今，一直是官场上的矛盾焦点。对个人来说，关系到整个家族的荣耀；对国家来说，关系到社稷的安危。否则，哪有一人得道鸡犬升天和齐家治国平天下之说？严嵩在初入仕时，曾有“定教难移岂信然，便修人事可回天”的名言，入阁之后，权力日益大了，更加注意人事的选拔和安排。这就免不了与管官员的吏部和管武将的兵部发生冲突。而给事、言官又往往窥伺朝野动向，从人事的任免浮沉上发难，首辅严嵩便成为攻击的焦点。南面坚持用胡宗宪抗倭，惹来不少是非，担了不少干系；北面坚持用杨博，放在边陲御虏，又说是排挤。赵文华倒台，吏部推荐欧阳必进接替着任工部尚书,严嵩票拟转报了,又招来一阵嫌猜妄议,说欧阳必进是他的姻亲，义子下台，表弟又上台了，这工部的大权，难道是严氏父子家人的？……

严世蕃听到这些议论，就问父亲说，爹，许多人都说欧阳必进是我的表叔，我怎么不知道？

严嵩说，这些人，就是会捕风捉影。你娘姓欧阳，必进老家离你外婆家不远，就说是姻亲了。必进他长期在下面当官，我也是后来才认识的。

严世蕃说，这个人究竟行不行？如果确实可以，我也好向他们解释呀。

这些人牙齿发痒，喜欢叫喊，有什么好解释的？严嵩嗤笑了一声说，人家必进是由刑部尚书调工部，并没有升官。就是升官，他也是确实能办事，可以委以更大的责任。

谣言重复多了，人们往往都会相信。说欧阳必进是严嵩姻亲的话也吹进了朱厚熜的耳朵里，他也怀疑了，问严嵩：欧阳必进老了，还行么？

严嵩回奏道：必进虽年过六十，精力尚健，建重城时，必进任工正，区处诸事，著有勤能绩……

他同时又建议：由必进掌部事，综理钱粮，而由工部侍郎雷礼专管工程，则皆得宜矣！

朱厚熜这才批示同意，将工部的正、副职确定下来。

欧阳必进字任夫，江西安福人。正德十二年进士，与夏言为同年。以往多发派在湖北、广东、浙江等地当官，所过之地皆有政绩。在湖北郧阳任巡抚时，当地发生牛瘟，农田无牛耕种，农民心急如焚。欧阳必进从资料中找到了鲁王朱翌遗制的人力耕地机的设计图，便亲自动手仿制，并加以改进，装置机关，用人力带动绳索牵引耕犁，代替了牛力。省力、高效，解决了缺牛的困难，为农民办了一桩大实事，深受农民欢迎。

这项人力耕地机的创造，启迪了发明创造电犁的原理，可以说是后来电犁的始祖。是当时一项走在世界前列的古代农业科技成就。其时封建士大夫的为官之道，认为这是淫巧奇技而鄙薄，未能引起重视与推广。而欧阳必进却能在这种机械制造上下功夫，非常难能可贵。纵观整个嘉靖朝，很难找出这么一个能为农民办实事的好官吏。

由此，严嵩才知道家乡有这么一位好官，后又将他调任应天巡抚。其时正逢灾年，他爱民如子，开仓济贫，救活了万余灾民。

欧阳必进后来任浙江布政使、两广总督，在两广，他发现与提拔俞大猷等名将，平定了少数民族的叛乱，有功，这才调进京师，升任刑部尚书。从此后，严嵩与他才常有往来。

他在任刑部尚书时，严整法纪，廉洁奉公，夙夜不懈，嘉靖皇帝称赞他端慎老成。

欧阳必进接到去工部的任命书，便造访严嵩，一见面就笑道：阁老大人，你这可是给我苦果子吃了。

严嵩也笑着回应说，天之降大任于斯人也！目前在兴建三大殿，正需要你这样的人去工部督理啊！

幸好起用了这个精明而又敬业的欧阳必进任工部尚书，三大殿才如期完工。著名的卢沟桥工程也是在他任期内完成的。其后，吏部尚书吴鹏被罢免，严嵩又推荐欧阳必进去吏部。朱厚熜已听到一些传闻，说当朝首辅和这位工部尚书是亲戚，他们在搞裙带关系，因而犹豫着不想点头。

严嵩觉得欧阳必进尽可大胆任用，便再次上疏说，臣老矣，必欲恃此人执政。

朱厚熜勉强同意了，但没到三个月就将欧阳必进罢了官。

严嵩再也不好说话了，不免有些懊恼。回到家里，叹息说，看来我这票拟是不管用了。

严世蕃说，爹，你也不必难过，各人有各人的命。

严嵩说，话是这样说。但是一个这么好的人得不到重用，这毕竟是令人痛惜的事。

严世蕃说，据说，他致仕回家时，皇上还是特赐给他玉带绯鱼服。

严嵩苦笑道，这又有何用？必进他需要的是能为朝廷负重出力。

严世蕃悲愤地说，都是那些嫉妒他的人乱嚼舌根，造谣说他是我们的亲戚，搞裙带关系。

严嵩感伤道，我也确实老了，天有春夏秋冬，人有生老……

你老可不要这样说。严世蕃岔断父亲的话茬，在皇上的眼睛里，你可是一个寿星，他能用一个寿星做首辅，只会添福增寿，这才一而再再而三地不批准你致仕还乡。

皇上是真龙天子，哪还需要我一介凡胎来添福增寿？

可有的人是这么说的。

你也相信？

我当然不相信。可皇上他本人相信。要不然，天上一旦降下什么灾异，那陶仙人一说是上天示警，他就相信了。

严嵩这才不吭声了。自从他入阁以来，他这个以王道治下的内阁大臣，与那个以神道修玄保佑陛下的真人府主人陶仲文，配合得很默契。一旦有什么天灾，陶仲文就说是上天示警，严嵩就趁机向朱厚熜请乞修省，解决了许多想说而不敢说，想做而不能做的事情。修省期间，是臣下最好说话的时候。

可惜严嵩还尚未觉察到，他们这一唱一和辅佐朱厚熜的王道大臣与神道仙人的联盟，很快就要分崩离析了。由于陶仲文年老多病，请乞休回山养老。徐阶见缝插针，推荐那个会扶乩术的蓝道行接班，导致了严嵩的下台……

陶仲文要走了，严嵩依依不舍，还想挽留他。但陶仲文对人世间的荣辱看得很淡。临走时，将皇上历年所赐的白银十万两，金宝无数以及蟒衣、法冠，统统交回官府。

严世蕃说，先生太憨了。

陶仲文淡然说道，贫道空手而来，清白而去，淡泊养生呀！出家人本来就是以四海为家，云游四方，要那么多钱财干什么？

严嵩赞同道，先生言之有理，淡泊养性；非淡泊无以养生啊！陶先生改天再走吧，介溪要尽同乡之谊，略备小酌，为先生饯行。

谢谢了！阁老盛情，贫道铭记在心。陶仲文向严嵩深深地鞠了一躬，一语双关地说，山雨欲来风满楼，贫道该走了。

严嵩下意识地望了望天穹，似乎听出了陶仲文的弦外之言，在心里品味着说，山雨欲来风满楼？……几年后，严嵩还常常回想着陶仲文说这话的情景，说，难道他当时就预料到了？真不愧为神机妙算的仙人……

陶仲文的十万两白银缴回国库后，户部请示做何处理。严嵩说，交给工部吧，工部要修卢沟桥，正缺钱呢。立即票拟呈报朱厚熜。

卢沟桥是欧阳必进派工部侍郎雷礼督修的。完工后，严嵩前往观看，非常赞赏，并写下一首诗表达自己的观感：

逝波与行客，汩汩无时休。
猊蟠明积雪，虹饮亘长流。
晓月迷征骑，春沙压弊裘。
经过道傍寺，暍思且淹留。

这首五律，情景交融，朗朗上口，堪称一绝。到了清朝，乾隆皇帝为桥东碑亭题词，就引用了晓月二字，题为卢沟晓月，成为燕京八景之一。人们都以为那是皇帝的题词，弥足珍贵，殊不知卢沟晓月这谚语，还是援引了严嵩的诗句而来的。

严嵩七十大寿时，严世蕃为他出了一本《寿春堂集》，八十大寿时，严世蕃准备出一本《钤山堂集》。《寿春堂集》一书中收集的是前来祝寿的人写的诗、文、赋、序、颂，而《钤山堂集》收集的是严嵩数十年所写的诗文，单是诗就有一千三百多首。

严世蕃准备将书稿拿到胡宗宪那里去付梓，严嵩不明其意，说，就在京师刊刻就行了，何必又要麻烦宗宪。

严世蕃说，宗宪手下人才济济，像唐顺之、徐渭这样的人都是诗文高手，可以叫他们评议一下嘛！

严嵩自谦道，我不敢与人谈诗。年轻时写的那些诗，尚能注意修辞格律，力求合乎古调。后来入京做官，没有时间推敲琢磨了，拿不出手，不要贻人笑柄。

严世蕃说，爹，你也太不自信了。

书稿送到江浙，唐顺之首先看了，极为赞赏，他兴冲冲地以一个学者兼诗人的视角，为这部文集写了序：

……少师介溪翁严公，少称神童。弱冠举进士，入翰林。在正德而同时诸僚，莫不优游玉处，而公独引身铃山之隩，艰苦积学，以邃其所蓄，如是者十有余年。故其为诗，多道岩壑幽居之趣。而公之迹则疑于隐。至嘉靖初，公起南院，历迁南吏书。是时公负相望久矣！往时诸僚及后辈，多已联翩秉钧轴，而公犹回翔散地，如是者又十五六年。故其为首，多纪留都冠盖之盛。

接着论述严嵩入阁后的心志及作为：

公虽已位上卿，而志未大得也。则犹疑于隐显之间。圣明御极垂二十年，顾前所用内阁诸臣，罕能称心者，而独注意于公，遂自南宫入内阁。未几，遂为首阁。上下之交深，故其积之也久，经纶之业厚，故其发之也迟。自是大礼乐典章，属公协赞，焕然以备。

北虏南倭，时有兵革。举贤爱能，密援庙算，罔不奏功。往往自以为诗，以纪其事。至于一时人才，公所奖掖而布列者，亦彬然毕见于公之诗。

这两段话，基本上概括了严嵩的一生。唐顺之与严嵩交往甚密，可谓君子之交，他对严嵩很了解，所言发自肺腑。他向来淡泊功名，潜心于学术之研究，而涉笔于诗文，厌弃溜须拍马。接着，他以晚生的口吻，与前辈谈诗：

……公颇谓可与言诗者，尝侍公于苑值，公示之近稿，曰：吾少于诗，务锻炼组织，求合古调，今则率吾意而为之耳。

顺之对曰：公南都以前之诗，犹烦绳削也，至此则不烦绳削而合矣。

公颔之，已而曰：吾不与后辈谈诗，恐以诗人目我，而蔽精于无益语也。

夫公之诗，雄深古雅，浑密天成。有商周郊庙之遗，知音者自当得之。然公既不以此自著，而顺之又敢以此仰赞于公哉？……

反对过严嵩的赵贞吉，后来升任为侍郎，难为他捐弃前嫌，也为严嵩作了序，称这部书：海内之士，见且不得，乃稀世珍品；又称：功言并隆，才遇兼美，得三人而已耳！然其皆出于环庐陵数百里之内也……

这最后一句的意思，是指环绕庐陵（今吉安市）的几百里范围内，曾经出过欧阳修、曾巩和严嵩三个人。后人也有这种说法。严嵩如果不当官不在仕途上颠连一生，是有可能与欧阳修、曾巩并称为文豪的。这是几百年后文人漫话。

为这套文集作序的还有张治、唐龙、杨慎、崔铣、王维桢、王廷相、湛若水等政要和名士。

严嵩对自己的诗文，有清醒的认识，他在自序中说：

予昔在童年，即学为声律。既窃科目，恒苦疢疾，一造金马之署，寻返碧山之庐，吟啸终日。久之出而从仕，获与二、三同志，扬榷风雅之道。历览唐贤诸家，曾未涉其津梁，惟取顺诸情性。

他对自己的前期诗作，还是很满意的。但是对于后期的作品，因晚登仕途，万务劳心，有时因事记言，抚景寓兴，率尔应酬，不能求工，不过是一些触口纵笔留下的墨迹。

严嵩八十大寿时，亲朋故旧，死的死了，败的败落，有少数人还奔走于新的权贵门下，不再登严府大门了，但还是很风光。

首先是嘉靖皇帝送来了贺礼：白银一百两，寓意他活到一百岁；彩币八表里，祝贺八十寿辰。还有宝钞、羊、酒等物品，并命礼部设宴会，招待来贺的宾客。

严嵩觉得受之有愧，连忙上疏辞谢：

臣前已支二俸，宠禄逾涯，非常之福。众以为荣，臣以为惧。又臣二次考满，皆具疏辞宴。该寺支用缺乏，尤宜节省。

朱厚熜批答：

嵩高年佐朕，愈尽忠谨，赞事上玄，竭赤匪懈。宜加恩奖，命所司奉行。

户部议文是：

应如永乐朝兵部尚书靖远伯王骥的旧例，领伯爵俸，岁给禄米一千二百石本色，八百石于太仓库银支付，四百石于京库关支钞贯。

对于户部的意见，朱厚熜批示：同意。并赐肩舆一台，允许严嵩坐肩舆出入禁内。

当时，一两银子可以办一桌酒，一百两银子可以办一百桌酒。

在京的亲朋好友和官员，该来的都来了。远在南方的胡宗宪因军务在身，虽然自己没来，但派了人来祝寿。那篇题为《上严公生日启》的贺词，很让严嵩开心：

门弧悬月，俨然赐姓之图；卮酒流霞，满逗传柑之液。年年此节，在在回阳。

伏念某官，河岳储精，凤麟协瑞。生缘吉梦，盛传孔释之征；出遇明时，绰有皋夔之望。历几迁而入相，同一敬以格天。四涨具瞻，万邦为笔。恭惟华诞，爰属首春。

八秩初跻，同尚父遇君之日；一年以长，多潞公结社之时。萱英征舒，已含元气；支于更始，载历二旬（言正月中旬）。兼齿德爵而全之，又为独厚；积岁月时而值此，人所希逢！其夙侍经筵，幸承余教。自叨节镇，几动浮言。曲荷保全，尚充任使。知我比于生我，益征古语之非虚。感恩图以报恩，其奈昊天之罔极！

遥思旭旦，宾从如流。自阻修途，心摇若旆。优愿保国台严，膺绥福履。年高德邵，就调伊傅之盐梅；主圣臣贤，远迈乔松之呼吸。就车舆以应召，赐几杖而乞言。寿数百年，讵止武公之睿圣！弼亮四世，永作康王之父师……

从飞扬的文采和叙事风格，这份四六骈文，定是出自徐渭之手。如果说，那份《进白鹿表》是系应景之作的话，那么这份祝寿之词，却是出自胡宗宪的肺腑之情，那几句知我比于生我和几动浮言、曲荷保全等语，均是依据事实而出，后来也证实，这是经过胡宗宪亲笔修改后才定稿。严嵩看了后，非常感动，喟叹说，知我者，胡汝贞也！

寿诞这天，严府张灯结彩，乐音绕梁。

现在的严嵩相府，较前扩大了一倍。

东面新建了一个院落，占地十亩，是原来内阁大臣谢迁、费宏、毛征等人的住宅。里面有两口水塘，四周都栽种了花木，春兰冬梅，夏荷秋菊，应有尽有，池水荡漾，鱼跃蛙鸣，无异于江南水乡景象。严世蕃对母亲说，娘，现在这里有水、有塘、有鱼，还可以养鸭子。差不多把老家都搬来了，还想分宜么？

欧阳氏笑着说，亏你会想，把个介桥风光全搬来了。可惜老了，享受不了几天啦！

媚儿自从进了严府，一有空闲，便来到欧阳氏身边，陪她出去看戏，听曲。这时，她陪着严世蕃哄老人开心，说，娘，我最近学了几段江西老家的采茶戏，唱给你听听好么？说罢，便哼唱起来。

媚儿刚唱了两句，严世蕃便说，不行不行！

媚儿问道，怎么不行？

严世蕃说，没那个味，你还是晚上在枕边给我唱当催眠曲吧。

媚儿嗔道，就你会寒碜人。

这新宅第完工的时候，皇上亲笔赐名：忠正。那匾是工部奉命做的。附

近官邸不少，谁能享此殊荣？为此，严嵩高兴而又自谦地吟咏：

长安第宅频更主，此地流传亦到予。
巷僻能来长者辙，门高曾识相臣居。
还依绿树留宾榻，满插牙签赐诏书。
愧荷圣恩归未得，暮年犹自玷朝裾。

西面也扩建一栋。于是，自西至东分别命名为日鉴堂、思勉堂、爱贤堂，总名为忠正堂。

严嵩对日鉴堂的解释是：人臣之事君，即君之所以事天也，知事天，则知事君矣！

他将皇上比作天，天大无边，天高至极，君命是不可违的。他是这样想，也是这样做，在皇帝面前，唯唯诺诺，不敢说半个不字，这才保住了乌纱帽，二十年不倒。不久，竟因为一事抗争，没有做到日鉴，而惹下了大祸。

对日鉴堂的解释，严嵩还有记述：

寓邸在长安之街西有堂焉，北瞻宸居，君父在上，恒若无日而不临监于此。夫人君其尊如天，其明日月，其威雷霆也。

矧今皇上神圣睿明，旁烛万里，在廷群臣藏否勤怠，圣鉴昭如，毫发不爽。而予也以眇马孱陋当眷任，岂不重可畏乎？因取《诗》语名其堂，以思儆戒。

爱贤堂盖得最早，取求贤若渴之意，如前所述。

严世蕃住在新建的府第内，他拥有六个妻妾，媚儿是他的新宠妾。严嵩只有一个儿子，他也有浓厚的多子多福多寿的意识，希望世蕃这唯一的儿子能为他多生养几个孙子。严世蕃自己生养了六个儿子，另加两个恩养的儿子。因此，严嵩共有八个孙子。此外，还有几个孙女，都嫁给京师的名门望族，有一个是嫁给了成国公朱希忠的孙子。

一个人能与另一个人成为好朋友，一定是有情趣相投之处。严世蕃和罗龙文有共同的喜好，那便是对文物古董的收藏与鉴别。

这天，严世蕃在新建的大厅内，摆上胡宗宪等人献来的古玩、玉器和象牙、琥珀之类的东西，邀请罗龙文来欣赏、鉴别。

罗龙文的收藏生涯早于严世蕃，可谓见多识广，严世蕃很佩服他。他们早已成为挚友，两人在一起无话不谈。

罗龙文对严世蕃摆出的物件很是惊讶，说，严公子可以开一个古董展览馆啦！

严世蕃说，我这点东西算啥？你没看到皇上那里，不要说那些摆设的东西，光西苑祥瑞馆的那些活物，什么白龟、白鹿、五色鹿、百灵鸟……样样都有。皇帝老儿能享受那么多宝贝，我们为什么就不能学样儿享受一下？

罗龙文说，怎么能和皇上比呢？

严世蕃说，怎么不能比？他也是一张嘴吃饭……

罗龙文忍俊不禁笑了起来，刚笑出声，便赶紧掩住嘴嘘了一声，说，公子可别信口乱说，小心有人听见。

严世蕃朝门口望了一眼，说，在自己家里，不怕。

公子还是小心些好。

好！不说了。严世蕃说，你来看看这些，是不是真品？

罗龙文依次看去，先是看了金器。有金做的海水龙壶、金龙圆杯和龙盘、凤杯，都是金光闪闪，灿烂夺目。罗龙文取出一只龙盘，在手上掂了掂，又侧目聆听了一会，便往地上一甩说，这哪是金盘！你听这响声，分明是铜做的。

接着又看银器，有银做的碗、瓢、牙签……罗龙文一一鉴别。当看到一座满地金银山时，这才啧啧称叹道，公子，你有这么一座银山，够吃一辈子了！

这算啥！严世蕃不屑地回答说，我家一年的开销，少不了两万两，这座银山能吃多少天？

再往下看便是玉器，有玉带、玉盘、玉杯和各种玉雕器物，无不晶莹透亮，圆润光洁。罗龙文对这些都见过，并没有介意。当他看到一只紫色的玉杯时，两眼立即萤光闪烁，随即伸手拿起，上下左右仔细辨识起来。他确定这是一件晋朝遗传下来的宝物，忍不住用手叩了叩，赞叹说，这才是稀世之宝呀！晋朝的东西，上千年啦！

严世蕃半信半疑，问道，你怎么知道是晋朝的？

你看，这上面有“永和镇宅世宝”六个字。罗龙文指着那六个字说，永和是晋孝宗穆皇帝司马聃的年号，离现在一千二百多年了。

罗龙文依次一件件地看过去，又发现了一件年代更为久远的注水玉匜，上面有“始建国元年”几个字，便拿在手上转动着问严世蕃：公子，这是什么年号？

严世蕃便仰头转动着那双东张西望的眼睛思忖了一番，喃喃自语道，始元、始建、建始……汉朝用始字、建字做年号的甚多，心想，莫不是汉朝的，便答道：这是汉朝的东西。

罗龙文笑道，算是答到了一半。你再仔细看，这上面写的是“始建国”几个字，此乃新朝王莽篡位的第一个年号呀！

严世蕃拱手说，我真佩服你了，你真不愧为一个古董专家！

再下面是琳琅满目的金镶银嵌的宝玉、头饰等宝物。

这时，有人敲门，严世蕃没有起身，回头对门口问，谁？

我。门口传来媚儿的应答。

你来干吗？

我想进来看看。

没啥好看的。

好看不好看，让我看看嘛。媚儿说罢，便发出一种挠心媚人的鼻音。

严世蕃抵挡不住她的纠缠，便开了门。

媚儿一进门，便哇的惊讶起来：这么多宝贝呀？

严世蕃说，别的人没见过，你难道也没见过？

媚儿说，可一下子没见过这么多呀。说罢，也蹲下身来，细细地一件件仔细观赏。看着看着，不免动了心，说，给我一件吧？

严世蕃问道，这些东西，你难道也稀罕？

媚儿说，有是有一点，可没这么好。

严世蕃说，好吧，给你一件。说着，顺手拿了一玉佩。

媚儿说，不，我要自己挑。

严世蕃说，老三老四她们也都是拿的这些东西。

他说的老三老四，是他的三夫人和四夫人。

媚儿继续撒娇要自己挑。

严世蕃便松口说，你自己挑可以，但要现场做一首诗，或填一首词。做出来了，就让你自己挑，做不出，那就由我随便给。

媚儿说，可以，我填一首词。

严世蕃说，好，你就以《贺新郎》为词牌来一首。

媚儿急于早点拿到宝物，说，《贺新郎》是长调，我只能来一首小令。

严世蕃说，也行，你做吧，要快一点，要不，我要关门走人了。

媚儿说，你别急嘛。说着用两个食指支在两鬓思索了一阵，然后仰头说，好了！

罗龙文惊讶道，你就想好了？

凑合吧。媚儿说着，便吟诵起来：

千年琳琅物，一现在今朝。件件皆珍宝。夫君有玉言，任奴挑。

严世蕃与罗龙文听罢都笑了起来。

罗龙文称赞说，后面那三个字最妙。

严世蕃问道，你这是什么曲牌？

媚儿说，调寄《南歌子》。

严世蕃想了想，说，好吧，随你挑一件。

媚儿的一双杏眼便变成了两只彩蝶，将那一件件宝物当成了盛开的花朵，在上面飞来飞去。最后，这两只蝴蝶落在那只紫色的玉杯上。她拿起来看了看，边看边念着“永和镇宅世宝”六个字。念完，放下，却又拿起了那件玉匜，也念起上面的“始建国元年”五个字。她将两件宝物拿在手上掂量起来。那玉匜是旧时的官宦人家盥洗时舀水的器物，比杯子要大，她便说，这件（玉匜）太大太重，我不稀罕，就拿这个杯子吧。

严世蕃苦笑说，除了这两件，你……能不能换一件？

媚儿将脸凑到他面前，扑闪着双眼说，心痛了吧？我就要这一件。

严世蕃说，好吧好吧，只要你喜欢，你就拿去好了。

媚儿说，你放心，我的就是你的。你万一有急事要用出去，我一定奉还。

真的？

我说过假话吗？

严世蕃那双东张西望的眼睛，顿时变成了一只要抓小鸡的鹰翅，一闪一闪地扑向媚儿。要不是罗龙文在场，他也许就要将她搂住放倒在身子底下。

媚儿走了后，严世蕃召来了严东。他吩咐严东将这些宝物收进内室，又问罗龙文，我上次要你做的那笔丝绸生意，怎么样了？

罗龙文回道，我已经派人去徽州，我那里的客商出海，与我姨父的老部下朕系准备卖到日本去，利润比在内地翻一番。

好！严世蕃兴奋地说，事成之后，有你一半。

罗龙文笑道，你是老板，本钱都是你的，我只是跑跑腿，哪能得这么多？

严世蕃哈哈大笑，说，咱们还分彼此吗？

罗龙文拱手道，公子视我如亲兄弟，罗某愿为公子肝脑涂地。

严世蕃又叫来严东问道，我上次要你去樟树贩的那批药材，脱手了么？

严东说，刚刚脱手。随即伸出两个指头，得了这个数。

严世蕃问，两千两？

严东笑着点了头。

罗龙文讶然问道，你们怎么想到樟树去了？

严世蕃说，我上次奉双亲之命回家修桥，路过樟树，得悉那里的药材好卖。樟树镇是有名的药都，世人都说，药不过樟树不灵。

罗龙文佩服说，公子真是精明。你的脚下，遍地是黄金。

严世蕃说，有我的，就有你的，咱们一起干吧。

罗龙文很是感激，说，能在阁老和公子手下做事，罗某三生有幸。

说笑间，家人传报，说有客商求见。严世蕃便说，严东，你去接待一下，我和龙文还有事。

严东走后，罗龙文问道，严公子，你身为三品侍郎，何必还要做生意呢？

严世蕃说，三品侍郎算什么？年薪不过四百石，值几两银子？我们一转手，就是几个三品官的俸禄。

罗龙文先是点头，随即又摇头，犹疑地问道，你这本钱，都是从俸禄里拿出来的吧？

实话对你说吧。严世蕃关上房门，说，龙文，你也不是外人，那些个王公大人，想巴结咱们，求个封爵官位什么的，咱照收不误。马上伊王典英就有十万两送来，还愁没有本钱？

罗龙文说，这么说来，还是当官好。

不！严世蕃说，光当官不行，光做生意也不行。

罗龙文点头赞道，对对对，一面当官一面做生意，那金子银子保准发大水般滚滚而来。

说笑间，严东又进来说，那位客商姓李，他一定要见公子。

哦，是李老板呀。严世蕃与他打过几次交道，便说，叫他进来吧。

严东出去后，将李老板领了进来。他一进门，便对严世蕃弯腰施礼。

严世蕃便向罗龙文介绍说，这位老板也是江浙人士，在这里贩卖马草，赚了大钱啰！

李老板红光满面，身上还隐隐散发出酒气。他拱手对世蕃说，多蒙相公关照，才有小的今日。

这人来京师已有好几年，多方周折好不容易攀上了严世蕃。经严世蕃为其周旋，才得以垄断马草市场，发了大财买了房屋，讨了八个小老婆。已经是一个财大气粗的大阔佬了，送给严世蕃的好处费，出手就是上千两。

这李老板从攀上严世蕃所得到的好处，深知巴结官员经商的奥妙。因此，他还想拉拢锦衣卫陆都督。如果有锦衣卫做后台，他就更加有恃无恐了。他弯弯绕绕却又曲径通幽地说出了自己的心思。他以为严世蕃会很生气，没想到世蕃却点头说，行，找个酒店，你做东，我作陪，这也是一场生意，酒席上谈。

李老板说，我请他……会来吗？

严世蕃说，你算老几？当然要以我的名义请他。

李老板跟着严世蕃在酒桌上果然见到了锦衣卫陆炳都督。李老板一见他那身材高昂的体魄和那一身耀眼的锦衣卫穿着打扮，像小鸡见了老鹰般心里发怵。而陆炳看到李老板戴着小帽，披着耳撒，一副商人打扮，双目先是暴闪了一下，随即又佛陀般半眯了起来，只和严世蕃说话。他应酬了一阵，便借口上厕所，向随从打探李老板的底细。随从中有认得李老板的，便如实相告。陆炳大怒：好哇！我正要抓这样的奸民呢！看在严世蕃的面子上，托故有紧急公务先走了。

李老板一离开那个酒店，便被锦衣卫抓走。他被押到锦衣卫刑讯室，用两副铜夹棍夹住讯问。待严世蕃赶来时，李老板已经断气了。

严世蕃很是生气，质问陆炳：你为什么随便打死人？

陆炳漫不经心地赔笑说，我只是将他夹起来讯问一下，没想到这厮不经夹，一夹就死了。

严世蕃诘问道，他犯着什么事了？犯得上用刑吗？

陆炳脸上也显出了愠色，说，我锦衣卫办事是不是还要经过你来批准呀？

严世蕃被撑得说不出话，那双东张西望的眼睛转动了好一阵，才忿忿地说，草菅人命！哼，你也有死的时候……说着，气咻咻地拂袖而去。

严世蕃回到家里的时候，好多个徽州客商坐等着求见。有一伙是休宁程氏兄弟，一伙是歙县许氏和汪氏兄弟。

汪伯龄奉命采办大木料，发了财，进京行贿，获得表彰，赐七品官服及匾额，称为高处士。

汪狮，也因为献金而得为散官，严世蕃也得了好处。

汪新，献数千金，严世蕃通过吏部尚书吴鹏，任命他为南昌卫指挥佥事。后来，严氏父子倒台，汪新也被罢了官。程氏、许氏、吴氏等徽州富商大贾

都和严世蕃有交往，出手都很大方，一掷千金。严世蕃照收不拒，他将这视为渔人张网捕鱼，脸不红，心不跳，视送的钱财多少待价而沽，一一予以有实权的官职或只有虚名的官服与扁额。兵部尚书许论也好说话。按他这小阁老的意见，给了一些人以官职。

徽州世商程澧，奉诏捐资，拜新安卫指挥，爵万户，时称万户公。

嘉靖皇帝曾有诏令，凡捐钱助边者可酌情授官，这实际上已是允许有钱可以买官当，严世蕃故而敢如此大胆。

这本是一项为缓解朝廷财政危机而采取的措施，但是被某些人利用职权卖官鬻爵来发财。

休宁的又一个大户程封，奉诏出资帮助皇上修建三大殿，严世蕃就通过礼部，任命他为鲁王府的引礼官。

而程宪因通间益勤，号通家，竟得以会礼部主事。

程升在嘉靖三十二年进京赶考，并没有中进士，也通过献金，得以授职为南水部郎，还准备进入尚书省。

歙县的盐商吴守礼，向朝廷捐资三十万两。这笔钱有一大部分落进了严世蕃的腰包。于是，严世蕃大笔一挥，一下子授予他家五名中书舍人。

又有一个叫汪起英的人，进京赶考只考了一个同进士出身，按例只能当教谕，当不上县官。但他求官心切，就来找严世蕃，献上白金千两，想谋个知县来当。严世蕃还嫌少，说你们那里一个监生想当个县丞都献金千两，你要当县令，千金不行，少了少了！这人没办法，只好又送上一千金。严世蕃通过吴鹏，果然发派他为县令。

淮南、扬州一带多盐商，与徽州相毗邻的婺源县则多木商。这些商人都有钱，也精通钱权交易，与严世蕃常有往来，严世蕃从他们身上榨了不少钱，而他们也从严世蕃笔下捞得了虚虚实实的官员头衔。

这种钱权交易，实际上是嘉靖初年开始的嘉靖三年，户部奏请，召义民输粟以救灾，视输粟多寡而荣以冠带，也就是授以官职，这就开了捐资买官之先河。其后朝廷入不敷出，多次诏令富户捐钱买官。嘉靖十八年，因修大殿，工部没有钱，向朝廷叫苦，朱厚熜同意士民捐资。徽州巨商吴希元献白银万两，作为修大殿费用，朱厚熜大喜，下令任命吴希元为文华殿中书舍人。其时严嵩尚未入阁，还在礼部任尚书。入阁后也免不了沿袭旧例，视捐资多少而授了一些散官。这些散官，朝奉之类各部均有权授予，而朝廷命官则要皇帝亲自批准。但内阁大臣可以票拟两三倍的名单供皇上选择，而这些名单多为吏部或兵部提出。

这些有职无权的散官，什么这个郎，那个大夫之类的，有些但求有钱不贪虚名的富户还不想要，徽州巨商吴荣输粟救灾，不愿意受冠带，当地官员还强迫他接受。

严嵩对这类所谓义民和处士，颇为赞许，曾亲自为这些人写过文章。他在一篇《汪处士墓表》称颂说：

汪处士，歙州潜州人也，家世以资雄。曾祖彦实，祖仕贤，考永德，皆以义闻……早年商游鲁……或驰声太学，或叨选秩守……

又有婺源的潘氏，以贩运木材起家，潘珍任湖广布政使时，为建殿筹集大木材三百根，献于皇帝后又买木九十万根，逃税三万二千两。严嵩也为其撰写墓志铭。由此，人们怀疑严嵩从中得了好处。

严世蕃接待完了这一批又一批徽商，又来了一个许晴川。这人曾赞助过戎政府，罗龙文也认得，于是三人便在严府饮酒聊天。这许晴川也想有个乌纱帽，严世蕃说，你不是已经进阶为征仕郎了吗？

许晴川摇头说，那是一个散官，没什么意思。

严世蕃想了想，摇头说，眼下还没什么合适的位置给你。

罗龙文便建议说，东楼兄，发派他到南京去弄个官当当吧。

严世蕃想了想，觉得只有这办法，便说，你去找胡总督，带我的口信去，就在他府内当个右卫经历吧。

接着，又来了一个婺源江湾的木商，名叫江佩。已经有了个尚书郎的头衔，但他嫌官小了，送了一笔钱给严世蕃。这笔钱肯定不少，因为它让这位小丞相动心了。严世蕃翻了一下官簿，信州还差一个太守，就问他说，你去信州怎么样？江佩求之不得，能为知州，一下子就升为六品官，可谓光宗耀祖……

严嵩经常因为当值不回家。明朝对严嵩很有研究的文人徐学谟曾说，严嵩一个月难得一归以洗沐，常常每积岁方得归邸第，因此，严嵩对儿子的所作所为，有许多事情是事后才知道的。可是，等他知道的时候，木已成舟了。

一天晚上，严嵩从睡梦中醒来，隐隐听到有掘地的声响。他怕有盗贼便叫醒了香梅，要她叫上几个男丁，查找一下。

过了一阵，香梅回来告诉他说，少爷在后花圃那边挖井。

挖井？严嵩自语着寻思！家里不是有两口水井么？要那么多水井做什

么？他便要香梅帮他穿上衣服。

香梅不解，说，老爷，这么晚了，你还起来干啥？

你领我去那边看看。严嵩说着，双脚已挪下了床。

香梅扶着严嵩来到后花圃的时候，看到儿子在指挥几个人往地窖里搬坛子。窖口附近摆了几十个坛子。这些坛子比酒坛小一些，搬运起来却很费力。他便问严世蕃，东楼，你在做啥好事呀？

严世蕃知道已瞒不住了，迎上前来。赔笑着回道，藏一点银子。

你要这么多银子干啥？

爹，你老人家不当家，不知道家里每日要多少柴米油盐。我们家那么多人，迎来送往的，每年都要开销上万两银子。还要去南昌、袁州盖房子，帮助邻里乡亲……你知道要多少开销？将来你老致仕了，我也不当官了，这养老糊口都得要钱哪。

严嵩说，养老致仕，皇上也会给咱供着禄米呀，还怕饿死？

严世蕃说，爹，你别看到咱们家这点银子就花了眼，你没看到徐阶、陆炳他们，钱比咱们多得很……

有多少？

有多少？光那地租的收入就比咱家多十几倍。

人家是人家，咱们是咱们。你好自为之，可不要惹出祸来。严嵩对儿子告诫了一阵，回了住房。

第二十一章

日薄西山

闰五月的北京，暖暖的天气忽然又变凉了。黄昏在暮霭的陪伴下悄悄地降临了。

在值庐当值的严嵩已有几天没回家，屋里已被夜色罩得暗沉沉的。他叫人点亮了蜡烛，仍然在伏案披阅奏章。李本因为丧母而离职。值庐内只有他和徐阶，因而更显得冷清了。

光禄寺送来了夜餐，现在只有严嵩和徐阶相对而食。

光禄寺送来的饭菜，没有以前的丰盛，份额也减了，原来是三桌，现在减为一桌。这是严嵩建议减掉的，目的是为了节省银两，减少开支。

徐阶比较挑食，许多菜不吃。以前送的饭菜品类多，且又丰盛，他尽可以挑好的吃，现在份额少了，专挑好的吃有些不好意思，便说，你老何必出那主意，得罪光禄寺！

严嵩说，国家要用钱的地方多，国库空虚，省得一两算一两。。

徐阶说，光禄寺的报表送来了，我看了一下，每年还是要三十六万两。

严嵩说，就是因为这个数目太大了，皇上才要查呢。

徐阶搁下碗筷，取出几本厚厚的账簿，摆到严嵩面前说，那就请大人过目吧。

严嵩随手拿起一本账簿翻了一阵，说，这得叫世蕃来，我老眼昏花，看不了这么多！

徐阶半奉承半揶揄道，皇上英明，难怪他要让世蕃带俸侍亲了，好多天不见他影子呢。

严嵩解释说，内人近来卧床不起，因而他守在家里没出来。

徐阶惊讶而又关切地追问：老亲家母生病了？

严嵩说，有些咳，主要还是身子虚弱。

徐阶说，但愿她早日康复才好。

两人正交谈着，家人急急地赶来向严嵩禀报：老夫人快不行了，少爷要你赶紧回家！

严嵩赶回到家里的时候，欧阳淑端早已昏迷了。严世蕃从内室出来，将他扶到母亲床前。

严嵩一见老伴眼泪便扑簌簌地滚落下来。他俯下身子，紧紧地握住妻子的手说，淑端，你怎么不声不响地就要离我而去呢？……

严世蕃将嘴凑到母亲耳边温声和婉却又字字清晰地说，娘！我爹回来了，你睁眼看看呀……

他反复呼唤了一阵，老夫人果然慢慢地睁开了眼。

严嵩惊喜异常，揉搓着夫人的手说，淑端，我回来了……见她嘴唇微动，赶紧贴着她耳朵说，你还有什么要交待吗？

只听老夫人艰难地吐出几个字：回……回老家……

严嵩还想听下去，她却两眼一闭，撒手而去了。严嵩父子呼唤了一阵，可她再也没有醒来。顿时，一家老少，哭成了一片。

按照老家人的习惯，欧阳淑端还在昏迷的时候就穿好了寿衣。

欧阳淑端寿终正寝的消息一传开，前来吊唁的人便络绎不绝。

皇帝朱厚熜最早得到这一消息，他对礼部的官员说，自古以来，夫妻并入八十的人不多，你们可以议恤典，后不为例！

于是，礼部按例从厚，赐谕祭三坛，派专人送到严府，严世蕃伏地谢恩。

朝廷里诸友好纷纷送来了寿幛、冥钱及其他吊唁物品。在这些人当中，有一人异于常人。他不但送来一般的吊唁物，他还送来一篇充满激情与哀思的祭文。这人不是别人，就是后来官拜一品，在嘉靖后的万历朝担任首辅，以改革成为名相的张居正。

张居正字叔大，湖北江陵人。嘉靖二十六年的时候，任次辅的严嵩主考天下学子，廷试贡士，为读卷官，发现了这个人才，被嘉靖皇上钦定为进士。张居正那年二十三岁，便被任命为翰林院编修。因为有这层关系，张居正往常见到严嵩总是毕恭毕敬地称恩师。两年后严嵩做七十大寿的时候，张居正也前往祝贺。严嵩还记得，张居正当时是最末一个入席签名。

嘉靖三十二年，严嵩奉命辅佐二王学业，由于自己政务繁忙，抽不出时间，腾不开身子，便想到了张居正，举荐他为右春坊右中允（辅佐太子的官）兼国子监司业。张居正这才如鱼得水，步步高升。之后，又以右谕德兼太子裕王的讲官，为他后来担任首辅打下了基础。因为这些关系，张居正非常感恩严嵩，常出入于严府，与严嵩父子相处甚佳。他对欧阳淑端很有感情，认为像她这样居中作范，俨似妇师堪为妇女作表率的贤妻良母，博观宇宙，邈焉寡伦，乃天下少有。因此，他出自肺腑，写下了一篇长达三百余字的四言悼词：

他在悼词中首先立论说：

国之隆昌，必有元臣，官之隆昌，必有贤配。

接着引申到严嵩：

小心翼翼，谟议帏幄；忠贞作干，夙夜在公。

再赞颂夫人：

武克承元，肃肃母训，煌煌令仪。

继而嗟叹感慨：

嗟夫！国倚于翁，翁倚夫人，翁家有托，国乃用宁。

我愿翁寿，齐于岱华；亦愿夫人，与之并驾。

悼词中也提及严世蕃是异才天挺，济美象坚，笃其忠尽，出其公家，因而最后感叹说，惜哉孟母，今也则无。将欧阳氏比作孟母，如果严世蕃争气，欧阳氏倒也确实懿德传千古，至今在分宜老家一提及欧阳氏，无不交口称赞。

严嵩非常感谢这位后进，替他把心中的忧思轸念都倾泻出来了。他深情地对张居正说，叔大，老夫老了，国家大事，全靠你们了！

张居正诚挚地说，居正有今日，全仗阁老提携。我一定认真辅导太子，成为一代明君。

严嵩说，高拱大人侍讲太子多年，你们相处得还好吧。

张居正说，我们相处得甚为欢洽。我在高大人那里学到很多道理。高大人也非常崇敬阁老，要我代向阁老请安。

遵照欧阳氏老夫人的遗嘱，要回老家安葬。祭祀过后，就要启程了。按礼俗，应由儿子扶棺同行。严嵩夫妇只有严世蕃一个儿子，这趟孝行非他莫属。但是，严世蕃心有旁骛，近来，他很关注朝廷的变化。老父亲尽管还在上朝，但毕竟八十三岁了，许多事都离不开他的帮衬。分宜离北京很远，往来得四五个月，万一有什么事，即使能飞也来不及。所以，这趟

孝事，他想让他的儿子严鹄替他去完成。他把这意思一说，严嵩叹息说，只好如此了。儿子已经成了他的拐杖，离了他，寸步难行啊！

随着欧阳氏老夫人的仙逝，严家的厄运也日渐降临了。

这事要从永寿宫的修复事说起。

有人说，朱厚熜与火有缘。嘉靖十八年，朱厚熜驾幸承天府，目的是拜谒父亲的显陵，视察陵园建设，想将生母蒋氏也南迁合葬。这次出行规模浩大，朝中大臣夏言、严嵩、六部尚书及勋臣郭勋、朱希忠、崔元、仇鸾等公、候、伯、爵都扈从随行，真人陶仲文也不离左右，加上厨役、乐工、侍从和护卫人员共一万余人，浩浩荡荡向湖北进发。行至河南卫辉，夜晚四更，行宫起火，内侍烧死好几个。朱厚熜在这次火灾中险些葬身火海，幸亏锦衣卫指挥陆炳冒火冲进行宫，将他从火海中背出才救下性命，否则，那龙身也化为了灰烬。

二十三年后，朱厚熜又遭遇了一场大火。嘉靖四十一年十一月，他所居住的永寿宫被烧掉了。如果说，上一次是天灾，这次却是人祸。

朱厚熜虽然年过半百，但君临天下的人，是何等调养？因而仍旧热血澎湃，春心荡漾。他宠幸一个十三岁的少女。这少女姓尚，是从那三百名童女中挑选出来的，在西内侍奉皇上念经求神。一天，朱厚熜心神疲乏了还是怎么的，一边念经一边打起了瞌睡。他念经时是念一段经文敲一下玉磬的。这天，他因为昏昏欲睡，有一槌没落到磬龛上，而是敲在一个宫女的头上。那被敲中的宫女龇牙咧嘴惊悚了一下倒没敢吭声，旁边一个少女倒是咯咯地笑出了声。这发笑的小女子像一朵含苞待放的牡丹，煞是动人。她这一笑，把昏然欲睡的皇上惊醒了。朱厚熜睁眼一看，那发出笑声的秀色直钻进他心眼里。朱厚熜将这小美人抱起，让她坐在他腿上，问她叫什么名字，家在哪里。小女子只笑不语，低着头抚弄着自己的衣裙，那情态，真可谓闭月羞花。其时，朱厚熜已服用了方士进的仙丹，严世蕃称那仙丹为春药。刹那间，朱厚熜被她那娇羞的神情撩得春心荡漾，阳道勃兴。他一把将她抱起进入内室临幸，一老一少，相拥欢愉，如春水涨潮。从此，西内偏房又多了一位美女侍寝，不离左右。这美少女便是尚姑娘。

尚美人毕竟还是个孩子，玩心很重。玩什么不好？却偏偏喜欢玩烟火。朱厚熜住处的帐幔和穿的衣裳，几乎都是绫罗绸缎，偏偏朱厚熜宠着尚美人，要小太监拿来花炮在室内燃放。那五彩缤纷的烟火确实好看呀，可是那些帐幔都是丝织品,火星子一碰就烧起来了。那火星子先是烧着了帐幔和衣被,接着便成了熊熊大火，蹿上了屋顶，乘着风势，将那永寿宫化为了灰烬。

永寿宫被烧毁后，朱厚熜也不是没地方住，他住进了玉熙殿。但玉熙殿比起永寿宫来要狭窄一些，又有些潮湿。作为天子，怎么能住这地方？可到底住哪里好，他一时没了主意，要大臣们讨论，他到底住哪里好。

于是，他要内阁召开会议，并叫上了工部尚书雷礼也参加讨论。叫工部尚书参加讨论这事，明眼人一看就很清楚，那便是希望能重修永寿宫。

成国公朱希忠一直希望朱厚熜能恢复朝政，便首先发言说，朝中大臣都希望皇上能驾回大内。这样便既可以节省财政开支，又可以恢复朝政。

严嵩稍一凝想，说，恐怕皇上不会同意。

朱希忠一时不明白，问道，为什么？

严嵩说，皇上那年在大内遭受宫变，一直耿耿于怀，一提这事便心有余悸，他不会同意住回大内的。

作为工部尚书,雷礼是很想有所作为的,便说,永寿宫是钟灵毓秀之地,皇上在那里已经住了多年，王气隆盛，应该修复才好。

徐阶附和道，这话有理。

严嵩说,工部是可以修,可户部拿不出钱来呀,怎么修？现时财政困难,还是尽量节省为好。

雷礼的意见遭到否决，心里很不高兴，他将心里的不快尽力吞下，将讪笑挂在脸上，问道：那阁老的意见呢？

严嵩说，我的意见，叫皇上暂住南宫。那里既宽敞，又舒适，现成的空在那里，只要搬进去就是。

徐阶一听南宫二字，心里便惊跳了一下。那可是先帝英宗被幽禁的地方啊，皇上肯定很忌讳的。他虽然暗暗倒抽了一口凉气，但没有吭出声来。他没有皱眉头，却心生一计：让他去触霉头吧。好，这话就让你严嵩去讲，让你去闯祸。于是,他表态说,要得,这主意好,阁老就按你的意见票拟皇上。

严嵩望了望其他人说，大家都同意吗？

在座的几个人你望着我，我望着你，似乎有话要说，却又没人吭声。

于是，严嵩说，那我就按这个意见上报皇上了。

严嵩回到家里，将内阁开会讨论为皇上选择住处的事告诉了儿子。

严世蕃一听,发急了,说,爹,雷礼提议要重修永寿宫,你怎么要反对呢？

严嵩辩解说，国库亏空了，我这也是为国家着想呀。

皇上他哪里不知道国库空虚：这事你只能顺水推舟，千万不能阻止。

皇上有几个地方可以住，为什么非得要花那么多钱去修复永寿宫？三大工程已经花去几十万两银子，还有那南倭北虏的战事，各地旱涝灾害的救济，都等着要钱，哪还有钱去修复永寿宫，现如今国家这么困难，能省一个是一个。

爹，你口口声声为国家节省，这国家是我们严家的吗？是他朱家的。我们这些大大小小的官员只是替他朱姓王朝看家的狗……

放肆！严嵩大喝了一声，却再也说不出话了，他喉管里不知是被痰堵着了还是怎么的，喘息了好一阵才往盂缸里咳出一口痰。

严世蕃赶紧上前将他扶到躺椅上。他见老爷子生了气，也就不敢再吭声了。

严嵩喘息了好一阵，才说，国家国家，没有国哪有家，这百家姓里不管是哪家做皇帝，中国还是中国……

这些话，小孩子都会说。严世蕃不想听父亲的训诫，忍不住又打断了话茬。

严嵩端起杯子喝了两口茶，说，那你为什么还说出那样的混账话？

如果皇上不想为他这国家节省，你又何必替他瞎操心？

严嵩摇了摇手，说，你不要再说了，我主意已定。

严世蕃一听这话，心里好不着急。他已经预见到，父亲一旦坚持自己的意见，皇上一定很不高兴。皇上一旦翻脸，一家人就要大难临头了。便耐着性子说，爹，你仔细想想，这二十年来，排挤你坑害你的人不少，皇上对你却始终如一，还不是因为你老不固执己见，顺从听话？你这次如果一定坚持你的意见，反对修复永寿宫，他立马就会跟你翻脸。

严嵩接话说，你的意思，是一定要我说违心的话！

什么违心话，那是顺从皇上的话。

那我还是人吗？

怎么就不是人了？！

严嵩摇了摇头，朝儿子挥了挥手，就不再吭声了。

严世蕃见他这次如此固执，叹息了一声，走出书房，到了门口，却还回过头，苦笑了一下，说，爹，我再次求你了，千万别忤逆了皇上，那可不是闹着玩的。

严世蕃走后，严嵩忽然从椅子上起身，坐到了书案前，搦管展纸，写起“人”字来。他从甲骨文，到大篆、小篆、隶书、楷书、行书、草书，写了一大溜。反复地写了多遍后，他发现甲骨文的“人”字是有头的。忍不住自言自语说，有头脑的人才是人啊，这回，我要做个真正的人。

第二天，严嵩将内阁会议情况向朱厚熜做了汇报，说，臣等认为，陛下最好驾回大内，居住乾清宫。

朱厚熜立即回绝说，大内乃历代祖先升天之地，朕修玄求仙，大不相宜。

严嵩便又说出第二个方案：臣以为，南宫宽大阔绰，陛下如觉得回大内不妥，住南宫……

唔？！朱厚熜顿觉触了霉头，鼻孔里不觉哼出声来。南宫乃先帝英宗被幽禁之地，那是个很晦气的地方。他不想听下去了，对跪伏在一侧的严嵩说，朕明白了，你退下。

朱厚熜的话虽然语轻声缓，但在严嵩听来，无异于惊雷。八十三岁的他惊讶地张望了一阵，艰难地爬起了身子。他还想说什么，但见朱厚熜又朝他挥了挥手，便只好迈着沉滞的步履走了出去。

朱厚熜斥退了严嵩后，立即召来了徐阶。没等徐阶开口，朱厚熜就说，有人建议我去住南宫，爱卿以为如何？

徐阶早就想好了要说的话，回奏说，陛下千万不能住南宫。那是英宗幽禁之地，对陛下来说晦气得很，最应避讳那些地方，怎么能住到那里去呢！

朱厚熜便问，那我该住哪里呢？

徐阶说，最好是复修永寿宫。

朱厚熜脸上露出笑容，说，可是有人说，财力匮乏，不宜兴工。

徐阶继续讨好说，当省则省，当用则用。一国之君住自己想住的地方花点钱，这是天经地义的。

朱厚熜原本酸涩的心里顿时像吞下了甘露，舒爽极了。接着又问：爱卿说得在理，动工修复的事可曾筹划？

徐阶对修复永寿宫的事早就暗中做了谋划，他胸有成竹地说，臣曾察看奉天殿三大工程，尚有剩余木料和砖石，可以用来修复永寿宫。依臣的估算，三个月便可完工。

朱厚熜很是高兴，说，好，依卿所奏。

徐阶从玉熙殿出来，很想立即把雷礼找来商量，但他略一思忖，觉得这事不能马虎。他早就有一个宏大的计划，眼下这事，就像建一座高楼大厦，基础一定要打牢，能把握住雷礼，才能打好这基础。所以，他回到家里，要大儿子徐璠亲自去将雷礼请到家里来叙谈。徐璠出门时，徐阶叮嘱他，就说是我请他来喝酒，别的什么都不要说。

雷礼（1505—1581）字必进，号古和，祖籍江西丰城，生于福建建安璜溪（今福建建瓯黄道），嘉靖十一年进士。他历任福建兴化府推官、吏部验封司主事，考功员外部、南膳郎、太常提督、顺天府尹、工部右侍郎、右都御史。夏言当首辅时，雷礼曾受到排挤，被外迁大名府通判。严嵩接替夏言后，看在同乡份上，雷礼才又调到北京，从此官远亨通，由此，也经常出入严府。

雷礼受到徐阶的邀请，先是有些犹豫，稍一凝想，也就释然了。他已经看出，严嵩老了，皇上已经不那么倚重他了。一个八十多岁的耄耋老人，还能在朝廷待多久？早晚要下台，官场险恶，如果死心塌地抱这根台柱子，闹不好还会跟着一起倒下去。现在徐阶来示好，正好顺坡下驴。于是，他欣然跟着徐璠走进了徐府。

徐阶亲自到门口迎接雷礼，这使雷礼有些受宠若惊。有关修复永寿宫的问题，还在内阁为朱厚熜选择住处开会之前，徐阶曾咨询过雷礼，因此，雷礼在路上就猜出了徐阶请的目的。进到客厅，雷礼便主动说，徐阁老叫晚辈来是不是要商谈有关修复永寿宫的事呀？

徐阶说，正是，皇上已经钦准修复永寿宫，你工部有事做了。

雷礼说，如此甚好，我早就有这意思。

徐阶说，是呀，要不，你就不会与严阁老发生争执。现在好了，你可以工部的名义起草一份奏疏，正式呈报了。

提起严嵩，雷礼便说，这事要不要跟严阁老说一下。

徐阶说，不用了，我可向皇上密疏。

雷礼还有些犹豫，说，万一他问起来，我该怎么说？

徐阶说，他也是个聪明人，应该不会再问了吧。

雷礼吃了定心丸，心里踏实了。没想到徐阶末了又说，你公务繁忙，可否要小儿徐璠助你一臂之力？

雷礼先是一愣，随即便笑道，有大公子相助，定可如期完工。

徐阶要儿子参与修建永寿宫，明里说是帮忙，实际上是督工。他在皇上面前许下三个月完工，这可不是闹着玩的。兑现了，凭功领赏，延误了，可不是闹着玩的。

在修复永寿宫这件事上，严嵩开始了他的厄运。这两日，他早早地回了家。因为在值庐也没什么事干。严世蕃理解他的心情，见他闷闷不乐地躺在摇椅上，便主动坐到他身边与他说话。

爹，你也不用难过，他们要重修，就让他们闹腾去，你什么都不用管了，也正好闲下心来养养身子。

严嵩从儿子手中接过茶杯呷了一口，说，话是这么说……他那满腹的难言之隐没有吐出来。

严世蕃对父亲现在的处境，早就料到了。现在，他反而不再埋怨他，而是安慰他。

严嵩叹息说，看来皇上是用不着我了，与其让他诏退，我还不如主动上疏请求致仕。

严世蕃想了想说，爹，现在致仕，是不是太窝囊，灰溜溜地走，太没面子了。

那……要等到什么时候呢？

至少要把我安顿好了再说。

你不是工部侍郎吗，你可以回工部去。

严世蕃说，那雷礼现在是工部尚书，我回工部去，他少不了给我小鞋穿。

你原来是太常寺卿？大不了，你回太常寺去。

太常寺卿的主要职责，一是主管祭祀社稷、宗庙和朝会、丧葬等礼仪，祭祀时充当皇帝的助手；二是主管皇帝的寝庙及其所在的县。

严世蕃说，太常寺卿虽说是个三品官员，职位不算低，但一年到头难得见到皇上。你要想办法让我到皇上身边去。

严嵩一时茫然，说，眼下你带俸侍亲，尚可陪我到值庐去，我一走，你就很难到那边去了。

皇上天天念经修道，其实需要一个专为他撰写青词的人，你向他推荐一下，让我以专奉青词的名义，把我留在他身边。

严嵩想了想说，这倒是个办法。那你就此我的名义草拟一个奏折吧。

这时，严鸿端来一盘时鲜果子进来，说是媳妇徐小贞前两天去了娘家，今天刚回来，捎了点鲜果，特意装一盘让爷爷尝尝。

严世蕃准备搦管写疏，见砚盘里没了墨汁，便叫儿子研墨。他给父亲递了个桃子，自己也拿起一个大口吃起来。

你媳妇回娘家，听到什么好消息呀？严世蕃边嚼边问。

严鸿想了想说，也没听她说什么……哦，她说，她在那边见到了雷礼。我说，你会不会是认错了人。她说，哪能呢，他经常到咱们家来，她一眼就认出了他。

严世蕃说，这家伙，真会见风使舵，咱们家还没败呢，就倒到那边去了。

严嵩说，也许是徐阶有什么事叫他去的。

还有什么事？肯定是商量修复永寿宫的事。严世蕃埋怨道，我早就说，咱们对他还不了解，别一再为他说好话，你总是说，看在江西同乡的分上。现在好了，他一下就倒到徐阶那边去了。

严嵩说，他是工部尚书，徐阶叫他去也不奇怪。

徐阶肯定是要他为修复永寿宫卖力。

皇上既然定下这事，这是必然的呀。

可他向皇上上疏，连个招呼都不跟你打。

严嵩想了想说，肯定是徐阶为他撑腰长胆，否则，他也没那么大的能耐。

第二天，雷礼到值庐找徐阶时，途径严嵩门口，严嵩招呼他进去坐一下。其时，他手里正捧着朱厚熜批复的那份《乞请重修永寿宫》的奏疏，疏中并有以徐璠为工部营缮主事，督视工程的内容，雷礼怕严嵩看到，因而很不情愿地踏进了严嵩的房间。

严嵩说，坐吧。

雷礼没坐，说，你有什么事就说吧。一副如入茅厕急于离开的样子。

严嵩见他如此情态，心里很不高兴，也就直言埋怨道：你向皇上上疏，怎么也不跟我打个招呼？

这是我工部的事，不一定非得经过你严嵩。

现在，雷礼早不是以前那个小官了。那时出入严府，开口闭口小辈求见，强装笑颜。他现在已是六部尚书中的一员，比严嵩小不了多少。更主要的是，现在皇上垂青于徐阶，近日里一议论起朝中事情，他时而也直呼严嵩其名。这会儿，这严嵩二字不知怎么就从嘴里滚了出来。

严嵩皱了皱眉头，继续说，内阁开会时你也参加了讨论，明知道这事情做不得，为什么还要去奏请呢？

雷礼在心里冷笑，不屑地回道：这么说，我这个工部尚书一举一动，都得看你严嵩的眼色行事了？第一次吐出严嵩二字时，他也意识到不妥，但既已说了，也就一不做二不休，要说错了也就干脆错到底。

严嵩气冲冲地说，你这是什么话？小事你们可以自己处理，大事应该经过内阁，伏乞圣裁。

雷礼抖出圣旨，皇上已经裁决了，还用你严嵩添笑吗？

雷礼一再直呼其名，与以前判若两人，严嵩实在气坏了，拍着桌子呵斥道，雷礼，你还有点乡亲的面子么？

雷礼也不示弱，说，我这是公事公办，什么乡亲不乡亲的，又不是要求你办什么私事！

小人！你这忘恩负义的小人……

你……老匹夫！

眼看两人对骂不休，中书舍人连忙出来劝架，将雷礼推了出去，这才休停下来。

雷礼越想越气，将吵架的经过告诉了徐阶。徐阶一而宽慰他，一面说，你别生气，皇上会为你评理。于是，他向朱厚熜上密疏《严嵩诟骂大臣，不该》。疏文中说，首辅严嵩，阻挠重修永寿宫，自觉建旨不敬，怨恨他人，迁怒雷礼，秽言辱骂……

朱厚熜见了密疏，很是生气，觉得严嵩越来越不像话了。于是密复徐阶说：严嵩心性惶恐，其辱骂雷礼，实为辱骂爱卿，朕知道了。

通过重修永寿宫这事，徐阶和雷礼明来暗往，成了知交，言语之间，严嵩成了他们的死对头，便商量着如何扳倒这棵大树。

起初，雷礼以为严世蕃会因母亲过世扶柩回乡，他一旦走了，严嵩必定应付不了皇上的修玄和询问，便向徐阶谄媚说，你老正好取而代之。

徐阶深知修复永寿宫的重要，一再叮嘱他千万不可大意，说，办好了这事，我就好说话了。他知道，真要扳倒严嵩，一定要消除皇上对严嵩的信任。

严嵩自从对修复永寿宫提出反对意见后，朱厚熜开始疏离他了。这天正是他在值庐，徐阶、朱希忠都被召入内，他却被冷落在一边。他闲着没事，便伏案写诗：

黄阁以身长扈去，赤松何时计归田。
北山薜萝虚相设，犹是公家夙夜身。

严嵩知道，目前自己在朱厚熜的心目中已成了一块鸡肋，食之无味，弃之可惜，确实到了要归去的时候了。他正在闭目吟咏那首诗句的时候，徐阶走了进来。

徐阶看到写诗句的那张纸笺,说,严公雅兴真高。说着,就拿起默诵起来。他是个极有城府的人，一方面暗中紧锣密鼓地暗算严高，一方面有空便到严嵩这里来闲谈，从一举一动中把握对方。他看了这首诗，知道了严高的心态，假惺惺地说了一套宽慰话。

徐阶的安慰话拨开了严嵩堵住幽怨的心塞，说，徐公呀，老夫谏言不要修永寿宫，实为忧国恤民，皇上怎么就总不见谅?

徐阶说，是呀，没想到皇上不召见严公，我心里也是不安。

这天，严世蕃也在严嵩身边。他已经将徐阶看透了，徐阶的所作所为逃不过他的眼睛。这时，他插话说，刚才徐公说的，怕不是真心话吧?

徐阶愣了一下，说，东楼为何这样说?

严世蕃歪斜着眼睛说,看似在望别处,其实是在怒瞪着徐阶。他直言道，我爹现在遭受冷落，与你的言行不无关系。

徐阶打着哈哈说，东楼啊，你错怪老夫了。

严世蕃毫不留情，继续说，你不要惺惺作态!

严嵩呵斥儿子：世蕃不得无礼!

严嵩知道，现在的徐阶已不同往日了，他在皇上的心目中，份量已超过了自己，也许过几天就要取代自己。便对徐阶说，徐公请不要介意，他那张嘴胡说惯了。

徐阶仍旧笑嘻嘻说，阁老放心，我不会介意的。接着又说了一通好话，末了说，阁老，东楼，如果你们认为我有做得不妥的地方，还望你们原谅。咱们毕竟是亲家嘛。这样，你们明天全家都到家里来，我设宴谢罪。言语之间显得很是情真意切。

第二天，严世蕃躺在床上不想去徐家赴宴，说徐阶是虚情假意。

严嵩走到他房门口说，我哪不知道他这是虚情假意?

那你为什么还要去?

做人，没办法呀，人在屋檐下……

他哪里就比你高了?

我目前说起来比他高，可你也看到了，皇上已经不相信我了，他召见别人去议事，就是不叫上我去。看来，我还能在位置上挨多长日子？

严世蕃梗着脖子说，你就是致仕了，我也用不着巴结他过日子吧。我要是有以专奉青词的名义到皇上身边去，说不定他还要巴结我呢。

那个事八字还没一撇呢。人只能走一步算一步。快起来，跟我一块到徐家去。

严世蕃拗不过父亲，只好起床跟着去。

严嵩领着全家人刚到徐阶家门口，徐阶就从里面迎了出来，那热忱的情态和言语，真像是刚出笼的馒头，又热乎又软和，严嵩很受感动。

入席前，严嵩说了一番感谢的话。末了，指着严世蕃和所有的子孙说，东楼，你带他们跪下来，好好叩谢徐公的高情雅意。

严世蕃被父亲的这一举措搞晕了，愣着没动。因为他没动静，其他人都眼巴巴地望着他呆若木鸡。严嵩便狠狠地瞪了他一眼。严世蕃知道父命难违，便带头跪了下来。他这一跪，所有的子孙也都慌慌地跪伏在地。

严嵩便对徐阶说，老夫已是快要烧尽的残烛，我走了，全家就拜托你了。

徐阶也显得有些吃惊，他将严世蕃等人一一扶起，说，不敢当，不敢当，大家请起。严公放心，咱们是亲家，有什么事徐某一定尽力相助。

三个月过去了，永寿宫果然如期完工，那奇巧坚实的斗拱，那冲向云天的飞檐，那金碧辉煌的殿堂，比原来的永寿宫还漂亮。徐阶脸上洋溢着骄傲的红光。他向朱厚熜建言，天子万寿，应更名为万寿宫。朱厚熜很是高兴，接受了这一建议，立即搬进了新宫，并且下令奖励有功之臣。这头一名便是徐阶，加支为少师兼支尚书俸，这俸位与严嵩齐平，并荫次子为中书舍人，升长子徐璠为太常寺少卿。雷礼加太子太保，为从一品，荫其子入国子监读书。主持修建三大殿和万寿宫的工匠徐杲，破格享受二品俸禄，领尚书衔。

严嵩很是抑郁。在家里对严世蕃说，这就奇怪了，我也问过雷礼，可他就从没说过，修完大殿还剩余那么多木料，可以用来重建永寿宫，更没听他说三个月就可以建好。

严世蕃说，这有什么奇怪，如果徐阶他想用这事来换取皇上的信任，什么手段都使得出来。

严嵩说，他再怎么使手段，可这都是要花钱哪。

严世蕃说，他把儿子塞进去督工，还怕没钱花？即使一时拿不出，凭他徐家的家底，先垫出来，然后再设法补上，堂堂大明帝国，花这点钱算什么？就你死脑筋，忧国恤民。……现在好了，嗨！

万文宷、鄢懋卿等人都知道严嵩的处境，纷纷赶来劝慰他。严嵩看了看四周，亲信随从，越来越少了。赵文华去世几年，陆炳也在去年死掉了，雷礼倒了戈……真人府、秉笔太监都换了班。锦衣卫头目也倒向徐阶。徐阶的势力已如日中天，而自己却日薄西山……他叹了口气说，你们都要好自为之，可不要让人家抓住了把柄。

在人生的舞台上，严嵩是以悲剧告终的。严嵩惨败在徐阶的手上，徐阶导演了好几出戏，让严嵩垮台。第一出戏是修复永寿宫。永寿宫的按时修复，使嘉靖皇帝疏离了严嵩。但仅仅是这样，还不足以让严嵩垮台，为了彻底消除朱厚熜对严嵩的信任，徐阶又导演了第二出戏。徐阶准备了很久，他绞尽脑子在编这戏。一天，他从孙女贞贞那里得悉，严嵩要打报告，请求允许严世蕃入值西内，为皇上专奉青词。于是他心生一计，导演这出戏。要演好这出戏，得有内监配合，但他早就做了准备，他已与太监袁亨疏通，届时将他的密疏呈送给皇上。

这出戏的主角是蓝道行，蓝道行是接替陶仲文做玄修道场的。

徐阶让儿子徐璠将蓝道行请到了家里。

蓝道行来徐家已经多次了。今天一进门便问，相公有何事？

徐阶说，你为皇上扶乩，有新题目了。

蓝道行是以扶乩之术进皇宫，荣坐真人府的。

所谓扶乩，实际上是装神弄鬼，替天神说话。朱厚熜试过几次，竟然都很灵验。其实，是事前勾结内侍通报皇上要问的事情，他早做了准备。

徐阶将这次扶乩的内容告诉了蓝道行，接着便为他引到了朱厚熜面前。

因为是蓝道行主动求见，朱厚熜便问：先生何事见朕？

蓝道行直言说，陛下，贫道昨日在天录宫做功课，忽见一柱烛光无风而灭。

朱厚熜最怕天神示警了，吃惊地问是何征兆？

经臣扶乩，神灵说今日有奸臣奏事。

所奏何事？

为儿辈求官。为此特来禀奏。

朱厚熜追问说，是何人所奏？

神灵没有明说，届时陛下看到奏疏就会知道。

蓝道行告退后，朱厚熜走入偏殿，将案头的几份奏疏一一翻看。

袁亨捧着一密札说，陛下，这是首辅严嵩的密奏。

朱厚熜先是一惊，心想，难道这奸臣之奏应在他身上？他稍一迟疑，便启封阅览。只见奏疏中说：

臣妻辞世，嵩老迈之躯不胜悲伤。处理政事需要助手，请陛下恩准臣子世蕃入值西内，专撰青词，为翰林学士……

朱厚熜扔下奏疏，冷笑道，果然是他为儿求官。这神真灵，说有奸臣就有奸臣。朕的身边躲着一个奸臣，这还了得！朕已允其入侍，还要给个官衔，翰林学士，他严世蕃配吗？他哑然一笑，提笔批示：此事不允！

在严嵩荐子入值西内这件事上，朱厚熜很是烦恼，扶乩时，神灵说这是奸臣奏事，那么严嵩岂不是奸臣了？他如真是奸臣，就不能用了。那该用谁呢？肯定得用一个忠臣了。谁是忠臣？……他不知道。那就去问神灵吧。他又找蓝道行扶乩。

袁亨偷偷地将朱厚熜扶乩的目的告诉了他，所以胸有成竹。

天录宫内，通神的仙乐阵阵，香烟袅袅。蓝道行将朱厚熜写有疑问的密札当众焚烧，表示他自己没看，而是将它化为一股青烟，氤氲直上，直向天阙，禀告天神。接着向天神跪拜。他先是双目紧闭，接着两手颤抖。忽然，一个绵软尖细的女人的声音从他嘴里吐了出来：方家紫衣仙姑来也！

朱厚熜先是一愣，随即发问：仙姑看到朕的问话了么？

仙姑的声音说，陛下是否问大臣忠奸事？

正是！朱厚熜一面点头回答，一面暗暗惊叹，这仙姑真灵，朕的密札是亲自封好的，真人并未启封就投入炉中，仙姑在天廷就看到了，亲自下凡来解答，朕一定要仔细问个明白。于是说，当今天下难以治理，这是为何？

那仙姑的声音回道：这是因为奸臣不退，阻塞贤路。

朝中谁是贤臣，谁是奸臣？请仙姑明示。尖细而刻薄的仙姑声说，贤臣乃辅臣徐阶，尚书杨博；奸臣乃严嵩父子。

朱厚熜暗暗惊讶，果然上天说他们是奸臣，便追问道：朕也知道严嵩父子有些贪墨，那上天为何不将他们惩毙呢？

仙姑回道，陛下宠信奸臣有失察之过，如果交由天廷来惩处，那就加重了陛下的罪责。天神要陛下自己来处置，这样就可以抵销以往的过失。

朱厚熜如霹雳轰顶，心魂震颤了。这伴随了自己二十余年的老头，原来竟是一个奸臣！朕真的昏了头，用错了人吗？……

伴随着朱厚熜的猜疑，一份奏疏将他对严嵩的信任彻底冲碎，让他做出了一个他原本并不想罢黜的决定。

老谋深算的徐阶知道，要真正扳倒严嵩这棵大树，还是要抡大斧。因此，他叫徐璠去找邹应龙。

邹应龙是杨继盛的侄女婿，嘉靖三十五年的进士。他对那位表叔之死，受某些舆论的左右，迁怒于严嵩，耿耿于怀，一直想找机会报复。等了几年，好不容易当上了谏官，有权上疏言事了，却又不敢贸然行动。那么多人参劾严嵩，都吃了苦头，所以不敢轻举妄动，很是烦恼。这事藏在心头，却又像养着一条蚂蟥，在心尖上钻得难受。思虑多了，就做了一个奇怪的梦。他梦见自己上山打猎，来到一座高山前，野兽往山上奔去，他搭弓放箭，但那发出的箭怎么也射不到山上去。山的东面有一栋楼房，楼房前有田有草，一箭射去，就射中了……醒来后，恍恍惚惚的，回想那梦境，总不解其意。

徐璠邀邹应龙到酒店喝酒。席间，邹应龙对徐璠说起那梦境，问梦境究竟是何意思，徐璠脑子并不灵光，想了半天摇头说，这梦真是怪怪的，不知道是什么意思。他找邹应龙喝酒，主要是秉承父亲嘱咐，与他拉关系。他摇头说，梦是虚的，别管那么多，咱们还是实实在在地喝酒吧。碰了几次杯后，徐璠兜出了自己的心意，暗示邹应龙现在可以弹劾严嵩。邹应龙乘着酒兴，先是点头，稍一思忖，却又摇头，说，不行不行，还不是时候。

两人喝完酒，出了酒店，忽然哗的一声下起雨来。两人都没带伞，见前面有个门楼，便跑进门楼躲雨。

不知是天意安排还是人际的奇巧遭遇，这住宅的主人正是袁亨。他自然认识徐璠，他一见二人到来，连忙请进，又问徐璠：这位是……

徐璠接道，这是新任御史邹应龙，杨继盛的侄女婿。

哦！袁亨忙叫家人上茶。

徐璠说，公公不要客气。

袁亨说，二位都是贵人，难得来到寒舍。接着朗声说，杨继盛可是人才难得呀，他死得太冤枉。可惜呀，真可惜！

徐璠乘风点火说，是呀，好些人都说那是严阁老搞的鬼。

邹应龙尚不知深浅，颇显谨慎地说，表叔为人刚烈，不该在那时候弹劾严阁老。

袁亨说，此一时，彼一时，依我看，现在可以弹劾。

此话怎讲？邹应龙与徐璠异口同声地问。

袁亨说，皇上到天录宫要蓝道行扶乩，仙姑说严嵩是奸臣，已经不太理他了。

邹应龙追问：真有此事？

袁亨说，我亲眼看到皇上在扶乩问仙，还能有假吗？

徐璠添油点火，邹大人，这是上天相助，快点动手吧。

袁亨的话，让邹应龙吃下了定心丸。他决心劾奏严嵩。但他还是有所顾忌，先写了一个草稿交给徐璠，要徐璠转交他父亲先看一遍。

徐阶接到徐璠转来的劾奏草稿，先是干笑，看完后却又皱起了眉头。

徐璠在一旁见了，疑惑地问：写得不好吗？

徐阶对儿子说，你去叫他来一趟，千万不家让严家的人知道。

邹应龙来了，徐阶立即将他引进内室，拿起邹应龙写的疏文草稿说，你才思敏捷，不愧为继盛侄婿。但是你弹劾的对象有误。

邹应龙疑惑不解，说，我弹劾这样一个老贼，难道错了？

徐阶说，目标是他，但你不能直接弹劾他。

邹应龙更是疑惑了，自言自语道，这我就更闹不明白了，既是要扳倒他，却又不能直言指控他。苦笑着说，请大人指点。

徐阶说，你好好回想一下，二十多年来，凡是弹劾严嵩的都没有成功，不是坐牢就是廷杖，你知道这是什么原因吗？

邹应龙摇头说，不知道，还请大人指点迷津。

徐阶像是说相声到了要抖包袱似的，先是呷了口茶，接着轻言细语却又字字入叩地说：严嵩的所作所为就是皇上所作所为。皇上不准的，严嵩不敢越雷池半步，所以他才得宠。你弹劾严嵩不就是弹劾皇上吗？

邹应龙一时茫然，自语道，那我该怎么办呢？

徐阶点拨道，你可以换个方向好好想想。

换个方向？邹应龙忽然灵犀一点就通。这一刹那间，他联想到了那个梦境，往高山上射射不中，朝东面那座楼一射就垮了。原来上天早已向我示意，不要去射高山，去射东面那座楼……山高为嵩；东楼——东楼不是严世蕃吗？顿时，他茅塞顿开，豁然起身，斩钉截铁般从嘴里咬出五个字：弹劾严世蕃。

徐阶击案笑道，这就对了！严世蕃放荡不羁，把柄俯拾皆是。

邹应龙问道，总要分个主次吧。

徐阶想了想说，你应该主要攻击他贪赃枉法，至于严嵩，你可以提其纵子作恶，玩弄权力就行了，切不可涉及其他。

邹应龙还是有些疑虑，说，大人，严嵩不除，何以能除其子？

徐阶说，不！你要这样看，严嵩好比一座大厦，严世蕃则是这大厦的梁柱，梁柱倒了，这大厦岂能不倒？

邹应龙不由竖起拇指说，大人高见，晚辈真是佩服！

邹应龙回去后，重新写了劾奏文稿，标题也改为《贪横荫臣欺君蠹目疏》，洋洋洒洒上千言。

第二十二章

严世蕃下狱

一棵大树的主根是根本，这一树之本朽烂了，便很容易倾倒。

邹应龙遵照徐阶的嘱咐，将攻击的矛头对准严世蕃，真妙，严世蕃确实劣迹斑斑，他的罪过俯拾皆是。

邹应龙在弹劾严世蕃的奏疏中，历数了严世蕃的种种罪过，他按徐阶的指示，首先揭露了贪赃受贿的事。

刑部主事项治元以万三千金转吏部稽勋主事；

贡士潘鸿业以二千二百金获得临清知州的职位……

这都是从其儿子中书严鸿那里进入的。为其疏通关节的不下百十人，其中儿子锦衣卫严鹄、中书严鸿、家奴严年、中书罗龙文尤为突出。

严嵩父子在南京、扬州置买田地房产数十处。

疏中还揭发了其他事情：尤可异者，世蕃丧母，陛下以嵩年高，特留侍养，令鹄扶柩南还。世蕃乃聚狎客，拥艳姬，恒舞酣歌，人纪灭绝。至鹄之无知，则以祖母丧为奇货，所至驿骚，要索百故，诸司奉承，郡邑为空……

为了让皇上相信自己所言，说，如臣言不实，愿斩臣首以谢嵩。

朱厚熜看完这一弹劾奏疏，对疏中所列事例又检视了一遍，这才闭上眼睛考虑批复。他思忖了好一阵，才作出批示：

嵩小心忠慎，祇顺天时，力赞玄修，寿君爱国，人所嫉恶，既多年矣。却一念纵悖逆丑子，全不管教，言是听，计是从，不思朕忧眷，其致仕去。仍令驰驿有司岁给禄米一百石资用。

疏内有名各犯，锦衣卫逮送镇抚司拷讯。

应龙尽忠言事，当令特嘉，吏礼二部其拟官以闻。

时为嘉靖四十一年（1562）五月，八十三岁的严嵩终于被赶出内阁。

一个八十多岁的老人，也是该回家养息。不过，如果是由自己疏请还乡与这被人赶下台大不一样。严嵩在家里先是叹息，继而责怪儿子太不检点，招来那么多是非。

严世蕃辩解说，都是那个蓝道行妖道搞的鬼。当初说他不是个好人，不能进真人府。可又不坚持，让他进来，被他反咬一口。

严嵩说，他现在捣鬼，也许正是知道当初我不喜欢他的原因。

严世蕃气恼地说，这个鬼妖道，我饶不了他。

罗龙文说，事情出在内廷，得在内廷想办法，找两个内臣告他一下。

鄢懋卿、万文寀算是严家几个最贴心的帮手。那天也都在场，纷纷附和说，事不宜迟，先铲除这个妖道，或许还可挽救。

严嵩说，好，你们两个也得小心行事，如果殃及池鱼，老夫就对不起你们了。

这时，媚儿赶来找严世蕃想说什么事。没等她说上几句话，严世番便火冒三丈，大声呵斥道：臭贱人，你给我滚！

原来，严鹄代他扶柩回老家后，他多数日子是和媚儿睡在一起。这服丧期间抱姬拥妾肆行淫乐的事，主要是指这事。因为媚儿的身份特殊，有人说她并不是小妾，而是从青楼里召来的婊子。严世蕃又气又恨，骂道，这掉进裤裆里的泥巴不是屎也是屎。

媚儿从来没有遭到严世蕃如此辱骂，当天便搬出了严府。

鄢懋卿和罗龙文分头找了内侍张淮与道姑玉清。这两人都表示愿意帮忙。他们对蓝道行的神谕早有怀疑，特别是玉清，有一次她还悄悄地发现了他拆启密封偷看的行为，只是没人说事，她也就没有声张。

张淮对严嵩素有好感，因为严嵩一向很尊重他。他一直伺候在万寿宫门前。这天，他乘袁亨出去传达圣旨，便乘隙进宫向朱厚熜跪奏：陛下，奴才冒死呈奏一事。

朱厚熜不觉一怔，说，你一向侍奉在朕的左右，今日为何说出冒死之语？

张淮答道，要奏的事情非同一般，奴才不敢冒昧。

张淮的话更使朱厚熜觉得好奇，便说，好吧，免罪，大胆奏。

张淮这才回奏说，陛下，蓝道行扶乩的仙语有诈。

朱厚熜更为诧异：有诈？为何有诈？

张淮说，陛下每次请教天神的问题写好交奴才密封后，他都拆开偷看了，然后又密封，放火里烧掉，所以他每次所说的仙语都能符合陛下的心意。

啊！朱厚熜大吃一惊，先是摇头自语：他敢如此胆大？稍倾，忽然沉下脸喝道，张淮！你如若欺君，那是要杀头的。

张淮心静言缓地回答道，奴才若说假话，甘愿受刑。陛下可以当场试验，并派人暗中监视。

过了一阵，袁亨回来了。朱厚熜说有事要请教天神。他搦管写好后，亲自密封，交给袁亨说，你和张淮二人一道去，交给蓝先生，要他扶乩。

袁亨与张淮走后，又将玉清找来，要她监视蓝道行这次扶乩的一举一动。

袁亨和张淮一起进了天录宫，将密札交给了蓝道行，并告诉他，皇上马上就来问卜。

蓝道行这次从袁亨手上接过密札，顿时僵住了。他看看袁亨，又看看张淮，仿佛一条被网罩住的鱼，想要寻隙溜走。原来，以前袁亨独揽了这活，蓝道行早就和他沟通好了。现在突然多出一个张淮，该怎么办呢？……

袁亨看出了他的难处，悄悄用眼神暗示了一下，蓝道行顿时明白了。他掏出一把银子塞给张淮，说，给公公买酒喝。

张淮没动声色地收下了，还说，多谢先生。

蓝道行以为水到渠成了，说，二位公公，我可是要拆了。

蓝道行拆了密札，正要展示看时，张淮突然抓住他的手说，好哇！你竟敢欺君！走，去见皇上。

张淮的这一举动，把蓝道行和袁亨都惊呆了。

袁亨从蓝道行手中接过手密札想装回去，张淮说，袁公公，不能装回去！

袁亨说，为什么不要装回去。

张淮说，这是证据。

袁亨说，装回去就不是证据了？边说边继续往封内套。

不要乱动！有人在幕后大喝一声。伴随着这声吆喝，玉清从幕后走了出来，她一把从袁亨手上拿过密札说，走！一道去见皇上。

蓝道行扑通一声跪伏在地，一面捣头如蒜，一面哀求说，女菩萨饶命。

玉清一把将他揪起时，地上已湿了一摊，他早就吓出尿来了。袁亨见了，也忍不住打了个寒战。

人证俱在，蓝道行被关进了监狱。

徐璠将蓝道行入狱的事告诉父亲的时候，徐阶正在家里让三夫人为他捶

肩敲背。

徐璠一进门便急慌慌地说，爹！不好了……

徐阶见他既惊慌却又欲言忽止，训斥道：看你这尿样！什么事呀！

徐璠结结巴巴地说，蓝……蓝道行，被，被抓起来了。

徐阶忍不住从嘴里不轻不重地吐出两个字：哎哟！

恰好这时三夫人的一个指甲在他的鼻尖上刮了一下，忙赔笑说，刮痛了吧？

此疼非彼痛。徐阶摇摇头说，不要紧。

徐璠像是学生向老师讨答案，问道：怎么办？

徐阶反问他：什么怎么办？

徐璠说：那……那蓝道行呀。

徐阶镇静地说，先看看再说吧。

他万一把我们找他的事说出去怎么办？

徐阶想了想，轻轻地摇了摇头，说，先看看吧，盯紧点。

这是一起重案。

鄢懋卿当时在都察院任左都御史，参与审理这一案件。蓝道行知道罪行有多重，但他把嘴咬得紧紧的。他等待着救援，任凭办案人员怎么审讯，他都不说实话。

鄢懋卿知道徐阶是他的后台，问他：为何要私拆密札偷看？

蓝道行回答说，贫道实属凡人，虽说修炼了多年，但要预知皇上所问事情，只能猜测。前段时期，因为皇上不甚满意，故只好偷看。

鄢懋卿又问，谁指使你这么做的？

蓝道行连连摇头说，没人指使。

鄢懋卿想诱使他说出后台，说，若是受人指使，你的罪愆也就减轻了。

蓝道行等着徐阶来解救，他真要把后台供出来，便无人来救，所以死死咬住说是自己要这么做的。这时，为了活命，他装得很可怜，说是为了混碗饭吃，不得已才这么做。

蓝道行终于盼来了徐璠，心里很是高兴，但他却是一把眼泪一把鼻涕地哭诉说，徐公子，我可是为了你们父子才犯下这欺君罪，无论如何你们得救我。

徐璠问他，你都说了些什么？

蓝道行说，我什么都没说。

你不招供他们肯放过你？

我只说我是为了混饭吃，不得已才这么做的。可你们要尽快救我出去，要不然，我实在抗不住了，也就只好如实供出去了。

徐璠安慰他说，你放心，我们一定会救你出去，决不会再让你受罪。来，我带了点酒菜来，家父怕你受委屈，特意叫我送来的。说着，取出酒菜，斟酒一杯，端给了蓝道行。

蓝道行受了几天牢狱之苦，实在饿了，饮完那杯酒，接着嚼了两大块肉。忽然，他停止了嚼咽，两眼翻白，歪倒在地，见他的仙姑去了。

蓝道行之死为严家父子出了口恶气，但是，他们的厄运并没有解脱。三法司遵照朱厚熜旨意，凡是邹应龙奏疏内被点了名的人都要治罪。严世蕃是首犯，判刑充军；罗龙文是主犯，也充军；严鹄也被充军。严年先关起来追赃。严鸿免罪，但削官为民，伺奉祖父。

严世蕃被抓走的那天，严嵩躺在床上没有起来。这天，因为心情不好，躺在卧榻上养神。后来，听到院中乱哄哄的，香梅告诉他，是锦衣卫来了。他一听锦衣卫来到家中，就知道是怎么回事。起初，他想起身去见他们，但是，刚坐起身子又躺下了。常在宫廷中走动的锦衣卫，很多人认识他，这时候起来去见他们，又能怎么样呢，求他们放过儿子吗？他开不了这口，他知道，他即使说了，人家是受命而来，公事公办。既然如此，这时候露面，只有丢人现眼。所以他叹了口气，又躺下去。

这时，院子里传来严世蕃几近嘶喊的说话声：爹，我走了。儿子不孝，连累了你老人家……你可要好好保重呀！……

严嵩的心里本来只是暗流回旋，听到儿子这话语，那眼泪顿时变成了瀑水哗的倾泻而下。他喃喃自语道：畜生，只怪你自己不争气，才落到如此下场……

这天晚上，严嵩失眠了。他躺在床上辗转反侧，严世蕃从出世到被抓走的情景，一一浮现在眼前。被锦衣卫带走时他虽然没有看到，但后来听香梅说，严世蕃是跪在地上朝他的卧房嘶喊的。

儿子是连累了他，可是也帮扶了他呀。

多年来，皇上离不开他，可他又离不开儿子。特别是近些年，有许多事情，离了儿子，他没办法完成皇上要他做的事。

不行！我不能让他去充军，我要救他。

怎么救？有什么办法能救？……

只有求皇上。

第二天，天一亮，严嵩就起了床。洗漱后吃了一碗粥，便要孙子严鸿陪同他进宫。祖孙俩来到万寿宫前。这时，一向侍立在宫门前的张淮不在，是另一名新来的小太监站在门口。严嵩要他去通报，那小太监过了一阵出来说，他没办法通报。

严嵩说，怎么没办法，你就跟皇上说，老严嵩有事想见他……

哦！你就是阁老呀……那小太监脸上悬着一丝似笑非笑的笑容说，告诉你，我没办法见到皇上。

严嵩问道，那你刚才进去找谁了？

小太监说，袁公公。

严嵩知道那是袁亨，便说，那麻烦你再去跟他说说，请他帮我去通报皇上。

小太监说，我刚才就说了，他说……小太监嘿嘿嘿地干笑了几声又不说了。

严嵩知道那是袁亨故意刁难他，只好让孙子搀扶着坐到一边，休憩一下。

过了一阵，张淮从外面办什么事回来了，严嵩忙起身向他招呼。

张淮听说严嵩要面见皇上，很爽快地答应了。过了一阵，他从宫内出来说，阁老，皇上让你进去说话。

朱厚熜一见严嵩，便冷冷地问，何事见朕？

朱厚熜的冷淡早在严嵩的意料之中，他将早就想好的话一口气吐出：罪臣年已八十有三，内人已先我而去，唯有一子世蕃，如若再伏法充军，臣孑然一身，有如残烛，实难度日，故而恳请陛下宽宥世蕃，留臣身边，以有照应。

严嵩言辞恳切，情态哀怜，朱厚熜瞥了他两眼，眯着双眼沉思。

袁亨早被徐阶拉拢，一心要置严嵩父子于死地。他见朱厚熜有所犹豫，忙从身上取出一小纸边抖边说，陛下，臣在街上捡得一纸，上有一则评弹严世蕃的俚语，请陛下过目。

自从邹应龙为弹劾严世蕃上疏后，为了里应外合造声势，王世贞等人便在街头散发传单。朱厚熜见那俚语说：东楼东楼，十恶九丑，招权纳贿，该为重囚，罪恶累累，理当斩首！……

袁亨煽风点火说，陛下，这可是民意呀！

朕知道！朱厚熜的火气被点燃了，他这一吼把袁亨吓了一跳。旋即对严嵩说，朕念你力赞玄修二十年，念此忠勤，已加优处，为何还要为凶儿奏救?

严嵩答不上话，只好谢罪说，臣治家不严，咎由自取，谢皇恩……

徐阶等人千方百计要置严嵩父子于死地，将他们早日赶出皇城。这一天终于到来了。

严世蕃要充军到广东雷州去了。他被锦衣卫一押上街头，四周便围来许多看热闹的人，一群孩子跟随着唱那首咒骂他的歌谣：东楼东楼，十恶九丑……

看热闹的人越来越多了，渐渐形成了一条长龙，直伸向京郊运河码头上。

赶来看热闹的人越来越多，押送的锦衣卫怕闹出事故来，用力驱散围聚的人。这时，从人缝中挤出一美貌女子，探身向着严世蕃呼唤：官人！……她身前的锦衣卫要赶她，她指着严世蕃强颜一笑说，他是我官人，请让我与他说几句话。那锦衣卫不知是被她的美貌迷倒还是怎的，竟然答应了，让她走近严世蕃。这女子不是别人，正是媚儿。

严世蕃先是愣住了，继而强颜苦笑说，媚儿，我对不住你，那天不该骂你……

媚儿眼泪汪汪地说，我不怪你。现在想来，还正需要你把我骂了出来……

严世蕃说，你就别取笑我了。

媚儿说，是真的，以后你就知道了。

严世蕃说，我这一生唯一对不住的人就是我爹，你要有空，就去看看他。

媚儿说，你放心，我一定会代你去孝敬他。

媚儿那天搬出严府，一来是赌气，二来她是个极机灵的人，她藏有很多珠宝，正好乘机将这些珠宝搬出严府。

严世蕃被戍边后，严嵩也准备离京往老家去，那里离广东较近，万一儿子要给他写信，也很快就能收到。

六月二日，他终于启程了。

毕竟是致仕还乡，可以乘坐官船。前来送行的人还是很多，严嵩让孙子严鸿搀扶着伫立在码头，向前来送行的官员挥手告别。

徐阶、朱希忠也来了，他们既是阁臣，是同僚，又是姻亲。徐阶和朱希忠的孙女都做了严嵩的孙媳妇。

有成国公勋位的朱希忠也老了，他为人敦厚、和善，对严嵩父子的境遇很是同情，他眼含热泪向严嵩挥手说，大人要宽心点，祝一路平安。

徐阶口蜜腹剑，安慰严嵩说，阁老，亲家，你放心去吧，留在京城的子孙，我一定照顾好的……

鄢懋卿、万文宋等亲信想要说的话早就说完了，这时候只有望着严嵩默默地流泪。

送行的还有一些翰林学士和文人墨客，他们不是仰赖严嵩的官位，而是敬重他的人品和文章，常有诗作往来。著名诗人皇甫汸也来了，他走近严嵩，从身上取出数笺说，阁老大人，往日多蒙指教，不胜感激。我没有别的相送，写了几首诗，请阁老笑纳郢政。

严嵩接过，展开阅看了首页的那一首：

明时扈圣廿年余，始得衔恩谢值庐。
秀水池台非旧筑，钤冈花径是新除。
县家岁给山公粟，门巷高悬薛氏东。
舟泊吴江秋乍冷，野人聊为献鲈鱼。

严嵩连声道谢，说这是最好的礼品。

正准备上船了，远处传来一阵呼喊声：阁老大人，请稍等！……

众人回头一看，原来是城南六必居酱菜店的老板，挑着两坛酱菜来送行。来到严嵩面前，边喘息边说，阁老大人，送两坛酱菜你老带回去吃吧。自从严嵩为六必居酱菜店写了招牌后，生意越来越好，老板以前常给严府送酱菜。那时是欧阳氏理家，老夫人都要按价给钱。前些日子他也挑了一担送到严府，正碰上锦衣卫拘押严世蕃，他不便进门，挑回家里去了。今日打听到严嵩启程回乡，特意挑了一担酱菜来送行。严嵩也要付钱，老板坚决不肯，说，阁老你这是打我脸呢。

清凉的晨风吹散了河面上的雾霭，船老大提醒说，时辰不早了，要开船了。几个孙子簇拥着将严嵩扶上了船。严嵩踏上船头，转过身子，双手合十，向送行的人深深鞠了一躬。

船开了，送行的人们还在码头上向他招手，有人大声呼喊道，祝老先生一路顺风。

船渐渐行远了，严嵩这才在严鸿的搀扶下走进舱内坐下。忽然，他觉得脸上湿漉漉的，以为是雾水，先是用手抹了一下，发现那湿湿的凉水从鼻沟直往嘴里流，这才知道是眼泪。扬帆远航多次了，唯独这次不一样。难道和那些送行的人是永远告别吗？……

他望着模糊的京师城郭，有些昏昏欲睡了，便躺下身子，一合上眼，便响起了鼾声。这些日子，他如梦如幻，没能歇息。

那时而摇晃的官船让他进入一个悠久绵长的梦幻，这梦幻演绎了他的家史。

他先是梦见了他的高祖。他的高祖严孟衡是明永乐十三年中的进士，当过四川右布政使（相当省长）。严孟衡为官清正廉洁，誉满蜀中，是个颇负盛名的清官，平日自奉甚俭，不尚奢华，每天只吃青菜，被誉为严青菜。他回乡返里时行装简便，除了一点日常用品再没其他东西，因而船身轻飘飘，差点被风卷起，只好抬上一块大石头把船压住，这块石头被誉为布政石，一直在祖祠中供着。也许是他的功德使他子孙满堂，他生了儿子严琏、严瓛、严英、严琦、严琥，严琏又生了孙子严骥、严骀、严骖、严骐，孙子严骥生了曾孙子严淮。严嵩与弟弟严岳是严淮的儿子，是严孟衡的重孙子，这中间过了七八十年。潮起潮落，这七八十年间再没有人中过举当过官。严孟衡毫无积蓄，分家时每个儿子只有十来亩田，这是当时农户的人均田亩数。这几代的子孙都是日出而作日落而归，靠种田生活。严琏在参加乡试的前一天还在田里为种的芋头放水。这几代人都是一边读书一边耕耘，大部分时间都在劳作，因而读书的时间很少，自然考不过人家，一直无人中举。严骥和严淮其实一直很想光宗耀祖，父子俩下决心要让严嵩读书，以致及第登科。严嵩没让他们失望，弘治十一年（1498）十九岁时，这年秋天参加全省乡试，以《诗经》中试登江西乡试榜第十六名。由于分宜县在乡试中连续七届计二十一年榜上无名，因而在返乡之日，县令以酒宴相迎。七年之后的弘治十八年春天会试，阅卷官南兵部尚书张灿看了他的文章后，很是赞赏，拟为第一名。这本来是可以中状元的，但因为其他官员不同意才降为第五名，即二甲第二名。后来殿试，当着皇帝的面，写了一首《雨后观芍药》的诗，中选翰林院庶吉士头魁（总计三十八人），两年后被任命为编修，属正七品。明朝的官制是非进士不入翰林，非翰林不入内阁。选人庶吉士，即被视为储相，即可以当宰相。严嵩终于以擅长诗赋而敲开了仕途之门……

一觉醒来，听见河岸不远处的农家传来一阵阵鸡叫声。严鸿见他坐起了身子，说，爷爷，您醒了？

严嵩答应一声，问是什么时辰，严鸿说是第二天凌晨。并告诉他，昨天睡得很香，轻声叫了几次都没醒，知道是连日操劳所致，所以就不忍心喊醒他。

天渐渐亮了。严鸿服侍爷爷洗漱后，端来了稀饭。严嵩吃了一碗粥，便要孙子准备笔墨纸张，他要作诗。他望着两岸的山山水水与阡陌农舍，稍一凝目，那诗句便随着笔管的晃动跃然纸上。

六月二日，出都作：

承诏赐休退，整驾念徂征。
出昼心已结，辞天骨犹惊。
伫立独踟躅，泪落忽沾缨。
上恋圣主恩，下怀知爱情。
远树千重隔，沧江双橹鸣。
路岐方浩浩，纷思何由平？
群公劳相送，冠盖纷成隅。
晨雾隐危堞，清川临广渠。
夙若蒙知爱，执别或叹吁。
别言不及私，努力在公车。
才杰待天价，贱子山泽居。

昨天他在睡梦中除了梦见他的祖宗，也梦见了儿子。梦中的严世蕃身穿囚衣被差役押解着行走在高低不平的山路上。

一想到儿子，心里像打翻了五味瓶，什么滋味都有。

严世蕃是严嵩三十四岁那年生的。

正德三年（1508）严嵩二十九岁时，祖父严骥去世，严嵩告假回乡到家，第二年，母亲晏灵秀又别世，严嵩于是请长假居住在家里，他在钤山幽居了七八年。

这期间，他坚绩苦学，勤作诗文，走访名山古寺。继而，友去朋来，情思翻涌如潮，或感叹贫病之忧，或惊喜于归隐之乐，或感发终生远避尘世之志，或又忧心时事，流露再入宦海之念。终于在正德十一年（1516）他三十七岁时才重返仕途。

严世蕃出生的时候，正值邵宝来访。邵宝号二泉，江苏无锡人，比严嵩大二十岁。严嵩还在穿开裆裤时，他就已经金榜题名走上仕途，后来到江西任提学副使，是省里管理学校与教育的最高官吏。无论从年龄还是官阶，都是他的长辈。但是这位二泉先生看到严嵩的诗文以后，大加赞赏，称他有奇伟之才，博雅之学，为天下之望，在钤山住了好几天，建议将所居的东西向房屋改为南北向。其时严嵩正住在东楼，儿子呱呱坠地，严嵩很是高兴，请邵宝取名。邵宝稍一沉吟，说，经书上有言，作求惟德，世蕃以昌，就叫世蕃吧。严嵩极为赞赏，又问，那字号呢？邵宝说，就叫德求吧，东楼生的，可以号东楼。严嵩高兴异常，三十四岁中年得子，名人取名，可谓双喜临门。万万没想到，四十九年后，儿子会落到如此下场……

顺水的帆船行驶得快，眼看就要到南方了，天气也渐渐热起来。天又黑了，他却难以入睡。真不愧是诗人，那抒发胸臆的诗句俯拾皆是：

祝融司睡令，时正入三庚。
居家已难度，况此远道行。
人生哪自定，迹比鸿泥轻。
流坎应有数，莫问阴与晴。
鸣楫以兹逝，悠悠江海情。

风渐渐大了，江面也越来越开阔，快要到长江了，那诗句也随风而吹拂出来：

疾风吹惊涛，百谷皆号怒。
蛟鼍纷出没，天吴屡掀舞。
恍若撼地维，走避莫敢顾。
杲日万里明，豁尔开朦雾。
人事本难期，造物理堪悟。
可与道者言，夷险安若素。

眼看驶入长江了，那颠连不绝的波涛颇像自己的一生。他又信笔写道：

弱冠幸随计，束书来上京。
齿稚气方锐，治视江湖轻。
俯仰五十年，辛苦事浮名。
世路多艰险，风波使人惊。
兹游意已阑，无复少壮情。
见鸟羡高逝，望云思遐征。
云山遥在梦，日数故园程。

人在年少时，期盼很多，只有走完了自己的人生历程，才能真正体悟到人生的真谛。随着日近家乡的行程，严嵩对故园的眷念之情也越来越急迫了。

严鸿告诉他，快到苏州了。

哦！苏州？他讶然自语道，这可是胡宗宪管辖的地盘呢。我要去见见他，看看他们现在搞得怎么样了。

胡宗宪仍旧坐镇江南总督府，厉兵秣马与倭寇拼搏。

浙东一带，在戚继光、谭纶等人的防守下，倭寇每一次侵扰都受到毁灭性的打击，知道这两支明队的厉害，再也不敢在这一带登陆。

舟山岑港的毛海峰残部，在俞大猷、卢镗的凌厉攻势下，弃寨南逃，不敢在台州、温州上岸，便继续南下，窜入福建海面。

江北一带，自从姚家荡庙湾大捷后，兵备副使刘宗韶又在丁堰、海安一带打了三次胜仗，歼灭倭寇三百余名。余贼流窜南通，又被刘景韶督兵烧毁其老巢，烧死一百八十九人，斩首级八十。倭贼逃奔潘家庄、印庄，又被官军合围，斩首级四百余，无一逃脱。

另有一支倭寇自海门登陆，参将刘显赶到，率先上岸，各营接着前进，纵火冲击，破其巢穴，杀死敌人二百多，其余的逃向白驹场，刘显率部乘胜追击，斩首级四百多个。刘显骁勇善战，敌人闻风丧胆。胡宗宪提升他为副总兵，由他统领江北诸军。刘显有了指挥权，自己又能带头冲锋陷阵，所以接连打胜仗。

唐顺之奉命以副佥都御史的资格到江北督师，配合李遂大战庙湾，他亲自上阵，用火炮攻击敌人，终于取得了庙湾大捷。后又督刘显、卢镗部攻击盘踞在三沙的敌人。因初战失利，唐顺之亲自跃马布阵，倭军在寨内楼上见其军容雄壮，不敢出战，坚壁不出。刘显非常感动，大声呼喊：我们武将难道还不如顺之先生这位文臣那样勇敢吗？边喊边领头冲进敌阵，杀死百余倭寇，余敌纷纷逃向海面。

唐顺之一向认为歼灭海寇一定要有水军，能够入海，在海上作战。他随卢镗舟师入海追击，不怕风高浪急，勇立船头，在海上两个月，又值盛夏，终于得了病，回到太仓休养。后来李遂调南京，他接任，巡抚江北。

唐顺之带病上任，正值江北大饥。他一上任便开仓济民，用淮扬余盐银二万两，购粮数万石，救活数万人。为了彻底消灭倭寇，他专就海防善后事陈述九条意见。胡宗宪看了说，这个顺之呀，真是一心为国，卓有高见。并要幕僚沈明臣赶快誊写，呈报皇上。

春天来了，汛期将至，他忙于督察水师。路过焦山时，病情加重了，随从都劝他上岸，他拒绝了，说是要赶在汛期前，能将水军拉出去。因此，他在船上时刻询问，到哪里了？快到海上了吧？……我要和你们一道出师，追击这股倭寇……

但是，由于劳累加疾病的折磨，唐顺之刚到通州（当今南通）就不行了，终于累死在船上，时年五十四岁。严嵩得悉后，喟然长叹：死错了人啦！壮志未酬身先死，其顺之乎！

胡宗宪的功绩有目共睹。东南沿海在他的统领下，已基本上荡平江北、浙东沿海的倭寇。仅就计擒王直这一项，按原来兵部的奖励方案，他已可以晋级为伯爵。但是，朱厚熜听信某些言官的谗言，对他取既倚重又怀疑的态度，仅加封为兵部尚书兼副都御史，享受一品俸禄。

得悉严嵩罢官，胡宗宪已有预感，走狗烹良弓藏的悲剧，有可能在他身上重演。现在听说严嵩要来观察，还是很高兴。他要让严嵩亲眼看看，他统率的兵马练成了什么样子。他要让严嵩放心，东南倭患，务必要在他的统领和指导下荡平，不负阁老的提携与厚望。于是，胡宗宪传令部下，要举行盛大的阅兵式，迎接阁老的到来。

演练前，胡宗宪在总督府举行了一个小范围的酒宴。戚继光也来参加酒宴，他是从前线匆匆赶来的。因为那天严嵩没穿官服，戚继光见上首席位上坐着一位白发银须神采不凡的老者，以为是哪里来的方士，悄声问身边的徐渭，这位老先生何许人？

徐渭说，这就是我们常说的严阁老呀！

啊！戚继光一面惊讶一面朝严嵩稽首说，久闻大人德音，今日才得以仰瞻尊容，幸甚，幸甚！

严嵩拱手还礼，却也不认识戚继光，疑惑说，这位将军……

胡宗宪对严嵩说，这是我们的一员虎将，大名戚继光。他新练出一支生力军——戚家军。

严嵩称赞道：好啊！年轻有为。荡平倭寇，就靠你们了。

戚继光谦恭道，继光能有今日，全仗胡总督提携……

胡宗宪接上话茬：我又是全仗阁老提携啊！来，祝阁老长寿，干杯！

严嵩举杯向在座的各位回敬。后来，他特意与戚继光干杯，殷切地说，继光，老夫祝你再次报捷，大功告成，成为当代岳家军。

七月十二日，严嵩在唐楼观兵后，很是兴奋，为太保大司马胡公写了一首长诗，记录了这次阅兵盛况。

我行点江澳，备悉寇所由。
凋残渐完复，武卫俱饬修。
唐楼古巨镇，生聚若云稠。
遥见晴江上，翕翼两敌楼。
是时陈军旅，遍野到戈矛。
人言司马公，坐运罇俎筹。
训练如有神，七万拥貔貅。
取足在人那，不弗远征求。
遂会浙直间，千里悉安流。
六省归节制，万里起歌讴。
天子有胡公，得免南顾忧。
宣王盛德业，千古美成周。
元老任方叔，自足威荆首。
诸读新田诗，为公歌壮猷。

在胡宗宪的领导与指挥下，江浙一带的倭寇窠巢一个个被拔除了，残寇纷纷逃向福建一带的沿海继续侵扰。戚继光受命，率军向福建进剿。

严嵩的话激励了戚继光，他把他的部队带成了新一代岳家军——老百姓尊称为戚家军。岳家军为什么出名？一是训练有素，能勇猛杀敌，一是军纪严明，秋毫无犯，深得民心，戚继光身体力行。他的部队进到福建乐清时，忽然下起大雨，戚继光命令部队原地不动，不得进入民房。当地士绅请戚继光进屋，他婉言谢绝说，上千士兵都在露天待命，我怎能特殊？坚持和士兵一起淋雨。乐清的百姓深受感动。纷纷自发地送水送饭，慰劳戚家军。

宋朝时世人有言：撼山易、撼岳家军难。戚继光以岳家军为榜样，将戚家军打造成一支攻无不克的铁军，扫平了南逃到福建一带的倭患。

见到了胡宗宪、戚继光等人，严嵩很是高兴，连日来，心里回荡着一股豪气，能为举荐这些人担是非，值得！

一转眼已到了八月下旬，秋风送爽，严嵩美美地睡了一晚。清晨时，严鸿从舱外进来告诉他，严子陵钓台快要到了。严嵩坐起身子对孙子说，你快扶我起来，我要去祭拜一下。

严子陵钓台是东汉名士严子陵垂钓之处。后人仰慕他不近皇权弃官而隐的高风亮节，建祠纪念他。大约唐初已有，经北宋景祐年间谪戍此地做官的范仲淹扩建并作《严先生祠堂记》而闻名更胜。后人又陆续建起了钓台书院、羊裘轩、高风阁、清风堂、招隐堂、玉泉亭、云峰烟水阁、三公不换亭、遂高楼等胜迹，遂使严先生的云山苍苍，江水泱泱，先生之风，山高水长这名句影响深远，流传千古，成为历代官员、文人墨客和旅行者登临赏慕的胜景。唐宋元明以来，已有李白、白居易、韦庄、范仲淹、苏轼、杨万里、陆游、金履禅、朱元璋、刘基等名人在此作诗题字。

此前，严嵩已先后两次经过这里。

第一次是正德十一年（1516）三月，三十七岁的严嵩结束了丁优而居家的八年近于隐居的生活，应诏进京，从分宜向东，历经新余，临江、丰城、安仁、贵溪、弋阳、玉山，再转至浙江的龙游、兰溪，历时一个多月，五月才抵达浙江桐庐县境内。八年的幽居隐读，使严嵩养成了写日记和有感即诗的习惯。严陵钓台前的富春江水域，便是著名的七里滩，如果不是在旺水季节，则需纤夫拉纤，漫澜七里，船行艰难。严嵩一行经过此地正好赶上汛期，水满风顺，他迎风屹立船头，凝视着岸边巍峨的严陵钓台，很是感慨，顿时诗兴大发：

严陵七里滩，叠嶂俯澄湾。
云物澹堪赏，风标邈未攀。
龙飞初白水，鱼钓但春山。
千岁见孤庙，苍苍烟雾间。

严嵩这一次的感慨，更多的是对严子陵的倾服。自从弘治十八年（1505）以《雨后观芍药》诗中选翰林院庶士头魁以后，到这次携家赴京，这十一年间，他经历了亦仕亦隐的酸甜苦辣。他也曾有过素琴远志的情怀，然而隐居钤山后，诸多情思皆由时世变化所牵引，既喜归隐之乐，也叹贫病之忧，或感发终生远避尘世之志，或又忧心时事，流露再入宦海之念。他终于还是再出山了，他在启程前的《将赴京作》慨叹：非才岂合仍求仕，薄禄深悲不逮亲。

严嵩第二次拜谒严陵钓台是在正德十三年（1518），这年七月，时为翰林院七品编修的严嵩，被正德皇帝诏为册封广西靖江府藩王的副使。他随同正使建平伯高霍一行十三员，沿着京杭大运河南下。上次赴京时毒暑异常，随从的仆人相继中暑死了四个，因而惊悸万状。这次不一样的是，一路驿站一路衙，沿途所到府县官邸，例行接待，遇有旧识同年，便顺作当地一游，因而松爽轻快多了。九月初一日到达杭州，当时的杭州地方官员留志椒，丁

仪恰是严嵩的同年进士，第二天，便一同遨游了西湖。一行人从涌金门出，游览至洪氏两山书院，陪同官倡议在此小饮，之后沿着苏堤，游览了孤山、岳飞墓、大佛寺和宝叔塔。这天，大伙很是尽兴，直到夜幕降临才歇宿。初三日船行下富阳，初四傍晚到桐庐。初五日船行到严子陵钓台。怀着对严子陵的无比敬慕，严嵩躬身虔敬，作揖祭拜。接着又与同行一道仔细赏阅了祠堂内范仲淹在明正统年间重修所作的祠记碑刻，晚上抵达府第（今建德市）休息。江西同乡胡镇、朱廷声带兵驻守当地，闻讯前往府第拜访共叙同乡之谊。后来细细品嚼这次祭拜的况味，与另两次终是有别。

今天来到严子陵钓台，面对那危石和遗庙，不由心潮澎湃，酸泪盈眶。那在水面上自由翱翔的沙鸟，便是一代隐士严子陵的心志在显现。因为拒官不受，所以无拘无束。自己也曾多次奏请回乡却又因未准而患得患失，最终招来这晚节之祸……他匍匐在严子陵塑像前久叩不起，仕与隐的戏剧人生，使他感伤不已。

严嵩在官居高位后，第一次来到严子陵祠所作的那首《严陵祠》被桐庐县令抄得，特意请名家将其镌刻在石碑上，并把石碑竖立在严陵祠旁，以供人观赏。这次登临拜谒，严鸿看到了。他陪着祖父饮泣了一阵，扶起严嵩，一面宽慰，一面要扶他一起去看那块石碑。

严嵩一看到那首自己写的《严陵祠》，不免激动起来。他让严鸿去找来文房四宝，又写下了一首诗《经严陵祠》：

舟行富春渚，绿水清人心。
危石耸烟际，遗庙在峰阴。
大漠已远去，高风犹至今。
岭云时出没，沙鸟偶飞沉。
杳然天地外，不受一尘侵。

第二十三章

告老还乡

徐阶绞尽脑汁终于扳倒了严嵩，坐上了首辅的交椅。他将严嵩赶出值庐后，搬进了严嵩的房间，因为首辅的房间要大些。但是，他要清除严嵩留下的痕迹。严嵩那个“夙夜匪懈”四个字拿掉了，换上了自己写的条幅“以福威还主上，以政务还诸司，以用舍刑罚还公论”。这几句话乍看起来，不仅像改朝换代了似的，而且在严嵩的身上踏上了三脚。其实，不值一驳：难道严嵩吞灭了主上的福威？难道严嵩取消了诸司的政务？难道严嵩滥用刑罚以代公论？不过，一般人不会去思考其中的玄妙。其实，徐阶一面气壮如牛，一面却又心虚胆寒。因为在他刚步入政坛时，曾冲撞了朱厚熜。那时，正是大议礼之后，少年天子采纳了张璁的建议，要去掉孔夫子的王号，而改用木雕偶像祭祀。徐阶当时初出茅庐，不谙深浅，直言不可，惹得朱厚熜大怒，直骂他是天下小人，永不复用。后来幸好夏言和严嵩提携，才慢慢到侍郎和尚书的高位，又入值西内，位列次辅，才有了今天。因此，他常常担心，怕皇上什么时候又记起当年说的“永不复用”那句话。真要记得，那可就完了。四十年了，时过境迁，这位道君皇帝天天忙于玄修，那句话该忘记了吧。积四十年的经验，他悟出了一条，这个皇上触犯不得，一定要千方百计赢得他的欢心。其实，徐阶自从坐到首辅那把椅子上之后，他也是学着严嵩夙夜匪懈，一天到晚，小心谨慎地躬候在值庐。

夜幕早已降临了，徐阶还没有回家，在伏案翻阅文牍。忽然，他听到几声敲门声，以为是侍仆在催他下班回家，没好气地说，别来搅扰！敲门声仍旧响起，而且响声更亮。他感觉有异，便赶去开了门。没想到门一开，发现朱厚熜站在门口，不由惊出一身冷汗来，忙伏地请罪，说不知是主上驾临……

朱厚熜说了声爱卿请起，又问，为何还不回去？

徐阶忙又稽首：回陛下，臣在家还不如在这里快乐。

朱厚熜问，为何？

徐阶说，陛下日夜为天下苍生操劳，臣有责任伺奉，离开了实不放心。

天气本有些闷热，徐阶的话像凉风吹进朱厚熜心坎，好不爽快。这个徐阶比严嵩还殷勤伏贴呢，看来这新首辅没有选错。

朱厚熜回到宫内，严嵩的身影却总还是时隐时现，毕竟，他在他身边有二十年，那气息一时难以消弭：

夜深了，严嵩还在值庐。

——叫首辅来。严嵩随叫随到。

——此奏不妥，再拟。严嵩立即再拟。

南倭北虏，边事孔棘，严嵩在挡着。

财政困难，严嵩悉心筹措。

因为严嵩随叫随到为他所用，他可以潜心修玄，而修玄祈祷，严嵩也极为尽心卖力……

他手上经历过的首辅那么多，杨廷和，功高震主……张璁、夏言桀骜不驯……李时、翟銮庸懦无能……只有这严嵩最称意。

一个如此称心如意的首辅，怎么一夜之间就成了奸臣呢？他会是奸臣吗？……可是他走了。

严嵩走后，徐阶取代了他，却伴随着一阵阵刺耳的聒噪，仿佛一群沉寂了一冬的蛤蟆，要叫出肚里的闷气似的，逆耳不息。

朕容不得这样聒噪，下道谕旨，现在就传位给太子，朕则一心静养，祈求长生……看看会有如何反映。于是，叫来袁亨，将他的旨意传下去，叫内阁大学士办理。

徐阶得到这一谕旨，大吃一惊，好不容易才将严嵩赶走，坐上首辅这交椅，如果这皇上一走，新上任的皇上还会让他继续当首辅吗？也许会，也许不会，这官场上的事谁也不敢料定，还是死死抱住这位皇上的大腿吧。

徐阶接任了首辅之后，吏部右侍郎袁炜接替了他的位置。他赶紧叫上袁炜一道来到万寿宫，向朱厚熜稽首祈求：陛下春秋鼎盛，怎能轻言传位？臣等闻讯，实在不安，恳请陛下收回圣谕。

朱厚熜仿佛要验证他这些话似的，重重地瞥了他一眼。他赶紧转头向袁炜示意，要袁炜帮腔。

袁炜赶紧附和道，徐公所言极是，皇上如果现时就辞位，恐怕天下人都会慌乱。

朱厚熜正好顺阶下台说，如不传位，得依朕二事。

徐阶、袁炜齐声说，臣等听旨。

朱厚熜说，第一，必天下皆仰奉君上，阐玄修仙。

徐阶、袁炜连连点头回答，那是，那是。

第二，严嵩已退，伊子已伏罪，敢有再言者，与邹应龙俱斩！……

朱厚熜已将第二件事说完，但是袁炜以为还有下文，故不敢贸然应答，他转头察看徐阶，已惊愕得张大嘴巴出不了声。

只听见朱厚熜目光炯然，直视徐阶问道：怎么，不行?

徐阶赶紧回答说，臣遵旨。

走出万寿宫时，徐阶背上的袍衣早已湿透。此时正是夏天，这染湿衣袍的汗水不知是热的还是冷的。从刚才朱厚熜的话里，徐阶知道严嵩在他的心中何等份量，这使他很是惶惑不安。

严嵩六月初离开京师，扬帆远航，途经南旺湖，徐州、淮口、宝应、扬州、苏州、金山、嘉兴、鄱阳湖，经过两个月的长途跋涉，回到江西南昌，住进了耆德堂。这是他自己的房子，位处东湖边，五年前就建好了，等他回来住呢。因而，严嵩有一种迟到的感觉，感慨颇多，赋诗为记：

若岁营菟裘，卜筑东湖滨。
湖上构新堂，赐额出宸纶。
堂成已五载，自念归无因。
兹辰荷皇泽，夙愿始由申。
……
吾生幸云华，退老终其身。
愿歌击壤曲，庶以同尧民。

联想到自己告老还乡，皇上犹给禄米百石，便在自己的卧室门口挂了一块百禄堂的牌子，以示感念，并且赋诗一首：

百禄以名堂，殊典自天赐。
家用俾有资，岁给禄百石。
字字皆盛言，赫奕载纶敕。
先王体臣下，恩意至周悉。

既老仍其禄，视与居职一。
至于数盈百，今昔鲜其匹。
微生已无庸，犹复念廪食。
颗粒民所供，一饭敢忘惕。
永荷天地私，衔戴何有极！

严嵩致仕后的岁给百石的禄米比起在位时的年俸千余石待遇来，自然只是个尾数，但一想到是出自粒粒皆辛苦的农民之手，感恩之情油然而生。

刚安顿下来，皇帝的生日就要到了。八月十日，这是嘉靖皇帝朱厚熜的生日。这个日子对严嵩来说，早已烂熟于心。想想自己虽已致仕回乡，但还是有大臣身份，应向皇上表示祝贺。他特意去铁柱宫请道士为嘉靖皇帝祈福。

严嵩一向喜欢儿孙绕膝的日子，现在只剩下一个孙子严鸿在跟前，显得很是冷寂。但人的习惯是随着势易时移而改变的，这种冷寂日子渐渐地由不习惯到习惯了。转眼到了第二年四月，严嵩派人上京向皇上问安，并进献祈鹤文和各宗法秘长生之道。朱厚熜念他一片忠荩苦心，不仅回了信，而且派人奖给白银五十两，彩缎四表里。严嵩因为体恤儿孙的苦情，又犯糊涂了，他再次上疏，请求放回儿子和孙子严鹄：

臣年八十有四，惟一子世蕃及孙鹄俱赴戍所，在千里之外。臣一旦先狗马，填沟壑，谁可托以后事？惟陛下哀其无告，特赐放归，终臣余年。

朱厚熜拒绝了他的请求，批示说：嵩已有孙鸿侍养，已恩待矣！

朱厚熜的批复犹如给头脑发热的严嵩兜头一盆冷水。这一冷一热的碰撞使严嵩大病了一场，在床上躺了好几日，严鸿赶紧请来医师彭孔诊治，才康瘾下床。这彭孔为严嵩治病有几十年了。严嵩六十三岁时，四月间的一天，突然发病，晕厥过去，朱厚熜闻讯，派太医院院使蔡楠、御医袁王堂去诊治，都不见效。家里人都在准备后事了。这彭孔闻讯后自告奋勇，自荐上门诊治。他为严嵩把了脉，又翻看了一下眼睛，开出一剂药，对欧阳淑端说，服下药汤后，会呕出许多痰，痰出来了，半夜就会醒来，到明天早晨就没事了。好在我及时赶来了，我如果再耽误一会，就没救了。家人半信半疑，其他医生都暗自发笑。严嵩服下药汤后，守了一个时辰，果然呕出数升痰液，再服了药汤后便呼呼睡着了，到了三更，竟然能说话了，天一亮，便说肚子饿，要吃早饭。严世蕃将彭孔视为神医，从此，再不要别人为父亲看病。

这次，严嵩病愈后，经赣江转袁河回到了分宜老家。

唐朝士人贺知章有《回乡偶书》诗："少小离家老大回，乡音无改鬓毛衰。儿童相见不相识，笑问客从何处来？"严嵩在孙子严鸿的扶持下，一走进村子，便演绎了这一诗情画意，一群孩子很快就将这祖孙俩围住了，悄声互问：

这白发老倌子是谁呀？

他们是从哪里来的？

终于有几个年长的老人来到严嵩跟前，其中一个六十来岁的老汉走近严嵩问道：你是介溪伯吧，见严嵩点了头，便转身对众人说，我们村的大官回来了。他这一喊，顷刻间从屋场里和田间地头涌来了男女老少百余人。那与他招呼的人自我介绍说，他叫世昌，小名芦根，与严嵩是尚在五服之内的侄子，现年六十七岁。严嵩与众人打了招呼后，问芦根，族内还有没有比自己年岁更大有人。

芦根回应说，大伯今年是八十三吧？见严嵩点了头，便接着说，年纪比你更大的没有，辈分比你高的还有。

严嵩问：他是谁？

芦根回答说，水生爷，他大名叫严汪，是水字旁的辈分。

严嵩又问，他有多少年纪？

芦根说，七十几岁。

严嵩便要芦根带他去见严汪。严嵩一见严汪，便拱手叫叔，并向他嘘寒问暖。

这天，严嵩和严鸿就在严汪家吃晚饭。其时正是深秋季节，农家人家家户户都有番薯，严汪叫孙女给严嵩盛饭，严嵩见有番薯，便先要了一个番薯。家乡的番薯他多年没吃了，这次一尝，觉得非常香甜可口。

第二天，在芦根家吃午饭，芦根特意炒了一碗冬笋炒腊肉。严嵩觉得冬笋特别松脆爽口。是夜，他诗兴大发，写了两首咏物诗。

第一首是赞赏番薯的：

土种鲜薯是截昉，斫之秋国乍径霜。
频年京国等鲈意，归回袁乡且饱尝。
山芋园薯得共赏，野人相赠每盈筐。
补羸益胃堪资老，却拟袁乡是寿乡。

赞赏冬笋的诗拟题为《食笋》：

此君天下贵，北地告难植。
冬笋味所珍，藉以供玉食。
吴侬岁裹收，辇载致京邑。
中侍竞先新，走使驶数驲。
但愿此一荐，金赀不论直。
吾生在小郡，土产颇盈斥。
道远气候殊，质不耐寒栗。
羡芹思欲献，举首望宸极。

严嵩自从嘉靖十一年（1532）五十三岁时，回家乡小住了一些日子，以后三十余年再没回来过，因此，对故里既熟悉又陌生。这两天，一有空闲，便让严鸿陪伴着在村里各处转悠。

他先是去了毓庆堂。这是介桥严氏九世祖严竹坡（1358—1431）创建的。严嵩的高祖严孟衡当年回乡休假时曾在东厢房住过，所以，严嵩一进祠堂便到东厢房看了看。这两天，他自从进了村，便有一群小孩跟着他转。他从东厢房出来，便看到有两个细伢子同时站在一根柱子上你抓我我扰你地转来转去。这一幕情景打开了他童年记忆的闸门。

有一天，有一位秀才来找严嵩的爷爷严骥。有人指着小严嵩说，这是他孙子。那秀才叫小严嵩去找爷爷来，小严嵩正抱着柱子团团转着玩的欢，说等一会。那秀才等了好一会，小严嵩却还是兴犹未尽。那秀才埋怨道，你这细伢子怎么玩个没够呀，手扳屋柱团团转。没想到小严嵩立即从嘴里吐了一句：脚踏云梯步步高。这秀才吃了一惊，没想到这孩子答的与自己那句话成了一个绝妙的对子。那时候，小严嵩还未正式上过学，是他父亲严淮抱在膝上认的字，祖父严骥捂在床头学的声律。又有一天，小严嵩与一群伙伴在屋场的空地上玩阁老请安的游戏，伙伴们都对着他朝拜。年约三十岁的叔父正好路过，不由嘲讽道：七岁孩童未老先称阁老。小严嵩立即反唇相讥：三旬叔父无才强作秀才。叔父又高兴又惭愧，催促大哥严淮赶紧送严嵩入塾上学。在村塾里，小严嵩活泼好动，时常叽叽喳喳，塾师用对子考问他：林间小鸟到天明，说尽多般。小严嵩稍一思忖便答道：海上大鹏遇风起，扶摇万里。小严嵩以对子扳倒秀才和老师的事很快传到县衙，知县莫立之感到惊讶，半信半疑，特地到村塾，想亲自见识小严嵩。知县先出对试探说：山环绕，水萦回，何人钟秀？小严嵩对答说：天开辟，地立泰，我辈登庸。莫立之听了很是惊讶，想不到这孩子对答得如此雅趣。他急于要难倒小严嵩，头上不由冒出汗来，便打开折扇扇了起来。他见扇面上画着鱼儿戏草，灵机一动说：画扇画成鱼游草，扇动鱼游。小严嵩低头思索，见自己的鞋上绣着凤凰穿牡丹，便顺口对答：绣鞋绣出凤穿花，鞋行凤舞。县令大喜过望，县内竟真有这样的神童，便慨然允诺，特将小严嵩招到县学就读。到了县学，又专门组织几个儒士考小严嵩。有人指着高耸的校门出对：儒门高耸入云，独此沉！小严嵩一抬头看到了云彩，立即联想到日月，便脱口对出：圣道流行照日月，问何迟。英立之调走后，曹忠继任知县。一次，省提学使敖山视察分宜县学，他听说神童一事，便要十岁秀才严嵩跟随。来到钤冈岭上，敖山指着四周山峰考严嵩：四顾好山皆入望，削碧攒青。十岁严嵩看到山下浩浩荡荡的袁河水应对说，一湾流水足陶情，流表溅玉。敖山击掌叹服。曹忠也想显露一下，面对波涛汹涌的袁河出对：三级浪中，看尔龙门一跃。他吟咏完了笑对严嵩等待着接对。十岁严嵩立即俯身下拜说，九重殿上，容臣虎拜三呼。在场的官员无不啧啧称奇。因此，他们责成县学给予严嵩最优厚的待遇，不仅免了全部膳食和束脩，还另给赏赐。曹忠还让儿子与他一起住宿，一道上学……

往事的悬想让严嵩有些失神，他不觉脚下滑了一下，好在严鸿一直挽扶着他。他凝神一看，祖孙俩已走到了上进祠堂。这里的地面之下有一方泉塘，泉水终年喷涌不息。介桥严氏祖辈将这里视为仙地，所以才在上面建祠堂保护，并且开掘了暗沟引出泉水，并在祠堂的东北侧不远处造了一口方井。有时，会从方塘中游出白鲶来。介桥人说，这是它在泉塘中不见阳光所致，千万不要惊扰它。当地姓严的人都不吃鲶鱼，因为在他们的口音中鲶与严谐音。严嵩从小就遵循这一习俗。

从毓庆堂出来，祖孙俩又往村东面走去。来到偏东地段时，看到屋墙上有一幅大象图。严嵩记得这房子叫瑞竹堂，是他启蒙拜师的地方。但是，这墙上的大象图以前是没有的。江南一带没有大象，也鲜有人在墙上画像，这里为何有呢？……他想起来了，嘉靖十九年（1540）农历二月十五日深夜，他正在值庐当班，忽然伴随着一阵大风一头大象破门而入，他吓得坐在卧榻上不敢乱动。那大象围着卧榻跺脚咆哮。过了好一阵养象人才闻声赶来，把象牵走。当时的西苑饲养了许多稀有动物，供皇上观赏。这次严嵩虽然有惊无险，还是吓出了一身冷汗。当夜，他写下了一首《纪象入室事》的诗：

独宿值庐逢象鬭，忽来入室遶床鸣；
平生危险更尝遍，事合惊时亦不惊。
猛象咆哮君合避，只须屏息坐帷中；
汉舟几覆心无怖，记取程家主一翁。

严嵩思忖，也许是儿子世蕃回乡修万年桥前后，叫人整修这屋子时雕绘上去的。

介桥村距县城不到二十里地。严嵩这次回乡没有告诉官方，但他回来的消息还是被吹进了县衙。分宜知县黄思近赶紧派了一乘小轿将严嵩接进了县衙。两人寒暄后，严嵩问及分宜近年来的变化，黄思近便领他首先参观了新修的城墙。

黄思近引领着严嵩来到东门，远远就望见了高耸的城楼，走近城门仔细看时，发现城门非常厚实，墙壁都是用麻石砌脚，是用青砖一直到顶，极为坚固。黄思近介绍说，城门除了原来的四条，还新修了一条小北门。严嵩忍不住点头赞赏，连说了两个好字。

黄思近说，不是你老的大力支持和鼓励，小小分宜县，不可能有这么好的城墙啊！

严嵩谦和地说，为桑梓出力，应该，应该！

东门不远处，便是万年桥。一行人走出东门，便来到万年桥上。

万年桥建成于嘉靖三十七年（1558）十月，是严嵩个人捐资，由儿子严世蕃督造建成的，前后历经两年。这座桥有一千二百尺长，二十四尺宽，有十个桥墩，十一孔。桥身设计参考了卢沟桥，卢沟桥也是十墩十一孔。桥的两侧都有坐柱栏板，都有雕刻。卢沟桥立柱上刻的是石头狮子，共有四百八十五个，形神各异，均栩栩如生。万年桥立柱上的花样更多，龙、虎、狮、象、仙鹤、凤凰……还有海棠、牡丹……真可谓珍禽异兽奇花仙草包罗万象。桥身非常结实，桥墩上嵌有吸水兽，张着大口，似乎要将袁河水吸进肚内。迎水面则有金刚分水尖，似大雁展翅，迎水翱翔。

为了建好这座桥，严嵩记得，他亲自到江浙一带考察，征集石匠到江苏江都县采伐石料，这些石料都很大一块，先用大船运抵鄱阳湖，再顺赣江到樟树，转袁河到分宜。袁河水浅，便改用数百只小船装运才抵达分宜。如此长途运输，途径三省，动用船只数百艘，若不是严嵩下了决心，其时只有三万人口的分宜小县，是不可能完成这一工程的。这座大石桥共耗银一万余两，全由严嵩个人捐助。大桥建成后，分宜县派人赴京向严嵩汇报，并请示桥名，写一篇文章。严嵩想到这是万人之缘、万年之利，便取名为万年桥，写了《万年桥记》，刻于巨石矗立桥头。

万年桥的落成，使分宜古城钤阳镇成了连接袁河南北的主要通道，是新余、分宜、宜春、安福之间相互连通的重要枢纽。严嵩亲眼看到了万年桥的风貌，心里很是高兴，这喜悦，使他前些日子闷在心中的怨气顿时烟消云散。他望着两岸的远山近树和城镇阡陌,心中荡起一种从未有过的喜气。他来到《万年桥记》碑文前，默诵了一遍碑文，对黄思近说，现在再没有人找人诉说行路难的苦楚吧?

黄思近点头说，桥头那边的石板路一直通到了安福呢!

黄思近知道严嵩隐居于家乡时，常与友人纵情于山水，第二天，便叫了一条小船，陪同他沿着袁河畅游了钟山峡一带的江面。归来后，严嵩诗兴大发，作了《新作溪上小舟》:

近溪因学置扁舟，玩水寻山得自由;
好是中朝谢荣宠，归来真作五湖游。
傍城迤逦山圜郡，隔岸依稀柳映堂;
都以行踪避廛市，拟将幽意寄沧浪。
水碧沙明枫叶秋，短蓬孤棹自黄犹;
考翁已自忘机事，溪上时来狎野鸥。
天外远蓬浓似黛，沙边澄水碧于苔;
西溪来往无人识，北馆萧间领客来。

也许是告别了官场的虚伪应酬，免去了那些浮华俗气，他回到这山清水秀的故乡后，唤起了他的童真，他的诗风又返朴归真了。后人论诗，都认为他辞官南归后的《南还稿》极有诗情画意。

严嵩在分宜没有盖房，他在县衙逗留了几天后，便与严鸿到宜春去了。十几年前，他就叫儿子在这里盖了一栋悬车堂，以备告老还乡时居住。现在兑现了，可惜只带回一个孙子。他本不想惊动官府，但郡守周公还是带了几个随员前来问候，并设宴欢聚。严嵩感慨又发，写诗道:

乡园此日逢佳节，对客哪能不举杯?
杜老未应悲怅望，陶翁初喜赋归来。

云岚绕郭山能近，露芷含芳菊自开。

乘兴且复酬酩酊，起看新月重登台。

过了几天，郡守又来看望他，并带来一张《劝农图》请他鉴赏。他观赏后很是兴奋，在画上题诗：

桐花初发雨初晴，处处惟闻布谷声。

正是宜阳贤太守，彩旗风里劝春耕。

王政由来在重农，使君忧国愿年丰。

皆言此且安民乐，禾黍秋登四境同。

严嵩回到宜春后的日子，好比老牛拉磨，转了一圈又一圈，八十三岁很快就过去了。自己的生日又到了，但没有人再向他祝寿。八十四岁的严嵩犹未忘记向比他小二十七岁的皇上祝寿。他派人去京师送上贺礼，并将《南还稿》数十首诗恭恭敬敬地抄录下来，送给皇上赏鉴。朱厚熜看了后，不知是引起了共鸣，还是逢场作戏，竟然回了一首诗，派专人送往袁州：

忽记江南一老牛，如何一去两三秋？

主人何事亏损你，鞭者绳牵不转头！

朱厚熜的诗虽然浅显明了，但严嵩却反复捧读，热泪盈眶，不忍释手。他好几天夜不能寐。难道皇上真的还在怀念我，希望我转头去？……他摇头却又颔首，他扪心自慰：不管怎么说，皇上总还是在怀念我。于是，他回了一首诗：

老牛经历几多年，力倦神衰只好眠。

背上犁耙拖不动，主人何事又加鞭？

第二十四章

凄惨离世

人的灾难，无非两种：一是自然因素的天灾，二是人为因素的人祸。天灾尚可躲防，而人祸却常常难以逃避。

能与皇帝亲密交往当然是一种无上的荣耀，但是，严嵩与朱厚熜的书信往来，在徐阶的眼里却成了一种威慑。皇上既然这样念念不忘这头老牛，万一哪天真让他转头，那可不得了。严嵩还有一个聪明能干的儿子，他下台前还想推荐给皇上专奉青词，皇上即使不叫严嵩回来，让他儿子放到身边专奉青词也不得了。不行，必须将他打入地狱让他永世不得翻身。

于是，徐阶让儿子徐璠出面，召来他需要的人到家里聚会。

赶来聚会的客人都知道主人召集他们的目的，因而都有一种压抑感。尽管各自都在谈天说地，却都不愿引爆那个话题。

邹应龙更是大口大口喝闷酒，不知不觉就醉了。没人再为他斟酒，他便抓起酒壶要自斟自酌。沈良才想要拦住他，他一把推开，仰起脖子又干了一杯，仗着醉意发起了牢骚：我，我……真是想不开，皇上竟然批复了我弹劾严嵩父子的奏疏，还奖励了我，为何后来却又说，今后如再有敢言者，连我一起问斩！我……我成了什么人啦！皇上的心思真难捉摸呀！……他抓起酒壶直接往嘴里灌。

王世贞一把抓住他双手，夺下酒壶说，邹大人，你暂时歇歇，先听我说几句。

邹应龙醉眼朦胧地问，你想说什么？

王世贞先是大声称赞邹应龙：邹大人，你敢做敢当，王某钦佩你的作为。继而压低嗓门说，斩草不除根，春来又复生呀！

邹应龙点头说，王大人你说得对。这斩草除根的事，还得请徐阁老拿主意。

沈良才在一旁听了，感到疑惑不解，说，严嵩已经八十多岁了，还会回来当官吗？

王世贞说，他这棵大树可是盘根错节，他有那么多门生故旧，位居要津，有一个得势，我们就吃不消！

徐璠说，那……怎么办？他望着王世贞、邹应龙和沈良才等人，众人面面相觑，不知如何是好。

王世贞说，这还得请徐阁老拿主意。

徐阶起初出来和众人见了面，后来以有事为由回到内室去了。徐璠受众人之托到内室将他扶了出来。王世贞将刚才众人的议论向他叙说了一遍，末了说，这事关系重大，还望阁老你把舵，才有方向。

徐阶听完，莞尔一笑，略一思忖，说，真要把这棵大树从根上扳倒，须得砍三刀：第一刀务必剪除其同党，第二刀必要劈倒胡宗宪，第三刀定要斩死严世蕃……

有人插言问：那严嵩呢？

徐阶淡然一笑说，他老朽了，这根烧了八十多年的老残烛，摇摇晃晃的还能晃几天？

在徐阶的策划下，言官们分头行文：御史郑洛劾大理寺卿万文案；林润劾刑部侍郎鄢懋卿；给事中赵灼劾工部侍郎刘伯跃、刑部侍郎何迁、右通政胡汝霖、光禄寺少卿白启常、副使袁应枢；给事中沈淳劾湖广巡抚、都御史张雨；给事中陈瓒劾谕德唐汝揖，国子监祭酒王材……

徐阶叮嘱，这些劾词要分期上奏，切不可同日。这是吸取吴时来、张羽冲、董传策三人同日上疏的教训而定的。

徐阶收到这些弹劾奏疏之后一一票拟要罢官，朱厚熜都同意，一下子罢掉了几十个。有句古话说，一朝天子一朝臣，皇帝没换，只换了首辅，竟如改朝换代似的一下就更换了一大批朝臣，这徐阶的手段实在令人刮目相看。他深谙除恶务尽的古训，而且不打倒一批，他想扶植的那一批，往哪里放呢？

在这次洗换朝臣的过程中，徐阶发现了一员难得的干将——林润。

林润字若雨，福建莆田人，与邹应龙同年中的进士，在南京任御史。他见邹应龙弹劾严嵩父子而得宠，心里发痒。这次他弹劾严嵩的亲信鄢懋卿，罗列了五条罪状，但条条都是大帽子，没有具体事实，朱厚熜也就留中不用，没有采纳。因此，他很苦恼、恐惧、彷徨，每天食不甘味，寝不安枕，担心遭报复。

一天，林润正在家中独自喝闷酒的时候，来了一位不速之客。这客人不是别人，正是接替严嵩的当朝首辅的大公子徐璠。

徐璠与徐琨兄弟俩这次奉父命南归，是负有特殊使命的。一是找南京的御史进一步弹劾严嵩父子，二是进一步扩张自己的庄园，收购一批田产。这两件事互不关联，如果都办成了却是相得益彰。两兄弟的分工是，徐琨去老家，徐璠留在南京。南京的御史、给事中有好几个，但徐阶叮嘱徐璠，最好是找林润，因为林润弹劾过鄢懋卿。徐阶认为他有胆 识，可以进一步利用。

林润放下杯筷，将徐璠迎进房内。寒暄过后，问徐璠，公子何事光临寒舍？

徐璠虽是有意来找他，却又要卖关子，说大人猜猜看。

林润摇头说，大公子巡游天下，总不会是特意来找我吧。

答璠笑道，算你说对了。

林润有些受宠若惊，问道：为啥？

徐璠说，家父敬重你的胆略，别人都不敢摸严嵩，只有你敢摸。金陵第一人啊！

林润苦笑说，我就不理解了，我连一个鄢懋卿都扳不倒，怎么还能扳倒严嵩？

徐璠说，若雨兄放心，鄢懋卿笃定要倒了，已经有人检举他贪污盐税几万两，他能跑得了？

林润击掌赞叹：这就好，这就好！哎呀，我正为这事寝食不安，怕他报复呢。

徐璠说，不必担心。真要担心的还是严世蕃。这个丑八怪不倒，说不定什么时候还会给你穿小鞋。

是吗？林润又有些惊慌了。他眉头一皱，想想又说，他不是已经戍边了吗？还能再起来吗？

徐璠说，他本来是要去戍边的，但他跑掉了。

啊！林润很是惊讶，不可能吧？

徐璠说，家父得到情报，说严世蕃已经从戍所处跑回来了。

林润还是半信半疑，说，你能不能详细说说？

徐璠说，严世蕃本应押到雷州去的，但他在半路上就跑回去了。严嵩现在就住在袁州，所以他肯定也到袁州去了。罗龙文从广西跑回去了，躲在安徽老家。

林润说，这可是罪上加罪。

徐璠说，现在这点罪名还不够重。即使再把他们捉住，也不能把他们怎么样。他们有钱，还会上下疏通，再跑回去。

林润泄气地说，这么说，那岂不是没办法治他了。

徐璠轻轻拍了林润的肩膀：这就要看若雨兄了！

我？……林润苦笑道，我有何能耐！

徐璠笑道，家父说，你如果能进一步弹劾他，定可收邹应龙未果之功，立百世之勋业。

林润立即热血上涌，兴冲冲说，这进一步弹劾的文章该怎么做？

家父的意见，只有在通倭与犯上这两个方面做文章，才能真正扳倒严嵩父子……

这可是难呢！

你好好想想看。

林润紧扭着眉头苦苦地思虑了一阵，忽然一拍大腿说，有了！

为何有了？

罗龙文是王直的亲戚，他是在胡宗宪手下干事，又是受胡宗宪派遣去找的王直，胡宗宪又是严嵩手下的大红人……

徐璠击掌赞叹，若雨兄真聪明。

嘻嘻嘻嘻！……

哈哈哈哈！……

林润与徐璠在房里笑，声如炒豆。

严世蕃确实回到了宜春，也确实是花钱买通了驿卒，未受缧绁之苦，只在广东北部的南雄县住了两个月，就脱离了羁绊，北行沿赣江转袁河到宜春。当他进入悬车堂家门出现在严嵩面前时，严嵩如坠幻境。直到严世蕃连叫他几声，他才惊喜地说，东楼，真的是你？

严世蕃扶住他说，爹，是我，我回来了。

严嵩说，回来了好，回来了好。稍一悬想，又问：你……怎么就回来了？

严世蕃便将他逃回来的经过概略地告诉了他，他立即拉下脸说，不行！你这样回来只会罪上加罪。既然回来了，就养息几天，赶紧返回去。

爹，我好不容易逃出来，你忍心让我回去遭罪呀？

遭罪也没办法，谁让我父子俩落到这地步呢！

严世蕃仍旧苦苦哀求说，这几个月我虽然没像其他囚犯那样遭罪，可总还是吃了不少苦头。爹，你就看不出来我现在是又黑又瘦吗？

孙子严鸿也在一旁为父亲帮腔求情，说，爷爷，我爹既然好不容易逃回来，爷爷你就让他在家待着吧，只要躲在家里不露面，我看也出不了什么事。

严嵩仔细打量了儿子一遍，感到他确实黑瘦了不少，叹了口气说，那你就只能躲在家里不准出去，好好在家里养好了身子再说。

没过多久，罗龙文也找来了。严世蕃一见到他，两人便又哭又笑地抱在一起。

末了，严世蕃问，你是怎么逃脱的？

罗龙文说，广西那边的山里，到处有洞，我逃进一个洞里躲了整整两天。

他们不知道进洞来找你？

找了。那洞有十几里路长，我随便往一旮旯里钻，他们根本就没办法找。呃，你呢，是怎么逃回来的？

严世蕃笑笑说，我的办法还不是那句老话——有钱能使鬼推磨。

两人又哈哈大笑。笑完。严世蕃说，咱俩又在一起了，走，喝酒去！

过了几天，严嵩收到京师来的信，是徐阶派人送来的。徐阶在信中告诉严嵩，说严嵩的《南还稿》与《祈鹤文》都呈送给皇上了，皇上很是高兴，因此特意来信表示祝贺。

人常常在吃了蜜糖后忘了苦味，严世蕃看完信之后说，我原来怀疑徐阶在害我们，这么说来，不是他害的。

严嵩附和说，两家毕竟是亲戚嘛！

过了几天，又接到从京师来的信。这信是严绍庭写来的。严绍庭在信上说，既然祖父回到了家乡，几兄弟都想叶落归根，回到袁州来住。严嵩一向喜欢儿孙满堂，全家欢聚，便喜不自禁地说，他们愿意回来就回来吧，我高兴。

严世蕃说，如果他们都回来，这悬车堂小了点，得再盖上好些房子。这周围的空地，也要整治一下，种上些花草树木，用围墙围起来这才像个致仕首辅的样子！

严嵩也表示同意，叫来了二管家严东，将营建任务分派给他。以前这类事都是大管家严年办的，但他在京师被点名卷进去了。严嵩叮嘱严东，说锦衣卫密探多，千万别暴露了公子。严东会意，说一定不让外人随便靠近。

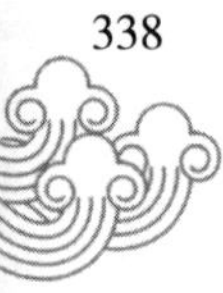

几天后，悬车堂门外，几十名泥木工匠在施工，加上搬运砖瓦木料，挑泥送灰的小工，上百号人来来往往。严东牢记严嵩的话，尽量不要让不相干的人靠近。

一天，一个颇像文士的人来到悬车堂门前，想绕过工地来窥测。严东远远看见，主动迎了上去探问说，先生你来找谁呀？

那人反问说，你家大公子在吗？

严东知道他是在打探严世蕃的下落，有心戏弄说，在呀。

那人脸上喜不自禁地露出了笑容，说，我有事找他。

严东说，你在这里等着，我去把他叫来。过了一阵，他把严鸿带来了。那人看了两眼说，这不是大公子。

严东说，我家老爷一个儿子，八个孙子，他是老大哇。

那人连连说，不是不是……

这时，两个木匠抬了一根木头过来，严东有意要吓唬他，大叫一声：小心撞了头。

这人赶紧倾身缩头躲避，却将帽子掉在了地上。严东领头哈哈大笑。此人受到嘲弄，恼羞成怒，拉下脸呵斥道：笑什么？有什么好笑！

等他走后，工匠中有人认得他，是府衙里的推官。

这推官名叫郭谏臣。郭谏臣是受林润的派遣来打探严世蕃下落的。回去后，添油加醋地禀报:严嵩父子以修缮府第为名，聚众至四千人，变且不测！

林润得到这一汇报，高兴得不得了。这回可有文章做了。他立即上疏飞报，将严世蕃、罗龙文的罪过尽量放大：

……不自悔恨，反怀怨望，蔑视国法，不赴戍所;臣巡视上江，江洋盗贼，多入逃军罗龙文之家。

罗龙文召集恶少，出入靡常……卜筑深山，乘轩衣蟒，有负险不臣之意。

严世蕃家居不法！愈肆凶顽，暴横乡里，不异其在朝……或肆讪毁，或纵淫乐，或夺人财产；乡里讼冤官司，动以百计。

严世蕃还日 夜与罗龙文诽谤时政，动摇人心。近又假藉治第，聚众至四千人……道路指言，两人通倭，变且不测！

最后强调说：

以世蕃之逆，济以龙文之险，踪迹莫测，祸机所伏。乞逮至京师，早正刑章，以绝祸本。

徐阶见奏大喜过望，这回终于要成功了。他立即票拟：从严惩处。

朱厚熜看了林润的劾奏，气愤异常，通倭变且不测，这还了得！这与一般的贪赃枉法可不一样，这可是想翻天呢！立刻批示：

以世蕃、龙文即付润，逮捕至京。

有了朱厚熜的谕示，徐阶立即部署：分派林润带兵进驻九江上下策应，又令袁州府推官郭谏臣负责逮捕严世蕃，徽州府推官栗祁负责逮捕罗龙文。两道命令都由锦衣卫缇骑专送，克日出京。

严嵩的孙子严绍庭那时候尚在锦衣卫任职，他探得这一绝密情报，立即派人火速南下。因此，在通往江西的驿道上，飞驰着两匹战马，骑者的目标相同，使命截然相反：

一个是锦衣卫命官，奉命传谕袁州府，立即捉拿严世蕃。

另一个是严绍庭的家臣，奉命告诉严世蕃，赶快躲避。

严世蕃得到报信，正准备出门去躲避，悬车堂就被郭谏臣带领的兵丁团团包围了。

那天，罗龙文也在悬车堂内，两个人都被逮住了。郭谏臣喜不自禁，他想不到一箭双雕。

南京给事中陆凤仪劾奏胡宗宪十大罪，朱厚熜起初看了奏疏很生气，因而批复了。徐阶便又派出一支人马前往江南总督府逮捕胡宗宪。

在弹劾胡宗宪的十大罪状中，其中一条是贪占军费三万三千两。在此之前，给事中罗嘉宾曾经盘查过几位官员侵盗军需的具体数字：

督察尚书赵文华十万四千两，已作处理，作为其罢官回家的一条理由。

浙江巡抚阮鄂侵盗五万八千两，已免职罢黜为民。

总督周琉侵盗二万七千两。周琉仅在位三十四天，并且无所作为，却贪污这么多，实在惊人，处分却不重，仅削职为民。

胡宗宪担任总督五六年，在平倭斗争中，战功赫然，花费很大，如计擒徐海、王直……这点钱实在算不上贪污。于是，他上疏自辩。朱厚熜见奏后，也认为不宜追究，批示说：宗宪非嵩党，朕拔用八九年，人无言者。自累献祥瑞，为群邪所嫉。且初议获直，予五等封。今若加罪，后谁为我任事者？其释令闲住。

胡宗宪擒获王直，本来可以连升五级，他没有升，已是亏待了，现在还要加罪，今后哪个还会给皇上出力？这一点，朱厚熜看得很准，故而只免去他的官职。自此以后，江南再没有设总督。

胡宗宪回到老家安徽绩溪后，又有人上告，说在罗龙文家中抄出一封胡宗宪的信，因而说他与罗龙文的瓜葛有通倭嫌疑。便又将他关进去了，并且动了大刑。

胡宗宪理直气壮地否认通倭之嫌。

锦衣卫头目拿出从罗龙文家抄出的那封信说，这是你写的吧？

胡宗宪毫不避讳：是呀，怎么啦？

锦衣卫头目扬鞭威胁道：罗龙文通倭，你却给罗龙文写信，不是通倭是什么？

胡说！胡宗宪大怒，凛然驳斥道，罗龙文那时是我的部下，我给他写信，是正常的工作关系。罗龙文为擒王直，立下了头功。他如果是通倭，王直还会来束手待擒吗？他如果通倭，早就跟王直跑掉了……

因为信中还牵扯到严世蕃，那锦衣卫头目又说：那……严世蕃呢？

胡宗宪又怒斥道，严世蕃压根儿就没有到过沿海前线，又何通倭之有？

锦衣卫头目见来硬的不行，便软硬兼施，他拿出早就写好的招供状诱逼说，你只要在这上面签个字，就可以出去！

胡宗宪忍不住发出一阵冷笑，知道这些人为了逼他就范，无所不用其极，说，我胡宗宪枉为抗倭卖命，想不到今日会死在小人手下！说完竟一头往墙上撞去，顿时鲜血喷溅……锦衣卫的人连忙捉住他的手指，往那自供状纸上按……

严世蕃成了阶下囚，林润的胆子就更大了。他为了进一步网罗罪状，以便从根本上告倒严嵩父子，他那支笔成了一条长刺的藤蔓，弯弯绕绕，生发出应有尽有的枝枝叶叶。

林润这次上疏，其矛头首先仍旧指向严世蕃：

世蕃罪恶，积非一日，任彭孔为主谋，罗龙文为羽翼，恶子严鹄、严珍为爪牙。

在南昌，他认定省会官府仓库之地有王气，遂将库房全部拆毁，在库基上建造殿堂，直栏横槛，峻宇雕墙，巍然朝堂之规模也。为修此宅，吞宗藩府第，夺平民房屋，开凿穿行城区湖地，以像四海。

在袁州，则营建了五府。南府居鹄，西府居鸿，东府居绍庭，中府居绍祥，而嵩与世蕃则居相府。这五府的规模有多大呢？廊房回绕万间，店舍环垣数里！呵，这林润真会编造，照他所说，岂不比皇城还大？紫禁城里的房间一共才九千九百九十九间半啊！

接着又写道：

在宜春招四方之亡命，为护卫之壮丁。轰动分封之仪度也。这一句，林润是很用了心思的，严嵩父子竟敢行分封之仪，这还了得，他揣摩定然能扣动嘉靖的心弦。继而他进一步阐发：

总天下之货宝尽入其 家，倾天下之库藏莫比其蓄，世蕃已逾天府，诸子各冠东南。虽豪仆严年，谋客彭礼，家资亦称亿万。

接着，又联系到民风，说：

民盗之起，职此之由。还说，严世蕃自己也说，朝廷无如我富。粉黛之女，列室骈居。衣皆龙凤之文，饰尽珠玉之宝。张象床，围金幄，朝歌夜弦，宣淫无度，而曰：朝廷无如我乐。

联系现实，还是絮絮叨叨叙述严世蕃在袁州的所作所为：

蓄养家丁已逾二千，招纳亡叛更倍其数。以造房为名而聚四千之众；以防盗为名而募数千之兵。精悍皆在其中，妖术并收于内。旦则伐鼓而聚，暮则鸣金而解。

为了编造得煞有介事，还点了一些人的名字：

郭宁三、刘湘谊、洪斗、段四、严艮、严艮一、严艮二……数十百人，明称官舍，出没江、广，劫掠士民。其家人寿二、银一阴养刺客、昏夜杀人，或受人投献而欧伤人命，或夺人田地而负累赔粮，或夺人之房基而指价不与，凡此皆世蕃之党令，彭孔之主谋。

袁州一府四县之田，七在严而三在民。这笔田产真要折算起来有几百万亩。林润列不出具体数字而又要扣一顶大帽子，只好以三、七开论之。

林润还编造：

夺人子女，诱人金钱……半岁之间，事发者二十有七，不可谓不多矣！

最后，林润顺藤摸瓜，矛头直指严嵩，称严世蕃以一人之身而总群奸之恶，其父亦不能逃其罪责：

严嵩不顾子未赴伍，朦胧请移近卫，既奉明旨，居然藏匿。这是以国法为不足遵，以公议为不足恤。既知之，又曲庇，此臣谓嵩不能无罪也！

徐阶接到这一奏疏后，立即票拟，提议从重拟罪。朱厚熜看了，果然龙颜大怒。哪一个皇帝都一样，最不能容忍的是有人要谋反，严世蕃通倭谋反，这还得了！命令三法司从严审讯。

严世蕃起初被押回京师时，还不以为然，认为自己又没犯死罪，大不了再押回戍所吃些苦头而已。直到三法司轮番逼问他通倭谋事时，他才紧张起来。这两个罪名，只要招认一个，就脑袋难保。

严绍庭前来探监，他花钱买通了狱卒，才允许提些酒菜进来的。他见父亲又黑又瘦了，忍不住哭了起来。严世蕃已经多日没见酒肉了，今天闻着这喷香的荤菜香气，竟像饕餮似的端起酒壶说：我还没死呢，哭什么？……随即压低嗓门问，你在外面听到些什么消息？

严绍庭便将朝廷上下甚至一些街谈巷议都叙说给父亲。当严绍庭说到，有人议论沈炼、杨继盛都是严嵩父子坚持要杀的这话时，严世蕃两眼顿时贼亮贼亮。刹那间，他停下了咀嚼，神魂都飘荡起来。

严世蕃笑了笑，灌了几口酒，悄声说：你出去后，就跟人说，你亲自听我说的，这沈炼和杨继盛就是我和你爷爷坚持要杀的……

不不不！这怎么能说呢。

你就照我说的去做。

这不更加重了你和爷爷的罪过了吗？

我让你这样去做，你就去做！

不，打死我我也不这么说。

严世蕃知道这儿子一时还不能明白他的用意，便又压低嗓门说，你这样说了，我就能出去了。

为啥？严绍庭还是不能理解。

严世蕃又悄声道：这两个人实际上都是皇上要杀的，三法司如果旧事重提，等于揭了皇上的短。皇上必定责怪三法司而宽恕我们。明白了吗？

严绍庭这才点头说，好，我一定照你吩咐的去做。

末了，严世蕃交待：这话一定要传到三法司的人耳朵里去。

我知道了。

严世蕃继而喟然长叹，说，受贿的罪名恐怕免不掉了。不过，这倒是不打紧，这是官场通病。行贿受贿都是你知我知天知地知，别人是抓不住把柄的，而且人情往来的界限也划不清楚。就拿他们攻击我受贿的几件事来说，任他翻江倒海，也查无实据。所以嘉靖爷从不惩办受贿的官员。他喝了口酒又叹息说，但是这通倭的罪名，一定要设法去掉。

严绍庭问，怎么去掉呢？

严世蕃想了一会，说，别人都难办到，只徐阁老才方可办到……

严绍庭说，我去找贞贞商量商量。

严世蕃说，贞贞太小，你别去找她。

严绍庭又说，我认识他家门客杨豫孙，要不我去找他试试看。

呃，这倒是条路子。严世蕃叮嘱说，你可要小心行事。不要怕花钱，送个几万两给徐府……

严绍庭回去后，布置家人分头活动，要他们按照父亲的嘱咐，散布传言。自己约了徐阶的门客杨豫孙在一家酒店进了雅座间。那杨豫孙精明得很，严绍庭刚敬了一杯酒便笑问道，公子今天找杨某来，是否有什么事要办？

严绍庭便为父亲被诬通倭谋反事叫冤，希望他能帮忙，请徐阁老将这一罪名拿掉。

杨豫孙连连摇头，这罪名如千钧重帽、戴上去就难卸下来了……

严绍庭会意，从身上取出一大一小两张银票，将那张小的推到杨豫孙面前，说，我知道是难，事已至此。无论如何也要请徐阁老帮这个忙，我们两家是亲戚，请先生美言，相信他会帮这个忙。

杨豫孙说，这事情关系重大，我试试看吧。杨豫孙将那张大银票送给徐阶，徐阶连连摇头说，使不得，使不得。不想接受。

杨豫孙说，阁老如果不接受，严家一定会怪你不帮这个忙，还是收下为好。

徐阶这才接过银票。俗话说，吃人家的嘴软，拿人家的手短。既然收下了这么大一笔银子，就要设法去办。于是又问道，这通倭谋反的帽子既已戴上了，还真难拿下来呢。怎么办？

杨豫孙笑笑说，阁老还真想替他办哪？

怎么，不办？

杨豫孙说，你不收这银票，严家人一定会怨恨你不肯去办，可你真要这么做了，众人就又会说，这事一定是你办的。为了消除众人猜疑，这通倭谋反的罪名不能除，还是杀了他为好。

徐阶望着杨豫孙笑了笑，点头说，对，无毒不丈夫，这话不知是为了激励自己还是在嘲骂杨豫孙。

刑部尚书黄光升、左都御史张永明、大理寺卿张守直听信属吏们吹风，果然将诛杀沈炼、杨继盛的罪名加进拟罪书，作为结案材料，送首辅徐阶审阅。

徐阶看完后，露出一丝冷笑，说，你们这案子办得真不错呀！

三个人面面相觑，不知他是称赞还是嘲讽。

徐阶看出这尴尬，悄声说，大堂不便说话。随即屏退左右，将三人引进内室，关上房门问道：你们是要他生呢，还是要他死？

黄光升说，加进沈、杨这一条，就是要严世蕃抵命。

徐阶摇头说，诸公差矣！随即将沈炼、杨继盛两案的情况简要地叙说了一遍，末了警示说，如果再提这事，必将触怒皇上，你们也会牵连进去，而严公子却会大摇大摆地出去。

三个人这才愕然省悟，感到案子办糟了。

张永明望着另两人说，怎么办呢？

张守直说，还是请徐阁老指点吧。

黄光升附和道，还真是要请徐阁老指点迷津了。

徐阶说，奏本应该以林润的原疏为蓝本，着重他在聚众谋反这方面做文章。事不宜迟，得赶快写，千万不能让严府的人侦知了。

三个人你看我我看你，黄光升使了个眼色，便齐声说，还是请徐阁老挥椽笔。

徐阶这才从抽屉中拿出一份早已写好的奏疏说，我早已拟好一份，你们看看怎样？

三个人看了，都认为高明，比他们所拟的那份拟罪书强多了，一致同意按徐阶的上报。

徐阶说，以我所拟的上报可以，但不能以我的名义，还得以三法司的名义。我早给你们打过招呼，要你们带印鉴来，带来了吗？

三人都点头说带来了。

那好，赶快誊写。徐阶说着，便叫来中书舍人，进密室抄写，再钤上印鉴，上呈皇上。

严世蕃一直蒙在鼓里，他认为只要三法司中计，他就可以安然出狱。

经过徐阶修改的三法司狱词，除历数严世蕃贪赃枉法、僭越奢侈、败坏朝政等罪状外，还着重强调其聚众谋反，及勾通倭寇与北虏的谋逆罪。原文如下：

……陛下曲赦其死，不思引咎感恩，仍怏怏怀怨望……召集四方亡命奸盗及一切妖言幻术，天文左道灾害徒至四千余人，以治宅为名，阴延暗晓兵法之人，训习操练。厚结刺客十余人，专令报仇杀人，慑制众口。至于畜养奸人细作，无虑百数，出入京城，往来道路，络绎不绝。

罗龙文亦召集王直通倭余党五百余人，谋与世蕃外投日本。其先所发遣世蕃班头牛信（严府轿夫班头，已发配山海卫充军），亦自山海卫弃伍北走，拟诱致北虏，南北响应。

世蕃子绍庭，以带俸锦衣在京，窝隐前顷刺客细作，朝夕侦伺。其父严嵩溺爱蔑法，留世蕃原籍，乃敢祟饰伪辞，奏其释戍，欺罔不忠，莫此为甚。

按世蕃所坐死罪非一，而触望诽上，尤为不道，请同龙文比拟子骂父律处斩。

最后是具体刑罚方案：

世蕃量追赃银二百万两，龙文二十万亩。所侵南昌仓地仍没入官；扬州第宅责令彼处官司变卖价银解部，其间强占民间田产，给还原主。其子侄通藉在官者，逆种恶流，法当削夺。逆党彭孔等侵匿科索等赃及朋谋亡叛等情，与其豪奴严珍一等窝赃、强盗、阴养侠客，霸夺人妻女、房产田地等等，宜悉下江西抚按，严提重究。

朱厚熜对奏疏中追缴其他赃物不甚上心，只对追赃银二百万两很是兴奋。二百万两，这可是一笔不小的款子，正好解了国库匮乏之急。事后才知道，这只是偏信了徐阶等人的一场空想而已。

真正让朱厚熜对严世蕃气愤的，是对通倭谋逆的指控。通敌造反，这还得了！他很吃惊，细细想来，却又难以置信，命令三法司再行核实。于是下了一道手谕：此逆情非常，尔等皆不研究，只以润（林润）疏说一过，何以示天下后世？其会都察院、大理寺、锦衣卫从公鞫讯，具以实闻。

徐阶接到朱厚熜的这一批复，略显踌躇。他将三法司的官员召集到值庐，告示了皇上对奏疏的批文后，问道，你们几位的意见如何？

三法司的几个人稍一迟疑，说，这事还是请阁老做主。

徐阶说，几位的态度，也早已袒露了，现在只有让他死，我们大家才活得安生。

几个人都附和，不知谁说，请徐阁老再起草一疏回复皇上。

徐阶说，你们稍等。说完，便到密室起草答疏。他在疏中坚定地说：事已勘实，其交通倭寇，潜谋叛逆，且具有显证。请亟正典刑，以泄神人之愤。仍然以三法司的名义上报。

既然事已勘实，且具有显证，朱厚熜批示，以交通倭虏，潜谋叛逆为主罪处斩，叛处严世蕃、罗龙文死刑，立即执行。严嵩及诸孙削官为民，抄没家资。

时为嘉靖四十四年（1565）三月，时年严世蕃五十三岁，严嵩八十六岁。

西长安街的严府内一片狼藉，哭声震天，一车车物品从府内搬出，一个个人犯从府内押走。

严府被抄没后，徐阶的孙女徐小贞回到了娘家，因为她没有家了。她是嫁给严鸿的。当初，徐阶为了讨好严嵩，让家人主动示好，要将她许配到严家，颇有政治联姻的意味。当时徐小贞还小，没多久，严嵩便被迫致仕回了南方，严鸿为照顾祖父也一同去了，这是嘉靖皇帝的谕示。当时，徐小贞愿意与丈夫同行，是严鸿劝她暂缓，说等他与爷爷安顿妥了，他再来接她。想不到这几年严家一年不如一年，最后到了树倒猢狲散的境地。

自从严鸿陪同严嵩去了南方老家，徐小贞便经常回娘家住，娘家还有她的房子。这次一回来，便闭门不出，一个人躲在房里嘤嘤地悲泣，任家里人怎么敲门，她也不理。后来，还是三夫人一面敲门，一面说了许多宽慰的好话，她才开了门。

三夫人进了门挨着她说，孩子，你到底遇到了什么难事，尽管跟我说。

……

是不是严家的事？

……

严家没了，还有咱们徐家呢。你尽管回来住好了。

谁说严家没了？徐小贞突然火冒三丈，我老公和他爷爷还在呢！

徐小贞的突然喊叫，把三夫人吓了一跳，但她耐着性子，接着说，可他们……现在都削职为民，什么都没有了……

命总还有吧？！

三夫人忍着一肚子气，嘲讽说，也就剩下两条命了。

多得很，那几个人虽说充边去了，皇上总不会把他们也都杀死吧。

就算还有人，也是七零八散，俗话说，树倒猢狲散……

这下，总算遂了你们的心愿了！

你这是什么话？三夫人生气了，拉下脸子说，好像是咱们害了他们似的！

就是！

什么？

……

你再说一遍……你是不是听严家人说了咱们徐家人的什么坏话了？

你们做的好事难道是人家说出来的？

三夫人又想发作，想想又忍下了，问道，贞贞，你到底听到些什么。

何止听到，许多事我都看到了。徐小贞说罢，又悲泣起来。

三夫人心慌意乱地出去了。他来到厅里，见徐阶和除璠都在，便把劝说徐小贞的经过告诉了他们，父子俩很是吃惊。特别是徐璠，心虚地说，这丫头，怎么会知道这些事呢？

三夫人说，自家女儿，出出进进的，哪防得了这么多。再说，严家人走到这一步，肯定会把罪过往咱们头上推。

徐璠很是疼惜女儿，说，丫头一天没吃饭，我去看看。

徐阶一直没吭声，这时才开口，说，好好劝劝她，别让她到外面去胡说八道。

半个时辰后，徐璠回来说，丫头好犟，不仅埋怨咱们，还说要到南方去。

徐阶夫妇异口同声地啊了一声。随即你看我我看你。稍倾，三夫人想想说，这也不奇怪，她要去找严鸿。

徐璠说，问题是严嵩还没死，万一……他欲言又止，他后面的话没说出来：万一严嵩以他女儿为证向皇上弹劾他父子，那后果不堪设想。

徐阶仍没吭声，只从鼻孔里发出一声冷笑。

三夫人惊惧地说，哎呀，那怎么办？

徐璠说，不能让她去！爹，你说呢？

徐阶说，你是她爹，你决定。

徐璠说，我已经劝了，她听不进去。要不，你老人家亲自去劝她。

徐阶说，你这个当爹的都劝不动，我又有什么办法？

徐璠说，她向来都听你的。

徐阶说，我试试看吧。

徐阶亲自做孙女的工作，力劝她不要去江西，可仍旧无功而返。这天晚上，他和三夫人嘀嘀咕咕商量到半夜。第二天一早，三夫人亲自做了一碗鸡汤端进徐小贞房里。她一改昨日的腔调，说，我和你爷爷思来想去，既然你一心要去江西和严鸿团聚，我们也只好同意。她拿出一包银锭放到桌上，接着说，盘缠也给你准备了。你要走，也该填饱肚子，先把这碗鸡汤吃了。徐小贞喜

出望外，她忍不住扑进三夫人怀里，喊了声三奶奶，就再也说不出话了。

三奶奶也哭了，她望着那碗鸡汤说，贞贞，我再问一句：你可以不去江西吗？

徐小贞摇了摇头。

三夫人便说，那……你先喝了这碗鸡汤吃点饭再走吧。

徐小贞早已饥肠辘辘，她捧起那碗鸡汤几大口就吞咽下去了。稍倾，她七窍流血，倒在了地上。

徐小贞既然是严嵩的孙媳，本应由严家来安葬。但是，她是不明不白地死在徐家，徐家也就不声不响地将她安葬了。谁让严家破败到如此地步呢。

这是一个与严嵩父子一案无涉却又与严、徐两家都很亲近的冤魂。这冤魂孤寂地躺在京郊的一个小坟里。

在钱塘江畔，有一座与严嵩父子一案有牵连的大坟。这坟内的主人便是曾经威镇江南的总督胡宗宪。他的坟前，常有人来祭奠。

一天，一个衣着褴褛、蓬头垢面的文士来到胡宗宪坟前，点上香烛，烧了一沓冥钱，又献上三杯酒。他祭拜之后，竟长跪不起，诵读了一篇祭文：

于乎痛哉！公之律已也则思己之过，而人之免乱也则当思公之功！今而两不思也以遂罹于凶，呜呼痛哉！公之生也，渭既敢以律已者而奉公于始。今其殁也，渭又安敢以思公者而望人于终！盖其微且贱之若此。是以两抱志而无从，惟感恩于一盼，潜掩涕于蒿蓬！

这诵读祭文的便是曾经为胡宗宪当过幕僚的徐渭。祭文他以他的狂草抄写在长卷上。徐渭的书法与明代早期书坛沉闷的气氛对比显得格外突出，他最擅长气势磅礴的狂草。这位名垂千古的艺术大师，自己认为书法第一，诗第二，文第三，画第四。他在祭文的后面还画了许多花草瓜果，末了，又画了好几只螃蟹。他诵读完了，便将长卷点着烧了，瘫坐在坟前，久久没有离去。他为胡宗宪的冤死悲痛欲绝，到了癫狂的地步，曾经自杀过。

沈明臣、茅坤也都来祭奠过。沈明臣在为胡宗宪立传，他的《胡少保传》已脱稿，又正准备写《胡少保平倭记》。茅坤写了长篇奏疏为胡宗宪鸣冤，请求恩恤，徐阶倒台后才得以批准，恢复名誉，并追赠了襄懋的谥号。

戚继光为抗倭斗争立下了赫赫战功。倭患平息后，他调到北方。他听到胡宗宪平了反，立刻千里南下，身披白盔白甲，来到老首长坟前祭扫致哀。往事历历在目，当年胡宗宪为迎接严嵩到来在酒宴上的祝酒词，犹然在目。

他泪如雨下，心中默默地说，襄楙公，安息吧。继光没有辜负您的厚望，倭寇终于荡平了。我戚继光能有今天，全靠您老提携奖掖的结果……

在江西分宜县介桥村东北处的枣树山，白发苍苍的严嵩身着青衣头戴小帽，在孙子严鸿的搀扶下哀毁骨立地慢慢挪步，来到他的祖父严骥坟前，烧完了香烛纸钱后，伏地而拜，口中念念有词：子孙不孝，落得个家破人亡的下场，愧对祖宗啊……他早已泣不成声。

严鸿陪着他跪在一旁，他怕严嵩跪久了伤身子，先自起身，挽着他的胳膊说，爷爷，起来吧。

严嵩说，你让我在这里坐坐吧。

于是，严鸿扶着他在坟前席地而坐。

严嵩十六岁丧父，此后主要靠祖父严骥抚养长大。正德三年（1508）五月，其时严嵩在翰林院从事国史编修工作，得到祖父去世的消息，悲痛欲绝。当即告假丁忧回乡时，祖父已经安葬在县城东西峰安觉院山。严嵩于是开始了长达八年的丁忧隐读家居生活。他隐读钤山的八年间，受袁州知府徐琏的邀请，主编了《正德袁州府志》。此外，他还做了一件自己很看重的事情，就是重新选择一块风水宝地，他要厚葬祖父严骥，他走了许多地方，终于选中了介桥村东北处的枣林山，并于正德九年七月将祖父迁葬到枣林山。嘉靖二十五年，严嵩任内阁次辅时，严嵩上疏皇上敕封枣林山为其祖坟山。

在严骥的坟前，严嵩坐了好一阵，严鸿又要扶他起来，他说，你就让我在祖宗面前再坐坐吧。只听他自言自语说，今日是清明节，也许是我在这个世界上最后一次来祭奠你们了。

严鸿在一旁插话说，爷爷，你会活到一百多岁，今年才八十七岁，日子还长着呢。

严嵩凄苦地笑了笑说，哎哟，那可是活受罪！如果不出事，你爹和你兄弟们都在身边，那当然是活到一百岁好，可现在这个样子，长寿不如短命呢，唶！……

严嵩家祭完了，便和严鸿回到了祖坟山附近的紫刹古寺里。

前年十一月，林润带人到悬车堂将严世蕃逮走后，严嵩便与严鸿回到了老家介桥村。他所有的家产都被籍没，悬车堂自然也就不再属于他了。

悬车堂被抄的那天，严嵩受尽了凌辱。林润凶神恶煞地指挥士兵搬箱子，抬家具，房里的东西被洗劫一空。悬车堂的大匾被拆下践踏，“琼翰流辉”和“敕

赐延恩”八个字被砸成了碎片，散落在天井里。严嵩见了，心痛如绞，呼天抢地哭喊道：罪过呀，罪过！

林润诘问道：何罪之有？

严嵩说，这是皇上写的字呀……

锦衣卫的人一听是皇上写的，一时间傻了眼，都停了下来。

林润冷笑说，你配吗？转身对锦衣卫的人说：别理他，继续查抄！

锦衣卫的人这才不顾严嵩的哀嚎，撬开了楼板，打开箱箧。

一捆一捆的书籍搬出来了，须发苍白的严嵩颤巍巍地挪身向前说，那是我的手抄本，还望给我保存！……

眼看这些手抄本散落一地，严嵩心疼得弯下身去捡拾。林润叱骂他说，老东西，你留着这些干什么？

这是我的药方，治病用的。严嵩哀求说，请林大人留存于我。

林润讥讽地问：有刀枪药吗？

严嵩不明其意，摇了摇头。

林润继而挖苦说，这些药方能治得了沈炼、杨继盛等人的刀口吗？……

什么？你……严嵩这才领悟林润问话的意思，他哑然仰望苍天，许久许久才似哭似笑地自语：这些人难道是我杀的？……

严嵩和严鸿回到介桥村，只好住进了祖坟山附近的紫刹古寺。因为，连祖祠毓庆堂都被当作严嵩的家产而籍没。严嵩又气又恨又笑。族内的几家乡亲敦请他去住，但他怕连累了他们而一一谢绝了。

严世蕃被抓走的那一刻，严嵩就预感到凶多吉少。当时，他好后悔，不该让儿子留下来。当时就该将他骂回到该去的戍所。但细细想来，这是不可能的，他的这个儿子才不会听他的呢，即使派人押回去，他照样还会逃走。其实，当初就闪过这个念头，与其让他逃往别处，还不如在自己眼皮底下盯着。

现在，他什么都明白了。想不到徐阶一伙是这么阴毒。

他自从住进了庙里，便天天回想这些事。他现在什么都没有了，只剩下了对往事的回忆。有些往事像烟雾，飘飘绕绕转几个圈就消散了；而有些往事却像蚊子、蚂蚁一样，尽围着他转，咬出血来还不放。徐阶指使林润几次弹劾他父子俩这事正是如此。严嵩先是自省、自责，悔恨自己对儿子一向娇纵，以致最后害了儿子。可是，儿子再有错，也不至于死罪，那通倭谋逆的罪名是冤枉的，他从戍所逃回来，只是想让全家团聚而扩建悬车堂，哪有聚集四千余人、勾通倭寇北虏谋反的事？

严世蕃从广东逃回袁州后，父子俩也曾谈及家道败落的事。严世蕃便再次埋怨严嵩不该在修复永寿宫的事上违迕了朱厚熜，这是个最关键的转折点。严嵩当时嘴上不说，心里还是默认了。这些日子，他又反复在想这事，他反反复复地问自己：这事难道真是错了吗？……

他一会点头，一会儿又摇头。

点头，是面对不能不承认的现实。

摇头，是坚挺自己在政坛上最后想表露的心志。

他叫孙子找来了纸笔，他要抒发自己的感慨。

严鸿为他准备了纸张笔墨之后便有事出去了。等他回来，见祖父已歪斜在坐椅上，停止了呼吸。他面前摊开的皮纸上赫然写着两行字：

平生报国惟忠赤，生死从人说是非！

一代权臣严嵩含恨别世，时为明世宗嘉靖四十五年（1566）五月，时年87岁。

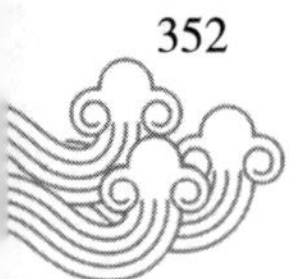

后 记

江西新余市辖区内，有不少历史名人。其中，有的是举世瞩目的科技、文化界的翘楚，如卢肇、宋应星、傅抱石……宣传和解读他们的人生经历，对激励今人和后人，无疑是好事。卢肇是新余分宜人，江西第一个状元，他不好写，史料少；傅抱石、宋应星的影视作品已经有人拍摄过了。当然，还有严嵩，作为新余名人，由于他是明朝内阁首辅、奸臣的身份和历史“定论”，没有人敢写。

当有人提议我写严嵩的时候，我仿佛触了电似的，身上麻悚了一下。在这之前，我虽然对严嵩不甚了解，但他被后人骂为奸臣的名声我是知道的。我们常说，历史往往是第二真相。历史上的严嵩到底是什么样子的？是后世传说与文艺作品中的地地道道的奸臣吗？我看了电视剧《大明王朝 1566》以后，对严嵩的形象有了新的认识，这个电视剧对严嵩的刻画与塑造，有实事求是的艺术追求。后来，我查阅了上千万字的有关严嵩的历史资料，在对严嵩褒贬不一的文字里，梳理严嵩的正反两面。

写历史人物，必然要客观地面对他所经历的历史。严嵩生活过的那段历史，是不会改变的。尽管史学界有“清史不清，明史不明”之说，但是许多历史学家和热衷于历史研究的文史爱好者，像淘金者一样，在历史长河遗留下的沙砾中辛勤翻寻劳作，寻找出能还原和佐证历史原貌的片言只语。出于对本地历史名人的关注，在严嵩的故乡分宜县，不少人穷尽毕生精力研究与严嵩有关的点点滴滴。诚然，评判一个人的忠奸，主要是看大节。纵观严嵩的一生，他在为大明王朝服务的五十多个春秋中，尽管有这样那样的过错，但他还算是忠君体国的，说他是奸臣可能过了，但说他是个权臣则一点都不冤。美籍华人美国密执安州立大学教授苏均炜认为，严嵩奸臣之论，首先是徐阶的污蔑。他利用领衔修撰《世宗实录》的权力，隐匿、歪曲、篡改史实；第二是王世贞等人出于报复，利用文学、戏剧作品污损严嵩；第三，清代君主轻信以上两点而贬责严嵩。基于以上三个原因，加以《明史》的印行，直到今天世人只知道严嵩是个“奸臣”。江西师范大学明史专家方志远教授在《明史·奸臣传》一文中所说，《明史》所列严嵩的“奸”事，多无实据。所谓“藉其家，黄金可三万余两，白银二百万余两，他珍宝所值又数百万”，是莫须有。而江西师范大学另一位教授许怀林在《严嵩忠奸辩》一文中说，严嵩是明朝的忠臣，称职的宰辅，正直的长者，诗文著称的名家，造福乡梓的赤子，纵儿作恶多端的父亲。所以，严嵩忠君体国是事实，严嵩纵儿（严世蕃）作恶也是事实。

客观讲，我写作《严嵩》这部长篇历史小说，不是为严嵩翻案，更不是推翻已有的历史定论，而是告诉读者一个客观一点的严嵩。任何历史都是当代史，严嵩这个人物有没有时代意义？我认为有，他的意义在于勤勉国事、在于造福乡梓，也在于他的反面教材价值。说他勤勉国事，他 63 岁拜相入阁 87 岁在贫病交加中死去，可谓勤勤恳恳、功不可没；说他造福乡梓，他的故里新余分宜乡亲们念叨了他几百年，他修的七桥一路虽然不言，但那些来来去去的脚步，却替代了历史的回音；说他是反面教材，历史也已经反反复复在诉说这一点，它告诉我们当官不能太任性，不能放纵身边人胡作非为，要心中装满人民，要知道敬畏。这就是本书的价值。

在本书出版之际，我要衷心地感谢那些无私帮助过我的领导和朋友，是他们的大力相助，才使这本书顺利出版。此外，我还要特别感谢明史专家严小平女士，我创作这部长篇历史小说的史料，是她无私地提供的。

作者

2018 年 6 月